情
love letter
書
208

文　革　愛　情　故　事

潘永修、鄭玉琢

謹以此，
獻給我的摯愛肖雁琳女士！

生命的路是進步的，總是沿著無限的精神三角形的斜面向上走，什麼都阻止他不得。

自然賦予人們的不調和還很多，人們自己萎縮墮落退步的也很多，然而生命決不因此回頭。無論什麼黑暗來防範思潮，什麼悲慘來襲擊社會，什麼罪惡來褻瀆人道，人類的渴望完全的能力，總是踏了這些鐵蒺藜向前走。

——魯迅：《生命的路》

序

請先不要以書名來推斷這部書的內涵和格調，因為書名往往不能代表書的全部。尤其在純文學和通俗文學儼然分庭抗禮的當今，我真不知道這部書名應該如何確定為好。

平心而論，我所奉獻給讀者的這部書，只是一對普通戀人由初戀到熱戀以至最後破裂的整個過程的真實寫照。如果說有點特別的話，那就是：自他們第一次傳信點燃愛情的火花，到最後一封信的決裂，從時間跨度上來看，恰巧是整整十年，而這十年又與中國的「十年浩劫」差不多是同步。這真是富有戲劇性的巧合。這種巧合，往往被那些劇作家們攫為創作的靈感，並從中大加粉飾和渲染；豈不知真正的藝術必須來源於真實，而絕非粉飾和渲染所能奏效的。

誠然，在這些書信中，既有嚮往和追求，也有毀滅和再生；既有摯愛和狂熱，也有血漬和淚痕……但，這在中國二十世紀中葉的十年動亂中，並不是十分罕見的。如果將您的記憶稍加追溯，便會發現，書中的要素，恰在您的記憶之中。

那麼，這些書信我是怎麼得到的呢？說來話長。

一九七六年四月，我剛剛調到一家雜誌社不久，曾意外地收到一個沉甸甸的郵件。外面是用漂白布包裹的，上面用秀麗的字跡寫著我的名字。當時我還以為是別人寄給我的什麼書籍。打開來，竟是一疊疊的書信。最上面覆蓋著這樣一封寫給我的短信：

××同學：

她終於走了！

失戀的痛苦，對我來說是甚於其他任何打擊的。責任當然應該算在我身上。我知道，在這件事上，我所蒙受的恥辱是跳進黃河也洗不清的了。我慚愧，我內疚，我自首……但是，如果因此而將一切過錯都算在我身上，也未免太不公平了吧？我所處的那個環境，那個年代，還有那些內心比我還要卑鄙無恥幾千倍幾萬倍的市儈們，難道他們就沒有罪責？難道他們就可以免遭譴責而永遠逍遙法外嗎？

你該不會忘記，過去的我，不是也曾有過澎湃的激情、沸騰的熱血，不是也曾在大庭廣眾之下侈談過良心和人格嗎？在剛剛走上社會的時候，我不是也曾經深惡痛絕地譏諷過那些庸庸無為的官商，痛心疾首地謾罵過那些血染紅頂的政客嗎？然而，近幾年來，究竟是什麼鬼怪的誘惑和要脅，使我一度走上褻瀆信仰、敗壞人格的絕路？究竟是誰扼殺了我們的理想和抱負？是誰踐踏了我們的青春和熱情？又是誰拆散了我們純真的愛情？……這一切，誰人又能給予評說？

我知道，周圍凡是認識我、知悉我的人，沒一個不怨我恨我嘲諷我，甚至用最惡毒的語言詛咒我。現在來說，我還沒有能力把我的內心世界向人們表白而雪恥，好在眼前的這些書信得以保存下來。它們便是我與肖雁琳由熱戀到決裂全過程的印跡，也是我的良心和人格的真實寫照。你是個細心人，我把它們統統寄給你，與其說祈求它洗涮我的罪責，毋寧說希冀從中得以或多或少的辯白。

你看過之後，拜託你暫且替我保存。現在，除了肖雁琳，你是我唯一值得信賴的人了。

肖雁琳走了，我也要走。

我要走遍天涯海角，也要找到她、找到她！

再見吧！我的老同學！

盧法慧

一九七六年四月八日於山東Y城

肖雁琳的突然出走，委實令我十分驚異，而這場曾經充滿著多少激情和羅曼蒂克的戀愛，最終得以如此淒慘的結局，令我感到痛楚和惋惜。

擺在眼前的一疊疊書信，令人眼花繚亂，而這對戀人間的幾經波折，在同學們當中早有風傳，對於其中的隱祕，我也曾有過幾分好奇。再加上我剛調到新崗位，工作上無所事事，因而便花費七八天時間，把這兩百零八封書信以時間為序，邊整理邊流覽了一遍。令人驚歎不已的是：這對戀人在十年的愛情旅程中經歷了多少波折，拋灑了多少淚水，有多少篇幅令人肝腸寸斷，不能卒讀，最後的結局又是多麼的讓人痛惜。

從那以後，我的編輯工作日見繁忙，匆匆十餘載一晃而過。十幾年後，當我再次翻閱那些書信的時候，便產生了付諸廣大讀者的願望。意願一旦形成，強烈的衝動使我再也不能自制，我依照原來的地址向盧法慧同學發了一信。兩週以後，便收到了他的回覆：

××同學久違：

奉讀手書，宛如天外飛來。回首往事，不啻依稀如昨。

雁琳出走以後，至今沒有下落。一九七六年四月四日，我曾在北京「人民英雄紀念碑」前的萬花錦簇中，發現了一個用雪白紗巾製作的異常小巧精緻的花環，它與一九七二年悼念陳毅老總時我和雁琳共同製作的那個花環極其相似。可惜，上面沒有署名。我希望是她，並連日在萬千人海裏往復躑行，千方百計尋找她。可是，四月五日一場血的洗禮之後，我又反悔了，那不要是她。萬望不是她。然而我想，性格執拗的她，必定會在裏邊的。我擔心她會倒在那一片血泊中……

十餘年來，我無時無刻不在思念她，她在哪裏？我走遍了天涯海角也沒能找到她。

那些往昔的書信你還保存著，並且要編印出書，有那個必要麼？

我倒不是害怕抖露我的醜事。醜就醜了，沒什麼可遮遮掩掩的！那都是歷史，過去了，現在回過頭來，重溫那一段歷史，對青年有好處。如今的年輕人對「文革」十年早已經陌生了，讓他們從頭看看也好。這是其一。其二，如果肖雁琳她還活在世上，如果她能看到這兩百零八封情書公之於世，我想她也不會反對的——雖然，這都是我們兩人之間的私情，但它無一不是真實發生過的，沒有任何的杜撰，她一向尊重事實，她不會因此而向我發起非難的。這一切我都授權與你。至於編輯中的瑣事，就由你代為辦理吧！

……

盧法慧

一九九二年五月八日

於山東Y城修竹書屋

得以這樣的答覆，我不禁欣喜若狂。隨即將原信和盤托出，稍事整理，便予付梓了。

至於書中主人公的是非曲直，自然猶待評說。但我們回顧歷史的目的，並非僅僅歸咎於過去，重要的卻是著眼於未來。尤其對人類歷史上空前未有的悲劇，更應當如此。

最後，讓我援引盧法慧同學的話吧：

「如果說這些書信的發表，真的對回顧歷史、汲取教訓，對青年的成長有所鑒戒、有所啟迪的話，那便是我的最大奢望了！」

編者

一九九三年十月十八日於濟南大明湖畔

目次

第一章　理想

駟玉虬以乘鷖兮，
溘埃風餘上征。

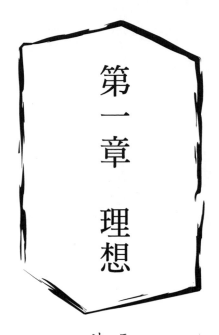

〇〇一、盧法慧致肖雁琳

Xiao Yan Lin:

單從字體上，您也許意識到，給您寫信的正是那個每逢見到您總要臉紅的他。

不揣冒昧，在即將高考的緊張復習中，突然寫這樣的信，說這類的話，您大概會深感唐突的吧？

不管唐突不唐突，冒昧不冒昧，我決計要這樣做。即使你見信後馬上揉作一團或扯個粉碎，在下也是心甘情願這樣做的。

Yan Lin，請不要見笑，就在我提筆寫信之時，我的臉頰又熱得發燙了。我真不明白，究竟是年齡的緣故，還是心理的作用，每逢見到你那蓬鬆的秀髮、緋紅的臉龐、那黑瑪瑙般熠熠閃光的雙眸，還有那總是蘊含著無限嬌嗔、無限深情的一對紅唇兒，我的心就止不住陣陣狂跳。我不知道這是為什麼？

我們六年的中學生活就要結束了，而嶄新的未來正向著我們招手。此時此刻，你有什麼想法？畢業就意味著分別，而升學又預示著新的組合，你有何感慨？

你的報考志願填寫了沒有？是報理工還是文史？計畫選擇哪所大學？能告訴我嗎？

我剛接到北大附中編印的《高考復習提綱》一冊，現奉送與您。此胡言亂語的信就夾在書頁中，想來不會發生什麼意外吧？

在下誠惶誠恐，恭候大札，萬望賜覆！切切！

那個他

一九六六年四月一日

○○二、肖雁琳致盧法慧

盧法慧同學：

一見那諳熟的字跡、纏綿的情思，還有那吞吞吐吐、含含糊糊的辭句，我便料定是「他」。果真就是他。令人不解的是：既然明知人家會深感唐突，何以還如此造次呢？這真真是「此地無銀三百兩」，未免欺人太甚了吧？

本打算不予理睬的，但中國有句老話：來而不往非禮也。既如此，「在上」就不妨提筆敷衍幾句了。

關於報考志願，我也的確發愁。最近，有那麼多好心的老師和同學勸我報理工，他們說這幾年搞文史的多風險，不如搞理工，將來穩妥。可我總令他們失望，偏偏還是報了文史類。這究竟是為什麼？我自己也說不清楚。

說實在的，我對升學的事一直感到十分渺茫。彷彿那是遙遠而又渺茫的事情。我也覺得奇怪，莫非我本來就沒有上大學的緣份？莫非我們國家形勢將要發生什麼重大的變化？不過，有一點，你注意到了沒有，自去年十一月《人民日報》發表了《評新編歷史劇「海瑞罷官」》以來，報紙上連篇累牘地批判所謂「反黨反社會主義的一條黑線」。從這些跡象來看，目前在學術界展開的這場論戰正向著一個不可知的方向進展。這一點，我認為是不可忽視的。

但是畢業來臨，幾年來朝夕相處的同學們就要各自分離，走向四面八方，這是不可避免的。想到這一點，我豈能沒有感慨？單單從分離這一點來說，我寧願永遠過現在的中學生活，一輩子都過不夠——明白嗎？

可是，祖國在前進，人民在期待，我們這一代紅旗下成長起來的青年，正肩負著承前啟後、繼往開來的歷史重任。現在，我們只有做好準備，迎接高考，勇敢地站出來，讓祖國挑選。

法慧，祝你在向科學進軍的征途上勇往直前，有所發現，有所發明，有所創造，有所前進！

至於每次見面「總要臉紅」，我看大可不必。以後更不要動不動就「臉頰熱得發燙」，那樣可不好，一旦把「那個他」燙個焦頭爛額，人家可是擔待不起的呀！

肖雁琳

一九六六年四月二日

〇〇三、盧法慧致肖雁琳

雁琳：

清晨，我走近課桌，第一眼就看見那個異常精緻的「小燕子」放在我的桌洞裏。轟然地，我全身的血液一下沸騰了。我迫不及待地將它展開，先是一目十行，進而又逐字逐句地讀，連每個標點符號都不敢放過。

當我讀第三遍的時候，我偷眼看了看前邊的那個身影：那蓬鬆的秀髮，那藕荷色麻綢襯衫，那略微瘦挑的肩背，這一切都是那樣的安詳；而出自她筆下的這幾行文字卻令我如此地欣喜若狂、神魂顛倒。呵，我第一次意識到，所謂love這個最普普通通的字眼，一旦降臨身邊，它竟具有如此大的魅力。我簡直無法承受這種幸福，我快要酥倒了！

雁琳，我們從上小學時相識，屈指算來也有七、八年了。你還記得嗎？八年前，我們剛考入常鎮完小的時候，頭一天排位，把我和你——一個瘦瘦的紮著一對羊角刷子粉紅臉蛋的小姑娘，排在一個課桌上。當時我懷著惴惴不安的好奇心，側過臉去看你。正巧與你那率真而又火辣辣熾熱的目光相遇，不知是驚異還膽怯，我只覺你那紅撲撲的臉蛋和那兩顆黑瑪瑙般熠熠閃光的眸子光彩照人。我的視線像被磁石吸引住了一樣，移也移不開。我本能地感到內心發怵，好像小偷被人抓住了手腕一樣，張惶失措，哇地一聲就哭了。這哭聲來得是那麼突然、那麼猝不及防，以至使全班同學無不為之驚訝。你也頓感莫名其妙，一對水靈靈的大眼凝視著我。多虧班主任老師上來解圍，給我倆重新調換了位子。幾天以後我才知道：這個紅臉蛋的小姑娘就是大名鼎鼎的肖校長的女兒。你是那樣俊俏，那樣文靜，落落大方。平時，你好直言快語，從不忸忸怩怩，做事竟像個成熟的大人。聽人說，你是五個姊妹中的老大，每天放學後，你都得回家洗衣服做飯，整個家務都在你身上，故而你比別的同齡女孩顯得早慧。

不知從哪一天開始，我暗暗地喜歡上你了。你在學習上聰穎過人，能吃苦，又有耐性，喜歡獨立思考，從不盲從別人。我喜歡你那種天真和固執，學習中遇上疑難問題，我常常不自覺地就去找你討論。在全班女生中，我最喜歡的就是你。也許是我們的關係太好了，就招來了別人的妒忌。你肯定還記得：有一次，不知是哪個調皮鬼在黑板上畫了一對小人兒，一男一女，男的留著小分頭，女的紮著羊角辮，穿著連衣裙，肚皮上分別寫上我和你的名字。下邊還劃了一條橫線，寫了三個字：「小倆口」。大概人心裏的祕密一旦被揭穿是非常不好受的。我看了，頭一懵，心就慌了。你看了，也是猛一愣，臉色騰地一下就紅了，罵了一句什麼，扭轉身就哭著跑回家去了。

第二天，你沒有到校。我心裏一直忐忑不安。好在第三天，你又來上學了。我無意中發覺，你的眼圈兒是紅的，眼珠兒像水葡萄似的，分明流過不少淚。無人時，我就想搭訕著與你說話。可你總是冷冷地把臉扭向別處，大概是不想答理我。從那以後，不知是害羞，還是為了避嫌，抑或是有意地賭氣，反正我們差不多有二年沒說過一句話。直到一九六〇夏天，我們考入Y城一中之後，我和你又分別代表一班和四班出席全縣共青團代表大會的時候，才正式「恢復外交關係」。重新和好的夥伴，正如久別重逢的親人一樣，說話特別親切，關係特別融洽。我們在一起談論學習和愛好，描述我們的理想和未來。我們談得那麼投機，心裏感到那麼愜意，以至今我們暗暗驚奇：雖然將近二年沒說話，但在你我之間，無論是生活習慣上，還是在理想志趣上，竟有那麼多的相似之處。如果這時候，再有誰企圖強迫我們「斷交」，哪簡直是不可能的事。我覺得任是什麼力量也休想把我們分開。

一九六三年升入高中以後，感謝天有照應，我和你又分在同一個班，讓我們更能朝夕相處，學習上相互切磋相互激勵，同時也進一步增進了我們的相互瞭解和友誼。這真讓人高興。可是，接著也帶來了煩惱：我發覺你在我心中已經佔據了一個特殊重要的位置。只要一瞥見你的身影，我就止不住心跳。每當你那率真而又灼燙的目光投向我，我就像觸電一樣，渾身的神經都感到顫慄。你的影子不論何時何地總在我的腦海裏縈迴繚繞，常常無端地擾亂我的學習和生活；到了晚上，你又常常闖入我的夢境，攪得我終日不得安寧。你在我心目中像一個天使，一個裁判官，我的言行舉止往往都要經過你的檢測和裁判。我並非有意迎合你的喜好，完全按你的喜聞樂見去說什麼或做什麼，但事實上，在我說什麼做什麼的時候，那個下意識的我總要暗自揣度會給你留下什麼樣的印象。我很想找機會讓我們兩個能夠湊到一塊，把我心裏的話都說出來。我心裏常常有一大堆的話要說給你，我甚至連說話的順序、語氣，需要搭配什麼樣的表情和手勢，都提前想得頭頭是道。可是，一旦機會來臨，我又往往不能自持，不是心慌意亂、面紅耳赤，就是因拙口笨腮、言不及意，最後，竟不得不在一片狼狽中徹底敗北、草草收場。

不錯，有時我也樂意在體育課上做幾個滑稽的動作，出幾個洋相，或者在飯場上講幾句可供噴飯的笑話而博得哄堂大笑，抑或在班委會上來點兒無傷大雅的諷刺和幽默，你知道嗎，這一切，都是因為旁邊有你在，我全都是做給你看的。我「嘩眾」的目的就是換得你一個人的「寵」。甚至於我每塗抹一幅不成體統的所謂水墨畫，也非要在教室的牆上掛一掛，似乎如果不讓您望上一眼，就失去了我要作畫的全部意義。

總之一句話，雁琳，我愛你！我由衷地愛你！

我常常幻想有那麼一天，我將以最大的膽量、最優雅的姿勢、最動聽的語言向你求愛；我也常常憧憬著，你將會以如何窈窕婀娜的姿態、嬌柔嫵媚的神情、清脆悅耳的聲音來答覆我。一旦那個時刻到來，我該不會高興地發狂吧？當然，有時候，神經質的我又暗暗地責怪自己自作多情。我曾無數次地反問自己：天底下會有那樣的好事嗎？你也不撒泡尿照照，就你那狗模貓樣兒的，也敢如此地心高妄想！你是不是癩蛤蟆想吃天鵝肉呀？你還是打消你的邪念吧，人家誰眼裏有你？一旦遭到人家的拒絕，你這張臉該往哪裏擱？那種恥辱是一輩子也洗不清的……

我愛虛榮而又膽小，敏感而又脆弱，心裏總是疑慮重重。由於虛榮心，我不想在沒有十二分把握的情況下，就輕易地向你表白愛情，我害怕遭到你的拒絕而丟人現眼；因為膽小，我又怕讓人發現我和你之間的特殊關係而招致同學們的嘲弄和譏笑。所以，當我與你偶爾接觸時，我就顯得異常地局促和窘迫，而當你和其他的男生說說笑笑時，我又神經質地按捺不住心底冒出的煩躁和惆悵。這大概就是人們常說的嫉妒之心吧！

說真的，那時，我心裏一直矛盾著：我雖然不打算過早地向人們公開你是我的，但我又時時地擔心你會成為別人的。這種恐慌和憂慮無時無刻不在折磨著我。從秋到冬，從春到夏，日復一日，年復一年，我就是在這種落寞、孤獨、空虛和苦悶的煎熬中，度過了一個又一個不眠之夜。直到近期畢業來臨，一種即將離別的纏綿心緒滋生出來，恰所謂「剪不斷，理還亂，是離愁，別是一番滋味在心頭。」我覺得我的情緒從來沒像現在這樣煩躁，我的內心也從來沒像現在這樣空虛。如果再不表白的話，也許將來就永遠沒有這樣的機會了。就在這種身心交瘁、無法忍耐的痛苦折磨中，我終於痛下狠心，提起筆來，寫了撕，撕了寫，終於促成了那張隻言片語的情箋，並孤注一擲塞進了你的桌洞裏。接下來，我又後悔起來，彷彿做了一件毫無成功把握而又生死攸關的大事，像做賊一樣，心裏擔驚受怕，疑慮重重，我曾多次想返回去把那信箋取回來，真是惶惶然不可終日。可恨你那回覆偏偏又姍姍來遲，這就更讓我提心吊擔。直到如今，我才算如釋重負，放下心來。

雁琳，你果真像我期望的那樣報考文史，這真讓我非常高興。有道是：夫妻伉儷，志同道合。試看不久的將來，你我也許將在同一個高等學府裏，沐浴著知識的海洋，由小時的青梅竹馬，到成年後的並駕齊驅，共同探討中華民族文學藝術的寶藏。你想過沒有，五年以後，不，十年以後，我們將是什麼樣子？那時候，我們早已從大學畢業而走向社會，有的可能是作家，有的可能是記者，也有的是研究生，是講師、教授，各自在不同的崗位上發揮自己的聰明才智，共同建設我們的美好國家。那時候的你和我，早已組成一個幸福而美滿的小家庭。白天，從事稱心如意的工作，晚上，不是參加廣泛的社交活動，就是坐在自己家裏，或收聽新聞，或翻閱畫報……啊，我真不敢想像，每當想起來，我的心就興奮得發顫。你意識到沒有，我們這一代與共和國同齡的人真是太幸福太幸運了。有人說，我們是時代的寵兒，是當今的嬌子。我們的未來任重而道遠，我們的前程光輝似錦！

對於未來的職業，每個人都有他（她）自己的憧憬和嚮往。雁琳，請問：你打算在理想這一表格裏填寫什麼呢？是作家或記者？還是導演或編劇？還是別的什麼？能告訴我嗎？

琳，我很想與你單獨面談一下。談談近來的學習和思想，談談我們身邊的事情，當然也想探討一下對目前國家政治形勢的看法。你覺得有必要嗎？

提起筆來，便覺得千言萬語湧上心頭，竟不知從何說起。就這麼信筆遊走，滿紙塗鴉，草草成書，請切莫見笑。

翹首盼覆！

還是那個他

一九六六年四月十日

○○四、肖雁琳致盧法慧

法慧：

談到理想和抱負，實在抱歉，我從來未曾像你想像的那樣輝煌，那般榮耀。如果說真有一點點理想的話，那也不過如魯迅先生所說：做一頭對人民大眾有用的牛，吃進去的是廉價的草料，擠出來的是牛奶。將來，對於我來說，只要有事可做，哪怕再低劣，再卑賤，我也決不在乎。人，第一要生存，第二要工作。只要有工作可做就可以了。至於其他，我一概不去苛求。

也許你要譏笑我沒有出息。我之所以這樣想，是因為我總認為自己是個懦弱的女性。說實在的，我只恨我不是個男人。在我們這個男尊女卑的國度裏，男女之間的差別竟是如此大。我親眼目睹，同一個班級的同學，女生的學習成績總不如男生。是因為女生的智商天生不如男生高？還是因為男生有什麼學習的訣竅？單就你我來說吧：在學業上，我每天花費的時間和精力都超過你，可一到考試，我的成績總不如你。我真佩服你的聰明才智，你有那麼旺盛的精力，又是打球，又是下棋，又是賦詩作畫，還有心思寫出那麼多才華橫溢的小說。此外，團支部裏又有那麼多的活動要你去主持。這一切，你都處理得揮灑自如，得心應手。七門八門的功課，你總是從從容容，一揮而過。及到考試，每次成績最優秀的幾乎都是你。難怪有那麼多的人嫉妒你，活該。

你有什麼學習的訣竅？能告訴我嗎？

關於國家的政治形勢，近期人們談論的已經不少。看起來，這場「文化大革命」，看來頭，的確是迅猛異常。我聽人說：咱們今年的高考可能要推遲。推遲就推遲吧！還有什麼比黨和國家的前途命運更重要呢！

又要開會，又要聽報告，時間那麼緊，還有必要專門抽時間面談嗎？我看就免了吧。但你若要堅持，倒也使得。至於時間、地點，由你確定，我悉聽尊便就是。

《復習提綱》已看完，璧還。順致謝忱！

祝復習告捷，以優異成績向祖國彙報！

肖雁琳

一九六六年四月十四日

第二章　破滅

（兩年之後）

長太息以掩涕兮，
哀民生之多艱。

〇〇五、盧法慧致肖雁琳

Yan Lin:

我們的大學夢徹底破滅了！

匆匆兩年，如白駒過隙，一晃就過去了。無產階級文化大革命的熊熊烈火早已將我們的美好理想化為灰燼。再過幾天，我們就要被趕出校門，滾蛋去球，大概要永遠結束我們學生時代的生活了。你願意也罷，不願意也罷，歷史就是這樣鑄成的！

回想兩年前的學校生活，多麼令人神往！那時候，我們哪個人不是滿懷著信心和希望，有的想當數學家，有的想當文學家，還有的想當工程師、教授。正如茅盾先生所說：「如果有誰不覺得整個世界是他的，那他就不是一個好中學生。」

在緊張復習的餘暇，同學們更加陶醉於理想的紅潮中。你還記得嗎？天真爛漫的夥伴們曾一度爭相購買精緻的書簽、塑膠皮的日記簿、硬皮精裝的《魯迅全集》，各自以洗練的文筆，題寫上最為得意的豪言壯語。諸如：「在科學的攀登上，是沒有平坦大道可走的，只有那些……」，「祝你在向科學進軍的征途上，有所發現，有所發明，有所創造，有所前進！」……然後，鄭重其事地相互饋贈，以此作為即將升入高等學府的訣別的留念。

雁琳，你還記得嗎？在一個靜謐的夜晚，我和你並肩沐浴著如水的月光，漫步在環形池邊的垂柳下，脈脈情，切切語，我們用最熱切的語言，盡情描繪著理想，憧憬著未來。那一夜，月光是那麼皎潔，風兒是那麼輕柔，連頭頂上飛過的蝙蝠也好似充滿了柔情蜜意。臨分手，我把新買的魯迅和許廣平的《兩地書》贈送給你，那扉頁上寫著：「願我們永不分離！」你在慌亂中掏出你爸爸送給你的一支金筆遞給我，還說：「讓它在考場上為你立功！」

老實說，我那時還陶醉在美好的夢想裏，我早已打定主意第一個志願就報北京大學新聞系。可是，誰曾料到：正當復習告捷，人人成竹在胸，即將奔赴考場的時候，一場鋪天蓋地的文化大革命以「排山倒海之勢，雷霆萬鈞之力」，幾乎是一眨眼之間，就席捲全國。真是迅雷不及掩耳呀！右手還沒放下復習提綱，左手就接過了《十六條》，連夜排練

「文化大革命就是好」的表演唱。接下來，「橫掃一切牛鬼蛇神」、「大破四舊」、打、砸、搶、燒、「大批反動學術權威」。僅在兩天一夜之間，就火燒了藏十幾萬冊圖書的一中圖書館，拆掉了已有數百年歷史的文廟，搗毀了歷盡一千多年滄桑變遷的古唐塔之巔。接著，九月的大串連，十月的炮轟縣政府，揪出大大小小的當權派，然後是翌年一月的「奪權風暴」，五月的「反逆流」，九月的「文攻武衛」，兩派對峙，虎視眈眈，終於釀成了「十一・十八」血案。眼見數十名赤誠的青年、無辜的少女無端地倒在暴徒的槍口下，喋於血泊中，繼而又有數百名戰友被新當權者羅織罪名，明抓暗綁，陷身囹圄。到目前為止，雙手沾滿鮮血的「紅聯」們終於撈到了左派的桂冠，坐上了新政權的座椅。而我們「總司」一派卻被割裂得支離破碎，我們也不得不承認是一敗塗地了！

回顧兩年的文革運動，究竟給人民帶來了什麼？國家形勢動盪不安，國家主席都可以隨便廢黜，中央書記隨意罷免，多少身經百戰的、勞苦功高的元帥、將軍、副總理，千千萬萬的老革命、老紅軍，被羅織罪名，慘遭迫害。工農業生產、交通運輸、工商財貿，各條戰線都混亂不堪，國民經濟停滯不前，更不要說外交事務的冷落蕭條，文化教育事業一塌糊塗，社會動亂，人心渙散，還說什麼「文化大革命的成績最大最大」，缺點和錯誤「最小最小」，純粹是理屈辭窮的胡言亂語。

中國的封建王朝持續了幾千年，中國人崇拜帝王的思想根深蒂固。我們不是天天高唱「大海航行靠舵手，萬物生長靠太陽」嗎？既然有偉大的舵手掌舵，又有紅太陽的光輝普照，我們平頭百姓何必過慮呢？「杞人憂天」的典故不是早就用來嘲諷那些愛操閒心的人們嗎？

然而，我不得不說，我們這一代所謂「天之嬌子」的中學生，實在是被坑害得太慘了。學業被荒廢，時光白白流逝。我們當年的理想、雄心、前途、事業，統統付之東流了。現實生活是如此地枯燥乏味，身邊那些爾虞我詐的派性鬥爭，我是無論如何也不想去參加的了。儘管這樣，你也別想清靜，到處都是癲癇般的狂叫，到處都是白癡般的麻木，到處是盯梢，到處是陷阱……在這樣的世界上，你休想安安靜靜地過一天。

無奈的我，只好在這莽莽大海中尋找一葉小舟，在浩瀚無邊的沙漠中尋找一縷細泉或是一株綠柳、一支山茶，哪怕是一棵帶刺的薔薇。

琳，讓我們重溫過去的愛情吧！兩年的疾風暴雨，已迫使我們不得不壓抑我們的情欲，以滿腔的赤誠去革命，去造反。直到現在我們該是幡然醒悟的時候了。讓我們重新回到愛情的花園裏，悉心培植愛的蓓蕾，讓它綻苞怒放吧！讓它來點綴這刻板無聊的生活，使其不致這般的枯燥和乏味，也讓它來填補我們這空虛蒼白的靈魂，使其不致這般的迷茫和惶惑！

雁琳，現在的我，好比沙漠戈壁中的一株快要乾枯的弱草，好比波濤洶湧中的一縷快要淹沒的孤魂，請你快快伸出友誼的手，來拯救拯救我吧！

Lu Fa Hui

一九六八年八月五日

○○六、肖雁琳致盧法慧

法慧同學：

你犯了一個絕大絕大的錯誤。

你千不該萬不該再重提過去的事情。

看了你的信，我足足哭了一夜，淚水都把信箋浸濕了。

我恨你，你不該如此地不識時務；我也恨我，我當初不該接受你的愛。然而，我更恨現實，是現實毀滅了我們的愛情。誠然，你愛過我，我也愛過你，但是現在，一切都變了。現實不允許你再愛我，更不允許我再愛你。這原因你是知道的。

法慧，我本不打算回覆你的信，但看你盼信那麼心切，我又於心不忍。現在既已開了頭，索性把我要說的話一次說完，也好讓你趁早改弦更張，免得將來弄個騎虎難下，更加無法收拾。

回溯我們少年時期的學校生活，是十分幼稚可笑的。那時候情竇未開，一切不過是兒戲。升入高中以後，在朝夕相處中，我發覺你具有過人的聰明和才智，因而暗暗地佩服你；加之當時班裏大多數男生歧視女生，唯獨你顯得溫文爾雅、親切平易，絲毫沒有那種盛氣淩人的大男子派頭，所以我越發對你產生了好感。這種心態日復一日，隨著年齡的增長和生活閱歷的積累，你的身影也在不知不覺中向我心靈的禁區滲透。為了你，我時而興奮，時而悵惘，時而又陷入漫無邊際的遐想。有你在我的身旁，我就覺得心裏充實、滿足，沒有你時，我就覺得落寞、空虛，似有一種莫名的煩愁，無休無止地纏繞著我。但理智告訴我：我們現在都還青春年少，不應過早地接觸戀愛問題。於是，我便有意識地壓制這種感情，不讓它繼續發展。一九六六年初夏，眼看畢業來臨，我心裏暗暗慶幸：馬上就要高考了，高考之後的分離，或許可以了斷這種思念了吧。然而，正在那時，你的三言兩語一下子點燃了我們愛情的火焰。隱藏在我心底裏的那種愛，好似被壓抑已久的岩漿，一下子噴發出來。我理智的堤壩全線崩潰——糊塗的我把心裏的隱情毫無保留地展露於你，以至於功虧一簣，鑄成了大錯。一時間，我是那樣如癡如醉地愛著你，真是達到了愛屋及烏的程度。你酷愛文學，我也對文學產生了興趣；你喜愛美術，我也學著欣賞國畫。你對誰好，我也願意和那個人接近。你的言談舉止，你的音容笑貌，甚至你的文筆、字體，無一不成了我暗暗效仿的楷模。

可是，正當我們一邊真誠相愛，一邊滿懷信心地準備高考的時候，文化大革命爆發了。接著一件件意想不到的事接連發生了：十月二十五日，擔任常鎮小學校長的爸爸被指控為「歷史反革命分子」，大字報貼滿了小鎮，爸爸被戴上一米多高的紙帽子，敲鑼打鼓，遊街示眾。正如俗話說的：禍不單行，時隔不久，正在供銷社工作的媽媽也因爸爸的歷史問題而被強令退職。真是一榮俱榮，一恥俱恥。就連小妹小弟也被指名為「黑七類子弟」而取消了受教育的權利。我不忍目睹一向威嚴的爸爸被一群嬉皮笑臉的紅衛兵抽打著在大街小巷裏穿行，也不忍聆聽淚水涕零的媽媽向我哭訴那些造反派對她的威脅和恫嚇。短短一兩個月時間，全家發生了這麼大的變化，爸爸和媽媽都變得情緒沮喪，動不動就發脾氣。家庭氛圍一落千丈，往日的溫馨和睦不見了，剩下的只是唉聲歎氣。姊妹們出去就受人家歧視，也只好深居簡出，年小的兩個整天哭哭涕涕，一家人用眼淚和歎息來打發日子。

至於我，你還不清楚嗎？就在爸爸被揪鬥的第二天，消息傳到了一中，我就被強迫繳回了紅袖章。從那以後，我就成了一個被排斥在運動之外的局外人。別人去遊行、開會，我只能待在寢室裏；別人能寫大字報，我連在旁邊看一眼都覺得是非分之舉；別人能說的話，我不敢說。就是這樣，班裏任何人都有權利板起面孔來教訓我，好像我也成了反革命分子一樣。那是我第一次領略了人世間的寒涼。就連以前與我很要好的幾個女生，對我的態度也驟然發生了變化，對我總是沉著臉兒，做什麼事總是有意地避開我，甚至連去「一號」也不願與我在一起，彷彿我是個瘋瘋病人。更有甚者，在我為某種見解據理力爭的時候，對方說不過我，最後居然拿我的家庭問題來回擊我。諸如此類的事情太多太多了，我不願意向人說，只好自己暗暗地哭泣。兩年來，有多少這樣的夜晚，我就是這樣哭哭想想，想想哭哭，有時竟一直哭個通宵。我也恨我自己的心胸狹窄，感情脆弱。每哭一次，我就激勵自己一次。人家越是歧視我，我越要發憤生活，而且要比別人生活得更堅強。因此，在人前，我向來不自卑，不卑不亢，強裝精神，也要活出個人樣來。

法慧，你大概還記得：去年五月，在「反逆流」的風暴中，剛剛聯合起來的「紅總」又立即解體，上千名紅衛兵紛紛殺出，在一片混亂中重新組合新的山頭。那時候，我曾先後拜訪過十幾個紅衛兵組織，他們幾乎是眾口一詞，都將我這個「黑七類子女」拒之門外。那時候，我像個無家可歸的孤兒，像一隻離群索居的孤雁，在偌大的校園裏獨往獨來，忍受著孤寂的煎熬。要說人不怕孤獨，那是假的。孤獨的滋味，只有讓他真正孤獨一次，他才能知道。說實在的，那幾天，我連自殺的味兒都有。最後，萬般無奈，我才硬著頭皮走向你所領導的「雄鷹戰鬥隊」。

法慧，你要知道，當時，我若是再有一線生路，我也決不會去找你的。我心裏其實也並不指望你們戰鬥隊會收留我。我的本意不過是到你那裏走走過場，以便更死心踏地地做一個無業流民，徘徊於運動之外，獨往獨來，遊遊蕩蕩，活著無人問津，死了也倒乾淨。哪裏想到，糊塗的你，還不等我把理由說完，你就大包大攬地慨然應允了。以致令我張惶失措，不得不猝然轉身跑回宿舍，蒙頭大哭了一場。

回想起來，我當時的哭，確確實實是因為你，然而卻不是愛你，而是恨你，發自內心地恨你。就因為你在應允我的請求的同時，你眼裏分明地流露出一絲溫情。雖然那只是在您眼輪轉動的一瞬間。可就在這一瞬間，你使我的打算全部落空。我恨你，我真的好恨你！你好不該如此糊塗，如此癡情。你難道不知道你面前站著的是個什麼人？她早已不是一年前的她了。如果說一年前她還是一個校長的女兒，一個積極進步、天天向上、受人嬌寵的少女，那麼一年後的今天，她已是一個被劃入「黑七類」，到處受冷落、受歧視，個個避之唯恐不及的人。你和她之間，早已不復存在什麼love之類的東西。你們已有天淵之別。難道這一點你都不知道？傻瓜！一個天大的傻瓜！

法慧呀法慧，雖然我一向敬佩你的聰明和睿智，可是那一夜，我心裏確確實實罵過你十八遍，你真是一個十足的傻瓜蛋！（直到現在，我還是這樣罵你，嘲笑你！）你萬不該把一個無名小丫頭放在心裏，你為何不把她，連同那舊日的記憶一下子全都拋向九霄雲外？你真真是太可恨了！我為了恨你，才哭。我哭呵，哭呵，哭得沒有一點淚了，還在哭。

從那以後，我雖然算做你們「雄鷹戰鬥隊」的一員，但是，我是有自知之明的。我明白我只是一個列席者，一個旁觀者。我從來沒有像榮寶芬、任陶陶她們那樣大膽潑辣地參加你們的活動。我更害怕和你靠近——在一年多的相處中，我從不敢正視你的眼睛，也從沒有單獨與你相處過一分鐘，更不敢說上一句話。因為我怕，我怕你會一時地心血來潮，再談起舊日的溫情。

法慧，我不能不違心地說不愛你。但是我們的愛必須建立在平等的基礎上。只要我父親的歷史問題沒有查清，我不能從根本上擺脫強加給我的所謂「黑七類」的禁錮，我就一天、哪怕一小時、連一鈔鐘也不能接受你的愛。

你是一個貧農的子弟，出身好，社會關係沒有任何問題，而且你天賦又好，富有才幹。你的前程似錦。你萬不可因為憐憫我這樣一個「黑七類」的子女，而鋌而走險，耽誤了你的錦繡前程。因此，我鄭重其事地告訴你，從今往後，再也不要向我提起愛，不要，千不要，萬不要，永遠不要。為了你，也是為了我，為了我的心理上的安寧。否則，您只會讓我愧疚，讓我痛苦！說什麼我也不會答應你的愛，不能，永遠不能！永遠永遠不能！

過去的事就讓它過去吧！就不要再提它了！權當是兒時的嬉戲，是一場荒唐的轉瞬即逝的夢，狠狠心將它忘掉，把那往日的書信，連同記憶的碎片，全都忘卻，不要再留一絲一毫的痕跡！

就此止筆吧，法慧！

祝您精神愉快！

你的同學：雁琳

一九六八年八月九日

○○七、盧法慧致肖雁琳

雁琳：

讀著你那淚漬斑斑的長信，你那真摯的感情和淒切的痛楚，一次次打動了我。我一遍讀一邊止不住潸然淚下。丈夫有淚不輕彈，只因未到傷心處。有哪個鐵石心腸的人不為之感動呢！什麼「錦繡前程」！大學夢的幻滅，理想的破產，以及我們「總司」派的一敗塗地，生活一次又一次地教訓了我。現在的我早已沒有什麼理想和抱負了。我整天沉湎於消極和頽廢之中，還侈談什麼的狗屁前程！

我已經徹底失望了。如果說以前我還有過一腔熱血，那麼今天來說，這腔熱血已冷卻得快要結冰了。眼前的鐵的事實教訓了我，我已經不敢和命運抗爭，更不敢銳意進取，我只能清靜無為，做個獨善其身的人了。

我認為，在性格上，你的堅韌和毅力遠遠在我之上。如果說我是男性中的弱者，那麼你就是女性中的強者。

在與你相處的八年中，無論是在學習上，還是在班委工作和思想進取上，你都沒示過弱。你從不把自己混同於一般的女生。你總拿自己與男生中的強者相比。雖說班內一直盛行「排斥女生」的歪風，可是你在男生們心目中卻獨獨立於不敗之地。

在認識問題上，你一向有自己的真知灼見，絕不隨波逐流。難怪同學們給你起個外號叫「老謬」。這個謬字用在你身上，已經沒有貶意，而是你倔強性格的真實寫照。

在我的印象中，你絕不像其他女生那樣嬌貴，那樣脆弱，那樣稍遇非難，便揉眼抹淚地哭鼻子，輕則涕零，重則號啕。你父母的厄運，家庭的遭遇，人情的淺薄，世事的冷酷，在這一層層重壓下，你都沒有畏葸，沒有氣餒，更沒有低頭屈服。你毅然走自己的路，不怕孤立，頑強自持。在永留記憶的「十一・十八」慘案那天，當那些「紅聯」的暴徒們四處圍剿的時候，我一邊銷毀組織的機密材料，一邊想到了你。我知道你正病在宿舍，十有八九要落在這夥暴徒手中。當我慌慌張張跑近你們宿舍時，門口已經站滿了手持木棒鐵釬氣勢洶洶的打手們。在一聲聲喝斥聲中，你，一個纖弱的病體，披著一件絨衣，頭髮蓬亂，面色蠟黃，從門裏走出來。「叫她把手舉起來！」「低下頭去！」「叫她跪著走！」……一連串的喝斥聲，幾十名棒子隊員列成兩道森嚴的人牆。你從中間走過去，竟是那樣鎮靜自若，那樣從容不迫。你故意把頭抬得高高，緊抿著嘴唇，細長的眼裏射出鄙夷不屑的目光。在一片嘈雜的喝斥聲中，單見一起一落的棍棒，接連抽打在你頭上、肩上、背上。見此情景，我不顧一切地向你衝去。可是，沒容我走上幾步，兇狠的棍棒就朝我打來，我眼前一黑，一個踉蹌，撲倒在地，就什麼也不知道了……

那一夜，我們二十多個「總司」戰友被囚禁在一中澡堂的大池子裏，冰冷的水泥地面砭人肌骨，身上的棍棒創傷陣陣劇痛。一縷月光打天窗射下來，顯得那樣冷清和淒涼。當時我和你離得那麼近，當我用悲苦的目光去注視你的時候，卻見你將飄散在額際的一縷亂髮輕輕一甩，臉上現出一絲瀟脫的微笑。就這一笑，至今還清晰地留在我的記憶裏。

琳，我之所以鍾情於你，是因為你有遠大的抱負，有崇高的志向，有一般男性都沒有的倔強而堅韌的毅力。我愛你，你是我感情的唯一支柱，我不可以一時沒有你，也不可以一時沒有愛。再不要說那些「黑七類」、「忘卻」之類的喪氣話。我原先愛你，現在經過兩年文化大革命的洗禮，我比原來更愛你！

請相信我，任憑海枯石爛，我對你的一腔愛心至死不變！

盼回信！

法慧

一九六八年八月十日

○○八、肖雁琳致盧法慧

盧法慧同學：

我覺得你這個人太不近人情了。

你就不體諒體諒人家，人家是以多麼沉痛的心情，噙著淚，含著血，哀求你把過去的事情忘掉、忘掉，而你，卻在人家「生靈塗炭」的時候，舊調重彈，還胡謅什麼「海枯」、「石爛」之類的蠢話，你這不是故意向人家傷口上撒鹽，你這不是活活折騰人嗎？

我本不該理乎你。但，自我上信出手之後，還覺得有些話沒說完，有的根本就沒顧得說。所以，今天，索性傾腸倒肚，一股腦兒寫給你，借此了卻這個在我心中已醞釀了兩年的「宿願」吧！

法慧，我嚴肅地正告你，你不要太感情用事。現在的形勢你不是不知道，血統論正在各處盛行，「老子英雄兒好漢，老子反動兒混蛋。」一人獲罪，株連全族，連親戚朋友都不放過，這千千萬萬的例證就在我們身邊。不用我多說了吧？你想想，如果你當真與我這樣的黑七類子女戀愛，你就會立即變成眾矢之的。人們最初可能是詫異、驚訝，接著你的家庭，你的親朋好友就會阻止你、規勸你、千方百計說服你。如果你還不幡然醒悟、悔過自新的話，那麼，就不可避免地要遭到來自社會的譏諷、嘲笑、誹謗甚至攻擊。當然，這些還算是小事。重要的是，從此就葬送了你的前途和未來。這可是頭等大事，切不可等閒視之。而你那洋洋萬言的長信對此隻字不提，卻津津樂道地胡扯一些風馬牛不相及的事情，甚至輕諾狂言什麼「海枯石爛」之類，足見你是個不折不扣的純粹的十足的傻瓜蛋！

你傻，你真傻！你傻得可惡可恨可歎可憎！我狠不得把你生吞活剝了才解恨！

法慧，還有一點，我心裏積蓄已久，今日不得不說。你周圍有那麼多的女性，她們一個個比我聰明，比我漂亮，家庭出身又好，你不去鍾愛她們，為什麼非要抓住我這個處處不如人的「老謬」不放呢？別的班的女生咱不說，就說咱班裏的榮寶芬吧，論家庭出身，她父親是建築工人，響噹噹的工人階級。她的社會關係又純潔得清白無瑕。論自然條件，她是全校有名的四大美人之一，渾號「校花」，無人不知，無人不曉。你不是也曾向人說過榮確有傾城傾國之色嗎？論感情，你也該知道，她早就傾心於你。早在文革開始之前，她就向我誇讚過你的聰明和才華。尤其在「十一・十八」慘案那天，當大多數人安全轉移之後，她不知從哪裏得知你我等二十餘名戰友被困在一中老巢裏，她立時急得心焦火燎，像熱鍋上的螞蟻，坐立不安。她埋怨大小頭目們不立即組織營救，竟止不住破口大罵，然後就哭，聽說都哭得幾乎成了一個淚人。這是我後來聽說的，我自己並不全信。——以她一向的老練持重、不露聲色，怎麼會突然如此地撒潑呢？——如果說她為我擔心，這也是實情，因為我們一直很好。但決不是全部。她最擔心最惦記的自然是你。因為她打心裏愛你，喜歡你，也追求你。這些，不知你察覺到沒有，也不知她對你有沒有過明確表示。如果真的有所表示的話，我勸你就接受她的愛吧！她溫柔賢慧，又有素養，她會像最好的女性那樣疼愛你的，或者說，她是最優秀的賢妻良母型的女性，你和她結合，會幸福一輩子的。

法慧，如果你羞於出口，我可以做你們的大媒，我敢擔保，一說即成。我認為，天下沒有比你們兩個結為伉儷再十全十美的了。

法慧，請接受我的規勸吧！我已經把整個的心全都袒露給你。如果說你愛過我的話，那麼，我這個最誠摯最善意的規勸就是對你的最好回報。

法慧，從今往後，你再也不要向我說起那個愛字。我是不能接受的，現在不能，將來不能，永遠不能！這是無數鐵的嚴酷的事實告訴我的。我不能讓我們一家已經領略過的風霜雨雪再降臨到你身上。也請你萬不要飛蛾撲火、引火焚身。那純粹是自討苦吃。你如果恨我，就讓你恨吧。你把我想像得越壞越好。我巴不得你把我比作醜八怪、醜妖婆，是牛鬼蛇神，是妖魔鬼怪，反正什麼最壞，你就把我比作什麼，從而把我忘掉。這就是我求你的。

再見吧！永留我記憶中的盧法慧！

長別吧，一切會從頭開始！

這是我給你的最後一封信。

祝您愉快！祝您和您未來的女性幸福美滿！

你的同學：肖雁琳
一九六八年八月十二日

○○九、盧法慧致肖雁琳

雁琳：

讀著你的信，我彷彿感覺到你那顆純潔善良的心的跳動。我只覺得喉頭梗塞、胸中鬱悶，一次次忍不住潸然淚下。我真想一下緊緊抱住你，放開喉嚨大哭一場。只有這樣，才能使我緊縮的心鬆弛下來。

對於你好心好意的規勸，恕我不能從命。因為，我心裏只有你、只有你，而沒有任何人！

是的，榮寶芬的確長得很美，說她是我們一中的四大美人一點不過。我也確實不止一次地對人說過她具有傾國傾城之色的話。

但是，愛情是神祕的天使，是不受理智約束的神箭，它不像數學運算那樣遵循著鐵的法則，也不像物理化學實驗那樣只要按規程操作就會出現預期的結果。愛情是神祕的，是潛移默化的，甚至也可以套用一句俗話：是不以人的意志為轉移的。別人都看著是個大美人，可他硬說不可愛。愛和美之間是無法劃等號的。情人眼裏出西施，這話很對。對於榮，我承認她對我有那層意思。其實在很早以前就有了。前年夏天，在我主編《紅色造反報》的時候，她自告奮勇當我的助手，又主動把書桌放在我的對面，這麼一來，她與我相處的機會就多了。她的溫柔賢慧、落落大方和她獨有的那種雍容華貴，早就顯露出來。她像一株婷婷玉立的玉蘭花呈現在我的面前。只可惜，那時候，我心裏已有了你，任何誘惑對於我來說都不起什麼效用。雖然那段時間在同學們中間有些風傳，但那都是捕風捉影，是子虛烏有的事。這，只有我心裏最清楚。所以，在那次「總司」內部思想整頓的時候，有人旁敲側擊地說我與榮之間有什麼特殊關係，我聽後，感到既好氣又好笑。覺得那樣太冤枉了她，因為我從來沒對她有過一星半點的表示。直到現在，她依然對我很好，這我承認。我想：她這個人可能過於矜持、過於自負了，在衣飾容貌上用心太多，而無暇研究愛情的奧祕。她也可能認為我還處於情竇未開時期，還不到考慮婚姻戀愛問題的時候。所以，她不慌不忙，她自信自己有得天獨厚的容貌，或早或晚，我定會拜倒在她石榴裙下，成為她的俘虜。至於你我之間的關係，我相信她至今還一無所知。所以，她彷彿勝券在握，不急也不躁。有時，她也以嫵媚的目光偷看我，我總是有意避開，而她也毫不在意，略以一笑以蔽之。她愈是偽裝得巧妙，我心中愈是感到不安。我越來越覺得對不住她。何必讓人家單相戀呢？因此，我想，儘快把我們的關係公開化，那樣一則及早絕了榮的後望，二則，公開以後，我們就可以堂堂正正地戀愛，就不必像現在這樣偷偷摸摸的了。

另外，你家庭的事我不是有意避而不談。說實在的，我不止一次地想過。但是，我愛的是你，是肖雁琳。我認為，只要你好，其他一切都是無所謂的。你父親的歷史問題，那是他自己的事，由他自己負責，與你何干？至於當前「一人有罪，株連全家」的現象，確是事實存在。但我料定，這種觀念是不會太長久的。封建的血統論是與馬克思列寧主義、毛澤東思想相違背的。凡是不合理的事情，都不會太長久。這是歷史的必然。不管它現在多麼猖獗，多麼盛行，一旦人民覺悟了，一切都將被掃入歷史的垃圾堆。

當然，我們的關係公開之後，最初可能會招致一些人的嘲諷和譏笑。因為人們往往好以世俗的眼光來衡量事物，還好以眼前的政策來推測十年二十年一百年後的事情。那就讓他們去譏諷和嘲笑吧！我們生活的目的本來就不是向別人討好的，正如某位哲人說的：走自己的路，讓他們說去吧！任何人的指摘和說道，都無損於我們一根毫毛。要說前途和未來，早已頹廢了的我，本心就不期望多麼美好，更不求飛黃騰達，又怎麼能提到「影響」二字呢？

我也想過，即使我們被世勢所逼，淪落到像杜甫那樣的窮困潦倒，妻子兒女擠在茅草屋裏「床頭屋漏無干處，雨腳如麻未斷絕」，我也自當心甘情願，動情時至多不過抱著你大哭一場，除此之外，我毫無怨言。

琳，答應我吧！再不要說那些沮喪的話，再不要自暴自棄。以往，在學習和生活上，你都是一個強者，同樣的，在戀愛中你也不應當自卑，也要做一個強者。挺起你的腰桿來吧！既然我們已真誠相愛，何必躲躲閃閃，畏首畏尾？讓那些慣以世俗勢利眼光看我們的人大驚小怪去吧！讓那些諷刺挖苦的閒言碎語統統見鬼去吧！

「如果歡樂死去了，愛可以獨自生存，
我們將繼續相愛，直愛到
心靈的地獄彷彿變成極樂的園庭！」

（雪萊）

「你的甜蜜的愛就是珍寶，
我不屑把處境和帝王相對調！」

（莎士比亞）

讓我們love的花朵綻蕾怒放吧！

盼覆！

愛你的：法慧

一九六八年八月十三日

○一○、盧法慧致肖雁琳

琳：

為什麼不給我回信？

昨天傍晚，去餐廳的路上，為什麼有意躲避我？今天早晨在教室走廊裏，你看我從對面走來，為什麼回頭就走？為什麼？

我身上有殺人的刀，還是有刺人的劍？

你既不給回信，又不和我說話，你到底要拿我如何處置？難道說我們真誠相愛幾年就這樣草草了結了嗎？這，對你來說，也許是輕而易舉的，而對熱戀中的我來說，將是一個多麼致命的打擊？幾天來，我神思恍惚，心悸耳鳴，頭痛失眠，食欲減退，每時每刻都忍受著痛苦的煎熬。這一切，你知道不知道？

要說，你這人也太自私，太殘忍了，你只想到你自己，從不為別人著想。你這麼殘忍地折磨我，只是為了自己心理上平衡，而忽視了我的情感。我們正在熱戀中，我怎麼能受得了呢？與其如此，你倒莫如拿刀子一下子捅了我的好，也不至於讓人家一天天地忍受！

如果你真的打心裏厭惡我，或者是你另有所愛，另謀新歡，那麼，請你即刻聲明，我們便從此一刀兩斷！我決不把自己的愛強加於你！

否則的話，你就老老實實就範。

請立刻回信，哪怕是一張二指的紙條！

你的未婚夫：法慧

一九六八年八月十六日

〇一一、盧法慧致肖雁琳

雁琳，肖雁琳：

你這狠心爛腸子的人！

我每天十遍百遍地往桌洞裏看，裏裏外外翻著尋找，然而一次次都是落空。

我空虛。我的心已空得滴血，空得發白。

昨夜，我失眠；今夜，我又失眠。我已有三天沒怎麼吃飯，有兩個通宵沒有闔眼了。

你就這樣眼睜睜地看著我如瘋似魔、喪魂失魄，而毫無惻隱之心憐憫之意？你，你真是鐵石一般的心腸呀！

但是，你要知道，人的忍耐總是有一定的限度的。俗話說：兔子急了也咬人！我在此正告你：肖雁琳，我限你兩天，四十八小時之內，你再不給我回信，給一個滿意的答覆，我就要翻臉不認人，我就要反撲，就要爆發！幹什麼？——我決計把我們的關係完全公開化，我要當眾宣佈：我與肖雁琳已正式訂婚！並把你過去的書信拿出來示眾。我要讓你在大庭廣眾之下出醜、難堪。你氣也罷，惱也罷，暴跳如雷也罷，我才不管你呢！我將在你最難堪的時候放聲大笑！

一不做二不休，大丈夫說話，一言九鼎，駟馬難追！

別忘了，時限四十八小時！逾時不果，我立馬叫你丟人現眼！

特此聲明！

非瘋即魔的：盧法慧

一九六八年八月十八日

○一一、肖雁琳致盧法慧

法慧呀法慧：

你真真是強人所難哪！

你這樣做，於你，於我，於大家，又有什麼好處呢？

我總覺得你這人浪漫多於嚴肅，天真多於理智。你太感情用事了。對於世態炎涼，對於社會上的風刀霜劍，你還缺乏充分的認識和估計，明明是條絕路，你非要走下去不可。你這是以身試法，以卵擊石，飛蛾撲火，自討無趣。到將來，在嚴酷的現實面前，你會碰得頭破血流的，到那時候，我想，連可憐你的人都沒有。因為這一切都是你咎由自取！

中國有句老話：「士為知己者死」，「為朋友兩脅插刀」。既然你對我如此癡情，我也就只好奉陪了。但有一條，我必須預先聲明：我只陪你走一程，並非如你所說「未婚妻」之類。你也沒必要非得死皮賴臉當人家的「未婚夫」不可。似這類過分的話，我建議以後少說或乾脆不說。你我之間只能保持同學好友的關係，再向前超越一步，於你於我都是不妥的。這一點，請你務必記住！至於將來，我們的關係向何處發展，那只有留待時光的檢驗。以後有事說事，有話則長，無話則短，斷不可情纏意綿，胡言亂語，沒完沒了，傳出去讓人家笑話。

再，你散佈的謠言已經不少，我也懶得去一一闢謠了。反正你這人也真夠討厭的，你這是肆意地侵犯人權。如果不是公檢法早已癱掉，我非得去法院告你不可！

你欺世盜名，四處張揚，弄得滿學校人人都知道了。有的還假惺惺地向我道喜。道什麼喜？分明是道愁道憂！讓人有十八張嘴也說不清楚。這也許就是你所說的叫我當眾「獻醜」和「難堪」吧？好了，你的目的也算達到了！

剛才，寶芬姐也笑嘻嘻地向我祝賀，差點沒把我氣死。我想：這是何苦來呢？我總認為，你和她本該是一對的，正是因為有了我，才拆散了你們。這令我心裏好大的不痛快。本來，我和寶芬姐曾是很要好的姐妹，她早已傾心於你，這是人所共知的。可你偏偏死纏住我不放，叫我有什麼辦法？知底細的人說我們相愛已久，不知道的呢，還只當我掠人之美，不仁不義了呢。說實在的，有時連我自己也懷疑，我到底是不是「第三者」？是不是「一個多餘的人物」？我太不應該出現在你和她之間。將來，如果可能的話，我情願從你們中間走開，走得遠遠的，去到天涯海角，讓你們把我忘掉，藉以成全你們。只有這樣，我才心安。

事到如今，我還不得不正告你：你不要太樂觀了。將來，即使我不拒絕你，現實也會阻攔你。因此，我時刻準備著將來有一天，你會沮喪著臉對我說：「雁琳，咱還是吹了吧！」好吧，我會慨然應允的。不管在任何時候、任何情況下，你都可以以任何方式向我表示你已經不再愛我，哪怕是在舉行婚禮的前一分鐘，你都有權利這樣做。

這些話，我知道你是不喜歡聽的，但我還是要說。

望你三思！

同學：肖雁琳

一九六八年八月二十日

〇一三、盧法慧致肖雁琳

雁琳：

大札捧讀，不勝感激之至也！

不管怎麼說，你總算是應允了。

阿彌陀佛，謝天謝地！感謝仁慈的主！阿門！

離校的日子已近在眉睫，人心惶惶！下一步怎麼辦？怎麼謀生？這是一個嚴峻的課題。你是城鎮戶口，新政權也許會對你們這批人有個安排，可我們農業人口，怎麼辦？都打回老家去，當一輩子農民？從此再沒有出頭之日？

在這時候，我驀然有所警悟：像我們這整整一代的中學生，昏頭昏腦，打打鬧鬧了二年，現在回頭看看我們所走過的路，再想想現在的處境，想一想，我們究竟幹了些什麼事情？充當了什麼角色？現在又面臨著什麼樣下場？我們不正是一群替罪的羔羊麼？

這簡直是太荒唐了！

琳，我還有好多話要說，今晚熄燈後，在教室裏等我。不見不散。

謹此匆草。

法慧

一九六八年八月二十一日

〇一四、肖雁琳致盧法慧

法慧：

信已見過。來不及細談了，我媽捎信要來接我，我恐怕要提前離校了。順便說一句，離校後，我比你們還要寒心。我雖係非農業戶口，但新政權已有風傳，凡是「站錯隊」的，一律不給安置，全部趕到鄉下去。到鄉下，情況會是如何呢？我們家是那個樣子，造反派的圍攻、歧視、謾罵……在那種環境裏，我是一天也待不下去的。命運，這個張牙舞爪的怪獸將會如何擺佈我呢？我也來不及細想，也不敢去想。俗話說：車到山前自有路。那麼，我就只有硬著頭皮去碰一碰了。

你不要再傳信，我很快就要走了。

告別了，我的母校！

告別了，我的整個學生時代！

再見！

祝你

愉快！

雁琳

一九六八年八月二十二日

第三章　逼迫

世溷濁而不分兮，
好蔽美而嫉妒。

〇一五、盧法慧致肖雁琳

雁琳：

幾日不見，如隔數秋。

每天都覺得有好多話要說，又不好意思貿然地闖進你家。只好寫在紙上投進郵筒，有勞郵遞員大駕了。

你真不該提前離校，你不知道最後幾天過得有多快活：二十五日全班合影。二十六日文藝晚會。二十七日全班大會餐。一切都是同學自發的。校革委、工宣隊對我們沒有任何法子。

合影照片上題詞我提議就用「亂雲飛渡仍從容。」隨後又三五成群自由合影留念。當時，我只是恨你不在，若在，我們何不來一張快照呢？

文藝晚會開得生動活潑，京劇清唱、芭蕾舞、相聲、評書、口技、魔術，五花八門，洋相百出。大家盡情地樂呵，盡情地唱呵，氣氛時而歡快，時而悲壯，時而低沉，時而激越，跌宕起伏，迴腸盪氣。我在晚會上唱了電影《怒潮》中的插曲「送別」。演唱時，我自然又想到你在六四年國慶晚會上獨唱這首歌時的情景。曲調纏綿低沉，情感酣暢淋漓。我一邊唱，一邊心裏想著你，不由地淚水迷濛了。

在臨別前一天的宴會上，大家開懷暢飲。酒後紛紛賦詩作畫，抒發感慨。我也即興胡謅了一首七律，當時就揮毫寫在教室的石灰牆上：

一杯濁酒送君行，
馳騁中原慰平生。
英雄只懷報國志，
壯士何須慮辱寵。

碧血盡灑天下事，
丹心敬獻北京城。
臨別無言惟翹首，
陽春三月話重逢。

不少男同學喝得酩酊大醉，被攙扶到宿舍裏。大夥兒懷念往昔相處關係之融洽，展望未來前景之暗淡，一個個不寒而慄，悲從中來。有的激昂陳辭指貶時政，有的慷慨悲歌寄託未來。直至東方發白，意猶未盡。

二十八日分手的時刻到了。四十三名風雨同舟、患難與共的「總司」戰友，自今日始將要走向東西南北，天各一方，像長空中的孤雁，像莽原中的別鶴，像汪洋裏的浮萍，聽憑命運的擺佈，任其漂泊、流離，隨其沉浮和消亡。分手之際，真是百感交集，離別之情，無法言說。大家手扯著手，肩並著肩，送一程又一程，說不盡的話，道不盡的情，最後一個個灑淚而別。

從學校到農村老家，生活環境大變。農村的曠野令人心裏豁然開朗，樸實的農民也讓人備感親切平易，況且有祖母和母親的慈愛，有大姐的照撫，一家人骨肉團聚，情真意切，本應該是心滿意足的，可心裏卻時常感到落寞和孤寂。我留戀學校的生活，懷念那些親密無間的同學們，尤其更想念你！

你回到家情況如何？能適應家裏的環境嗎？你每天都是做些什麼？心裏想些什麼？有什麼好讀的書？能寫信告訴我嗎？

再者，回家後我們如何聯繫？我們的關係既然在學校都已公開化了，在家裏也不應保密。我想聽聽你的意見。

盼覆。並祝

快活！

Fa Hui

一九六八年八月三十一日

○一六、肖雁琳致盧法慧

法慧同學：

我註定走到哪裏都是不受歡迎的人。單一個「黑七類」子女，就足夠我嘗盡人間風霜的了，再加上一個「站錯隊」，這不是罪上加罪，更讓我無立足之地嗎？幸虧，那天到家時已是傍晚時分，街上沒人，進家後，媽媽又不讓我出門，才不致立即招來造反派的圍攻。但，躲過初一，初不過十五，我總不能老是在家蹲著吧？下一步怎麼辦？爸爸的薪水早就停發了。媽媽退職後，那點退職金也早已花光了。現在就指望媽媽為人做縫紉活換點兒報酬，來維持全家的生活。現在，除我之外，全家都變成了農業戶口。生產隊基礎差，一個工值僅兩三角錢。弟弟妹妹都小，工分掙不夠，年年都要倒貼錢。我回來，又多添一張嘴，一家人的生活用度怎麼辦？這真叫人發愁。

前天晚上，全家人都為今後的生活作難。在弟妹面前，我是老大，本不該哭，可我忍不住，首先哭了起來。媽媽是個剛強人，從不輕易在人前掉一滴眼淚，可她也哭了。她哭著抱怨我，說我不該參加保守組織，不該站錯隊，讓人家抓住把柄。又抱怨爸爸，說這一切都是爸爸造成的，爸爸才是我們全家的罪魁禍首。

對於爸爸，我既恨他又可憐他。恨是恨他的過去，恨他的歷史。解放前，他在國民黨軍隊裏當過連指導員，一九四八年被解放軍俘虜後遣返回鄉。建國後在鄉裏教學，由於他特別賣力，很快被提拔為小學校長。可是，文革開始後被造反派說成是隱瞞歷史，被打成「歷史反革命分子」，戴帽管制勞動。我們全家都受爸爸的拖累。然而，我又可憐他。他在外面受造反派的揪鬥批判，剃陰陽頭、坐噴氣式、罰站、掃街、挖廁所、沒完沒了地出義務工。造反派對他輕則喝東道西，重則拳打腳踢。我到家的第二天，是常鎮大集，爸爸和村裏的十幾個四類分子被排成一隊，強制跪著用膝蓋走，走得慢了就挨打。中午回家時，爸爸一瘸一拐的，褲子膝蓋處都磨破了，從裏面滲出血來。我看了止不住傷心落淚。爸爸在家裏，也得不到好氣，誰都可以搶白他。爸爸臉上從沒有一點笑色，一天到晚陰沉著臉，默默地打水、生火、做飯，最繁重的家務活都是他幹。平時，我最怕看到爸爸的目光，那是一雙淒淒慘慘、哀哀怨怨的眼睛，像正在贖罪的聖徒，既有無限的悲苦，又有隱隱的乞憐，看了都令人心碎。

我媽媽脾氣很不好，稍有不順心的事，張口就罵，像一般的農村婆娘一樣。姊妹們有點錯處，她抬手就打。我真不能理解，既然災難已經降臨到這個家庭，一家人何不相互體諒，相互安慰，反而同室操戈，大打出手，這是何苦來呢？我曾試圖勸說過媽媽，可她當面答應，過後一如往常，稍不如意就發脾氣，弄得雞飛狗跳，一旦罵起人來，別提有多難聽。

我越來越覺得我在這個家裏無法生活。也說不出是他們容不下我，還是我容不下他們。反正我總覺得和這個家庭格格不入。我有一種預感，早晚有一天，我要離開這個家庭走出去，至於上哪裏去，我也不知。

法慧，我們兩個的事，我再懇求你一句：最好還是就此打住，永不再提了。我與你是兩個世界的人，無法相提並論。你還是另做打算吧！在學校裏已經公開是無法挽回了，可在家裏你千萬不要聲張出去。你讓我清靜清靜好不好！

你無論如何不要到我家來。你要知道，我家門口是掛「黑七類」牌子的，對你這種「紅人」來說，是「禁區」。反屬門前是非多。請你自重！

至於以後怎麼辦？我也說不出。我現在是混天聊日，過一天少兩晌，一切留待命運去安排吧！

祝你及全家老幼身體健康，精神愉快！

你的同學：雁琳

一九六八年九月三日

〇一七、盧法慧致肖雁琳

琳：

至今還沒收到你的覆信，我已等不及了，極想找個藉口到你家去一趟。

回家這些天，大多時間是參加隊裏勞動。和我童年時期的夥伴們在一塊，有說有笑，倒也快活。就自然景色來說，農村自有農村的特點，不要說青山綠水，楊柳成行，綠樹成蔭，杏林鶯歌，桃園燕舞，啁啾呢喃之聲不絕於耳，騾馬牛羊歡叫時有傳來；犬吠深巷，雞鳴樹巔；童唱兒歌，洞簫蘆笛，此起彼伏，互為應答。至於那朝暉夕霞，雨虹雪霽，薄霧濛濛，炊煙嫋嫋，更為村野憑添幾多情趣。農民質樸善良，最少虛榮意識。與農民相處沒必要有那麼多的猜疑和顧慮，一切都是直來直去。

當然農村也有它相對落後的一面，農民也有他們自身的弱點。但我還是願意在農村生活一段時間，借此重溫一下童年的生活。白天與小夥子們一塊生產勞動，心裏覺得很痛快，可如此一來，看書學習的機會就少了。書桌上（家姐已為我騰出了一間屋子作我的書房）放著新借來的一本《肖紅選集》和艾蕪的《南行記》。我也只能飯前飯後或睡覺前流覽一下。白天做一天活，晚上神睏體乏，小煤礦油燈光又暗，看上一會兒，就支撐不住，倒頭便睡。這如何是好？長此下去，豈不把學業荒廢了不成？

近來我常想，我們正值青春年少，恰是風華正茂的時候，可恨文革運動整個毀了我們的前程。首先造反鬧事的是我們，最後，竟落了個上山下鄉的下場。這不是卸了磨殺驢麼？這是多麼大的悲劇！從另一方面來說，現在世界各國都進入現代化的建設中，那麼重視科學技術的發展，而獨有我們中國卻只顧意識形態領域裏的革命，爭官奪權，打內戰，勾心鬥角，把知識份子批來鬥去，關押放逐，使整個國家的科學教育事業荒廢殆盡。如果老是這樣走下去，過上若干年之後，當人們回顧這段歲月的時候，不知是功還是過？那只有留待後人去評說了。

琳，畢業後，生活環境變了，有許多新問題擺在我們面前。首先面臨的是我們將來的職業和前途。以前在學校，這是我們津津樂道的話題。那時候一說到職業和前途，好像都是遙遠而又渺茫的事情，故而誰都可以不著邊際地高談闊論，亂說一氣。可是現在，當這一問題真正擺在我們面前時，我們又無所措手足了。就我來說，不久前，我還打算專攻醫學，像魯迅先生最初在日本留學時那樣，打算以自己微薄的力量來減輕人們肉體的痛苦。但最近幾天，聽人說，現代醫學如果沒有專科訓練，單靠自修是成不了好醫生的。因此，我轉而又熱愛文學。經過文革幾年的挫折，我們對社會對人生都有了一定的認識，以後在農村更可以洞察人生，積累生活素材，為將來的寫作打下基礎。從現在開始，就應該有計劃地通讀古今中外的文學名著，諸如：《紅樓》、《三國》、《水滸》、《聊齋》及歐美文學。當然，這些書目前在書店裏是買不到的，單靠借書在農村有更大的難度。但我們可以廣交朋友，只要我們心不死，總會有辦法的。

在職業和前途問題上，你是如何考慮的？

我想我們既已相愛，那麼在事業上也應該是同路人。我深知你是酷愛文學的，有道是「獨學而無友，則孤陋而寡聞」。讓我們在文學自修的道路上，攜起手來，相互切磋，相互激勵，共同長進吧！

很想見你一面。此信就不打算再寄了，想把它夾在肖紅選集裏一併送你。

祝

心情愉快！

法慧

一九六八年九月四日

○一八、肖雁琳致盧法慧

法慧：

沒經我的許可，你為什麼闖進我家？你好不該來！不該來！你給我惹了好多麻煩！

你走之後，我媽接著就追問我與你是不是有那層關係？（因為榮寶芬前幾天來我家時，言談話語間已略露端倪）我能說什麼呢？我哭了。

媽媽的心思我是知道的。因為爸爸的事，我們備受人家欺負，我們家裏遭受的災難已經夠多的了，我不應該在這個時候雪上加霜，再為這個家庭增添過多的憂愁和煩惱。媽媽一口咬定世界上沒有好人，今天和我們好，說不定明天就翻臉不認人。她認為你也不能例外。所以反對我和任何人接觸，更不能戀愛。媽媽的意思當然是為了我好。但是我受不了媽媽的詰難，她為什麼樣要管我的事情？誰希罕她管！我惱她，恨她！也恨我自己！然而，更惱更恨的還是你——盧法慧！你為什麼要介入我的生活？為什麼要闖進我的家？你啊你！如果沒有我媽媽在場，當時我就恨不得一把撕了你，劈了你，才解恨！

我現在的心情是煩惱、憂鬱、悲傷、痛苦，還談什麼職業和前途。記得魯迅先生說過：一要生存，二要溫飽，三才是發展。現在我連生存的權利都沒有，還談何職業和前途？你這不是對牛彈琴麼？

前天傍晚，村裏的造反派頭頭大概發覺我已畢業回家，突然帶著一夥棒子隊圍著我家小院轉了一圈，還高呼口號：「黑老保滾出去！」「揪出保守派的黑爪牙！」……囂張氣焰令人膽寒。母親嚇得直打顫，趕緊把我藏到裏間屋裏；妹妹們嚇得哇哇直哭。

我知道，這個村無論如何是容不下我。因而，為了生存，我又一次想到出走的問題。走，上哪兒去呢？哪裏會是我的棲身之地？投親靠友，我們家又沒有多少親友，幾家老親戚，因為爸爸的歷史問題，也一個個斷了來往。昨天晚上，一家人認真地合計了一下，橫豎還有一個表哥在新疆工作，具體幹什麼還不清楚。要出走也只有去投奔他了。可惜我至今連他的面都沒見過，足見這希望是多麼的渺茫。

要說職業呵，說來可悲，恐怕將來不是我去選擇什麼職業，而是職業來選擇我。自由完全不在我這邊。可笑不可笑？事實就是這樣。

對於你所說的文學藝術，我並不是什麼「酷愛」。我只是泛泛地讀讀而已。我讀書是囫圇吞棗，不求甚解。又無計劃性，碰上什麼讀什麼，隨意涉獵流覽，說白了，消遣而已。要說搞文學，我可遠不是這塊材料。法慧，這裏我要正告你：你不要以為我的天性也是喜歡別人恭維。你那些評論我的話，我看了都肉麻。如果不是你有意地誇大其辭，就是你根本還不瞭解我。

但你也不要因此而灰心失望。你至少為自己贏得了一個支持者和同盟軍。這還不足以自慰嗎？

如果說願望，我的最高願望就是做一個人民教師，把自己的心血都傾注在祖國的新一代身上。如果當教師還不能的話，我便只好退而求其次，做一個地地道道的農家婦女，做一個賢妻良母。只怕現實的逼迫，我連這也不能。

法慧，說實在的，我只恨我生為一個女人。我認為好壞是個男人就比我們女人強。我長這麼大，在生活的道路上，時時在為自己尋找榜樣。我的榜樣大都在男性中，女性中幾乎一個沒有。單就各方面能力而言，女不如男似乎已成定論。就是在同性之間亦有殊別，這也是實情。我與別人相比（我們不應把別人看得過低），確實能力甚小。這不是謙虛更不是自卑而是實實在在。我想，決定我能力差的原因有三：一天賦不佳，二惰性十足，三是環境所致。你不知道我是多麼羨慕男生和一般工農家庭出身的子女。當然我也不是自甘下風的那種人。我的處世原則是孟老夫子的那句格言：「達則兼濟天下，窮則獨善其身」。

《肖紅選集》我已讀大半。肖紅是一個很有社會責任感的女性。字裏行間滲透著對人民的熱愛，對故鄉的眷戀。她是一個難得的才女，只可惜英年早逝，去得太早。

此信寫好，暫且壓在抽屜裏，待見到你時面交。

祝你愉快！

雁琳

九月十日

八日又及：

兩天不見你來，信還在我這裏壓著。今晚又摸起筆來和你說幾句悄悄話。我是信「筆」開河，不知你有耐心看否？

說來十分可笑，你一到我家來，我就生氣，抱怨你，恨你，嫌你打亂我的生活。可你連著幾天不來，我心裏又巴巴地盼著。理智和感情竟是如此的矛盾，你說怪不怪？可笑不可笑？還有許多時候，我覺得有滿腹的話要對你說，可見面後卻又感到心裏空空如也，沒啥可說的了。這真讓人不可思議。

我出走的事幾乎已成定論。爸爸已向新疆的楊傳江表哥發去一信，試探一下情況。媽媽也說，趁現在我的戶口還在一中（我們全家只剩下我一人是非農業戶口了），要儘快想辦法遷出去。免得上頭逼著我遷到家裏來，也變成農業戶口，那樣就更無出頭之日了。

啥時收到新疆的回信，我再轉告你。不過從現在開始，你我都得做好思想準備。在這之前，我沒有很好地徵求你的意見，我想你不會介意的吧？不管怎麼說，我還是為了找一條生路。「樹挪死，人挪活」，這是常理。我不能在這裏憋死。

近日，我發現，不僅這個社會不容我，就連這個家也容不下我。我們的家庭氣氛很不和睦。不是唇槍舌戰，就是拳打腳踢。脾氣最暴躁的是媽媽，不管是對爸爸還是對我們姊妹，稍有不如意就連吵帶罵，罵得像一般農村婆娘那樣難聽。早先媽媽可不是這樣的。她在供銷社裏連年被評為先進工作者，多次出席縣裏的代表大會。那時候，我既佩服媽媽的為人，也驚歎她的工作。她的退職，全是供銷社個別領導人為了討好上級，證明他階級界限劃得清，而以我爸爸的問題為藉口向媽媽發起非難。媽媽的脾氣由此而變壞了。她最恨我爸爸。因此，我爸爸最受氣，大人孩子都敢朝著他發脾氣。現在，爸爸就是一個受氣的布袋，早就麻木了，不管是在外邊，還是在家裏，任人說罵，他就是不吱聲。我們幾個又都不和善，我是謬，二妹倔，三妹強，四妹如跳蚤，五弟和六妹最小，嬌生慣養，只能佔便宜不能受一點委曲。這樣一家人在一塊，如乾柴加烈火，稍不如意，矛盾就爆發。能吼則吼，能打就打，唇槍舌戰，大動干戈。一家人在一塊的時間，有一大半是用以吵鬧打罵或者相互賭氣的。對此，我大多是採取壁上觀的態度。有時也不免當真生氣，一生起氣來就好長時間不消氣。可我媽媽她們早就習以為常了，吵完罵完照樣又吃又喝，有說有笑，只有我心裏還窩個大疙瘩。像這樣的家庭環境我真沒有耐性長期待下去。我也不想改造它，更無改造它的能力。

看來，唯一的辦法還是逃避，出走，走出這深淵，走出這是非之地。

又寫了不少，無端地耗費您的光陰，但願您不要生氣！

祝學習大有進步！

雁琳補記
一九六八年九月十二日午夜

○一九、盧法慧致肖雁琳

雁琳：

對於你的出走打算，我目前還持保留態度。

你想，以你一個初出茅廬的年輕女子，性情又是那麼天真幼稚，孤身一人到外面闖蕩，誰知道是好是歹？我認為，不論做任何事情，沒有認真地考察分析對比，在沒有充分的把握的情況下，不要輕舉妄動。現如今世道險惡，社會混亂，新疆形勢更不穩定。這你不是不知道。萬一碰個頭破血流回來，毀了錢財不說，倒落得讓人恥笑。因此，我勸你還是從長計議，穩妥一下為好，萬莫要莽撞行事！

我倒有一個很好的主意，但不知你服從不服從。你不是說你村上不容你，你家也容不下你嗎？那麼，你乾脆就搬來我們家住吧！我的意思也不是說現在就結婚，只是暫在我家裏生活，戶口也可以從一中遷到我們村裏來。與你們村相比，我們村裏還是比較平和的。再說，我家有的是房子，你可以單獨住一間，也可以與我姐合住兩大間的。以你的為人，你的勤快，我敢擔保，要不了好久，我祖母、母親、我姐、我嫂，所有人都會喜歡你的。先這樣住上幾年，我們在一塊幹活，一塊學習，什麼時候你認為可以結婚了，我們就正式結婚。你看這樣不好嗎？

暫且寫到這裏，明日到你家去，詳情再當面陳說。

祝你快樂！

法慧
九月十五日

〇二〇、肖雁琳致盧法慧

法慧：

你走的當天下午，榮寶芬到我家來，亂七八遭地扯了一通，臨走時約我明天一塊到你家去一趟。一則看望一下你家老人，二也是瞧瞧你淋病了沒有。說實在的，我真不想去你家丟人現眼。你知道我的脾氣，生性好強，還特怕見生人。可經不住她一個勁地慫恿，只好從命了。為了不至於空著手去見你，（因為我總是希望每次面談之外最好再有點寫在紙上的文字。以己人之心度他人之腹，所以——）便在燈下與你寫上幾句。可是不湊巧的是，我媽她老是做縫紉活。有媽在一旁，我便不能動筆，只好裝作專心讀書。大概是我太急躁的緣故，總覺得媽媽也故意與我作對，我都兩眼疲得流淚了，她還蠻精神。直到廣播節目結束後，她才慢慢騰騰地去那屋睡覺。說來也怪，媽剛一離開，我這邊睡意全消，陡然來了精神。

關於興趣愛好，近來我想得好多。由於你的感染，我對文學又頗感興味了。你苦口婆心的勸說和誘導，雖然從理智上來說我是拒絕的，但感情上卻潛移默化地接受了。我越來越覺得我是被你牽著鼻子走，你看是不是這樣？但願不是吧。

那天，你冒雨而至，又冒雨而歸，令我心裏很是不安。我遠遠望著你遠去的身影，你在泥濘的道路上，身子趔趔趄趄。那冷冷的雨，淋在你身上，更淋在我心上。我看著你不時地舉起袖管擦臉上的雨水，我真擔心你會淋出病來。那一刻，你不知我心裏有多後悔多難受。我不該讓你走。當時，如果不是幾個妹妹眼睜睜地盯著我，說什麼我也得拿件雨具給你送去。直到現在，我心裏還在為當時的疏忽而深感自責。

你信上定的餿主意完全是胡說八道。我哪能無端地去你家住？讓別人看著，我成了你家的童養媳了？真是笑話。虧你也想得出來。

還有許多話。可媽媽那邊又催我睡覺了——她嫌我點燈熬油。不得不就此打住吧！

明日見！

雁琳

九月十六日深夜

○二二、肖雁琳致盧法慧

法慧：

真不巧，我和榮寶芬去你家，你卻不在。聽大娘說：你進城為隊裏辦什麼事去了。但我們既然去了，也不能立刻就回來。寶芬陪同你家二老說話拉家長，我拙嘴笨腮，插不上話，正自發愁，忽見你的日記本放在桌上，就隨手翻看起來。不看則已，一看就欲罷不能了。我的感情一次次衝動起來，止不住淚水流淌。如果沒有兩位老人和寶芬就在外間屋，我真的要號啕大哭了。

以前，我總認為你是愛榮寶芬的（班內男女生中都有傳言），後來，我認為，大約是榮的什麼過錯觸怒了你，你是不得已才轉而親近我的；而我又處處不如榮，所以我總認為你愛我愛得很勉強。至少不是真心。這次看完你的日記，我才知道，我在你心目中的確切位置。你原來是這樣真心實意地愛著我，幾乎每一頁裏都能找到我的名字，字裏行間流露著對我的一片摯愛真情。我，一個少不更事的俗女能在異性心目中佔據那麼重要的位置，在我來說，也就心滿意足了。

如果這樣的人不能作終身伴侶，還求什麼樣的人呢？有道是「士為知己者死」，「為朋友甘願兩肋插刀」。既然我們真心相愛，我也就只好以心相許，委以終身了。

從你家回來，媽媽拷問我，接著爸爸也摻和進來，立逼我說出我與你是什麼關係。他們說街坊裏已有許多的流言蜚語，他們只是想問個究竟，問我與你戀愛是不是真的。我當時賭氣說：「誰想咋說就咋說，我想咋辦就咋辦！誰也管不住我！」弄得爸媽老大不痛快。

直到此刻，我心裏的氣還未消。

雁琳

於九月十七日夜

十九日又及：

法慧：

說出來不怕你笑話，近來我好像有寫情書的癮了，稍有點空閒，就想坐下來為你劃拉幾行。可又擔心會耗費你的大好時光，而且我的字體總是練不好，潦潦草草。這紙這筆又故意給我搗亂，滿紙塗鴉，你讀起來是不是挺費勁的？

今天寫點兒什麼呢？一時又頭腦空空。權且也抄點日記吧！我的日記可不像你的，那麼井井有條。我記的是雜亂無章，想起什麼來記什麼。不知你有沒有耐心讀下去？

九月十一日記：

……每次見面，我總希望能和他多待一會兒，並且只我們兩個，旁邊沒有別的任何人。只有這樣，我才好推心置腹地跟他說話。一有別人在場，就有許多不便。我們兩個相處的時候，我是無拘無束的，可他就不然。我總得他有些拘謹，老是放不開，或者說有點兒做作。他是真心實意地愛我，這一點我毫不懷疑，可是既然雙方真誠相愛了，那他為什麼還那麼拘謹呢？是他的天性使然，還是他對我還有點那個？我說不出。有機會，我一定當面問問他……

九月十三日記：

……睡下後，前前後後的事又在我腦海裏翻騰起來，就再也睡不著了，索性披衣坐起來，打開本子再記點什麼。

對於我和法慧的事，這幾天，爸媽都為我犯愁。他們並不是看不上他，而是擔心將來。將來會怎麼樣呢？我也常常這樣想。

我深知他的為人，也知道他待我絕非虛情假意。但是，一考慮到將來，我腦子裏確實有過那麼一閃念：我畢竟是一個平平庸庸的女子，他之所以看上我，除了其他因素之外，我認為裏邊或多或少夾雜著一點「憐憫」的成份。也正因此，我才百般地不依從他，再三地回絕他。儘管我心裏愛著他，可我不得不違心地這樣做。假如，將來，有朝一日，有個比我漂亮比我聰明比我招人喜愛的女子青睞於他，他會不會來個翻臉不認人，拋開我，而把愛情的雙臂伸向別人呢？——這一點我不敢擔保，至少我沒有充分把握。一旦到那時候，社會輿論怎麼辦？（我是不怕社會輿論的，可我的父母怕）對我的感情刺激怎麼辦？……

去他的！到那時候，我也有我的法寶——報復！報復！

中國有句古話：「一餐之德，睚眥之怨，無不報復。」況愛情乎！至於如何報復？報復的程度如何？這要量我的氣力而來。反正我決不會像個束而待斃的綿羊那樣一聲不吭地任人宰割的。

我愛起來像一團火，恨起來像一把刀。假如他真的背叛我，我一定會背叛他！一定！一定！一定！

但是我深信，愛情有賴於雙方的信賴和培養。就像求仙拜佛一樣：誠則靈。

這一點，在我來說是永恆的。在他，目前也是沒說的。將來，就有待於時間的考驗了。

……

就抄到這些吧，照這樣抄下去，你肯定會厭煩的。

雁琳

九月二十三日深夜

九月二十八日再記：

新疆的楊傳江表哥回信了。他現在是在鄯善石油庫工作，一家四口，嫂嫂無工作。日子過得緊緊巴巴的。信中既沒說讓我去，也沒說不讓我去。只是說在那裏，工作也不好找。現在，口裏外流的人口很多，鄯善僅是個縣級的小城鎮，哪個單位都是僧多粥少安排不下。但，我想，既然有了確切地址，我決計出去闖蕩闖蕩，橫豎是個大活人，與其在家裏束手待斃，莫若衝出樊籬來個死裏逃生。

為了找個伴當，我忽然想起了任陶陶。記得畢業前夕，任陶陶曾向我透露，要去新疆她叔叔那裏。（她叔叔在新疆建設兵團）為此，我今天就給陶陶寫好了信，問她願意不願與我同往。

雁琳

九月二十八日午後

○二三一、盧法慧致肖雁琳

雁琳：

畢業之後，我還沒出過遠門，就那天進城為隊裏買東西，想不到你來了。真不湊巧。

看了你二十九日託人捎來的信，又令我感動不已。日記是完全隱私的東西，是不允許別人看的。想不到被你偷看了，更想不到會起那麼大的作用。這倒是始料未及的。縱令我唇焦舌燥說上一千遍一萬遍的我愛你，還不如你這一看的好。

你日記摘抄的那些話是不是有意寫給我看的？你那幾句報復、背叛之類的話，未免說得太刻薄也太狠毒了吧！你「愛起來像一團火，恨起來像一把刀」，這話我信。你說的「誠則靈」，我更信。只怕將來真正赤誠永恆的是我盧法慧，而不是你！

信中還有「拘謹」一說，確是事實。早先我不是說過嗎？只要一見你面，我就臉紅心跳，直到現在，仍復如此。我也時常為此而發愁：將來我們真的生活在一塊的時候，再這樣子可如何是好？我想改也改不掉，沒法子。這也是人的天性吧？不光是見到你，就是在其他青年女性面前，每每都是這樣子，只不過與你更甚罷了。我承認我有虛榮意識，這是無不否認的。人總想在異性面前表現得盡可能好一些，都想給人一個更好的印象，這就是虛榮心的緣故吧。這點請你鑒諒就是。

對於你的出走，我還是放心不下。這決不是小事情，務必慎重再慎重。我想近日到你那裏再認真談一下。好麼？

祝愉快！

法慧

一九六八年十月三日

○二三、肖雁琳致盧法慧

法慧：

任陶陶已來信，同意與我一塊去新疆。並約我去城裏她家會面，商量一下啟程的事。

今天，母親已悄悄地為我打點行裝了。

關於我的出走，你不必多嘴饒舌。我打定主意要做的事，就一定要做，誰也休想阻攔我。

至於前景如何，我也沒有把握。不過希望總還是有的。正如魯迅先生所說：

「希望本無所謂有，也無所謂無。正如地上的路，其實地上本沒有路，走的人多了，也便成了路。」

他還說：「什麼是路？就是從沒路的地方踐踏出來的，從只有荊棘的地方開闢出來的。」

我就是試圖去闖一闖，闖好了便是僥倖；闖個頭破血流，那也不要緊，橫豎還有你。有我們相依為命，就是失敗了，我也硬唱凱歌，自求安慰，而決不會像涓生那樣去「傷」什麼「逝」去的！

記住我的話，別來阻撓我。那樣徒勞而無益！

雁琳

十月六日

○二四、盧法慧致肖雁琳

雁琳：

近日隨大班子幹活，白天勞累一天，到了晚上實在疲乏，哪有精力燈下研讀。我看村上與我同齡的人，大都喪失去了進取心，每日只是工分工分，蠅營狗苟於眼前的那點小利，視野窄狹，見識短淺。我若長此下去，將來不也和他們一樣了麼？也要淪落到如此境況的嗎？如此一想，還真讓我嚇出一身冷汗。

方才翻書，看到南北朝詩人鮑照在文章中寫道：

「千載上有英才異士，沉沒而不聞者，安可數哉！大丈夫豈可遂蘊智能，使蘭艾不辨、終日碌碌與燕雀相隨乎！」

李白也說過：「天生我材必有用！」

可我們長此以往下去，一年二年三年，什麼時候是出頭之日？我等僅有的一點點銳氣，何消幾年功夫就將消磨殆盡，到那時候，我們興許還渾然不覺呢！

多可怕呀！

從這一點來說，我倒贊成你的意見：能出走的則出走，早日逃出這污濁的泥淖。

你出去之後，若果真能混出個頭臉來，我便隨你而去。這個家，我也待不長久。我雖然生在農村，長在農村，有一點點愛它，但，若要我長年累月地生活在這裏，老死在這裏，我又於心不甘。現在的農村實在是太貧窮，太落後了，目前的經濟狀況，連解放初期都不如。要說改造它，我沒那個能力。而且在我之前，多少有能力人都為它奮鬥過，打拼過，都打了敗仗。關鍵是現在的農村政策不行。集體所有制的管理體制，不是最好的體制。它根本不能調動人的積極性。而別的辦法從政策上來說，又是不允許的。所以說，在農村，以現在的政策執行下去，將永無出頭之日。看，我這又是杞人憂天了不是？

屈指算來，我們回鄉已有月餘。現在的時節已是深秋，該是萬物肅殺的時候了。今天傍晚，房樑上的那對燕子只剩一隻，那一隻哪裏去了？我想，大約是南遷了吧——那它為什麼不同時南遷呢？剩下的這一隻不時地繞樑低迴，淒切地叫了一陣，最後也飛了出去，到現在還沒回來。它是不是去追趕它的同伴了？在這漫漫的黑夜裏，它能找到它的同伴嗎？想到這裏，我的心忽而變得沉重起來，因之草成小詩幾行，抄於你：

淒清的告別

深秋的一個傍晚，
暮色降臨人間。
一隻孤伶伶的燕子，
繞樑低迴，淒切呼喚。

它的同伴哪裏去了？
莫非它獨自南遷？
孤燕焦急地飛來飛去，
終於哀鳴一聲，飛向南天。
燕子一去沒有回還，
不知能否追上它的同伴？
萬莫在那寒冷的夜裏，
精疲力竭墜入荒郊野灘。

今晚，母親悄悄地向我打聽你的消息。當她得知你即將去新疆時，提出要資助你一點盤纏。母親心地善良，最能理解和體諒自己的兒子。這等於無聲地贊同了我們的關係。當時，我都感動地熱淚盈眶了。

琳，你還需要什麼？俗話說：「在家千般好，出門一時難」、「窮家底，富路子」。路上的盤費一定要帶足。還缺少什麼，及早告訴我。對比你家的境況，我家還算是富裕的。

大體擬於何日啟程？我一定送你。

預祝

一路平安！

法慧

十月二十日

〇二五、肖雁琳致盧法慧

法慧：

今上午在你家，本想與你談談我外出的事，但一到你身邊，我的心就碎了。我只想俯在在你肩上哭個痛快哭個夠。除了對你哭，此時此刻我還能表示什麼呢？因此，我就那樣在你身邊默默地坐了一上午，心裏的話始終沒能說出來。來時又匆忙，忘了把你給的照片帶來（你所有的照片我都想帶著），還有那幾本書。

離開你家，我獨自出村，抑制半天的淚水終於奪眶而出，卡在喉嚨裏的梗塞也終於化作一聲慟哭，呼叫出來。我一邊走，一邊抬頭質問蒼天：「是誰逼迫我出走？是誰要我們離散？是誰呵是誰？蒼天呀，你告訴我？……」

我曾預想：我到外邊「撲騰」一陣子，如果順利，我就盡我所有的力量照顧我這苦難的家庭，並儘早設法把你搬過去，我們共同生活；若事與願違，搞得很狼狽，我就毅然和外界（包括你和我的父母）斷絕聯繫，讓你們連我的地址、去向也找不到，我隨便找一隅棲身之地，找個老實巴交的文盲或是半文盲過一輩子，獨善其身，直至老死。

我這一走，何日才能團圓？我看到終日勞累、身心交瘁的媽媽，看到身體已極度衰弱的爸爸，他們能否活到我們重聚的那一天？記得你曾說過：「凡是不合理的，都不會太長久的」，「黨的政策的全面貫徹落實將是指日可待的」。這話我信。但期限不會像你想像的那麼短暫。真是「指日可待」的嗎？我將信將疑。

關於我們的關係，我認為仍有兩種可能：一是成，二是散。對你有利則成，於你不利則散。以你的利害來決定取捨，我是無所謂的。但不管怎樣，我們保持兄妹關係，這一點是必要的——因為我太愛你了。我再說這些，你又要不耐煩了，又會說：「我比你想得還多！」是的，這話我承認，你考慮得確實比我多；但是，你想的沒我想的實在。你太天真，太爛漫，太羅曼蒂克了！你想像的往往是海市蜃樓，是空中樓閣！

有句話你必須承認：青年人的思想是千變萬化的。這一點，過去，你好像也常說。可是，你說這句話的時候包括不包括你自己呢？

在我父親的「帽子」還沒真正影響到你的升沉時，你啥話都敢說；若一旦影響了你，誰知道你會不會翻臉不認人？你聰明伶俐，才華橫溢，出身成份又好，本可以飛黃騰達的，卻因我家的株連而迫使你長期過那種窮困潦倒的生活，你心甘情願嗎？再說，我本心也不願讓我所鍾愛的人過那種生活——除非毫無辦法。

所以，我臨行前還要再三地叮囑你：我走之後，你最好覓一個良家女子，讓你家裏人都滿意，我心也舒暢。千萬千萬不要因為等候我而誤了你的終身大事。你放心，我已有思想準備，隨時等待著你的喜訊！

上述意思，我本想到新疆後的通信中再寫給你。但我認為晚說不如早說，故而現在就寫明了。望你還是從早考慮，及早處理。

直到此刻我心裏還是如一團亂麻，真真是氣煞人。我總覺得我越是愛你，便越是害你。我好比是拉著你的手，一步步走向地獄。我對你的愛好比是鴆酒，你飲得越多，對你的傷害就越深。……但我確實又沒有好法子使其兩全。唉，天下的事真真叫人沒有法子！

算了吧，還是那句老話：「車到山前自有路，船到橋頭自然直」。走著瞧吧！

出走的日期擬定二十五日離家，先到任陶陶家，二十六日正式啟程。

我的盤費已備足，完全不必資助。多謝您家好意！

也不用你為我送行。有我媽，還有我二妹。你去了反而不好——更讓人傷懷。

別了吧，我心愛的法慧！

衷心祝您

全家安康，心情愉快！

雁琳

一九六八年十月二十三日

附記：

你的《淒清的告別》看了讓人浮想聯翩，但又感到詩不盡意。你知道我不會寫詩，更不會改詩。胡亂地加上幾句，也算獻醜吧：

告別

深秋的傍晚，
暮色初降人間。
一隻嬌小的燕子，
鳴叫著在房內盤旋。
時而飛向主人的書桌，
時而又向天邊窺探。

男孩終於回來了，
風塵僕僕，疲憊不堪。
先把心愛的燕兒呼喚，
燕兒忽閃著雙翼，
即刻飛到他的身邊。
一邊啁啾鳴叫，
一邊遙望南天。

忽地撲楞一飛，
直向迷茫的空間。

「你果真就走了麼？
你無依無伴，孤孤單單，
你那稚嫩的肌體，
能否飛越峻嶺險灘？
你那羸弱的生命，
怎能抵禦鷹鷲的侵犯？」

燕兒忽又飛了回來，
銜來一枚玫瑰花瓣。
嘰嘰喳喳叫個不住，
像在作臨別的敘談。
男孩頓然領悟了：
「呵，我們將在春天裏重逢，
一塊來點綴美好人間！」

暮色濃重，
燕兒展翅一飛，

直向那遙遠的天邊。

我又想：我們的未來，未必像你想像的那麼光明，也未必如我猜測的那般陰暗。那就讓我們冒險去闖蕩一下吧！

再見！

雁琳

於二十三日深夜

第四章　求索

路漫漫其修遠兮，
吾將上下而求索。

○二六、盧法慧致肖雁琳

雁琳：

轉瞬之間，你離我而去。

你的手指餘溫還在我的掌心留存，你的音容笑貌還在我的眼前浮動，你的腳步聲還在我耳畔縈繞，你的背影宛若還在我眼前晃動，然而，你人已走了。遠遠地離我而去。有道是「別時容易見時難」，此一分手，你我相距將是萬里之遙，山川阻隔，天各一方，「山水長闊知何處」，「天涯涕淚一身遙」。

你一去，我的情緒一落千丈。我只覺得我的心一下子被人掏空了，只剩下一個空殼兒。我孤獨我悲痛我空虛我悽楚，宛若受了莫大的屈辱。我直想哭，只想到無人的曠野裏放開喉嚨大哭一場。

整整一天，我悶在大隊階級教育展覽畫室裏，不想見任何人，也不想說一句話。我的心空蕩蕩的，毫無著落。感覺周圍世界都是那麼空曠，那麼死寂，彷彿世間萬物都停滯了、凍結了、僵死了。我好似一下子墜入夢中，一場漫長的夢、蒼白的夢，一切都是虛無渺茫的。

午飯我也懶得吃，為了不讓家人看出破綻，只勉勉強強吃了一點點。還是被姐姐看出來了，問我怎麼回事，我只偽說感冒發燒，不想吃東西。下午在大隊辦公室商量辦農業學大寨展覽的事，守著那麼多人，我強顏歡笑，但只要一想起你來，我的心就突地一下沉下去，如萬針扎刺，說不出的疼痛。

晚間，我百無聊賴，在燈下翻書，不巧，又翻到關漢卿的一段小令：

> 咫尺的天南地北，霎時間月缺花飛。手執著餞行杯，眼閣著別離淚，剛道得聲保重將息，痛煞煞教人捨不得，好去者望前程萬里。
>
> ——［沉醉東風］〈別情〉

看過之後，又惹起我心酸楚。不敢往下看，就那樣呆坐著，望著煤油燈，說不出的心灰意懶，連法定的「每日必記」都懶得動筆。呆了一會兒，索性躺倒去睡。睡又睡不著，腦海裏老是翻騰近幾天發生的事情。

昨天晚上，在淡淡的月光下，你我徜徉在常鎮至盧莊的小道上，我送你，你又送我，不知往返了多少趟。直到現在，我們才是第一次握手，第一次破格地擁抱，第一次耳鬢廝磨。（這話說出來，誰也不會相信）那一刻，我止不住心潮激蕩，感情澎湃。我一下跌進了幸福的旋渦，像喝醉酒一樣，我都要站立不住了。你是那樣溫柔纏綿，至今，你那蓬鬆的秀髮仍在我耳鬢騷動，你那溫馨的芳香仍令我心蕩神逸。

今早晨，你來得那麼急促，我原想給你倒一杯醇酒為你餞行的，還有王維的那兩行絕句：

勸君更進一杯酒，

西出陽關無故人。

可是你不讓我斟酒，你說你媽你妹都在村外等著。我只好作罷。幸好桌上正有現成的月餅，我順手拿起一塊，掰開來，一人一瓣，就著淡淡的清茶分享。這就是我給你的餞行。我們面對面坐著，我看著你，你看著我，時間一分一秒地過去，卻不知道說什麼好。那一刻，我真恨沒有定時法。我狠不得把時光無限地延長，再延長，我和你就那樣永遠地對面坐著，永不分離，永不分離！

真是「感時花濺淚，恨別鳥驚心」。外邊稍有點風吹草動，都令你我心慌意亂。

少頃，你款款地站起來，我知道離別的時刻到了。我握住你的手，你拉著我的手，我們雙雙攜手前行。你眼裏噙著淚，我也淚眼汪汪了。我們彼此無話——此時無聲勝有聲，唯有淚千行，灑不盡……。

你走後，我得月餅詩一首：

圓圓月餅分兩瓣，
你我對坐吃起來。
今日分手何日歸？
兩兩相視不敢猜。

不敢猜呀，實在是不敢猜。你此一去，是吉是凶，是禍是福，是成是敗？不要說我心裏無數，連你心裏也沒數。但願蒼天保佑，讓我的燕子展翅高翔，一帆風順，萬事通達！

法慧

一九六八年十月二十六日夜

二十八日又及：

昨日等了一天，不見你二妹捎信來。我猜想大約是乘車不順利。今天，我剛下班回來，即從桌上看到你妹送來的書和信。我的心忽地往下一沉，如墜入無底深淵。說真的，我滿心裏是不想讓你出走。即使理智上贊同了你，可感情上卻巴不得你走不成。這是多麼地可笑呀！這三天裏，我時刻作著你返回來的夢。今日看到你的書和信，還未展讀，我的心就一下子就碎了。你到底是啟程了，無可挽回地走了。也許，此時此刻你正坐在西行的列車上，沿著褐色的無情的鐵軌，鏗鏗鏘鏘、風馳電掣般地駛向遠方。

此一去，對你來說，人地兩生，萬望你諸事小心在意。到達鄯善後，在新的環境裏，於待人接物上不可過於天真。據說，新疆維族人性情粗獷，文化大革命中又混亂，時局不穩。那裏的情形也許比你家常鎮更糟。所以，尋找工作的事也不要操之過急，遇事多與你表哥商量，他畢竟比你年長，經驗多，要多聽他的。

看到此信時，你大概已向我發信了（萬望你不要食言）。如無，還請你詳細寫一寫你一路上的見聞和感受，也可介紹一下你表哥家裏的情況。總之，事無大小，凡是你一路所思、所想、所見所聞，沒有我不想知道的。

祝

萬事如意，一路平安！

法慧

一九六八年十月二十八日

○二七、肖雁琳致盧法慧

敬祝偉大領袖毛主席萬壽無疆！

再祝林副統帥身體健康！永遠健康！

最高指示

你們要關心國家大事，要把無產階級文化大革命進行到底！

法慧：

我此刻是在列車上給你寫信。

那天，在你家裏，我和你面對面坐著，你不知道我的心裏是多麼難受。我真捨不得離開你。我們正在熱戀中，如果不是情勢逼迫，我決不會走上這一步的。

離開你，我一路灑淚。媽媽和二妹倒還知趣，我騎車在前邊，她們在後邊，離我遠遠的。我不願理乎任何人，連一句話也不想說。直到縣城任陶陶家。

原說好是當日啟程的，可任陶陶的戶籍關係還未辦妥當，只好在城裏再多逗留一天。我想打發我媽和二妹先回去，可她們不依，非要把我送上火車不可。我體諒媽媽的心情，媽媽是個剛強人，平常從不落淚的，可是那兩天她老是背著人擦淚。媽媽對我說過一句話：「一步走錯步步錯」。當初，她如果不嫁給爸爸，她的孩子就不會像我們現在這樣備受社會的歧視和冷落。她說，這都是她的過錯，她對不起我們，讓我們有家不能待，被迫離鄉背井，外出逃生。

二十八日，我們到達商丘火車站。媽、二妹，還有陶陶的父母都買了站臺票。我和陶陶坐在車箱裏，她們站在車窗外，雖然只是幾分鐘時間，可我們都竭力抑制著感情，像尋常月臺送行的人那樣強裝笑臉。直到汽笛一聲長吼，像雷鳴一樣，震得車窗玻璃絲絲作響，隨即咣噹一聲，車身晃動，車輪旋轉，大家這才意識到離別的時刻到了。雖不是生離死別，但此一分手，相隔便是萬水千山，而且前途未卜，這時候誰也不能作假，骨肉分離之情一下子迸發出來，彼此齊聲呼喚著，尖利的哭叫聲和汽笛聲響在一塊。媽媽發瘋般地伸長手臂，追著列車飛跑，一邊大聲囑咐我什麼。然而，我只覺得淚水拋灑，一字也聽不清。就這樣，車輪飛轉，無情的列車把我們分開了，分開了！從此，我們骨肉分離，天各一方，何日重逢，遙遙無期。

列車駛過開封、鄭州，接著是洛陽、三門峽、西安，一路上，我無心流覽名山秀水，更無意觀賞一座座古城風貌。我只是揣想我們此行的動機。是的，在這西去的列車上，有夫妻，有母女，有父子，也有兄弟姐妹，其中，有出門發財的，有回鄉省親的，有出公差搞外調的、遊山玩水的、升官上任的，想必也有美男倩女旅行結婚的，可有誰像我們兩個剛出校門的少女，就踏上逃難、求生、闖蕩、冒險的征程？就說任陶陶吧，她也比我好。新疆好歹還有她的叔叔和親哥哥在那裏。叔叔沒有兒女，她是做為叔父的繼女而去的。而我前去投奔的只是一個連面都沒見過的姑表哥。天下有誰如我這般淒涼？

法慧，你不知道我有多羨慕你，羨慕你有那樣好的家庭，有慈母之愛又有姊妹之情，你有一個溫暖的家，村裏又平和。我要是有你這一半的家境，我也決不會外出的。

十月二十九日記於列車上

十一月二日又及：

昨日到達鄯善。表哥在車站接我。

這裏是一個小鎮。北邊過去車道就是戈壁灘，大大小小的卵石無邊無際。再往西北看，天邊莽莽蒼蒼、氣勢磅礴的，那就是天山了。不過，我來到這裏轉向，老認為北方是東方。

哥嫂對我的「光臨」，既說不上是高興，也說不上是煩惱。表哥向我透露：找工作的事估計不好辦。不過又說：「來了就來了，住下來，慢慢找吧！」嫂子則對我為他們帶來的布料、被單什麼的很感興趣。她腆著個大肚子——大約快要坐月子了（已有兩個男孩了，還要生）。我的到來，無疑可以作他們家不花錢的保姆。至少表嫂是有這個意思。

乍到異地，人地兩生，很是彆扭。越是這樣便越是想念家鄉、想念你。分手時，原說叫你早早為我發信，寄給表哥，可至今仍不見你的信來。你不至於糊塗到等接了我的信再發信的吧？

雖說我們才分手一個星期，可我覺得至少有半年多了。

怕你盼信心切，就寫到這裏吧。馬上寄出。

祝你愉快！

雁琳

一九六八年十一月三日

○二八、盧法慧致肖雁琳

雁琳：

盼信盼得心焦。

打從昨天就等得不耐煩了。一天往大隊部裏跑了三趟，直到傍晚，郵遞員才來，可惜只有報紙，沒有信件。我推算，你到新疆後的第二天給我發信的話，到昨天說什麼也該到了。真急死人！

昨天下午，榮寶芬來玩，談到你出走的事，她說：你一去十有八九是回不來了。我嚇一跳，以為是你說的。問她，她只含笑不語。我也被搞得丈二和尚——摸不著頭腦。在出走之前，你們是否談論過這事情？我實不解她話從何來。

昨天，她更多地說到她心裏的孤獨和苦悶，生活如一潭死水，毫無波瀾。想奮起，沒有力量；想抗爭，沒有決心。只好渾渾噩噩，過一天少兩晌。用她自己的話說：自己活得好沒味，悲觀厭世，覺得活著沒有死了的好。

聽她一說，我想起蘇軾的一句話：「人生識字憂患始」。憂患是我們知識青年的通病。憂國憂民憂自己。誰叫我們識字了呢！做一個一字不識的白丁，沒有見解，沒有追求，沒有嚮往，更沒有理想，只有生物本能，吃喝拉撒睡，稍得溫飽，也就心安理得，其樂融融了。

寶芬直言不諱地說：她很討厭農村。她說：只要能離開農村，叫她幹什麼都可以。但是，我們能幹什麼呢？現在工廠招工，只招城市戶口的，沒有農村青年的份兒。參軍，又受派性的排斥，而且每年徵收女兵的數量都如鳳毛麟角，哪裏會輪到她？更說不上推薦上大學了。現在唯一可爭取的就是能當上個民辦教師，離土不離鄉，工分加補貼。可是，她又說：當民師畢竟脫離不開農村，因此，她又不甘心「為人家看孩子」，而無端耗廢自己的青春。

她說自己苦惱得要死，邀我到她家去玩兒，你說我去，還是不去呢？

這幾天，我大半時間仍是為大隊辦「農業學大寨展覽」。所謂展覽，在農村也要不了多高標準，隨便塗塗抹抹、寫寫畫畫而已。聽說，下一步還要搞階級教育展覽、憶苦思甜之類的。——我真懷疑，老搞這些東西，就能讓地裏多打糧食？就能提高生產力？

近日讀報：中共八屆十二中全會召開，宣佈撤銷劉少奇黨內外一切職務，並永遠開除出黨。——似是而非，似非而是，如此而已，如此而已！

今天，收到了我哥哥的信。我給你說過，他於一九五八年參軍，現在徐州六〇五七部隊政治部任幹事，正連級。他一直關心我的學業和戀愛問題。我與你戀愛的事，我已向他透露了一點，今天他在回信中是這樣說的：找對象一要政治可靠，二要家庭出身好，三是自然條件如何如何……不過，最終一條，還是由我自己作主。既然如此，今天，我就把你的大體情況如實地寫給他，也許他會有點失望。失望就失望吧，他不是說要我自己作主嗎！

盼你的書信頻繁，多談談你那邊的情況，衣食住行，方方面面，不厭其微，不厭其細。找工作的事有無頭緒？

望事事如意！

法慧

一九六八年十一月十日

○二九、肖雁琳致盧法慧

敬祝偉大領袖毛主席萬壽無疆！

再祝林副主席身體健康，永遠健康！

最高指示

要鬥私批修。

法慧：

到今天才收到你的信。一路上需要七晝夜，真是姍姍來遲。

表哥中午下班時把信遞給我，我竟如獲至寶，連飯也顧不得吃，只顧讀信了，以致使哥嫂都深感愕然。

看過信，我心裏是感慨萬端，無以言表。——我向來如此，心裏激動得很，寫到紙上，也就平平了。這足見，我筆頭的表達能力還欠缺得很。

這幾天，表哥為我工作的事兩去縣城，頗費了不少口舌，回來後，只是一連聲地叫苦，卻隻字未提有何把握。看來的確是很不好辦。我也就只好老老實實地在家為他們洗衣做飯。說實在的，在我們家，我從來沒這麼勤快過。乍過寄人籬下的生活，心裏真是彆扭。

就在我給你寫信的當兒，兩個侄子又為爭什麼東西而大打出手，爺娘老子地罵不絕口，使我好不耐煩。我想去制止他們，話重了不敢說，輕了說了也白說。真是為難。表嫂近日因思念口裏的母親，又沒有資格往家裏寄錢，而悶悶不樂。這下更瘋了兩個孩子。前天打翻了我的墨水瓶，濺污了我的書籍和被單，今天上午又把我的鋼筆尖弄壞了。我真想狠狠地揍他們一頓。若是在我家裏，打鬧的是我的弟弟和妹妹，說什麼我也不會輕饒他們。可這是在人家家裏，只好忍氣吞聲。唉，真彆扭死我呀！

你不是想知道我的日常生活嗎？下面我告訴你：

每天早晨七點起床，（這裏比北京時間晚兩個小時）那時天還不亮，一家人數我起得早。先開了爐子做飯，等他們起來洗了刷了，再為他們盛飯送到桌上。打發他們吃完了，我再吃。然後洗刷餐具，替他們疊被褥（晴天還要拉出去晾曬），打掃衛生。這家人過得也真窩囊，東西放得亂七八糟，毫無規矩。我來了這麼些天，有空就為他們拾掇整理。為此真是費了我不少力氣。下午，先提水，把水缸打滿了。再到水渠邊洗衣服。水渠離住處有一百多米遠，水渠裏結了冰，每次去洗都得先把冰擊破。渠水寒冷刺骨，手一觸水，如刀割般地劇疼。現在我的手背已經裂了好多小口子，有的地方滲出血來，你若看見，肯定會寒心的。

水渠岸邊，有一片不大的楊樹林。樹葉早已落光，白花花的樹幹一株株挺立著，我每次看到，都不由想起茅盾的《白楊禮贊》。白楊具備那麼強的生命力，確實令人敬仰。我又想到了我。我是身處逆境，但我不能像白楊那樣頑強，在惡劣的環境裏依然活得那麼挺拔。我活得猥瑣而屈辱。由此，我又很悲哀。……我時常懷著這樣的心情在楊樹林裏散步。我看著腳下零亂的落葉和乾枯的蓑草，心想：我的命運多像它們，在凜冽的寒風中飄零、顫抖，默默地哀傷，低低的呻吟……。

有時，（多是傍晚）我把家務活做完了，出門到火車道旁看過往的火車。現代化的運輸工具，山呼海嘯般吼叫著從身邊駛過，你會受到它們的感染，由此會變得勇猛，變得亢奮起來，一洗楊樹林裏的悲哀。或者登高站在高處，把視線放得很遠，眺望那遙遠的天山雪峰。聽人說，那山頂的皚皚白雪終年不化。那銀白的山尖、蒼莽的巨峰，襯在蔚藍色的天幕下，顯得雄偉壯觀。只在這時候，我的心情才豁然開朗，我的呼吸才自由舒暢，我的備受壓抑的精神才得到少許的補償。

每天晚上，本該是我的自修時間，可一到晚上，表哥和他的兩個男孩子都湊到我屋裏，不是打打鬧鬧，就是東拉西扯，話題粗俗不堪。表哥看上去像是個斯文人，自稱曾讀過高小，略識一些文字，但刻板的小職員生活已使他變得那麼猥瑣而粗俗，說話囉哩囉嗦，像多嘴饒舌的婆娘。又時常地陰陽怪氣，小性兒很多。對於這麼一個人，我真不知道該怎麼對付；你敬他吧，他不值一敬；你慢待他吧，他畢竟大我二十多歲，我是投奔他來的，還指望他為我找工作呢。我只好一邊看書，一邊有一句沒一句地和他們搭訕。心裏煩得很，臉面上還不好流露出來。好歹捱過十點以後，表哥去油庫裏值夜班，我才能靜下心來看書寫字。

夜裏，我常常作夢。闖入我夢境最多的是你，也有我的爸媽和班裏的同學。有時一覺睡醒了，就再也睡不著，想這想那，傷心起來，由不得又要流淚。全班四十多人，大概數我最慘吧。別人畢竟都能居家團聚，骨肉情深，誰似我因情勢逼迫，拋家捨親，離鄉背井，來到這邊關塞外，與家人相距八千里之遙，還要獨自領略這世態的風霜雨雪，誰人知我炎涼？……

親愛的法慧，不是我多愁善感，也不是我感情脆弱，任誰輪到我這種地步，都要難過的。寫到這裏，再也止不住淚水橫流。看，這信箋又浸濕了吧。對不起，我實在寫不下去了，就此打住吧！

雁琳
一九六八年十一月七日深夜

十一月十二日又及：

我來疆後，除你送我的幾本書，其他再沒有什麼書可讀，其實，即使有，也枉然——我根本沒有時間讀。表嫂眼看就要生產了，有許多針線活需要做（雖然我的活落極差，只得勉為其難），還有這一攬子家務，就別想有多餘的時間去讀書了。

我曾想，以你目前在家的閒適，無所事事，正好可以博覽群書。你讀書中有什麼新的見解和感悟，都可以隨時寫信告訴我，橫豎看信的時間還是有的。這樣，你直接受益，我間接受益，不亦樂乎？當然了，如此一來，又要無端地耗費您幾多的筆墨和時光了。

萬望不吝賜教！

找工作的事十分的渺茫。表哥是個極其膽小且辦事拖拉的人，說話支支吾吾，半天表達不清意思。這麼多天，他只為我到縣城跑過兩趟，回說沒有門路，打那就再也懶得去了。我再催他，他總推說工作忙，脫不開身，以此來搪塞我。還說叫我好好在家照顧表嫂坐月子。看看，我急得要死，人家就是不急。哎呀，實在沒有法子！

我一天到晚地憂鬱、煩悶。沒事的時候，就哼一首在這裏很流行的歌謠，歌詞是這樣的：

遠飛的大雁，
請你快快飛，
捎個信兒到北京，
翻身的人兒，
想念恩人毛主席。

只不過，我把最後的兩句稍稍改動一下就是了。你知道我是怎麼改的嗎？

就寫到這裏吧。

祝你及你的全家健康，快樂！

雁琳

於十一月十二日夜

〇三〇、盧法慧致肖雁琳

雁琳：

直到今天才收到你自新疆寄來的第一封信。郵戳是十一月三日，到今天才到達，路途足足耗費了十二天。這就是中國的郵政！距離現代化，不知有多遠。

這幾天，我就納悶：是郵車出了問題，還是投遞員有意與我們搗鬼？為何遲遲不見來信？想來這個「老謬」決不至於這麼絕情，剛剛分離就作了負情女？……唉唉，即使神智再健康的人，一旦陷入情網，也會變成個神經質的！

我寄出的前兩封信大概都收到了吧？這些天來，我大多時間是和社員們一起出工幹活。我早晨一般不出工，一是因為起不早，二是有意留點學習的時間。早晨，這麼好的時光，浪費在幹活上，太可惜了。前不久，我從鄰村一位小學教師那裏借了《中華活葉文選》的合訂本一至五冊（真寶貴！），還有五十年代出的豎排版的《水滸》和《紅樓夢》。他那裏還有好多的藏書，其中也有不少歐美俄名著。聽說，他為了保存這些書，已冒了很大風險。聽了很令人感動。現在敢保存這麼多的典籍，這本身就足以讓人敬仰！我打算利用冬閒季節，摒棄一切活動，集中精力，從容研讀，好好地消化吸收這一大批寶貴的精神食糧。

有了這一主導思想，我心裏踏實了許多。前天公社棉花收購站要招收合同工，大隊文書問我願意幹否？被我謝絕了。昨天，又聽說公社教育組計畫籌建一處聯辦中學，是那種幾個大隊聯辦的，說要物色幾個民辦教師，其中名單上就有我。又被我回絕了。理由是目前還沒有正兒八經的教材，無非是領著學生搞什麼大批判呀，學工農兵呀，我可不願意就那樣誤人子弟。再則，我也想清靜清靜，做點正經學問。你說是不是？

忘了告訴你，那天，應榮寶芬之邀，前天下午我到她家去了一趟。她的家庭條件還是不錯的。父親是建築公司的工人，有這一條，就不愁錢花；哥弟們又都能出力幹活，一家老小拿她當寶貝。她獨佔一間閨房，床上鋪的是綾羅綢緞，各處都收拾得乾淨利索，一進屋就有一股撲鼻的香氣，看上去很有點小布爾喬亞式的樣式。可這樣的環境，她還長吁短歎，對這也不悅，那也不滿，什麼她都看不慣，牢騷滿腹。不久前，一個親戚給她介紹對象——一個青年軍官，被她一口回絕了。她才不相信經人介紹的婚姻能得到什麼幸福呢！她堅定地說：在婚姻問題上，她決不急於求成。如果沒有稱心如意的，她寧肯一輩子恪守獨身主義！

她的語氣好堅定！

談到你，她稱讚你是少有的女強人，具有男人的意志和堅韌的性格。她頂佩服你的為人和進取心。對於你的毅然出走，她表示擔憂。對我們兩個的事，她諱莫如深。她的原話是這樣說的：「這事只能走著瞧！」——這個人，陰陽怪氣！

暫寫到此。

你來信怎麼也俗裏巴氣地冠上什麼敬祝什麼最高指示之類的，看了就讓人頭疼。以後不要這樣。我討厭這些東西。

盼覆！並祝

愉快！

法慧

一九六八年十一月十五日

○三一、肖雁琳致盧法慧

敬祝偉大領袖毛主席萬壽無疆，萬壽無疆！

再祝林副主席身體健康，永遠健康！

毛主席語錄

我們的同志在困難的時候，要看到成績，要看到光明，要提高我們的勇氣。

法慧：

今天是十一月十六日，明知你的信不會來，可我還是時時刻刻巴望著。說來可笑，為盼你的信到，我總是天明盼到天黑，心裏再不想別的事情。我曾幾次問小霞（投遞員的女兒）：「你爸爸啥時候出門送信？」「今天的報紙都送完了嗎？」「去，回家問一問你爸爸，有沒有我的信？」……孩子的回答往往令我失望。偶有一兩次模稜兩可的答覆，給我留點兒希望，一俟新疆時間過了四時半，也便告吹了。轉而更加失意。

法慧，實話告訴你，也不怕你嗤笑，一向好譏誚別人愛情至上的我，現在竟成了愛情至上主義者天下第一。為這一條，我真把自己恨透了。明知不該愛你，可心裏克制不住。可見，人最難戰勝的就是自己。

表嫂的產期越來越近，表哥不敢外出。我的事也只得擱淺起來。這些天，衣服被褥該拆洗的都拆洗了，沒有多少事幹，想讀書又沒有什麼好書，閒得百無聊賴。表哥說我的生活太單調，太寂寞，問我會不會樣板戲？在這種境遇裏，縱然會一點兒，也決沒有興致唱戲的呀！可表哥一次次地央求我教他幾段。沒法子，只好向你求助。若有閒暇，不妨揀「紅燈記」、「沙家濱」裏你喜愛的清唱段子抄上幾段（連譜一塊），與我寄來，也好搪塞他一下。像這種情況，即令再頭疼也得應付呀！

近幾天，新疆的天氣驟然變冷，零下十幾度，滴水成冰。可雪下得很少，因此乾燥得很。一天到晚，北風呼嘯，寒氣逼人。看遠方的天山山脈，早已是千里冰封了。

十一月十八日又記：

大喜過望，今天終於收到你十一月十日寄出的信，但展讀之後又分外掃興。你那兄長對我們的事橫加干涉，令我心裏非常不快。看，我們還沒有結合就招致那麼多煩心的事，揣想將來，我與你真的一起生活，不知要遭遇多少人的嫉恨。每每細想起來，我雖不至於怒髮衝冠，但也是出離憤怒時多。我一恨我的家庭、我的出身，也恨你那勢利的家人，當然更恨這骯髒齷齪的世俗和偏見。在這種冷漠、殘忍的世俗壓力下，像我這樣出身不好的人本不該苟活於世，若非為了不使我親愛的媽媽白養了我這個「坑人鬼兒」，單單是為了不拖累你，我也該早早地死了。——看，這又是知其不可為而為之！

還有，榮寶芬之言，我也不知她話從何來。細細回憶，我並未與她談過關於我出走的事。想她也許是信口說說而已，所以你也不必刨根問底兒。更何況，她說得並不錯，我是十有八九地回不去的。搞得好了，當然不回去；搞不好，我就銷聲匿跡。這話我給你說過不止一次了。

至於榮的寂寞，我完全能理解。她既有邀請，你就不妨常到她家裏坐一坐，聊一聊，開導開導她，以解她心頭之悶，也不無不可。

我這裏就不打算再向她單獨寫信了。我的情況可以隨時轉告她。

十一月二十三日再記：

表嫂終於生了一個女孩兒。

大前天夜裏，刮著大北風，我為表嫂去請接生員。天黑得伸手不見五指，我一個人走上空曠的大街，走過荒郊野外，路上總覺得背後有人跟蹤我，一路嚇得要死。那接生員偏又拿架子，喊了半天，遲遲不起，先是報怨天冷，又埋怨生孩子生的不是時候。我只好說盡好話，近乎是哀求了。在門外等了好半天，接生員才慢慢騰騰起來。（這裏，我順便告訴你：將來，你我不論幹什麼，只要有人用得著我們的時候，一定要做到有求必應，急人所難，絕不許拿架子。我認為，這是做人的本份，起碼的道德準則。）

表嫂生產以後，我更忙得不亦樂乎。洗洗刷刷，一日六餐——外加表嫂的小灶，裏裏外外都是我，忙得團團轉，腳手不連地。我有生以來，從沒這麼勤快過。這不，為你寫兩頁信的功夫，都被倒水、加碳等雜事打斷了好幾次。

這封信從著手寫到明天發出去，歷經了七八天，可謂是「馬拉松」式的了，祈求你千萬不要以牙還牙地報復我！

即頌

全家老幼均安！

雁琳

一九六八年十一月二十三日

〇三二、盧法慧致肖雁琳

雁琳：

收到你十二日信，對你的生活情況有了大體的瞭解。寫的還不錯。以後還要進一步發揚光大，事無鉅細，儘管一一彙報之。以釋惦念。

十八日應同學之邀，我去城裏參加畢業後的第一次聚會。集合地點選在唐塔下。同學們到了一塊，各自敘談離別後的生活和心理狀態。同學中，大多當了民辦教師，也有幾個準備應徵入伍的。差不多人人都訴說生活的枯躁乏味，故而思想苦悶、對前景憂心忡忡。於是人人大罵文革，都是文革害苦了我們。

午餐是在唐塔街的拐角樓飯店，粗茶淡飯，幾碗燒酒，足以果腹。大家又一次對酒當歌，抒發感慨，有幾個喝得酩酊大醉。聯想到畢業前夕無拘無束、放浪形骸的學校生活，再看看畢業後的孤孤單單、寂寞無聊，一個個苦不堪言，不覺悲從中來。

回返時，已是暮色蒼茫。孤身無伴，騎著單車在莽莽曠野之中，本來不痛快，又想到了你，心裏更加悒鬱悲憤。再加一路風寒，回到家裏就感頭重腳輕。睡到夜裏突然發起了高燒三十九度多。姐姐趕緊請衛生員為我打了一針，發了點汗，第二天才算好一些。

二十日適逢常鎮廟會。我去會上轉了一圈，不買不賣，只在羊市裏觀賞了幾場羊抵頭的。說起來也真有意思：兩頭體大如牛的公羊，無冤無恨，被主人拉到一塊就拼死搏鬥。羊的主人大都是剽悍的漢子，各自為自家的羊吶喊助威，大吼一聲，如山崩地裂。那羊便從十幾米外，加上助跑，瘋狂地相抵在一起，只聽「砰」地一聲巨響。一下，再一下。如果是在晚上，說不定會有火星飛濺的。直到其中的一隻敗北。這種羊抵頭，不講報酬，純粹是愛好。羊抵起來不要命，抵得鮮血淋淋，有抵成骨折的，抵掉羊角的，甚至當場抵死的也有。羊抵架是咱們魯西南的風俗，幾乎每次古廟會都有。觀看的何止上萬人。

我一邊觀看羊抵頭，一邊心裏暗暗難過：我想到了我們這一代紅衛兵的命運。同樣是無冤無恨的兩派，都標榜自己是革命左派，都表示自己最最忠於毛主席，就像唐朝的兩個和尚——神秀和慧能，為了證明自己是禪宗的真傳弟子，而殊死相爭，鬥個你死我活。那時候，誰要是說我們哪一派是受人蒙蔽，我們肯定不服；可到了現在，回頭想一想，我們不正是被人捉弄了嗎？我們幹了多少蠢事，留下了多少無法抹掉的劣跡？……這，只有留待後人去評說吧。

從抵羊場出來，我又順路去了你家。你媽一見我就哭了，她說村裏正在搞「清理階級隊伍」運動，你爸爸連著被揪鬥了好幾場，身體大不如以往。還說你虧得走了，要是你在家，村上的造反派也不會放過你。

還有一個不好的消息：先前與你二妹訂婚的那個姓袁的渾小子，還是因為你父親的問題，婉言解除了婚約。你媽被氣得火冒三丈，但也就是罵罵，再沒有別的法子。

時不早了，暫且止筆。

二十三日又及：

雁琳，你不是說要間接受益嗎？近日讀《中華活葉文選》有一感想：自古以來，凡有建樹的人，初時多是窮困潦倒、鬱鬱不得志之人。如：屈原、杜甫、陶潛等。

屈原雖出身於王公貴胄，但他看到楚國權貴們的昏庸腐敗，不屑與其同流合污，自己懷有崇高的理想和抱負，卻遭到保守勢力的嫉妒和排擠，最後貶官割職，流放在外。哀傷、憂鬱、悲憤交加，一路行吟。於是才有了「離騷」、「九歌」留傳下來。

陶淵明自幼家境破落，生活清苦，做彭澤令看到官場的污濁黑暗，不甘與世共沉浮，更不屑「為五斗米折腰，拳拳事鄉里小人」，毅然棄官回鄉，過著躬耕自資的隱居生活。

杜甫終生顛沛流離、窮困潦倒；李白桀驁不馴，「安能摧眉折腰事權貴，使我不能開心顏」。還有陸游、辛棄疾、曹雪芹、施耐庵、吳敬梓、蒲松齡……哪一個不是被現實所逼迫，處於社會底層，過著鬱鬱不得志的生活。所以我想：一個人的成就並不在於他所處的社會地位高低，也不在達官不達官，顯貴不顯貴。

古人云：「世有道則仕，世無道則隱」、「大丈夫所守者道，所待者時。時之來也，為雲龍，為風鵬，勃然突然，陳力以出。時不來也，為霧豹，為冥鴻，寂兮寥兮，奉身而退。進退出處，何往而不自得哉？故僕志在兼濟，行在獨善。」（白居易：《與元九書》）這裏的「兼濟」和「獨善」亦即你所引用的孟子語「達則兼濟天下，窮則獨善其身」。

在目前情況下，我們只適於隱居，不適於出仕。

我非常崇賞陶淵明的生活，不與世俗同流合污，棄官回鄉，潔身自好，孤芳自賞，過清清靜靜的田園生活。因此，他的田園詩在中國文學史上佔有十分重要的地位。如：

少無適俗韻，性本愛丘山。……羈鳥戀舊林，池魚思故淵。開荒南野際，守拙歸田園。方圓十幾畝，草屋八九間。榆柳蔭後簷，桃花羅堂前。曖曖遠人村，依依墟裏煙。狗吠深巷中，雞鳴桑樹巔。戶庭無塵雜，虛室有餘閒。（摘自：《歸田園詞）》

當然，他也有心裏的苦悶，他的抱負得不到施展，官宦的腐敗，世俗對他的排擠，他心裏的孤獨，在詩裏都有流露。如：

……欲言無予和，揮杯勸孤影。日月擲人去，有志不獲騁。念此懷悲淒，終曉不能靜。（摘自：《雜詞其二》）

好了，此信寫得夠長的了，再抄下去，信封兒就裝不下了。就此打住吧！樣板戲只好下次抄寄了。

祝你

高興愉快！

法慧

一九六八年十一月二十三日

○三三、肖雁琳致盧法慧

我親愛的法慧：

在這遙遠的邊陲，在這寒冷的冬夜，我滿懷悽楚地向你呼救！

自己做的事，我向來是不後悔的；我的新疆之行，儘管到現在仍毫無頭緒，這我也不反悔，但是，這兩天所發生的事，它讓我的的確確是徹底地後悔了。我千不該萬不該到這裏來。這兩個多月裏，我過夠了寄人籬下、仰人鼻息的生活，辛苦勞作換來的疲憊，精神煎熬招致的苦悶……，這一切我都能忍受，這些咱都不說，誰能想到還有更兇險的：就在昨夜，我那斯斯文文、道貌岸然的表哥，他竟然無恥地遞給我一張紙條，上面寫著：

我親愛的小妹，你不知道我是多麼地愛你、喜歡你！只是在你嫂子面前，我不敢流露。我……（看後燒掉！）

當時我氣得眼黑，肺都快要氣炸了。想不到好端端的一個大男人，內心竟是如此的卑鄙、齷齪。這個偽君子，這個人面獸心的傢伙！可恨他遞給我紙條後，就值夜班去了，要是他在我跟前，說什麼我也得一巴掌打過去。這個老狗！

由此，我想到這些天來，他那皮笑肉不笑的嘴臉，說話時那陰陽怪氣的樣子，一開口就是「妹來！」「妹來！」，聽起來讓人肉麻。以前，我只從好的一面揣想他，誤認為他是待人熱情，叫人口甜，殊不知他在和善的外表下面包藏著如此險惡的禍心！真是個畜生！王八蛋！

昨晚，我氣得渾身直打戰，臨睡前把臥室的門頂了又頂，閂了又閂。躺在床上卻怎麼也睡不著。我想了又想，哭了又哭。我怎麼這麼命苦。從文革開始到現在，我的整個生活軌跡就像一條黑色的帶子。我走到哪裏，這條黑色的帶子就鋪到哪裏，而且無休無止地向前延伸。我的生活道路就好比戰場上的雷區，我的前後左右都埋著一個又一個大大小小的地雷，每走一步都得小心謹慎，防備隨時都有爆炸的危險。別人的命運之神都好似春天的花朵、夏天的綠蔭、秋天的皓月、冬天的瑞雪一樣地迷人，其中蘊含著多少詩情畫意，多少恩愛甜蜜，可操縱我命運的卻是個牛頭馬面的怪物，是兇神惡煞，不但面目猙獰，而且手段毒辣，毫無惻隱憐憫之心。我只能在它的擺佈下，一天天苟延殘喘，過仰人鼻息的生活。

今天，我看見表哥那一副可惡的神態，更是不能心靜。說實在的，我這人一點不會作假，心裏有什麼，臉上就帶什麼，半點也藏不住。這傢伙大概也看出我的惱怒，自知打錯了算盤，故而鬼鬼祟祟的，像過街的老鼠、熱鍋上的螞蟻，坐臥不安。臉上說哭不像哭，說笑不是笑，一副尷尷尬尬的模樣。他越是這樣，我便愈是恨他，狠不得一刀子捅了他才開心。但是，我也只能心裏恨他，別的沒有任何法子。這事還不能對表嫂說。一旦說出來，在這裏我連一天也待不下去了。目前來說，這裏畢竟是我唯一的棲身之地，我必須強忍痛苦在這裏待下去，繼續做他們廉價的傭人，以求得能幫我落戶。（看來，既已得罪了他，本來不大的希望，就更加地渺茫了）從今以後，我只好加倍小心，平時與嫂子形影不離——幸好表嫂還算得上個正派人。

這事的前前後後我一併告訴了你，你知道就是了，千萬不要透露給我媽。以她的脾氣，一旦知道表哥是這樣的人，會氣個半死的。再則，你來信也不必提及此事，以防他狗急跳牆，私拆我的信。做賊的，心虛，這都是極可能的事，不得不防。

我曾對你說過，像我這樣的「黑人」本不配活在世上；可是今天，我又有了新的想法：比我更不配活在這世上的還大有人在。那些喪盡天良、連豬狗禽獸都不如的黑心爛腸子的人，竟然一個個道貌岸然地晃來晃去。我，一個堂堂正正、從未做過虧心事的人，為何不活？像白毛女說的，我不死，我要活。我不但要活，我還要活出個人樣來。我要爭，我要鬥，凡是人所應有的權利，我都要有；凡是人所應有的自由我也都要享受！

此信我是冒險寄出，不知這個黑心爛腸子的人會不會買通郵政所的人把我的信截住。但願此信能順利到達你手，看後即刻回信，以撫慰我這顆孤獨而戰慄著的心！

可憐的雁琳

一九六九年一月八日

○三四、肖雁琳致盧法慧

敬祝偉大領袖毛主席萬壽無疆！

祝林副主席永遠健康，永遠健康！

最高最新指示

清理階級隊伍，一是要抓緊，二是要注意政策。

法慧，我唯一可親近的人：

你是否知道，幾天來我是如何地盼你來信。儘管我明知信的往返途中至少得半個多月，還不算你能否及時回覆，但我還是時時刻刻地巴望著，望眼欲穿。

這些天裏，我好像遇上了死神的糾纏，看什麼都不順眼，對生活十分厭倦。平日裏既無心做活，也無心看書。有空就到白楊樹林裏徘徊散步，在水渠邊獨坐靜思，或在水閥間聽自來水管道絲絲的流水聲。我誰也不想搭理，也不希望任何人理睬我。我就那樣怔怔地、呆呆地，打發時間。晚上在炕上也是輾轉反側久久不能入睡。想想這，想想那，不知不覺淚水就把枕巾打濕。這的的確確是我有生以來最痛苦最悲傷的幾天。我狠不得即刻了此一生，離開這骯髒污濁的泥潭。

法慧，你讀的書比我多，形形色色的傭人生活你或許會知道一些，兩個多月來，我所經歷的確乎無異於最勤奮最賣力最辛苦也是最廉價的傭人生活。初到這裏時，看著表嫂挺著大肚子做活不便，我把一切家務都承擔下來。表嫂產後，許多不該我一個女兒家幹的髒活累活，我都給他們幹了。忙得黑不是黑、白不是白的。就這，還不能打動他們的心。道貌岸然的表哥竟對我心懷叵測。俗話說：知人知面不知心。以前我只說他老實巴交，待人和善，現在才「圖窮匕首見」，原來，在和善的外表下包藏著如此的禍心。這真真是令人髮指。你也知道我的脾氣，對於我所敬仰的人，不管他對我如何冷漠，我一樣會打心裏敬佩他。反之，對於我所厭惡鄙視的人，不管他對我如何地巴結奉迎，我也決不會對他有半點好感。

幾天來，我看見他就頓覺噁心，好像吞了個綠頭蒼蠅。他越是腆著臉子與我搭訕著說話，我越是煩他煩得要死。他支應我做的事，我一一推卻不幹。他用眼瞪我，我就給他甩臉子。他給我一尺，我還給他一丈。今早晨，他問我：為什麼這麼煩他？我把身邊的小狗一踢，罵道：「滾你娘的蛋！」他氣得面色蠟黃，也沒有任何法子。過了一會，他又說我脾氣怪。我回說：「生就的脾氣，長就的筋，從小就這樣，沒法！」

這些天，他好似得了沉屙大病、快要垂死了一樣，不是躺在炕上發昏，就是倚在火牆上用手挖心口，還時不時地唉聲歎氣，像個七老八十的人。昨天，竟連飯也不吃了，喊也喊不來，讓他兒子把飯送去他也不吃。嫂子問他：「哪裏不舒服？」他哼嘰了半天，說：「吃了不消化，八成是胃病又犯了！」——遁詞而已！

看他那神態，聽他那聲音，我既好氣又好笑。心想：活該！這就叫做自作自受！對獸性十足的人就應該把他視做野獸，不能可憐他。姑息惡人就是養虎遺患。

前天，任陶陶來信抄給我馬克思的一段話：「人在學會走路的同時，也得學會摔跤；而且只有經過摔跤，才能學會走路」。細想起來，這兩三年間，我已經摔了不少的跤，可終於沒能學會走路。足見我這人是多麼的笨。

過去在學校，大概是被階級路線、政治學習等等功課佔據了我的頭腦，無暇顧及世間這人與人之間的關係，現在，坎坷多舛的命運一次次折磨著我，迫使我不得不冷靜地思考這個課題。先前，我也曾恭而敬之地請教過別人——人和人之間的關係究竟是什麼？有的不假思索地說：「是同志！」但也有的說：「勾心鬥角，爾虞我詐。」無論是前者還是後者，我都不能不信，但也不全信。就我所接觸的一些人來說，過去曾是很要好的同學，就因為文革中觀點不同而反唇相譏甚至大打出手，這例子比比皆是。我父親單位上的同事，關係本來很好，就因為有人舉報他隱瞞歷史（其實是誣陷——我父親剛一參加工作就交代了，從沒隱瞞過），而後就翻臉不認人，甚至乘人之危、落井下石。社會上的不說，就連我們姊妹之間、父與母之間，平時因為一點點小事就爭吵頂撞，甚至相互揭短、詆毀、謾罵，的確令人寒心。還有，這位表哥曾私下抱怨表嫂「好吃懶做」、「心地歹毒」；而表嫂也背後罵他是「老鱉衣」、「促狹鬼」。這些，每每都令我厭惡。隔壁的趙大媽從口裏來到這裏，做兒子不花錢的「傭人」，反時常遭到兒子和媳婦的喝斥責備，每每使我產生惻隱之心。對面車站上的職工家屬們因爭活幹而大動口角甚至操刀弄棒鬧得沸沸揚揚……這一切，都說明了什麼？我不敢往下想。真的，我好害怕。我原以為孟子說的「人性本善」是對的，可現在，現實搞得我越來越糊塗了。

人啊人，你為什麼不向著更完美更善良上塑造自己呢？人與人之間為什麼要有嫉妒、自私、殘忍和愚昧呢？

收到你上月二十三日發的信。關於我二妹被解除婚約的事，我早有預料，故而不以為怪。我們這樣家庭出身的子女，好比背著十字架的聖徒，只能到處碰壁。碰就碰吧！

我想，對你也是一樣的。你如果忽然在哪一天提出來斷絕關係，我會毫不遲疑地慨然應允，決不猶豫。我早有思想準備，你就不必多所顧慮。

樣板戲的事就不要再抄了，抄了也不必寄來。生計本身就夠我負載的了，哪還有閒心再唱什麼京劇呢！

這時候我腦子裏經常冒出莎士比亞《王子復仇記》中哈姆雷特的一句臺詞：

To be or not to be, that's the question!

（活著還是死掉，那就是問題！）

這句話，正好道出了我目前的心態。

望你能及時回信。我覺得這時候唯有你能安慰我，你的信，哪怕是三言兩語，也足以構成我賴以生存的精神支柱。

祝您

全家都好！

雁琳

一九六九年一月十五日夜

還有：每信開頭的敬祝和最高指示是一定要寫的。即使我不寫，你每次來信也請務必寫上，以防被人拆信。這全是為了我。求你了，千萬記住！

十六日晨補記

〇三五、盧法慧致肖雁琳

雁琳：

非常驚訝地收到你一月八日的信。我想，你是不是搞錯了。一個親表哥，又是個有文化的人，他能會有這樣不軌的企圖？如果真是這樣，那就未免太卑鄙、太狠毒，連最起碼的人性都沒有了。

我要說的是：他既然如此歹毒，你就不得不處處提防。但又要掌握分寸，注意穩妥，不要魯莽行事。當然還要顧及他的面子，報復他也要分場合，不要叫他下不來台，否則的話，他會狗急跳牆，會加倍地報復你。畢竟你是寄住他家，是求他為你辦事兒的，如果過分得罪他，對你也不利。

今天到常鎮趕集，順道去過你家。你媽問你的情況，我照實說了一些，只是關於楊傳江字條的事，因你早有安排，我一字未提。你媽倒是給我看了一信，是楊傳江寫來的。他信中說：自小妹來新疆之後，他為你戶口的事跑了不少腿，也求了不少人，但希望都不大。他的意思是想在那裏為你謀求一對象，這樣，戶口的事就會迎刃而解。他徵求你爸媽的意見，不知同意不同意。

你媽的意思沒有明說，不過言下之意是：亦可亦不可，她說還是由你自己決定。

由此我想：這次新疆之行的確是苦了你。你去的目的是想找個落戶口的地方。可現在來看，要想落戶口，非在那裏找對象不可。讓你騎虎難下。真想不到，我與你戀愛，最先受到連累的倒是你。這令我心裏很是不安。我想：既然如此，如果那邊有人給你介紹對象，你又看著中意的，就不妨應承下來。我是無所謂的，正如你所說：將來我們橫豎還是兄妹關係。我不能因為你生計的事影響你。你不是說過嗎？人第一要生存。我不能影響你的生存。在這之前，我之所以追你求你，是因為我們彼此相愛，而且我對你的愛並不影響你的生計。現在情況不同了，我的愛不但不能幫助你，而且影響了你最起碼的生存。在這時候，我如果再沾著你不放，我就是不道德的了。當然，這樣做，我是有我的痛苦。那也沒有辦法，只好忍痛割愛了。

這也是我的真心話，決非虛情假意。只要你把話說明了，我會深明大義的。這一點請你放心。

你要我接你信後「即刻回信」，我也沒敢怠慢，草草寫下這些，寄上。只怕我這隔靴搔癢、浮皮了草的一些話，遠不能安慰你那顆「孤獨而戰慄的心」的。

祝

心情愉快！

法慧

一九六九年元月十六日晚

○三六、肖雁琳致盧法慧

法慧：

今天才收到你十七日發的信，好慢哪！

近日來，我似乎想開了一些，所以我的心情已不像前幾天那麼惡劣，排解愁悶的楊樹林也不大去了，也不再默默地站在自來水管道前聆聽那絲絲的流水聲了。我想：對惡人的報復是理所應當的，但報復的同時也過多地折磨了自己，把自己弄得悲悲切切、怒氣衝天也是不好的。記得巴甫洛夫說過：「一切頑固沉重的憂鬱和焦慮，足以給各種疾病大開方便之門。」我不能那麼憨那麼傻，我還得保全自己。所以，我便心往遠處想，眼往遠處看，變得超脫起來，心情也就不再那麼憂鬱傷感了。我下定決心：我的報復一旦滿足，我便走我的路，管他挽留不挽留。我的人生哲學就是隨心所欲。

看了你的信，又令我說不出的氣憤：表哥他怎麼可以瞞著我私自向我媽寫信呢？我也生我媽的氣，她為什麼不聽我的囑咐而干預我的私事？我也生你的氣，你至今還不瞭解我，信裏又說這說那，亂七八糟，說那些不該說的話，惹我又如此地傷心落淚。……我真真是恨你！你全然不瞭解我的心！你呀你，我恨死你了！

事情既已開了頭，我索性與你說明白：來新疆兩三個月來，表哥倒是與我談過這方面的事情。剛到時，表哥就說：現在來這裏落戶的很多，大都是以結婚定居為由。他問我打算不打算在這裏找對象？我斬釘截鐵地說：「不！」理由說了一大堆，但沒好意思提咱們兩個的事。以後，你通過他寄給我的幾封信，他可能會意識到了什麼，也可能私拆過我的信件（所以你寫信一定要注意）。一天，他曾經突然問我：「你和那個姓盧的是什麼關係？」我回說是同學關係。我不會說謊話，自然臉紅了。他看出破綻，頓了一會說：「你最好與他中斷關係，否則落戶的事就不好辦！」我說：「不好辦就不辦！」……在那以後，雖然陸續有人介紹，有的是通過表哥表嫂，有的是左鄰右舍，有介紹幹部的，也有介紹工人的，還有人給我介紹一個鐵路上的副司機，並約我與那人見面，都被我一一回絕了。前天表哥又煞有介事地與我談這問題，我本不想理乎他，任他嘮嘮叨叨地說了半天，最後說：「自己的事自己得拿主意，光憑感情用事是不行的。你心眼要放靈活，要不，一輩子吃苦早著哩！」我只回他一句話：「反正是吃苦的命，吃就吃去吧！」……這些事，我以前沒寫信告訴你，是覺得沒這個必要。現在，表哥的一封信，想不到為我招來了這麼多麻煩，惹起你說了那麼多無用的話，我真是氣得要命。別人不瞭解我，倘是情有可原；至今你還不瞭解我，我真是生氣。唉，不說了，算我倒八輩子黴，結識了你這個「人心隔肚皮」的傢伙！

由此我想：人與人之間都是有距離的——人心的距離。實在親密無間的人大概沒有。因此，即使好朋友之間，也容易發生誤解。這可見人的弱點有時是致命的。人要徹底地戰勝自己（戰勝自己的本性和本能），又是多麼地艱難呀！

法慧，我現在再一次正告你：我們的將來究竟如何？我很難講。誤解和誤會常常是不可避免的，誰能擔保不會積少成多釀成悲劇呢？——唯願這樣的事情不要發生。至少從我這方面不會發生——只要你愛我！

很早以前，在我情竇初開的時候，我就曾許下宏願：寧肯與知我愛我的乞丐結合，也決不跟不知我不愛我的人湊合。我矢志不渝，做不到這一點，我誓不為人！

人生的路長著哪，不能因為眼前的艱難而傷感，我會慢慢快樂起來的。你不必掛念！

此信到你手時，大概要過春節了。我在此遙遙為你祝福並向諸位老人拜年！

祝你

高興！

雁琳

一九六九年二月一日深夜

〇三七、盧法慧致肖雁琳

最高指示

牢騷太盛防腸斷，風物長宜放眼量。

雁琳：

十六日信發出之後，我心裏老是不安。總覺得還有好多該說的話沒說。

天餘「可四」對你的冒犯，我估計你肯定會大惱特惱，並盡情報復之。因此，我又為你擔心。你的個性太強，寧折不彎，遇事不會曲意逢迎。對於惡人，你向來是以牙還牙，以眼還眼。別人給你初一，你就給人十五。有時，趕在氣頭上，你不顧對方臉面，置人於死地。儘管「可四」冒犯了你，但他也僅是試探，你冷淡他一下就夠了。萬不可圖一時痛快，報復得太狠。中國老百姓有句古話，叫「以德報怨」，就是不計前嫌，用諒解和恩惠來感化他。只要他知過悔改，就要忍讓他，允許他改正錯誤。尤其在你表嫂那裏，一定要注意保密，不要把事情鬧大。至少在你離開鄯善之前，不能那樣做。

總而言之，望你謹慎從事，凡事三思而後行，明哲保身，但求平安。否則，你如果報復得太狠，他會惱羞成怒，狗急跳牆，把事情鬧得滿城風雨，不管別人怎麼樣，反把自己也弄得聲名狼藉，一無立腳之地。那樣更不好。我希望你在面子上還能與他們一家和睦相處。

我這裏的生活倒是挺舒適的。冬季裏沒有事幹，我常常到野外散步。原野裏一片寧靜，站在廣闊的原野上，聽到村裏的雞鳴、犬吠、孩童的戲鬧聲、打鐵爐的叮噹聲、賣油郎的梆子聲，還有打麵機的馬達聲……互不干擾，一切都是那麼清晰、那麼純淨、那麼悠揚，蘊含著一種天然的韻味。

傍晚，天陰了，不知不覺間，又下起小雪來。先是極為細小的雪粒兒，落地窸窣有聲。漸漸又飄起大雪花，扯棉飛絮一般。不大會兒，大地已是銀白色的絕妙世界。……就在我給你寫信的當兒，村子裏一片寧靜。人畜安頓，雞犬無聲，只有雪花落地的刷刷聲。

在這寧靜的夜裏，我心裏也一片溫馨和安謐，只覺得寵辱皆忘，怡然自得，唯一牽掛的就是你。只要一想起你來，我的心就往下一落，變得異常沉重。我們好比一對鳥兒，好端端被無情棒打散，一個在烏雲風暴中拼搏掙扎，一個在愛巢裏過著怡然自得的優裕生活。一想到這裏，我的心就不安。我狠不得紮一雙翅，即刻飛到你身旁，與你一起鬥惡風、戰惡浪，在那裏共築我們新的巢穴，共同開創我們美好的生活。

十六日信上提到為你找對象的事，我說的可能多了一些，傷了你的感情。如是，我甘願負荊請罪，以求寬恕。

而你十五日信的情緒太低落。凡事要想得開，不要一味地鑽牛角尖。記得一位哲人說過：「生氣是拿別人的錯誤來懲罰自己。」「悲哀對任何事都無補，只會損傷身體。」

如果祈禱能夠減輕你的痛苦，那麼我情願每天都為你祈禱一千遍一萬遍！

祝

新春快樂！

愛你的：法慧

一九六九年二月二日

○三八、肖雁琳致盧法慧

毛主席語錄

領導我們事業的核心力量是中國共產黨。

指導我們思想的理論基礎是馬克思列寧主義。

法慧：

我現在是在哈密給你寫信，你想不到吧？

我是昨天陪小蘭來哈密的。說到來哈密，真是可氣得很。先前表哥就虛心假意地說過：「你同學（指任陶陶）約你到烏魯木齊去玩，你就帶二三十塊錢去玩一玩吧！」這一次，我存心利用去哈密的機會試一試他。早晨臨行前我說：我今天陪小蘭到哈密去玩玩。他大吃一驚，立即拉下臉子來，生氣地說：「大冷的天，瞎胡跑啥！」我也立刻斷定：他早先讓我帶二三十塊錢去烏市純是虛情假意。其實，我還真不稀罕他那幾個臭錢！他也自知說大話露了餡兒，很覺失言，喪拉著臉，半天不說話。早飯後，小蘭來叫我。他便獻殷勤般地問小蘭買車票得花多少錢？小蘭說：「坐公司的車，不用買票的。」（她爸在運輸公司當調度）表哥這才如釋重負，又感覺一時下不來台，趕緊改口說：「我不想讓小妹去，我是說那裏沒有熟人，吃住啥的都不方便。」我明知他這是遁詞，便嘲諷他說：「小蘭，你瞧我哥為我想得多周到，連吃住都為我想到了！」他越發地生氣，摸索了半天，掏出十元錢遞給我。我把錢摔在桌上，說：「我自己有錢，用不著你的！」他又拾起來給我，都被我三番五次地摔回去。他覺得很失面子，氣急敗壞地說：「你再不要，就打行李回去！」我也大聲說：「回去？哼，這由不得你。想走就走，不想走，攆也攆不走！」賭氣一甩手，把房門帶上，和小蘭一陣風似地跑向了車站。

我承認我性子不好。我一旦厭惡了什麼，就別想再改變過來。厭惡之情的爆發是隨時都可能發生的。現在，我不但厭惡表哥，連表嫂和那兩個侄兒也不能倖免，儘管後者是無辜的。這大概是「恨屋及烏」的緣故吧。那天晚上，天很晚了，表哥和侄兒大忠還賴在我屋裏不走。大忠一會擺弄我的鋼筆，一會又翻動我的本子。表哥一雙鼓包包的蛤蟆眼時不時地盯著我。我厭惡透了，把正看著的書本「啪」地一合，說道：「別擺弄了，走走，沒一個好東西！」表哥意識到罵的是他，自覺無趣，喪拉著臉，拉著他兒子訕訕地走了。我也忿忿地關了門，上了閂，關燈睡覺。躺在床上又睡不著，心裏翻來覆去想我所走過的路。本來，在家裏是受形勢逼迫才到這裏來的，想不到來到這裏仍受逼迫。想著想著，淚水就止不住地往下淌……。

現在，我心裏矛盾重重。下一步怎麼辦呢？繼續在表哥家住下去，似乎已無這種可能。他們容不下我，我心裏更容不下他們。不住吧，就這樣離開他們家，又覺得太便宜了他們──來時，我媽讓我帶給他們那麼多的布料、衣物、錢和糧票──我絕不甘心。況且，我來到這裏，什麼事也沒辦成，就這樣一走了之，太冤枉了。

也有不少好心的鄰居勸我再等一段時間。任陶陶來信也說：「等一等看看再說。」她自己的情況也不太順利，戶口落不下，工作的事也毫無頭緒。但她畢竟有親叔叔還有親哥在這裏，比我要好得多。她也表示決不以在這裏找對象來達到落戶新疆的目的。她說：「這樣太下賤，簡直如賣身無異。」……想想我們兩個的處境也真夠可憐的，但也決不至於淪落到那種地步。總之看來，我們還要耐著性子等下去，等機會到來的那一天，儘管機會總是那麼的渺茫和遙遠。

上午我和小蘭在哈密城裏閒逛。一路上看到不少武鬥的痕跡。數不清的殘垣斷壁、破磚爛瓦，看上去像古代埃及的宮殿遺址。破壞最嚴重的是市郵政大樓和一些居民區，還有紅星影院。聽人說，郵政大樓是被大炮擊中的，牆倒了，整個大樓被炸塌，成為一片廢墟。至今那樓臺上還堆著裝滿沙子的麻袋，有被炸壞了的電話機和電線，牆上有斑斑點點褐色的血跡。樓下的空地上還豎著木板，上寫「小心地雷」之類的字樣。四周佈滿一道道的鐵絲網。看上去，真是陰森可怖。……走進百貨大樓，什麼也買不到，貨架上空空蕩蕩。想買包餅乾都沒有。買甘蔗，也得排長長的隊挨號等上半天。真沒想到，好不容易進一趟城竟什麼東西也買不到，真是令人失望。

後來只好索然而歸。路上見到一烈士墓碑，上刻「倪善軍」的名字。是在一次武鬥中壯烈犧牲的，年僅十九歲。十九歲，該是多麼寶貴的年華呀！卻在本應是和平幸福的年代裏丟了性命，多可惜！

此信是在旅館和車上陸續寫成的。車又要啟動了，信只好寫到這裏。為防備表哥截信，就中途發出去。我再囑咐你一遍：來信時不要直寫表哥的事——他多次拆我的信。這種人真是卑鄙無恥到令人髮指的地步！

祝你

心情愉快！

雁琳

一九六九年二月十三日

○三九、肖雁琳致盧法慧

敬祝偉大領袖毛主席萬壽無疆！

祝林副主席身體健康，身體健康！

法慧：

從哈密回來就看到你二月二日的信。當時想馬上回覆你。只是沒有空閒，一天天拖下來。我白天沒時間看書寫字，晚上，表哥在旁邊「陪坐」，我更不能潛心看書，也不能記日記、寫信。今晚尤其如此。他一直在我房間坐到十點半，還不去值夜班。他不吱聲，我也懶得理乎他。末了卻假惺惺地問我穿的衣服厚不厚，冷不冷，並伸手要摸我的胳膊，被我一巴掌打開。當時，如果我的手再抬高兩寸，就肯定會打在他那張無恥的臉上。可惜我沒來得及再打，這條惡狗就夾起尾巴灰溜溜地逃走了。

這個混蛋！畜生！人面獸心的敗類！他走後，我跑到院子裏長出了幾口氣，裝作咳嗽，大咳了幾聲，才算把窩在心口的濁氣呼出來。這才能坐下來給你寫信，借此機會再罵罵他！

我真不明白你是怎麼想的，你是出於什麼心理，竟然要我「冷淡他一下就夠了」，「不可報復得太狠」，還說什麼要我「以德報怨」，「不計前嫌，用諒解和恩惠來感化他」，你真是這樣想的，還是故意說的反話？如果你真是這樣想的，那麼，不是你的神經出了毛病就是我以前看錯了你。我現在狠不得殺了他才解恨，你卻在那裏主張寬容，鼓吹「以德報怨」。我們兩個在人生觀上有如此大的差異，這真叫人寒心。

記得魯迅先生說過一句話，大意是：對於那些損著別人的牙眼而主張寬容的人，我們萬勿與他接近。

他存心置我於死地，我當然不能讓他活得舒服。我要為我受到傷害的自尊心實行報復，這是我應有的權利。為此，我幾乎時時處於一種癲狂的狀態中，一次又一次尋隙報復。以前，我還多少顧及表嫂的面子（她聽到我罵他，就露出不高興的樣子），如今，我索性連她也不顧了。

對於惡人，就得這樣，不能心慈手軟。我倒不是主張「惡善報應」。「報應」說，是上帝分管的事情，與我等無關。我的本意是管教管教他，叫他以後不要再這樣欺負弱小的生命，不要再這樣勢利。否則，如果都像你主張的那樣，老是寬容、諒解、以德報怨，那麼惡人就會因占了便宜而自鳴得意，幹壞事膽量會越來越大，更加有恃無恐，肆無忌憚，無形中，受害的人會更多。

還是那句話：我要報復，報復！報復到心滿意足為止。什麼時候滿足了，一走了之。

收到你信的同時，還收到了我媽的來信。她曾提到咱倆的事。信上寫道：「我前幾天曾到法慧家去了一趟，看他家兩位老人的意思，對你還是很喜歡的。說你如果在新疆待不下去，就不如回家來跟法慧結婚過日子。……」看後，我像受到欺侮似地哭了。這話如果當真是你家兩位老人所說，而不是我媽居中撒謊的話，那就足見現如今的人是多麼富於當面一套、背後一套。既然對我不滿意，就可以大膽流露，有啥說啥，表裏如一；完全不必陰一套陽一套。那樣我或許心裏坦然一些，自若一些，否則，像現在這樣，倒叫我受寵若驚、無所措手足了。

不管怎麼樣，路子總要走下去。聽天由命麼？──我不甘心。而說到底，又只能如此。除了宿命，哪個人又能拯救於我呢？我自己不能主宰自己的命運，這是定了，除非去死，而死，據說也不是輕而易舉的。從道義上來說，死是對造物主的褻瀆，是對人類的背叛。信篤基督教的人認為：在沒得到主的召喚之前，放棄生的權利，主動去死（自殺），這是一種罪孽，即使到了天國，也會受到懲罰的。其實，人愈是到了危難的關頭，求生的念頭欲是強烈。人，怎麼會輕易去死呢！在我看來太不應該了。

其間，有不少人勸我給畢業的學校或當地的縣革委會寫封信，要求支邊或下農場，這樣既符合上級的號召，又用不著像我這樣孤身闖蕩、東奔西跑了。現在城市裏的青年多數是不願意支邊下農場的，非得強制著才肯下去。我想響應上級的號召，主動要下農場，反而達不到，這是多麼大的反差！可是，我又想：在Y城，我們是被當權者排擠的一方，我本身又是黑七類子女，誰人會為我著想呢？所以我認為，那信寫了也是白寫。

這段時間，我細想過我的過去和將來，我常常為一種不可琢磨的思想所激動……我所厭惡的，我不能摒棄它；我所羨慕的，我又無力攫取它。我到底是來幹什麼的？我開始懷疑我的力量。以前我還從沒有懷疑過。現在，經過如此多的挫折，我真的發生懷疑了。

開拓未來，是靠自己，還是靠運氣？──我從哈密回來的途中，看到那莽莽無際的戈壁灘，有一片片的荒草地，那亂紛紛的野草，立著的，歪倒的，燒焦的，枯黃的，粗壯的，纖細的，全在凜冽的寒風中顫抖，發出索索的哀鳴。荒草地過去了，又是一片片頑石和砂礫，那砂石看上去有的呈暗青色，有的呈黝黑色，有的已被歲月打磨的光滑滾圓，有的卻是粗糙猙獰，奇形怪狀……它們是亙古就有的，還是冰川第幾紀或地殼的變動而使然？這一切，我一無所知。不過，看上去，比荒草地還要蕭殺、肅穆。我的心一忽兒飄到蠻荒的上古，一忽兒又回到眼前的現實中來。我的感情的經絡也像這荒草一樣不停地顫抖、戰慄。我想：荒草地雖則荒漠，卻畢竟有生命力的存在，而亂石灘中連一棵小草也沒有，簡直是一片死地，任何有生命的生物來到這裏也會全然被扼殺的。想到這一點，我的心一下子收緊了。我覺得自己好比一顆草種，憑藉風的力量在這莽莽戈壁灘上飄蕩，將來是飄落到那荒草地呢，還是飄落在亂石灘中呢？若是荒草地，雖則荒涼，雖則擁擠，但憑著我頑強的生命力，我是能在這裏生根發芽成長的；可是，我一旦飄落到亂石灘裏，任憑我有多大的能耐，也休想生存下去。這是鐵的定律，是任何力量也改變不了的。

信筆寫來，又是好幾張信箋。本想再給我媽寫封信，可我睏乏得很，實在堅持不下去，也只好就此罷手。還有我們班裏幾個要好的同學，分手時，她們都一次次為我灑淚。到新疆來時我是懷著希望的，本想等我混出來個人樣時也設法把她們弄來。（我原以為新疆是一片良田沃土，卻想不到是一片戈壁灘）到現在，我竟自顧不暇，便不想把心裏的憂悒去傳播給她們，讓她們無端地為我擔憂發愁，所以至今也沒給她們寫信。我後悔當初沒給她們留下表哥的地址，也埋怨她們為什麼在分別時不向我要。至今那些掛在唇邊的名字一個個變得生疏了，隔膜了，我感到心裏有說不出的孤獨和悲哀。

我又流淚了。就此打住吧。

祝你

高興快樂！

受苦受難的雁琳

於一九六九年二月二十日深夜

○四○、盧法慧致肖雁琳

敬祝偉大的統帥、偉大的舵手、偉大的領袖、偉大的導師毛主席萬壽無疆！

最新指示

無產階級文化大革命的鬥批改階段要認真注意政策。

在訂計畫的時候，必須發動群眾，注意留有充分的餘地。

雁琳：

前段時間我鬧了一場病，開初是輕微感冒，以後又轉成大葉肺炎，發燒四十度。連續打青黴素十幾天，方才有所好轉。不過至今未能痊癒。

相繼收到你二月十三日、二十日兩封信。因為身體虛弱，又在病榻上，紙筆不便，沒能及時回覆，深感抱歉！

從你信上看，在可四那裏繼續待下去已無可能，既然沒有多大希望，就乾脆回來吧。與其在那裏受苦受累，過寄人籬下的生活，倒莫如在家與父母姊妹團聚一堂，有福同享，有難同當的好。你村上若容不下你，你可以到我家來，無非是辦一紙登記手續，我們就是合法夫妻。我們可以像銀環和栓保那樣，並肩勞動，共同學習，日出而作，日入而息，像陶淵明詩句那樣：「相命肆農耕，日入從所憩。桑竹垂餘蔭，菽稷隨時藝。……怡然有餘樂，于何勞智慧。」

近日我徵求家裏人意見，人人都主張你回來。我姐更是求之不得。姐出嫁好幾年了，因為我家缺少勞動力，她一直在這邊生活，很少在婆家，因此婆家那邊就很有怨言。我覺得姐姐在現代婦女中堪稱楷模。她通情達理、尊老愛幼、吃苦耐勞。我和哥不在家，嫂嫂不大勤勉，都多虧了姐姐從中斡旋，才使這個家終日和睦無事。

要說缺點，有時姐姐脾氣急躁一些，但與你比起來大有遜色。說到這裏，我順便提醒你一句：你個性太強，脾氣乖張。這樣是很不好的。我希望你能把脾氣改一改，改得平和一些，柔韌一些，不要動不動就火冒三丈，也不要得理不饒人，非置人於死地不可。況且，這些缺點你明明也知道，既然知道，為什麼就不能改一改呢？「金無足赤」、「人無完人」，是指要求別人不能太苛刻，不要求全責備，但做為主體來說，自己對自己就不要用這兩句話來開脫。人要嚴以律己，寬以待人。如果對自己的缺點放任而不加克制，那就是自由主義，是諱疾忌醫，是抱殘守缺。我也想過，就我倆迥然不同的脾性來說，將來一起生活，肯定不會和和美美。為了將來，從現在開始，我們就應該自覺地設計自己、改造自己，使自己的個性、脾氣、生活習性等各個方面日臻完美。

我巴望你早日回來。你不要太執拗，也不要想得太多，什麼成功呀，失敗呀，沒必要顧慮這些。前天我去你家，你媽的意思也很明確，讓你趕快回來。並說剛給你郵去了一百塊錢，作返回的路費綽綽有餘。如真不寬裕，可來信來電，我即刻寄上。

春天來了，「七九河凍開，八九燕子來」，我的小燕子也該飛回來了。我翹首以盼，我似乎看到我的小燕子正在穿雲撥霧，似乎看到它那矯健敏捷的身姿，似乎聽到了那清脆悅耳的啁啾呢喃之聲！

「歸去來兮，田園將蕪胡不歸！既自以心為形役，奚惆悵而獨悲？悟以往之不諫，知來者之可追。實迷途其未遠，覺今是而昨非。舟遙遙以輕揚，風飄飄而吹衣。問征夫以前路，恨晨光之熹微。」（陶潛：〈歸去來兮〉）

「自去自來堂上燕，相親相近水中鷗。」（杜甫：〈江村〉）

回來吧！我的燕子！

愛你的：法慧

一九六九年三月二十日

○四一、肖雁琳致盧法慧

敬祝偉大領袖毛主席萬壽無疆！

法慧：

自二月十二日收到你二月二日的信，到今天才收到三月二十日的信，時間過了二十多天。二十天知多久？只有我知道。若不是你「感冒」、「肺炎」為藉口，說什麼我也得報復你——你明知我是「睚眥必報」的。看在你「至今仍未痊癒」份上，才赦免於你。

這些天我苦悶得要命。落戶新疆的事指望表哥已無可能，我和表哥也無法「和睦相處」。我反反覆覆想過：一個被困在狼窩裏的人最需要的是如何逃出去，而不是指望狼會給你什麼恩賜。表哥這種猥猥瑣瑣的小人永遠不會辦成什麼大事，他只會鬼鬼祟祟、鼠竊狗偷，想著如何暗算別人的卑鄙勾當。我看透了這一點，因此，我對前景也不抱什麼希望，對表哥也是報復得越徹底我心裏就越痛快。前不久，竟出現了這樣的場面：一天，我和兩個侄兒去滑冰。表哥乘機趕來，我看出他是想背著表嫂跟我說什麼話，我便轉而向東，表哥又調頭往東趕，剛剛要趕上我，我又來個一百八十度急轉彎。他轉不急，「忽嚓」一聲摔了個面朝天，被摔得暈頭轉向。我看他那狼狽不堪的樣子，心裏真是快活極了。

說到我的「個性太強」、「脾氣乖張」，這些我都承認。我自己也是「明明知道」。我何嘗不想把這些壞毛病改一改，使自己「日臻完美」起來呢？我也決不是「諱疾忌醫」，更不是「抱殘守缺」。每當我看到那些與我同齡的少女與家人與朋友與有干係的任何人和顏悅色、歡天喜地友好相處的時候，你不知道我心裏是多麼羨慕。那是一種多麼親切，多麼融洽的關係呀。心靈相互敞開，互不設防，毫無芥蒂，平等相待，和睦相處。我是多麼想和周圍的人這麼相處呀！可是由於我的家庭出身，也由於我的別的什麼，使得周圍的人都冷漠我、疏遠我，生怕我身上的晦氣沾染了他們。這是我近幾年來不得不受的冷遇。我往往是以一種極痛苦，又極自傲的心理來接受這種冷遇的。為了達到心理的平衡，為了抵銷來自外邊的冷遇，我心裏必須燃起一把火，隨時應付來自外邊的冷遇。於是我的性子烈，我的脾氣暴，便都是這樣形成的。有什麼法子呢，是現實逼迫我要有這種自我防衛的武器。只要人們對我的冷遇不變，我的自衛武器也不會輕易放棄的。

我知道自己不好，我不願意別人因為我的個性和脾氣而受累，這一方面是為了別人，同時也是為了我的自尊、自愛和自強之心。我至今還不相信世上有甘心為我受累而毫無怨言的人（當然也包括你），所以，為了自己無牽無掛、乾淨利索，我不想結交任何一個男人和女人做自己的盟友。但不知為什麼，我還是先後結識了不少朋友。雖然我不滿意她們，嫌她們有這樣那樣的缺點，但我最不滿意的還是我自己。在和你的關係上，我卻不能自解（解脫），也不能自制。我愛你，這已是無可否認。但我每每想到你的家庭、你的親屬的對待我，我都發狠要和你徹底決裂。而你又死死地纏住我，叫我割捨不下。因此，我也恨你，更恨你的家庭，你的親屬，我不能把報復直接給他們，便只好加害於你。以此來達到我心靈的自慰。每到這時，我都想拋棄你，但往往也是淺嘗輒止，沒有勇氣一幹到底。我的感情和理智經常交鋒，有時打得不可開交，而最後事到臨頭，往往還是感情繳了理智的械。我便只好聽之任之，一方面聽憑命運的擺佈，另一方面又自恨自嘲自怨自哀，最後達到自己欺騙自己。

你看，我的處世為人是多麼地違心，然而又是多麼地實心啊！可笑嗎？不用你說，我自己也覺得挺可笑。有時發起狠來，我便對自己說：世上的人誰也不真心愛我，所以我也就誰都不愛！

說了半天，我與你在性格與脾味上有那麼大的差異，正如你所說，我們的將來（如果有將來的話），肯定不會「和和美美」的。輕則唇槍舌戰，重則大動干戈，三天一小爭，兩天一大鬥，也是夠熱鬧的。像你說的那樣，要我為了將來而重新「設計自己」、「改造自己」，使自己「日臻完美」起來，對此我連一點信心都沒有。俗話說：江山易改，本性難移。生來的脾氣長就的筋。就這樣，你看這可如何是好？

至於我回不回去，我的意思還是再等一下的好。不到山窮水盡的時候，我是不會死心的。

祝你

快活！

雁琳
一九六九年四月三日夜

○四二、盧法慧致肖雁琳

熱烈慶祝中國共產黨第九次全國代表大會勝利召開！

最高指示

我希望這一次代表大會，能夠開成一個團結的大會、勝利的大會，大會以後，在全國取得更大的勝利！

雁琳：

收到你四月三日信。我說你脾氣不好，就引出你那麼多的話。其實我是想勸你性格隨和一些，柔韌一點，不要那般烈性、那般火暴。這對你將來的生途只有好處沒有壞處。人，都不是完美的。人的一生在改造客觀世界的同時，也在不斷地修正（不要誤會，修正本不是壞詞）自己的主觀世界，使之更加成熟，更加完美。人與動物一樣，對它生存的那個環境要學會適應。譬如：南極的企鵝為了禦寒，皮下脂肪特別厚；沙漠之舟駱駝背上有儲藏水分的峰，蹄子扁平且有肉質的墊子，適於在沙漠中長途跋涉；黑猩猩生活在非洲森林中，以攀援樹木摘食野果為生，故而兩臂特長。……大凡自然界的一切生物無不具備對環境的適應性，否則的話，它就不能生存，大自然就會淘汰它。人，更要具備這種適應性。生活在大草原的牧民性格粗獷豪放，生活在深山密林中的獵人性格要剽悍而堅強，而江南山青水秀地方的人一般性格比較細膩而脆弱，那些身居高位有錢有勢的人則往往頤指氣使，趾高氣揚。俗話說的「官大脾氣長」就是。與此相反，處於奴僕地位的人就得學會忍氣吞聲、逆來順受。這是規律，不是你想怎麼樣就怎麼樣的，是環境的逼迫和制約，必須老實就範。否則，它就會像恐龍那樣從大陸上消失。現實的嚴峻性就在這裏。你自稱你的性子烈、脾氣暴（隨便說一句，我認為你脾氣硬，大約是讀魯迅先生的書太多所致）是一種自防自衛的武器。這種說法未嘗不可，不過，你這種自衛是進攻型的防禦，是以攻為守。而你本身的力量又非常有限，在通常情況下對你來說未必是良策。何況你目前的處境是孤立無援、四面楚歌、防不勝防。我主張你還是採取退卻性的防禦為好。當住且住，不當住則退。此處不留爺，自有留爺處。三十六計，走為上策。橫豎山東還有你的家，有你的父母姊妹，還有疼你愛你的盧某人。

你信中又提到我的家庭。我家對你總的來說並沒什麼不好。老人對自己的孩兒採取關心的態度，本也是無可厚非。她們對你本人並沒計較什麼，唯一顧慮的是你的家庭，這在目前形勢下也是有情可原的。這決不是你所指控的什麼「勢利」之類。況且，他們不是在我的說服下，正在一步步地由反對我到支持我嗎？

你盛怒之下，竟然說出：「世上的人誰也不真心愛我，所以我也就誰都不愛！」——這話令我讀後分外傷心。莫非我哪一點得罪了你、冒犯了你，惹得你如此地厭煩我？你明明知道我是那麼地愛你，愛你勝過我的生命，沒有你我都活不下去的，為什麼還要說「世上的人誰也不真心愛我」的話？難道說我幾年來的摯愛都是虛情假意不成？至於你的「誰都不愛」是不是真心話有待研究。如果說你以前對我的愛（這有白紙藍字為證）是真的，那麼這句話便是假的；反之，如果這話是真的，那麼你以前對我吐露的話便都是虛情假意了。為此，昨晚我苦苦思考了一夜，幾乎失眠，而百思不得其解。

開春以來，生產隊裏打機井。我白天大多時間都在井架旁度過。疲憊歸疲憊，與人說說笑笑，倒也快活。晚間的時光最寶貴。每天我都在燈下，除研讀《紅樓夢》、《聊齋志異》外，也偶爾翻翻先秦諸子散文，收益匪淺。

榮寶芬幾次約我去她家，可我懶得去。

你那邊近況如何？打定主意回返了麼？

有道是：苦海無邊，回頭是岸。三十六計，走為上策。

回來吧！

等你盼你！

法慧

一九六九年四月十五日

敬祝偉大領袖毛主席萬壽無疆！

祝林副主席身體健康，身體健康！

〇四三、肖雁琳致盧法慧

法慧：

你四月十五日來信收到。難為你苦口婆心、諄諄教導，可我本性難移，是個毫無希望的人，即使過一輩子寄人籬下的生活，也決不會「忍氣吞聲、逆來順受」，去「老實就範」的。我是一個最不具備對環境的「適應性」的人，實在不能生存就罷，大不了從地球上「消失」，也就是了。

你說我脾性乖張乃讀魯迅先生的書太多所致，此話謬矣。請問：莫非多讀魯迅先生的書就會使人變得如此不可救藥？這豈不太冤枉了魯迅先生！更何況我讀先生的書並不多。

你的家庭還是很好的，對你的「關心」和對我的家庭的「顧慮」，都是「有情可原」的。然而，她們畢竟傷透了我的心，使我永生不能忘懷。坦白一點講：我壓根兒就不想進你的家門，為了你的愛而去隱忍著敷衍一切，我實在受不了。我寧願犧牲愛情，也不願在別人的斜視下生活。這就是我的內心世界！

當然，這都是我不好，我刻薄，我「睚眥必報」，我「不容人」，我壞。行了吧。我也願意接受你的「再教育」。但若要我從此變得「完美」起來，永無這種可能。

我上信說出「誰也不愛我，我也就誰都不愛」的話，不是因為你「得罪」了我，也不是哪裏「冒犯」了我，更不是我對你有什麼「厭煩」，（你真又惹我傷心了，這淚……唉！）那純粹是我一時憤世嫉俗的一句氣話。說給你，是把你當作知己。不想你又多心，誤解了我，真是叫我傷心！我說了「誰都不愛」，你就當真？幾年來，你在我心目中的位置，別人不知，你還不知？

記得哪位哲人說過：「世上許多事情失敗之源，大都在誤解之列」。我們這樣書信往返，話稍說不透，便容易產生誤解。這樣多不好。望以後凡事要想得開，不要太神經質了，因為極平常的一句玩話而苦惱傷神，犯不著。

關於我的去留的事，前天我媽來信也主張讓我回去。我前思後想，覺得也是，回就回吧，在這裏也等不出什麼結果來的。回去之前，我還想到烏魯木齊去一趟。一是小蘭小惠約我同行，二是任陶陶幾次來信要我去烏市與她見面。反正路費足夠，索性苦中尋樂到烏市玩上兩天，也不枉來新疆一趟。等我從烏市回來，即刻啟程返鄉。

法會，時光的流逝是真快，轉眼間，我們離開學校已七八個月了。就說我來新疆也半年有餘了。想來，人生的旅途並不十分漫長。

如今，門前的楊樹林已枝繁葉茂、蔥蔥蘢蘢了。它多少次喚起我生活的激情，又多少次使我觸景傷懷。它僅是一棵樹，只要有生活的土壤和陽光就可以生存，而我是一個人，是一個高級的靈長動物，卻不能在我想要生活的地方生存。什麼戶口、家庭出身、社會關係，等等等等，是這些勞什子剝奪了我生存的權利。我連一棵樹都不如。

現在，我情緒低落得很。見面後，你一定會為我的消沉頹廢而驚異的。直到如今，我才真正體會到「不被環境制約的人是很少的」。

魯迅說過：「極平常的預想，也往往被實驗打破。」這話千真萬確。這就要求我們不論做什麼事情都要從實際出發，切不可恣意任性、一意孤行。因此，在我回家之前，再一次說給你：咱兩個的事你不要感情用事，要多聽聽別人的勸導。你因了我而受那麼多人的白眼，實在不該。這是我的罪孽，也是你的不幸。

我知道，我一說這話，你就不喜歡聽。但你要理解我：一個人的不幸是想愛什麼人卻不能夠表示愛。

精神上的痛苦往往是最難補救的；精神上的傷害也比肉體上的厲害得多。

幸喜，有你遠遠地思念著我，我感到一點點欣慰和幸福。這種幸福凌駕於我的一切痛苦之上。無論多麼艱難困苦的時候，只要我一想到你，想到你真摯的愛，我心中就立刻湧起一股暖流，流遍我的全身。

在此期間，有不少好心的大叔大媽勸我為了父母姊妹犧牲自己，乾脆在這裏找個主兒嫁出去，那樣不僅戶口很快就能落下，而且還可以等待招工的機會參加工作，一輩子的兩件大事都可了結。可我能捨得一切，唯一捨不得的是你！

我到新疆來之前，曾對我媽說過：「我闖新疆闖好了便好，闖不好就回家來安安心心過日子。」其實，我這人好高騖遠，即使回家來也不會真正安心過日子的。

你得此信後，可以轉告我媽，說我很快就要回去了。還要告訴她：我得此遭遇，絲毫不怪別人，我只恨我的表哥楊傳江。他面上裝作菩薩相，內裏卻是虎狼的心。我真狠不得一刀宰了他！現在，我必須離開這裏，連一天也待不下去！

接此信後就不要再來信了。我大約五月二十日前後到家。不用接我。

還有人說，我回去後，人們可能會譏笑我，連父母也會抱怨我。我想也會的，人心如是，沒什麼奇怪。我用不著為此擔心，橫豎走自己的路，說就讓他們說去吧！

還有許多的話，見面再詳談。

祝

健康、愉快！

雁琳

一九六九年四月二十七日深夜

第五章　天涯

忳鬱邑餘侘傺兮，
吾獨窮困乎此時。

○四四、肖雁琳致盧法慧

法慧：

情況有變，回鄉的事暫緩。

我現在在烏魯木齊市，沒有固定的地址。暫時不必來信，也不要向表哥那裏發信。立即將此信轉告我媽，叫她不必掛念。

雁琳匆草

六九年五月八日

○四五、肖雁琳致盧法慧

最新指示

備戰備荒為人民。

法慧：

好久沒給你去信，說起來實在抱歉，我沒有把自己的行蹤隨時告訴你。

我來烏市已有月餘。來的目的最初是來玩玩，到烏市後接觸了一些人，又覺得落戶口的事有點兒希望，所以就逗留下來。在老鄉們之間幾經輾轉，費盡周折。但情況總不令人滿意。我為此而深感痛苦。

我一旦有了某種企圖，不到徹底絕望時，是不會輕易甘休的。所以，我決定先不回家，我要在這裏等一下，等到新疆的鬥批改階段結束之後再看分曉。

我想過：我的去留對我的將來來說都是不太妙的事情。但就二者之間，我覺得還是留下看看為好。家鄉的情況怎麼樣了？來烏市後，家鄉的資訊便不容易得到了。楊傳江來信中含含糊糊地說：媽信上想讓我把戶口遷到東北去。我便猜想是不是Y城組織支邊青年了？麻煩你好歹去縣城打聽一下，如果縣革委真的組織支邊青年，不管是雲南廣西，還是青海內蒙北大荒，隨便哪裏都行，馬上來信來電告訴我，我立時前往。再艱苦的地方我也不怕，別人都不願意去的地方我情願去，決不退卻。你不知道，我現在是多麼羨慕北京上海那些有組織有領導的上山下鄉知青呀！聽說他們不願去，還哭哭涕涕。我要是有他們那個機會、那個條件，我會欣然前往的。拿我現在的處境與他們相比，為了能找個落戶、生存的地方，要遭多大難、費多少周折的呀！

法慧，現在的我好比斷了線的風箏，在風裏飄呀轉呀，永是沒有著落，你不知道我心裏有多難受。每天夜裏一覺醒來，第一個感覺就是漂泊不定。好像大江大海裏的一片樹葉，哪裏是岸？哪裏是我生存的依託？迷茫，恐慌，憂悒，煩躁，焦慮，……數不清的痛苦折磨著我，我的神經的弦都快要扯斷了，我的精神快要崩潰了。

我時常想：別人也是人，我也是人，為什麼別人都有個落腳生存的地方，我就沒有？為什麼別人能辦到的事情，一到了我身上就那麼難辦？我有什麼罪？——出生罪！家庭罪！我不該出生，更不該出生在這樣的家庭。像我這樣的人本不該活在世上。或者說，社會現實本來就不打算讓我這樣的人活著，既然活著了，你就該受罪！活該！除此而外，還有什麼可說的呢！

現在，新疆的鬥批改就要開始了。在鬥批改中對這大批的盲流人員（據說有十萬人）不知會拿出什麼樣的處理方案。我唯一的希望就寄託在這一點上。

這裏的學生早就停止分配了，現在大都在學校或家裏待著，他們也是怨天尤人、牢騷滿腹。

我的戶口還在一中放著嗎？千萬不要動它。只要不宣佈註銷，就不要挪動。萬一校方催逼遷戶，可以先把戶口遷出來，但不要落，拿在手裏懸著即可。一旦落到農村，以後再想遷出來就麻煩了。

我這樣孤身在外，身邊連個身份證件都沒有。運動搞起來，說不定會把我當作什麼「特嫌」抓起來也未嘗不可。再說，萬一這邊有了機會，我兩手空空，也無法辦理。為此，我再求你到一中去一趟，問能否給辦一個畢業證或團關係證明也是好的。（大概還沒有開除我的團籍吧？）大權，雖然掌握在對立派手裏，但從人道主義來講，我這點要求應該還是能答應的。

這裏的戰備氣氛很濃。不知家鄉怎麼樣？

我之所以許久不給你寫信，是因為我總想一下子報告給你一個好消息，讓你意外驚喜。可我的願望就像一個又一個肥皂泡——破滅了。我總覺得心裏有愧，對不起你，讓您空等了這麼久。但我也求你能體諒我：人，第一是要生存的。

你知道，這種心情是很折磨人的。

祝你

心情愉快！

（儘早回信！）

雁琳

於一九六九年六月十五日

又及：

來信寄：烏魯木齊市火柴廠汽車隊 唐滿元轉肖雁琳收。

榮寶芬姐既然約你到她家去，你還是去吧！

十六日晨補記

○四六、盧法慧致肖雁琳

最新指示

團結起來，爭取更大的勝利！

雁琳：

今日盼，明日盼，望穿秋水，望斷肝腸，好容易盼到你一封信。真是價值千金哪！

你好狠的心，這麼長時間既不來人也不來信，勞我三番五次去縣城，接人接不到，要信信不來，真是愁煞人也！我恨，我恨死你了！狠不得一把抓住你，把你千刀萬剮了，才解恨！

從五月十八日收到你三言兩語的信，至今整過去了四十天。你知道這四十天，我是怎麼過來的嗎？盼望、焦急、猜疑、苦悶、哀怨、煩躁、懊惱，尋尋覓覓，淒淒慘慘戚戚……一天天一夜夜，好似喪了魂、失了魄、著了魔，像燎巢的螞蜂、熱鍋上的螞蟻，晝夜不寧，寢食不安。其間，我寫了一張張的書信，有的想你，有的盼你，也有的怨你恨你罵你。寫了撕，撕了寫，心想，縱然寫好了，又往哪裏投寄呢？你連個郵寄的地址都不給，你呀你……我可恨死你了！

你明明知道你在我心中的位置，你也會意識到你的歸期的拖延會在我精神上造成多麼大的壓力，可你照樣我行我素，你心裏就那麼坦然？那麼自若？

什麼「抱歉」「有愧」之類，事後的承諾還有何用？一紙空文而已。

你讀讀我的日記就知道我心裏有多痛苦了：

六月五日記：

……已是深夜，我獨自在街上徘徊。四周闃無人跡，唯有蟾蜍的哀鳴和蚯蚓的悲泣，更覺我心中的空曠孤獨，不由感傷起來，因吟：黑夜沉沉兮昏暗無邊，銀河浩渺兮縱貫南北。織女遲遲兮情薄意淺，牛郎拳拳兮顧自悵然。蝙蝠低迴兮蛙聲一片，獨我徜徉兮自吟自歎。未知何往兮音訊斷絕，欲哭無淚兮知向誰邊？……

其意。

六月二十日記：

五更作夢：琳突然回來了，面瘦且黃，唇亦乾癟，似大病初癒。……我上前迎接，她甚冷淡，如同陌路。……又見她買甘蔗，粗壯若竹竿。我問：「買這何用？」琳答：「做梯子上樓！」醒來思忖良久，終不解其意。

許久不見新疆來信，是何原因？晌間忽然記起她臨行前說過：混好了便好，若事與願違，就和外界斷絕聯繫，叫誰也找不到她。莫非她這就履行她的諾言嗎？不，她不會這樣絕情的。況且，現在還不是山窮水盡的時候。就是到了那時候，她捨得我，我也捨不得她。我要踏遍萬水千山，走到天涯海角也要找到她的。可是，現在，她一個多月不給我寫信，這下可苦了我。這幾天，我茶飯無心，寢食難安。即使在勞動中，只要一想到她，心中就為之一沉。她真是折磨得我好苦哇！……

你問到家鄉有無變化，還是一如既往。套用毛主席的一句詩：一樣悲歡逐逝波。

組織支邊青年的事根本沒有。咱魯西南地區屬於內陸，不但不支邊，還接受外地（多是濟南、青島）的知青呢。三天前我去縣城，見到麗娜同學，她說：她已被迫住到鄉下老家去了。她的戶口也毫無著落，仍在一中懸著。一中的畢業證倒是發了，一個小硬皮本本而已。你既需要，明天一併與你寄去。

我的生活規律也是老樣子。唯內心的孤獨感日重一日。《紅樓夢》已讀大半。《中華活葉文選》也斷斷續續讀了不少。此刻，我正獨坐燈下，看鏡裏面容，較前憔悴了許多。由此我想到華年不能永駐，青春不能常在。無怨那大觀園裏的瀟湘妃子為何總是悲悲切切、淒淒惶惶，什麼「花落一時紅顏老」、「便是紅顏老死時」，又是什麼「水流花謝兩無情」、「花落人亡兩不知」，這些詩句此刻更令我觸目傷情。

雁琳，既然你的「去和留都是不太妙的事情」，那就回來吧！我們也好朝夕相伴，相互依傍，若這樣長期孤身在外，奔波抗爭下去，何日是頭？豈不誤了你我青春？

勸你三思！

祝

諸事隨心如意！

法慧

一九六九年六月二十九日

○四七、盧法慧致肖雁琳

敬祝偉大領袖毛主席萬壽無疆！

雁琳：

六月二十九日的信收到否？至今沒見你回覆，甚念。不知落戶的事有無進展？你媽接連三次催我，並把她的私章交給我，讓我以她的名義催你速回。可你連封信也不往家寄，這就是你的不對了。

轉瞬之間，我們離開學校已十個多月了。同班的同學有的當了民師，有的當了兵，有的結了婚，也有的為生計所迫，四處奔波，投親靠友找工作。幾個較有門路的，進工廠當個臨時工，每月掙三十元大錢，算是我們之中的佼佼者。

我大半時間還是隨大溜幹活，無非是鋤地、積肥、收割、播種什麼的。原先讓我去公社棉站當臨時工，我不願去；現在想去也去不成了。（名額被別人頂了）原說聯絡幾個大隊成立一處聯辦中學的，可因為大隊有分歧，老也成不起來。我連當民辦教師也不能了。

寶芬家的親戚為她介紹對象，有工人、機關幹部、部隊軍官，可她一個都看不上，終日價煩悶苦惱。對家人冷言冷語，摔摔打打，全家老少都怕她。我應邀去她家安撫她兩次，去一次，只好一點。但我亦缺乏這種耐心。

雁琳，你人不來，信總該來得勤快些。不然，街坊們便要多嘴饒舌了。你知道，我是頂討厭那些閒言碎語的。

「九大」開過之後，中央對山東形勢非常重視。王效禹在山東的霸權地位已開始動搖。近期縣城兩大組織抗爭非常厲害。有同學約我回一中參加山頭活動，可我意志衰退，對早先的派性鬥爭早已厭倦了，所以一次次動員，我老是按兵不動，久之，人家也就不來了。

> 亂烘烘，你方唱罷我登場，反認他鄉是故鄉。
> 甚荒唐，到頭來，都是為他人作嫁衣裳！……（《紅樓夢》引子）

為人作嫁衣的事，我是再也不幹了。任他們鬧個天翻地覆，我自巋然不動。

盼你速速來信！

法慧

一九六九年七月十日

○四八、肖雁琳致盧法慧

最新指示
無產階級文化大革命還有些事沒有做完，現在還要繼續做，譬如講鬥、批、改。

法慧：

你先後兩次來信都已收到，只是沒有及時回覆，甚感對你有愧！你信上的埋怨和憤慨，我完全能夠理解，但你也要體諒我的處境。一個處於生死存亡關頭的人是無暇顧及些許細微末節的。況且，我們既已真誠相愛，即使有點兒差池，也是能夠諒解的。

我來烏市三個月，絕大多數時間是住在秀芳姐家裏。（秀芳姐的爺爺奶奶是我們全家初到常鎮時的老房東，小時候我和秀芳姐常在一塊玩耍）秀芳姐的丈夫唐滿元為我落戶新疆的事煞費了苦心，也跑斷了腿。如果說天底下還有好人，我便要首推小唐哥了。小唐哥是新疆火柴廠的汽車司機，利用開車出差之便，先後帶我找遍了在烏市工作的所有山東老鄉。如：安寧渠的老張、林業局的老孫、和平渠的老魏、平頂山汽車大修廠的楊廣河……。對我來說，每認識一個山東老鄉，在我生存的天平上就多出一個法碼，我就多了一條生路。不管走到哪裏，只要一聽說哪個單位有一個山東籍的老鄉，就像哥命布發現新大陸一樣，令人猛一高興。我們不捨得耽誤一分鐘，立即驅車前往。可是，事實情況總是一次又一次令人失望。

前不久，小唐哥到吐魯番拉貨，認識了一個農墾局的供應科長，那人答應給幫忙，並說得滿有把握。為此，小唐哥和趙師傅（也是火柴廠的司機）曾帶我一起到吐魯番去了一趟。那兒地勢低窪，比海平面還要低，夏季氣溫高達四十二度（咱地理課上學過的）。那位科長待人熱情，同意把我的戶口安在那裏。可他們商量來商量去，最後還是把我帶了回來。回來的路上，我問他們為什麼改變主意？他們說那兒漢族人太少，大多是維族人，把我一個人放在那裏實在放心不下。我執拗地說：那怕什麼！維族人怎麼啦？我也是個大活人，不信他們能把我吃了不成！我執意要他們駁回車頭把我送回去，可他們說什麼也不肯。

回烏市五、六天來，他們仍為我四下奔波。現在又有了兩個目標：一個是安寧渠的工農兵大隊，另一個是鳳梨公社。他們說，最好能在工農兵大隊落下，那裏離烏市只有十幾公里，而鳳梨公社離烏市少說也有六百多公里。到最後，這邊實在不行了，再考慮那邊。

幾個月來，我好似一個流浪的吉卜賽人，一無職業，二無戶口，三無親眷，獨自一人在新疆大地上四處流浪。我又好比一個乞丐，在這裏那裏的四處乞討。我乞討的既不是金錢，也不是衣物食品，而僅僅是一個賴以生存的地方。我有家不能歸，有親不能投，我只能在這茫茫大地上四處流浪、漂泊。

法慧，你應該知道，一個漂泊在外的人是多麼地思念家鄉。在奔波流浪中，有幾首古詩常在我心裏念誦。一首是王維的《九月九日憶山東兄弟》：

獨在異鄉為異客，
每逢佳節倍思親。
遙知兄弟登高處，
遍插茱萸少一人。

另一首記不清是何人的了，詩句是：

人言落日是天涯，

望極天涯不見家。
已恨碧山相阻隔，
碧山還被烏雲遮。

在新疆，我長期游離於政治運動之外，無法知曉政治與形勢方面的大事。我知悉的都是些生活瑣事，這些也無須給你胡寫八寫。卻巴望你能把家鄉的形勢和同學們的情況及時地告訴我。（你又要責怪我「己所不欲，勿施與人」了）看了你寫給我的信，有句話我很想說給你：你不要意志衰退，同學們既然邀你去參加運動，你就應該去。要有一份熱發一份光。要盡可能地推進形勢，使其向著好的方面發展。但也不要這一派起來再壓迫那一派，更不要搞打砸搶，那樣是有罪的。再一點，請你以後再也不要寫那些「花落」、「紅顏」之類的話，也儘量少發牢騷。須知現在私拆書信是十分平常的事。你那些牢騷話很容易招人嫌疑，在你是無所謂的，於我可就非同小可了。

你接連兩封信都勸我回去，但我既然來到這裏，只要還有一點希望，我也不會善罷甘休的。你說你的孤獨、寂寞，這我都能理解，我的心情難道比你還好嗎？我也深知「朝夕相伴，共用天倫」的樂趣，但情勢所迫，我不能那樣。「兩情若是久長時，又豈在朝朝暮暮。」萬望你能想得開，不要自相煎熬。

法慧，近來，我隱約覺得我離你好像愈來愈遠了。這不僅僅是地理上的位置，我說的是心靈。你有這樣的感受嗎？

寶芬需要你去安慰她，你要多去才是，千萬不要缺乏耐心。

你信中說村裏街坊們多嘴饒舌、閒言碎語，都是哪些？為什麼那麼討厭？說來我聽聽。

我爸媽思念我，這我知道。我之所以沒給他們寫信，主要是我沒心思寫。給你寫信少之又少，也是因此。另外，我總想等我落戶的事辦成之後，給他們一點驚喜，我不想老是報告他們不好的消息。你既然常去我家，就請你代勞轉告，拜託您。

祝您

健康愉快，闔家幸福！

流浪的「吉卜賽人」：雁琳

一九六九年八月十日

敬祝偉大領袖毛主席萬壽無疆！

○四九、盧法慧致肖雁琳

雁琳：

盼了許久，才盼來一信。實在不容易。

近期，山東形勢大變。獨霸山東的王效禹徹底倒臺了！由他支持的山東四大部也隨之「樹倒猢猻散」。這幾天，縣裏正一級級傳達落實中央對處理山東問題的「十條意見」。在這期間，不少同學重返縣城加入戰鬥的行列。我卻是不能了。往昔的拼搏純是誤入歧途上當受騙，現在既已看破，我是決不再去參與那些無謂的派性鬥爭了。我等畢竟是平頭百姓，終不能勝其大任，倒莫如安貧知命老老實實過我的田園生活的好。

近日讀《諸子散文選》，對老子的學說尤感興趣。老子被稱為道家鼻祖。司馬遷稱老子是「無為自化，清靜自正」，思想核心是「天道無為而自然」，「虛無因應，變化於無為」。老子主張「良賈深藏若虛」，「君子盛德，容貌若愚」。

接觸老子思想以後，使我大吃一驚，我的好多思想竟酷似老子的學說，可我並沒讀過他太多的書，大約是受家庭、學校、社會環境對我的薰陶所致。可見，老子的學說其實在我們這個民族的思想意識中早已根深蒂固。

請看下邊：

老聃曰：知其雄，守其雌，為天下溪。知其白，守其辱，為天下谷。人皆為先，己獨取後。曰：受天下之垢，人皆取實，己獨取虛。無藏也故有餘，巋然而有餘。其行身也徐而不費，無為也而笑巧。人皆求福，己獨曲全。曰：苟免於咎。以深為根，以約為紀。曰：堅則毀矣，銳則挫也，常寬容於物，不削於人，可謂至極。

我覺得字字句句與我的思想相吻合。老子的「直而不肆」、「光而不耀」、「知足不辱，知止不殆」，卻正好是我這幾年來的生活準則。

在老子之後的莊子繼承和發展了道家學說，追求絕對自由，主張人應該「清靜無為」，安分守己，不施於人，也不用於人。從「無我」中求得「獨我」，於「無為」中求得「大為」，在「無用」中求得「大有用於我」。莊子鄙視作官，他說：「我寧遊戲污瀆之中自快，無為有國者所羈，終身不仕，以快我志焉」。

我推崇老莊的學說，但我的思想又是矛盾的。老莊主張「清靜無為」、「安貧知命」，我卻苦悶彷徨，不安於現狀。此刻正是夏日的午夜，我獨自坐在我簡陋的書房裏，四周一片寧靜。我心裏浮想連翩，國事，家事，個人事，事事交疊，錯綜複雜，一會兒又全都煙消雲散，一切都遠遠地離我而去，腦海裏全是一片空白。近來，時常有一種奇異的心理侵擾著我，它時有時無，令我捉摸不定：時而是孤獨、冷清，時而又是虛無、迷惘……

回想我以前在學校時，每逢見到那些社員們每日滾爬在田間，混天聊日，無所謂理想和抱負，也無所謂興趣和愛好，如同自然界的鳥與獸，自生自滅，庸庸碌碌，渾渾噩噩。每看到他們，我就為他們悲苦的命運而惋惜哀歎。

如今，一場紅色的風暴，如同一場惡夢，一場浩劫，讓我自己也落到了這種境地。一天到晚，忙忙碌碌，渾渾噩噩，往日的銳氣早已消磨殆盡。我的文思已紊亂如麻，我的良知已渾然不覺，我的憂愁如濃雲密霧，我的熱血現在已變得如水冷，如冰涼。

思前想後，我的能力微薄，無法超越目前的處境。天蒼蒼，地茫茫，偌大的天地無容於我，我只能獨自哀歎自己生不逢時。此外，我沒有任何法子。

想想人生世間，一事無成，空負鴻志，而窮困潦倒，一輩子在田畝、鍋臺和床第間輾轉幾十年，如同行屍走肉，最後毫無聲息地死去。這樣的人生有何意思？還不如早早死去。

當然死是懦弱的表現，死是最沒價值的。如不死去，那就要奮鬥，就要抗爭，從死境中掙扎出一條生路來。人也同自然界的生物一樣，依從優勝劣汰、強存弱亡的自然規律。你想要在這個世界上生存，你就得首先作一個強者。然而，出現在我眼前的是漫漫的長夜，是無邊的夜幕籠罩下的曠野。我只能在這黑暗中摸爬滾打，踽踽獨行。我希望儘快逃出這黑暗的泥淖，我企盼著出現在東方的曙光……。

我又想：在生命的長途中，不要迷戀已經逝去了的過去，也不要渴望那可望不可及的未來，重要的是立足於現在，從眼下著手，大膽開拓，積極進取。倘不能進取的話，便得過且過，修心養性，苦中求樂，達到自慰。這就是我目前的心態。

信筆寫來，又發了不少牢騷。大概又要「招人嫌疑」了吧？誰要嫌疑就叫他嫌疑去吧。我顧不得那麼多了。

昨日收到我哥的來信。因為王效禹的倒臺，已有十二年軍齡的我哥受到連累（他在徐州「三支兩軍」中站在了王效禹支持的「踢派」一方），近期內就要復員回家。哥的脾氣為人過於耿直，寧折不彎，我斷定他回到農村來是不能適應的。我寫信勸他不要回家，能轉業到工廠企業最好。但我勸也是枉然，他是不會改變主意的。

今天是古曆的七月初七，牛郎織女相會的日子。關於牛郎織女的傳說很多，一說：每年的七月七都要下雨，名曰「可憐」；二說：這天見不到喜鵲，因喜鵲都到天上為牛郎織女搭鵲橋去了；三說：這天晚上，如果在葡萄架下焚香打跪，透過葡萄葉縫隙往天上看，就能看到牛郎織女兩顆星星相聚的情景。不知是否當真，我也從來沒試過。

我感到可恨的是：天上的牛郎織女能相會，人間的癡男怨女卻遠隔萬水千山不能相逢，惜矣，憾哉！

法慧

一九六九年八月十九日

○五○、肖雁琳致盧法慧

敬祝偉大領袖毛主席萬壽無疆！

最新指示

團結起來，為了一個目標，就是鞏固無產階級專政，要落實到每個工廠、農村、機關、學校。

法慧：

告訴你一個好消息：經過多方周旋，費盡九牛二虎之力，我的戶口總算落在安寧渠工農兵大隊了。你應該為我高興，也應該為我祝賀。通過多少天的努力，多少人為我幫忙，耗費了多少口舌，才終於實現了這一目標。這對我來說，是一個多麼輝煌的勝利！好比一個在大海裏苦苦掙扎很久已經精疲力竭的人終於踏上了陸地，這在心理上該是多大的慰籍呀！

我是按照下鄉知青安置的。起初，小唐哥與安寧渠工農兵大隊的支書楊開祥聯繫，他們關係很好。楊支書同意讓我頂替別人的一個指標。這個大隊從烏縣分來十個知青，只到了九個，剩下的那個不高興來，正好由我頂了。下鄉插隊，在別人看來是受罪，於我則成了享福了。這就是人因處境不同而產生的心理差異。我很想好好地感謝她（或他），可惜，我不知道對方的名字。

我的戶口和團關係都是託麗娜同學為我辦的。我考慮到她家在城裏，父母都是幹部，各方面關係比你好些，所以我就寫信委託她了。據麗娜講也費了好大周折，一中的負責人和公安局管戶籍的人都是百般刁難。其原因當然還是我的出身，別人能順利辦成的事情，到了我這種人身上，非要出岔子不可。這都是意料中的事。

我被分配在第七生產隊。我們四個女娃合住兩間民房。睡的是大炕。那三人中有一對是親姐妹，另一個是出身知識份子家庭的姑娘，性格脆弱，時常因思念父母而傷心抹淚。房東宋大伯宋大媽都是頂樸實的好人，待我們很好。由於是新來乍到，各方面條件還很差，我們的生活也過得很清苦。生產隊預支給我們每人十塊錢做生活費。這十塊錢既要買麵買菜買炊具，還要到三十多公里外的昌吉買煤炭，再託生產隊裏的馬車給拉回來。為了節省一點錢，我們常常以土豆做主食，有時竟捨不得炒菜吃。

幸好這裏的農活並不太重。這裏屬烏魯木齊的郊區，主要的農作物是種植蔬菜：豆角、土豆、茄子、辣椒、番茄等。也大面積地種西瓜和哈密瓜。剛到這裏，農活還不熟悉，隊長就派我們跟隨馬車到市裏去送菜，有時也親自把秤賣菜。在外邊奔波一天，晚上回來，能有一個屬於自己的「家」，能睡到屬於自己的炕上（儘管這都是借住的民房，但它名義上畢竟是屬於我們的），對比前十個多月的流浪生活，從心理上來說，要算安定多了。因此，在她們三人認為很苦的時候，我卻往往感到很滿足。可見，經歷不同的人對生活的感受是很有差異的。

由此，我又想到了你，你有一個溫暖的舒適的家，有那麼多的人疼愛你，你應該加倍珍惜才是，而不應該終日悲愁、哀歎、自尋煩惱。更不應該發那麼多的牢騷。

你的「老莊思想」我認為有些確實是我們中華民族的思想精華，而有一些卻是要不得的。例如：「清靜無為」是腐朽沒落的思想，我們青年人如果恪守這種思想，那是十分有害的。老莊思想保守者居多，從感情上來說，我不願接受它。我讀書不多，尤其諸子文學書籍，更少涉獵。但我對孟子的民主思想有較深的印象。他提倡「施仁政於民，省刑罰，薄稅斂」，主張「明君制民之產，必使仰足以事父母，俯足以畜妻子，樂歲終身飽，凶年免於死亡」。尤其是他在兩千多年前就提出「民為貴，社稷次之，君為輕」的思想，真是難能可貴。唯在關於人性方面的論述上，我不贊成孟子的「性本善」之說，倒比較同意荀子的說法：「人性本惡」，「人之性惡，其善者偽也」，故而他提倡「起禮義，制法度」，藉以「化性起偽」。

對你來說，我在這裏是班門弄斧了。

與我同來的任陶陶已在我之前被安排到新疆建設兵團，在石河子，離這裏並不太遠。

你信中說王效禹倒臺了，這消息的確令人振奮！任何不順乎民意、支一派打一派的政權遲早都要倒臺。你的意志太消沉了，「無謂的派性鬥爭」可以不去參加，但完全逃避社會、脫離現實、一味貪婪於清靜無為的田園生活也是不對的。青年人總該朝氣蓬勃，積極參加各項有益的社會活動。你不是很有理想和抱負的嗎？為什麼不趁機到縣城施展一番呢？

還有，你哥他早就是軍官了，怎麼又要復員？究竟是為什麼？

夜深了，就此止筆吧！

我的地址是：新疆維吾爾族自治區烏魯木齊市安寧渠公社工農兵大隊知青點，直接寫我收就行了。

雁琳

一九六九年九月二十日

○五一、盧法慧致肖雁琳

最新指示

黨組織應是無產階級先進分子所組成，並能領導無產階級和革命群眾對於階級敵人進行戰鬥的朝氣蓬勃的先鋒隊組織。

雁琳：

你的好消息對我來說，應該說是個壞消息。我（還有你媽）三番五次寫信勸你回來，你卻執意在新疆落戶。請不要忘記，你出走新疆的目的是想在那裏參加工作，可不是落戶到農業社裏。如果落戶農業，何必跑到千里迢迢的西北邊陲。而且那裏局勢又是那麼緊張，據說蘇軍在那裏陳兵百萬，戰爭一觸即發。別人往口裏逃還逃不及呢，你倒洋洋自得地炫耀什麼「輝煌的勝利」，還要我替你「高興」，為你「慶賀」。好吧，我本可以當時就回信的，我故意拖了又拖，直到今天才給你寫信，我叫你盼，我叫你嘗嘗「慶賀」的滋味！

話又說回來，既然落戶就落了吧，好歹還是你的渴求。下一步，就不妨穩住陣腳，穩紮穩打，來一場持久戰爭。最終目標還是參加工作。

最近，我的生活也將要出現轉機：前幾天聽說徵兵任務下來了，我忽然萌生了參軍的念頭。部隊是個大學校、大熔爐，有才有識的人肯定會有出息的，一能施展才華，報效於國家，二也以此為階梯，逐步升遷。昨天，我已把我的打算告訴了我哥哥。（忘了說了：我哥已於二十天前復員回家）哥哥是滿口贊成。現在的難關就在兩位老人身上。我十一歲喪父，哥哥又參軍入伍，整個家裏沒有個男人，日子不像日子。現在哥哥剛回來，我又要去當兵。況且東北、西北邊境又是那麼緊張，二老肯定不放我去。我也不忍心再度給她們造成心靈的創傷。但是，我能永遠這樣廝守著她們嗎？這一潭死水般的生活我能忍受下去嗎？所以，我要千方百計說服她們。

你，做為我的戀人、未婚之妻，我當然要聽聽你的意見。

秋天過去了，冬日來臨了。聽你媽說：還要給你郵寄棉衣棉被。你生活那麼清苦，不能不令我心中不安！也不應該太節省了，幹嘛自己跟自己過不去。

望切切保重！

盼覆。

法慧

一九六九年十一月十五日

○五二一、盧法慧致肖雁琳

最高指示

人民解放軍應該是一個大學校。

備戰備荒為人民。

雁琳：

我參軍有望了！

前天晚上在大隊召開的徵兵會議上，我踴躍報了名。昨天又是背著祖母、母親悄悄去公社徵兵辦公室跑了一趟。我自稱有美術專長，並把我在學校臨摹的華三川的《白毛女》和劉繼卣的《窮棒子扭轉乾坤》共有一百多幅連環畫拿給他們看。帶兵的一看就熱了。當即就記下了我的名字、住址、家庭成份和社會關係等。並囑咐我在家等候通知，以便去Y城體檢。

今天一早，公社武裝部的曹幹事專程來我家通知我去體檢。上午九點，我急急忙忙趕到縣徵兵辦公室，帶兵的首長，一個鬢髮斑白的人（別人稱他為政委）接待了我，對我非常熱情。先是詢問我本人情況及家庭社會關係等，又饒有興致地看了我帶去的畫幅，大加讚賞，隨後派一名參謀帶我去體檢站查體。整個過程也很順利，除了眼睛有點近視，別的無可挑剔。首長們很高興，言語間露出「在連隊當一名文書」的話。並關照我入伍時把本村的村史和貧下中農的苦難家史帶上，以備將來在連隊編寫教材或舉辦階級教育展覽之用。臨回來，那老政委緊握著我的手說：「其他沒有什麼問題了，只差政審一關了。在家好好地等通知就行了！」一路上，我高興得手舞足蹈，不由地放聲歌唱。

唯有我的祖母母親兩位老人一關不好通過。我打算採取先斬後奏，或臨斬急奏的辦法，像我哥當年那樣，換上軍裝了再去稟報她們，生米做成熟飯了想留也留不住，那樣難過也就一次，既是告知也是告別，一次都有了。

打城裏回來，我又專門到了你家，將準備參軍的事告知了你的父母。你爸爸很高興，你媽略顯不悅，但也不好當面反對。我便給她細講：對我來說，除了參軍入伍，我沒有任何別的出路……，後來她也算同意了。送我出門時她又說：「我原想讓你去新疆跟雁琳一塊生活的，可現在也不怎麼現實。唉，算了算了，隨你的便吧！」

總之，看來，我當兵的事幾乎已成定局。萬事具備，只等通知了。

此刻，我似乎看到軍營裏列隊操練的士兵，似乎聽到清脆嘹亮的軍號聲，那整齊劃一的步伐，那迎風招展的軍旗，那鏗鏘宏亮的號令，多麼令人神往，又是多麼地令人陶醉！

興許下一封信就是從某個軍營寄給你！

琳，你替我高興嗎？為我祝福吧！

阿門！

法慧

一九六九年十一月二十三日夜

○五二、盧法慧致肖雁琳

雁琳：

空歡喜一場，我的參軍夢又破滅了。

原因是在政審關卡殼了。主要是兩條：一是受我哥的連累。我哥原本是徐州六○五七部隊政治部幹事（正連級），「三支兩軍」中積極能幹，態度鮮明。部隊首長也支持他，多次被評為「學習毛主席著作積極分子」、「支左模範」等，到這裏演講，到那裏做報告，紅得發紫。前不久，王效禹一倒臺，像我哥這樣的「支左模範」倒落了個騎虎難下的境地。若是機靈人，寫個檢查認個錯兒也就完了。可我哥偏是那種寧折不彎的剛強人，大不了解甲歸田！想不到部隊的對立派得勢後乘機推他一把，落井下石，被罷免回家不說，還要進一步清算他的「罪行」。這不，哥哥一倒楣，我這作弟弟的馬上就受株連了。

另一條更荒唐：那便是我與你的戀愛關係，也成了他們的藉口。他們說你是歷史反革命分子的女兒，我與你戀愛，將來就是歷史反革命分子的女婿。儘管我們的關係沒有得到任何法律手續的確認，儘管社會關係一欄中從沒註明「戀愛對象」也在可審查之列，可我倒率先受到這不該株連的株連。這真是不可思議的呀！

今上午，我得到消息後火速趕到縣徵兵辦公室詰問那位帶兵的首長，那位老政委也是愛莫能助。他說，政審關是你們地方上的事，他們也毫無辦法，只是一個勁地搖頭歎氣，一再安慰我好好鑽研美術。

這就是我一場參軍夢的最終結局。

我惱怒，我憤慨！這是他媽的什麼鳥政策！

去他媽的！全當是一場夢，過去就算了，不再想它了。

好久不見你的來信，近期心情怎麼樣？

盼覆！並祝

快樂！

法慧

一九六九年十二月十五日

○五四、肖雁琳致盧法慧

（注：此信是寫在一張用過的粗糙的包裝紙上）

法慧：

十一月十五日、十一月二十三日和十二月十五日三信均已收悉。

對於你參軍夢的初起一直到破滅，這些全都在我的意料之中。

哥哥的事且不去說，單就我家對你的連累就足夠讓你吃盡苦頭。

現在，我們還沒有結合，你就被「株連」了，以後這類事情多著呢。因此，我還要再一次勸你：為你自己著想，為你的將來負責，咱們最好還是分手吧！現在為時還不算太晚，後悔藥也不用多吃。如仍執迷不悟的話，你的美好前程將會完全葬送。到那時，你就悔之遲矣！

再三思！

雁琳匆草

一九七〇年元月五日

○五五、盧法慧致肖雁琳

最新指示

知識青年到農村去，接受貧下中農再教育，很有必要。要說服城裏幹部和其他人，把自己初中、高中、大學畢業的子女送到鄉下去，來一個動員。各地農村的同志應當歡迎他們去。

雁琳：

我欣喜萬分地從郵遞員手中接到你的來信，展讀之後，我的心又涼了。三個多月不見你的信，好容易盼來一信，就那麼硬幫幫的三言兩語。你就真的無話麼？我們畢竟是真誠相愛的，難道昔日的摯情你就完全淡忘了麼？我對你的思念、眷戀換來的竟是這樣的回報，換位想一想，你不感到寒心嗎？

有句古言：「日近日親，日遠日疏」。我們分隔兩地相距萬里之遙，生活境遇不同，通信不便，長此下去，莫非我們之間的關係就真的會越來越疏遠嗎？

前不久，鄰村一位打烏魯木齊來的人，說你在那裏已訂了婚，先說是一連長。後來又說是一大學畢業生，甚至連工資多少都說得確鑿無疑。一時間，村上輿論譁然，有譏諷的，有嘲笑的，有挖苦的，也有假惺惺可憐我的，更可氣的是有幾個好心的嬸子大娘竟私下串通，為我物色新的「佳偶」了，唯恐我因為這邊「被人家蹬了」，一時想不開，得了相思病或是去尋短見什麼的……哎呀，弄得滿城風雨，叫我有口難辯，有臉也無法見人了。

從你給你媽的信中看出：上一年，你只幹了五十個工日，每個工值六角，你的全部勞動所得就只有三十元錢。三十元夠做什麼的？你給我的信中說生活那麼清苦，常以土豆做主食，捨不得炒菜。何必那麼苛刻？

我看，你還是回來吧。且不說那裏的艱苦，就說你我的年齡，新年一過，就是二十二三的人了。俗話說：男大當婚，女大當嫁。這是自然規律，我們何必違背自然規律行事？謀取職業，也不是一朝一夕、一蹴而就的事情。我們總不能長久地分居兩地，永遠過著苦行僧的生活吧！再說，你只要一回來（即使不馬上結婚），那些令人討厭的婆婆嘴總算給堵住了。我最不能容忍的就是那些閒言碎語，尤其是對你的惡意誹謗更令我無法忍受。

那天我去你家，因為你不聽你媽的話，把你媽都氣哭了。且不說為我，就看在你媽的面上，你也該及早返回。你若是仗著你的「牛」性子，緛拉不回，那樣對你對我對你父母都不會有什麼好處。你早回來一天，就少受一天的苦，你們家就早一日團圓，我也早一天得到安慰。日間草成一首「風流恨」，抄錄如下以表我心：

古來才子自風情，
金樽玉腕伴功名。
嬌燕一去不回返，
空餘曠夫嗟呀聲。

另有仿彈詞胡謅四句：

冷清清沿街走不盡月光樹影，
孤單單挨門找不出情近心同。
狠狠心西北詛咒你情薄意淺，
跺跺腳上下誰念我孤苦伶仃？

最後，遙祝你春節快樂！

孤獨者：法慧
一九七〇年元月二十日

○五六、肖雁琳致盧法慧

毛主席詩句

牢騷太盛防腸斷，風物長宜放眼量。

法慧：

大概你還記得，幾個月前你給我寫過毛主席的這兩句詩。今天又輪到我用這兩句詩來安慰你了。昨天的事已隨著昨天的時光消失了，我們不必為此而苦惱和傷神。將來，唯有將來，對於我們青年人來說才是充滿憧憬和希望的；儘管僅限於憧憬和希望。雖然如此，我們就要竭盡全力，奮鬥不息。

勸我回歸的話請不要再說，至少今年內先不要說。說了也白說。我是好不容易才在這裏落戶的。一個在大海裏漂泊已久的人，好容易得到一塊可供喘息的舢板，說什麼也不會輕易放棄的。我決定在新疆待下去，我願意獨自經一經這世上的風霜，你不必掛念。

記得哪位哲人說過：世上的任何事情都是可能「毀滅和再生」的，我對這一點也深信不疑。至於你說的俗語：「日近日親，日遠日疏」的話，我想，也是實在的可能。

法慧，我們說話都不必太隱諱，也不必拐彎磨角。坦白地說：我覺得你是越來越急於要成家了。基於現在你我的情況，這是可能的嗎？我們都剛剛走出校門，連最起碼的經濟條件都不具備，將來的生活如何維持？所以，我認為結婚的事，不但是不能做，現在連想也不該去想的。

坦率講：一年多的顛沛流浪生活使我的思想發生了不少變化。對我們先前那種纏纏綿綿的愛情生活，如今我已不太感興趣了。目前，我最需要的是如何作人，如何作一個現實中的人，而不是終日陶醉於風花雪月、兒女情長之中。我也勸你，儘快放變一下自己的想法。

我這樣說，大概又會引起你的反感和嘲諷，不過，我是不計較的。嚴峻的現實逼迫著我，我不得不這樣做。

對於奮鬥和抗爭，屢屢的失敗已使我的心變得發灰發白了。在同友們中間，我是最怕提到家庭、出身這一類字眼的。（儘管她們對我的家庭情況還一無所知）誰在言談話語中只要一提到「家庭出身」幾個字，我的心就為之顫抖，連睡夢中也常常會因為「出身」二字而驚醒。出身！出身！——宛如在雲山霧罩的古剎大殿裏，正有一個金剛夜叉般的巨神，一面提著我血淋淋的靈魂，一面以鋼鐵雷鳴般的聲音吼叫著：「你的出身？你的出身？」我常常在這樣的惡夢中哭號著醒來。

我常想：命運是多麼地不公平啊！出身好的子女可以安居樂業、飛黃騰達，出身不好的到哪裏都是背著黑色的十字架，被人歧視，受苦受難。難道我命裏註定要嘗盡這世上的所有的苦難麼？

有多少好心人勸我：「不要太固執，耽誤了你的青春！」現在我也拿來勸你：你也不要太固執，不要因為我而誤了你的青春。我是為生計所迫，是毫無辦法的事。而你僅僅是因為我，這就太不上算了。你家條件優越得很，諸位老人又看不上我，捨去我是毫不足惜的。而且捨棄我，你就能很快地找上比我更稱心如意的。可是你，總是冥頑不化，大概還是為了我。我不願拂你的意，也不想違背你家諸位老人的心，二者之間，無所適從。法慧，你就狠狠心把我捨去了吧！求求你！對我來說，是無所謂的！真的！

我們隊裏的鬥批改運動正搞得轟轟烈烈。若沒有要緊事，就不必馬上回信。我生活苦歸苦，但總還是有所寄託的。有寄託就比沒有寄託好，請你轉告我爸我媽，都不必掛念我。至於你村上那些閒言碎語，我看就讓他們說去吧！他們也未必有什麼惡意。

我再重說一遍：我決不會在獲得經濟權利之前，草草解決個人問題，更不會在這裏找什麼「連長」、「大學生」之類，以求得個棲身之地。我決不會下作到那種程度。即使沒有你，我也決不會那樣做的。請你不必有所顧慮。

春節就要到了，同屋的已走了三個，剩我一人孤伶伶地守著空屋。遠近的人們都在忙著做過年的各種準備，煮炸蒸炒。各自都在自家的安樂窩裏，妻子兒女、兄弟姐妹，團團圓圓地生活。再沒有人像我這樣孤身一人在外，沒地方歸宿。天地之間忽然顯得空蕩蕩的，萬籟無聲，連雞鳴犬吠都聽不到，大概都安於飽暖和恬靜吧。而我呢，在空曠的大街上，頂著風雪，踽踽獨行，去給遠在天涯的戀人寄信。此刻，凝聚我心頭的苦衷，你該能體會到的吧？

但我還是以真誠的心祝你及你的全家

幸福安康！

雁琳

一九七〇年二月一日

○五七、盧法慧致肖雁琳

敬祝偉大領袖毛心席萬壽無疆！萬壽無疆！

雁琳：

收到你二月一日的信，接連讀了三遍，懷著驚異而痛楚的心情，努力體味其中的含意，我不由地傷心落淚了……回顧三四年來，大學夢的破滅，文革風暴的洗劫，上山下鄉的放逐，孤獨閉塞的生活，再加上情侶的出走，曠夫的遺恨……多少個良宵忍受孤寂，多少個寒夜倍受煎熬，這些難道還不夠。哪堪再受她冷言冷語頂撞？此時此刻，他還能不悲痛嗎？

成家的事，我並沒有逼迫你呀？經濟權利的有無，我又幾時向你索取萬貫陪嫁了？你討厭纏纏綿綿的愛情生活，我也沒主張非讓你終日陶醉其中的呀？我引用「日近日親，日遠日疏」的諺語，本意是引起你我的警惕，可你卻由此衍生出「毀滅和再生」的話，此話隱喻何意？還有，你信上說「若沒有要緊事，就不必馬上回信」，瞧你說得多麼冷酷！什麼才算要緊事呢？難道非得「盧某病篤，命懸一線」了，才算是要緊事嗎？

我早說過多少遍了，我們的關係既經明確，就是海枯石爛，我也決不會變更的。可你到現在還說「狠狠心把我捨了吧」之類，何必呢？

固然，你的處境確實不佳，你也說過「人第一要生存，愛才有所附麗」的話，我也並不強求你非得說那麼多卿卿我我的話安慰我，只求你不那麼冷言冷語就行了。你不要在我孤苦的心上再插一把刀，更不該說出「毀滅和再生」話，我心裏不能沒有你，不能沒有你的愛。

春節已過。記得年幼時，每到春節來臨，我都是高興得樂不可支。可是今年的春節對我來說，簡直是毫無樂趣。我不願去人多的地方。我討厭一切人，因為人們總是要打問你的情況。因此，我迴避所有的人，只想躲在家裏讀書。有時連書也讀不下去，思想老是走火，我想我的命苦，我恨遠飛的燕子冷漠無情。

寶芬春節前到我家來過一次，談她在家的孤獨和苦悶。她問起你的情況，並順便要看你寫給我的信。我本不想讓她看，可她執意要看。我想，其實也沒什麼保密的，所以就揀最近的幾封讓她看了。她約我春節後到她家去玩，我隨口答應，但並不打算真的去。現在，我對什麼都沒興趣。

好了，就寫到這裏。心裏還有許多牢騷話，擔心說出來又招什麼「嫌疑」，乾脆就不說了吧！

祝

苦中取樂！

孤獨者：法慧

一九七〇年二月十三日夜

○五八、肖雁琳致盧法慧

首先敬祝偉大領袖毛主席萬壽無疆！
再祝林副主席身體健康，身體健康！
最高指示
我贊成這樣的口號，叫做「一不怕苦，二不怕死」。

法慧：
一封信竟使您如此傷心落淚，這真是我始料未及的事。回想我信上寫的，都是實情，我並沒有說什麼過分的話呀。您屢屢來信催我回去，這是不可能的事。作人的艱難，各方面的冷遇，對我來說，在這裏和在家裏都是一樣的。我既然落腳在這裏，就要在這裏扎一扎根，幹出個樣子來，等到我真正具備獨立的生活能力了，再來處理我們兩個的事，否則是不可能的。

我認為您是非常害怕艱苦的人，我也是不能吃苦耐勞的。這樣的兩個人在一塊生活，將會成什麼樣子？我不敢想像。因此，我們務必加強鍛鍊，磨練我們的意志，逐步增長獨立生活的能力，爭取在兩三年內，我們都能基本掌握自己的命運了，到那時候，再考慮我們的結合。

這裏的鬥批改運動正在逐步引向深入，最近又掀起一個「一打三反」運動，更是如火如荼。我們每天都是開會學習，搞大批判。在整個運動中，我就像坐在火山口上，時時刻刻防備著火山的噴發。有時，我也想把我的家庭出身公布於眾，但，當我看到另外兩個出身不好的青年備受冷漠和歧視，（開會不讓參加，幹活揀最髒最重的活派給他們，分配東西的時候都是排在最後，平時很少有人與他們說話，更別說歡笑的權利。我真是打心裏可憐他們。這大概就是同命相憐、惺惺相惜吧？）我又畏縮了。儘管我明知紙裏是包不住火的，遲早有一天會真相大白，但我還是隱瞞一天是一天，得過且過。不知這是人的生物本能，還是生活經歷教我結的殼兒？我說不出。

運動能進行到哪一天為止，沒個準兒。在這期間，你來信切切小心，不該寫的話，千萬別寫在信上。這裏有幾個小青年看上了我，我一一回絕了他們。他們心裏肯定不悅，甚而伺機報復，截拆我們的信件，這都是可能的事。因此，你給我寫信一定要小心謹慎，不要涉及政治、文革方面的話題，更不要亂髮感慨。否則，一旦讓他們抓住把柄，他們會加害於我。

這一點切請您務必注意！

法慧，我的心您大概明瞭，您也應該明瞭。您不要婆婆媽媽的，您要有男子漢的風度和氣概！這是我對您的期望。

衷心祝您及您全家人幸福！

雁琳

一九七〇年三月二日

（隨信寄上照片一張。這是我來新疆後第二次照相。第一次照壞了。這一次也不理想。人與相片有差異，這永遠是攝影藝術的缺陷。）

○五九、盧法慧致肖雁琳

敬祝偉大導師、偉大領袖、偉大舵手、偉大統帥毛主席萬壽無疆！

雁琳：

三月二日信早已收悉。令人不解的是，一封信裏竟然用了十個「您」字，這在以往的書信交往中是極為罕見的。過分的客氣背後往往掩蓋著冷漠和疏遠。是不是如此，我不敢肯定。

前段時間，附近三個大隊聯合籌建「聯辦中學」，約我擔任六年級的語文教師。（當然是純民辦，全月工分加每月六元的補貼。）我本來是應允了的，可人家把我的名字報上去之後，公社教育組以「聽說這人的社會關係有點問題」為由不批，後來拖來拖去，拖滑了，聯中也沒辦成。（有朋友告訴我：如果你當時能到公社教育組拜訪一下也不至於如此。但我說：我現在還沒有拜訪什麼人的習慣。）

自四月十五日至五月一日，我以民工的名義「奉命」到梁山縣國那裏（國那裏是地名）服了半個月的勞役。修築的是「京杭運河入黃閘」。我們承擔的任務是挖土清淤疏通河道。與我同行的有二十多人，都是二三十歲的青壯小夥子。住地窨，睡大鋪，喝河水，吃大饃，拉大車，出大力，跟成千上萬的人在一起，清一色的男子漢，粗野放浪，熱情奔放。二十多天裏，我白天挖土拉車，夜裏躺在地窨裏，給民工們講述《水滸》、《紅樓夢》裏的故事，民工們快活極了。我從心理上也得到極大滿足。昨天回來，如魚兒離開了水，心裏倒顯得空落落的。到了夜裏，又是我一人獨守空房，面對孤燈，就覺得寂寞難耐。我正當青春年少、風華正茂的時候，我需要愛，也需要被人愛。沒有愛的生活是蒼白的生活，沒有愛的靈魂是僵死的靈魂。愛是甘霖，愛是花朵，愛是火焰，愛是陽光，愛是生命，這些，我都該擁有，是你把它剝奪了。你把它還給我吧，我需要愛！

看看，我又要令你生氣了。我徘徊於政治之外，早已不懂什麼叫政治，更不會說與你有利的話。我所能說的僅是這些「亂髮感慨」，大概又辜負你一片好心了。

手捧照片，如獲至寶，久久凝視，愛不釋手。日前進城，也有一小照，順便寄上，也算是「投之以桃，報之以李」吧！

祝

心情愉快！

法慧

一九七〇年五月七日

〇六〇、盧法慧致肖雁琳

敬祝偉大領袖毛主席萬壽無疆！

最高指示

要把無產階級文化大革命進行到底！

雁琳：

許久不見來信，甚念。

最近，隊裏辦了一座小型麵粉廠，其實就是一個磨坊。隊長看得起我，派我擔任磨坊會計。這活兒倒是清靜，比起在大田裏幹活來，既輕便得多，又風不著雨不著。可謂享清福了。空閒時間，我便把早先的繪畫資料拾掇起來，沒事的時候，就臨摹一下人物畫。通過參軍一事，雖然失敗了，但我從中看出了一點門道：上級既然那麼重視繪畫人才，我何不專攻一下美術，將來以美術做敲門磚，說不定會大有用處。

從早到晚，過過磅，收收款，有時間就勾勾畫畫，這日子不似神仙，勝似神仙。吾心足矣。

唯一感到美中不足的是：那遠飛的燕子非但不回返，甚至竟連書信也見不著了。是可忍，孰不可忍！

東邊日出西邊雨，
道是有晴（情）卻無晴（情）。

（劉禹錫：「竹枝詞」）

法慧

一九七〇年六月五日於磨坊內

〇六一、盧法慧致肖雁琳

雁琳：

自三月中旬收到你帶照片的信後，至今已足足四個月。其間我又去兩三信，均不見回信。是何原因？是我得罪你了？還是你真的把盧某忘了？

我說過「日近日親，日遠日疏」的話，你也打過「毀滅和再生」的比喻，難道你真的讓這箴言在我們之間應驗嗎？對於一個撇在故里的曠夫，孤苦伶仃，既要承受那些世俗偏見的譏笑嘲諷，還要為那些惡意中傷的流言蜚語去辯白，他心裏有多少痛楚無以言說，對於這樣一個人，你可以不去思念他，但你至少應該憐憫他一下的吧？

你心腸太硬了！你太殘酷了！

從人道主義角度來說，你也該給他來一信了！

切切！

法慧

一九七〇年七月十日夜半不眠時

〇六二、盧法慧致肖雁琳

（注：此信只抄錄了兩首古詩詞）

臨江仙——宋・朱敦儒

直自鳳凰城破後，
擘釵破鏡分飛。
天涯海角信音稀，
夢迴遼海北，
魂斷玉關西。

月解團圓星解聚，
如何不見人歸？
今春還聽杜鵑啼。
年年看塞雁，
一十四番回。

蝶戀花——宋・晏殊

檻菊愁煙蘭泣露，
羅帳輕寒，
燕子雙飛去。
明月不諳離恨苦，
斜光到曉穿朱戶。

昨夜西風凋碧樹。
獨上高樓，
望盡天涯路。
欲寄彩鸞無尺素，
山長水闊知何處？

盧法慧

抄於一九七〇年七月六日晚

〇六三、盧法慧致肖雁琳

（注：此信只夾寄兩頁空白信箋和一花邊信封，信封上寫著盧法慧的地址，右上角貼了一枚八分值的「毛主席去安源」郵票。此外，別無一字。原信封加蓋郵戳的時間是一九七〇年七月二十一日。）

〇六四、肖雁琳致盧法慧

毛主席語錄

我們的同志在困難的時候，要看到成績，要看到光明，我提高我們的勇氣。

法慧：

你好！代問全家好！

你先後寄來的三封信和最後的空白信，我都已收到。

您的情真意切、用心良苦真是令我感動。

論本來，我們的聯繫本應該就此中止，我們的愛情也應該就此了結。

對我來說，這一切都是無所謂的。對於未來，我的心已經消極頹廢得一如槁木死灰。為了生活，我不得不整日整晌地下地做活，平時連看書的時間都沒有。勞作和疲頓已使我變得麻木而僵化了。對過去的事情因為無暇回顧，所以慢慢地也就淡漠。對什麼都感到無所謂，甚至對我當初來新疆的目的，都慢慢地淡忘了。精神上的痛苦在我來說已達到飽和的程度，像盛滿水的杯子，再多一滴就要溢出來了。我之所以不願給你寫信，就是因為我不想向人訴說我的痛苦——除了訴說痛苦，又實在沒有多少好聽的話要說。

現在，我也說不清，究竟是我拖累著你，還是你拖累著我。

我真希望你能忘掉我。真的，從此把我忘掉，永不再提。我是決不會怨恨你的。

可是你至今還把我耿耿在心，這真叫我感動。我覺得很是對不起你，又無法報答你，我心裏無限愧疚。

有人說：一個人被人愛著，就是幸福的。可我認為恰恰相反：一個人被人愛著，卻不能接受他的愛，這才是痛苦的。

希望你能理解我。

除此以外，實在不想多說。

雁琳

一九七〇年八月八日

〇六五、盧法慧致肖雁琳

敬祝偉大領袖毛主席萬壽無疆！
再祝林副主席身體健康，身體健康！
最高指示
要鬥私批修。

雁琳：

盼星星，盼月亮，終於盼來了一信。「家書一封值萬金」。對我來說，何止是萬金啊！我總算鬆了一口氣——起碼證明你還不完全是鐵石一般的心腸。儘管信中的語氣是那麼冷若冰霜，措辭是那麼嚴峻刻薄，像刀子一樣，字字見血。

記得波蘭詩人密茨凱維支寫道：

不幸者是一個人能夠愛卻不能得到愛的溫存；
更不幸者是一個人不能夠愛什麼人；
最不幸者是一個人沒有爭取幸福的決心。

竊以為你應該屬於這三者中的最後一類「最不幸者」，也是最可悲的一類。你的可悲處就在於你是咎由自取，是自己強加給自己的，怨不得別人。古人言：「哀莫大於心死」。一個連爭取幸福都不敢的人，是最不可救藥的，也是最不值得可憐的，充其量不過是庸人自擾、自怨自哀。

你說你之所以不給我寫信，是因為不想訴說你的痛苦。為什麼不可以訴說你的痛苦呢？我們雖然遠隔萬水千山，但我們的心是相連的。你盡可以把心中的痛苦向我傾訴，雖然我無能，但也有一些是能夠為你分擔的。

你說：你不知道「究竟是我拖累著你，還是你拖累著我。」很顯然，你言下之意，是我拖累著你了。對這一點，我心裏很是沉重。我愛你的本意是為了你好，可並不想拖累你。但就目前情況來說，我確實在拖累著你。假設沒有我，你就可以按部就班地在那裏找個對象，這樣就一切問題都迎刃而解了。雖然你也說過：即使沒有我，你也不會在那裏以尋找對象來達到落戶新疆的目的，但是，除卻這個目的之外，你也並不排除在那裏找個理想配偶的可能性的。我這樣說，你大概又要生氣了。不過，不要緊的，我說的是假設。假設你不是我假設的那樣，豈不就無事了嗎？

雁琳，說實在的，我也想過我們分手的事。不止現在想過，過去也想過。你不止一次地規勸我，我也不止一次地思想過。但是，那都是不可能的。你不知道你在我心目中的位置有多重要。多少年來，我心裏只有你。從小學到初中，從初中到高中，十多年來，你的形象時刻盤據在我的心坎裏。你已成為我的精神支柱和感情的寄託。沒有你，我的精神大廈就會轟然倒塌。沒有你，即使有比你好千倍萬倍的女性，也不會替代你填補我心靈的空白。

雁琳，相信我吧！我的愛是堅貞的、永恆的。我不需要你的報答，只要你想著我就足夠了。

中秋節就要到了，我想起張九齡的一首詩：

望月懷遠

海上生明月，
天涯共此時。
情人怨遙夜，
竟夕起相思。

滅燭憐光滿，
披衣覺露滋。
不堪盈手贈，
還寢夢佳期。

我忽然萌發了這樣一個想法，不知你有無興致：我們是否可以約定同一時間在兩地共同賞月，通過月亮來傳達我們的相思。據說，西方國家就有不少人相信感應一說。我們不妨試一試。時間就選定在中秋節晚間十一點至十一點半（北京時間），你我分別在兩地同時望月，用月亮寄託我們的相思。把內心的感受隨時記錄下來，於第二天相互寄發一信，試試我們有無心理感應。可否？

祝

佳節愉快！

法慧

一九七〇年八月二十日

○六六、盧法慧致肖雁琳

最高指示

抓革命，促生產，促工作，促戰備。

雁琳：

我現在是在Y城文化館給你寫信，你想不到吧？

「蒼天不負有心人」，通過半年多來對繪畫方面的潛心鑽研，終於感動了上帝，得以如此施展才能的機會。感謝天有照應！

事情是這樣的：九月九日中午，我正在磨坊裏上班，文化館的吳老師突然來找我。吳老師曾是我小學讀書時的老師，後來調到縣文化館當政工幹部。最近幾次進城，我常到他那裏坐一坐，並把我臨摹的人物畫稿拿給他看。他也把我引薦給搞美術的幾位老師請求指導。這麼一來二去，與文化館的人就熟了。那天吳老師一來，我就知道會有好消息。果真不假，吳老師說，國慶日來臨，縣裏好多單位的主席像需要復色更新，因人手不夠，就想到了我。我喜出望外，當即立斷把磨坊裏的帳目結了一下移交給隊長。第二天就跟隨吳老師到文化館裏來了。我的任務是負責縣裏幾個單位的主席像復色。張館長向我交代任務的時候，問我以前畫沒畫過油畫？我其實並沒接觸過油畫，可我的回答是：「畫過。」當時我想：說點謊話沒什麼要緊，什麼不是人幹的？邊幹邊學嘛！當天下午，我就從總務處領了一大堆油畫顏料和油筆，走上了工作崗位。我第一個畫的是縣物資局的主席像，畫面高六米，寬四米，共二十多個平方。梯子架子都由工人提前搭好，到了就可工作。其實油畫與粉畫大致相同，一摸就會，無師自通。況且又是復色，大致輪廓不會錯。畫得都還順利。大約五六天就畫一幅。現在第二幅（百貨公司的）已接近尾聲。物資局和百貨公司的領導人都很滿意。昨天晚上，在文化館辦公室裏，當著好多人的面，張館長和吳老師親切地對我說：「好好幹，下步準備給你辦個合同工的指標，在文化館長期幹下去！」謝天謝地！我心裏立即冒出李白的那句詩：天生我材必有用！

在這裏，我好比如魚得水，白天畫畫，晚上讀書看報，與同事們一塊聊天，有時也切磋一下美術方面的技藝，一天天過得非常快活。還有幸認識了一位值得尊敬的李福霖老師，他知識淵博，待人又和氣，雖是考古專業，但對美術也不外行。他看我如此酷愛美術，大加讚揚，並說有機會一定引薦。

下面，我說一下中秋節晚間的事情：

九月十五日正是八月十五中秋節。按照我們的約定，天剛擦黑，我就從辦公室帶了一隻小鬧鐘，以散步的形式獨自來到了東郊以外的宋金河畔。那裏視野開闊，又安靜，正是我們做感應交流的好地方。

初時，東天邊的月亮還顯得稍許暗淡，大如碾盤，圓可中規。天幕呈淡青色，遠遠的有一縷薄薄的雲翳，在眼前婆婆娑娑的柳樹枝梢的襯托下，那月兒就顯得端方、樸實、溫柔而敦厚，像慈母一般地，讓人感到親切而慈祥。

須臾，月亮漸漸升高，暮色隱隱下沉，那一絲兒浮雲不知不覺間化解為一縷縷輕紗，飄飄緲緲，看上去，宛如波濤洶湧的大海，又好似草原上呼嘯奔騰的馬群。而剛剛掙出雲翳的一輪皓月，出脫得又明又亮，一如端莊秀麗的少婦，氣度軒昂，從容不迫。

東天已是絕美，轉而西望，不期也有一番美景：其時，晚霞已退，上邊是寶藍色的天幕，接近地面是灰褐色的霧靄。在藍天和霧靄之間，有一條青黛色的錦帶，逶逶迤迤，自南而北扯開來，顯得無限遼闊。

繼而，夜色漸濃。那輪明月升得越高，便顯得愈小愈晶明，如一顆金彈子，如一盞銀燈，向大地輻射著她那純淨的光輝。浮雲在其下，藍天在其上，東天一片明澈，深遠無極。而地面上的樹木村舍，全是一片墨黑的剪影，高高低低，參差錯落。更顯得那皓月是那麼光潔明亮，奪目生輝。

到了我們約定的時段，我面對月兒，心中一次次衝動。我想哭，但無淚。我想笑，但笑不出來。心中似有一種玄妙的理念，細揣磨，竟也理不出頭緒。恍惚之間，只覺得那月兒漸漸地離我而去，愈升愈高，義無反顧。再看她，更顯得冷若冰霜，將我拒之千里之外。這時候，我心裏隱隱感到一股悲愴和淒涼。因之草成一首曰：

月缺月圓猶可待，
人分人合經幾年？
作人尚且無情意，
莫笑天上月不圓！

夜既深，風漸涼。天高月冷，萬籟俱寂。我最後望了月兒一眼，帶著幾分沮喪地踏上歸途。一路上遙想將來，我們何時團圓？心中更加悲苦，止不住潸然淚下。

那時候，我想，遠在天邊的你，心裏想著什麼呢？難道你一點也不想念家鄉的親人嗎？難道你的心腸當真就那麼冷若冰霜嗎？

希望能如期得到你的書信。

以後寫信可改寄文化館。

祝

諸事如意！

法慧

一九七〇年九月十六日

〇六七、肖雁琳致盧法慧

最高指示

備戰備荒為人民。

法慧：

此一夜，我幾乎無時無刻不對著月亮。

我心裏有好多話，我已經毫不保留地全向月亮說了，我想，月亮如果有靈，它也一定全部傳達給你了！

長夜無眠，偶爾翻翻你給我的《古代詩詞選注》，其中有兩首轉抄如下，很能代表我此時此刻的心跡：

鵲橋仙——宋・秦觀

纖雲弄巧，
飛星傳恨，
銀漢迢迢暗度。
金鳳玉露一相逢，
便勝卻人間無數。

柔情似水，
佳期如夢，
忍顧鵲橋歸路。
兩情若是久長時，
又豈在朝朝暮暮。

水調歌頭——宋・蘇軾

明月幾時有，
把酒問青天。

不知天上宮闕，
今夕是何年？
我欲乘風歸去，
又恐瓊樓玉宇，
高處不勝寒。
起舞弄清影，
何似在人間？

轉朱閣，
低綺戶，
照無眠。
不應有恨，
何事長向別時圓？
人有悲歡離合，
月有陰陽圓缺，
此事古難全。
但願人長久，
千里共嬋娟。

提示：我把家鄉視作「天上宮闕」，如此，再重讀一遍試試。我的全部情思盡在其中，你反覆吟詠，自可得之。

祝

心情愉快！

雁琳

一九七〇年九月十五日深夜

〇六八、盧法慧致肖雁琳

毛主席語錄

困難和挫折教訓了我們，使我們比較聰明起來了，我們的事情就辦得好一些了。

雁琳：

我不得不告訴你一個不好的消息：我又被文化館解雇了。

自九月十日到月底，二十天內，我為六個單位的主席像做了復色。總面積近二百個平方。凡我去過的單位，對我的工作都很滿意。我為了幹好活，多幹活，時間打得很緊，中午經常連午睡都沒有。炎炎烈日下，在高高的架板上一連站兩三個小時。我的工作熱情，我的繪畫技術，博得了人人稱讚。我滿懷信心地以此來感化文化館的領導，爭取能像張館長許諾的那樣，為我辦一個長期合同工。可是，今天，當我懷著期待的心情聽候張館長訓導的時候，完全出乎我之所料：卸了磨殺驢——我被他們解雇了！

當時，我不由為之一愣。為什麼？為什麼要解雇我？不是說好的要為我辦一個長期合同工的名額嗎？怎麼變卦了？……回到宿舍，我思慮再三，聯繫張館長最後囑咐我的幾句話，我忽然明白了。根源不在張館長身上，卻是吳老師一手操辦。

吳老師雖是我的小學老師，但我認為他虛榮心太強，喜戴高帽；另一點是膽小怕事、謹小慎微。我之所以能到文化館來，是吳老師的推薦，從這一點來說，我應感謝他。但正應了那句話「成也蕭何，敗也蕭何」，最後壞事也壞在他身上。

我到文化館來之後，由於人生地疏，我只把他視作近人。閒來無事時，就常到他宿舍裏坐坐，聊聊天。一來二去，交往一多，沒了隔閡，宛若知己，也就無話不談。二十六日晚上，因是週末，家在附近的畫工大都回家去了，大宿舍裏只剩下我一人，吳老師看我孤單，就邀我到他屋裏就寢，相互作伴。就那一晚上，我們談了很多。從李莊小學相識，到他的調離及一步步升遷，談得很投機。後來又談到文化大革命，破四舊、紅海洋、語言革命化、早請示晚彙報、派性鬥爭、文攻武衛、各級政權如「五日京兆」、科學教育全面荒廢、國民經濟停滯不前、內外交困、民不聊生……尤其是對當前盛行的形式主義，我更是深惡痛絕，對國家的前途命運，我憂心忡忡，由此，對整個文化大革命，我表示懷疑。因對方是我信賴的老師，所以我毫不設防地把心裏話和盤托出。吳老師最初是驚訝，繼而有點兒害怕，一再關照我，說話小聲點，別讓外面人聽見。因是黑夜，我看不出他的臉色，但從口氣裏聽出，吳老師一定是大驚失色了。

就這一宿談話，想不到卻成了我的一大罪狀。第二天，吳老師就有意疏遠我，見了我總是躲躲閃閃，怕我身上的反骨沾染著他。後來，就是張館長找我談話，先把我工作熱情和繪畫技術誇獎了一番，接著就說：「……小小年紀，思想不能那麼陰暗。以後，要加強政治學習，提高思想覺悟！」云云。最後就說：「合同工指標的事不好辦，以後再說吧！」就這麼把我打發了。這不恰恰證明是吳老師向張館長打了報告嗎？張館長與我談話之後，我曾想找到吳老師理論一下，可他一再說自己沒時間，來迴避我，不與我照面。這又一次證明，吳老師是做賊心虛。

我生氣！我憤慨！首先，我生自己的氣。是我自己太天真了，太容易相信人了。通過這事我算是接受了一次教訓：做人不可太直率太厚道了。厚道人要吃虧的。今後，與人談話時，切記「話到唇邊留半句，不可全拋一片心」。平時，與人交往中，害人之心不可有，但，防人之心不可無。因為人心實在是難以猜度。畫龍畫虎難畫骨，知人知面不知心呀！記住這個教訓就是了。

其次，我還生吳老師的氣。這人太不地道了。你千不該萬不該，也不該打自己學生的小報告，把自己學生的飯碗打了不說，與你本人又有什麼益處呢？除非顯示你積極？覺悟高？還能顯示你什麼呢？這人，我覺得有點太卑鄙了！

今天下午，我騎車帶著行李回來，一路上心裏悻悻然。我已記不得這是第幾次遭遇的不幸了？自幼時，母親生下我，就得了傷寒病；母親在床上病了幾個月，我命懸一線，危乎其危。我十一歲喪父，一九五九年的大饑荒奪去了我家三條人命（父親、奶奶和大姑母）；我是吃樹皮草種子從死亡線上爬出來的。成年後，文革風暴粉碎了我們的大學夢；站錯隊又在我們脖子上套上枷鎖；戀人的出走；參軍不成；當民師又遭挫；加上這一次文化館的失利……這一個個不幸接踵而來，把我的心都給傷透了。我這多舛的命運，幾乎每一件事都連接著不幸，不是以不幸開始，就是以不幸告終。這幾乎成了常規。我每做一件事，假若是一帆風順了，我心裏反倒覺得奇怪反常。比如：這一次初到文化館，一開始很順利，我心裏總覺不踏實，不自在。彷彿冥冥中有什麼兇神惡煞正目不轉睛地盯著我，單等時機一到，那妖怪把閘門一關，厄運就會從天而降。如今，正好應驗了。

不幸，不幸，似乎與我結下了不解之緣。因而作不幸詩一首：

對不幸的告白

不幸——
你這黑色的凶煞，
吃人的怪獸。
你有柔軟的爪牙，
溫潤的甲冑。

你專在黑暗中欺侮弱者，
卻對強暴者逆來順受。
我討厭你憎惡你企圖逃避你，
你卻影子一樣跟隨我。
好吧——
我乾脆與你結伴同行，
有你在，
我便沉浸在甜蜜的憂鬱中，
你給我幽靜中的沉思，
你給我月光下的詩句。
你使我鄙視那些達官顯貴，
你讓我神交那些墨客騷人。
你是我行吟澤畔的伴侶，
你是我談古論今的知音。
不幸呀——
任憑他人懼怕你逃避你，
我卻把你喻作心上人，
一刻也不離開你，
你我永遠不分離！

回到家，我的不期而至，使隊長會計大喜過望——他們正為找不到合適的磨坊會計而發愁呢！我的回返，反而成了他們的意外驚喜！真沒法治，我的不幸對他們來說，卻是一件好事。這人與人之間的關係真是不可思議！

明天，我又要重操舊業，當我的磨坊會計了。一切又將周而復始。

你的近況如何？

盼覆，並祝

事事如意！

法慧

一九七〇年十月二日

〇六九、肖雁琳致盧法慧

敬祝偉大領袖毛主席萬壽無疆，萬壽無疆！

法慧：

九月十六日、十月二日兩信收到。

不要牢騷滿腹，生活本來就是這樣。

過去，你總說我天真，我看，你不在我之下。經驗和教訓，我們都要記取。生活的道路無限漫長，望我們各自珍重！

我這裏情況仍一如既往。幹活，開會，吃喝拉撒睡。苦麼?的確是苦。但苦得久了，也就麻木了，一切都似無所謂。

凡我能忍受得了的痛苦，我都不願輕易告訴他人，讓別人分擔。痛苦與歡樂不同，分享歡樂是快意的事情，分擔痛苦與惡作劇差不多。更何況，告訴別人痛苦的時候，痛苦已經過去了。

世界畢竟是美好的。有多少美好的事物在等待我們，與其盯著眼前的痛苦，毋寧憧憬美好的未來更讓人愜意。

初冬即將來臨。轉瞬之間，我離家來疆已近二載，七百多個日日夜夜，都過去了。人生是多麼地快呀，像江河的水流一樣，波濤洶湧，奔流到海，永不回頭。無怪乎孔老夫子感歎道：「逝者如斯夫，不舍晝夜」。天增歲月人增壽，天道對人是公平的。所不同的是：幸福的人是在幸福中度過的，痛苦的人是在痛苦中熬過的。如此而已。

踏踏實實地做你的磨坊先生吧，別覺得自己是懷才不遇，能為群眾做一點有益的事，給人一點方便，也就不錯了。

祝你

心情愉快！

雁琳

一九七〇年十月二十日

〇七〇、盧法慧致肖雁琳

雁琳：

剛剛收到你的來信。

你幾乎每封信的末尾都堂而皇之地祝我心情愉快，我怎麼能夠愉快起來呢？多舛的身世，不幸的遭遇，孤獨的生活，再加這連日來的淒風苦雨，益發地叫我苦不堪言。請看我近期胡謅的一些詩句吧：

十月七日進城途中吟

大漠獨徜徉，

悒鬱欲斷腸。
白日寒意重，
北風助淒涼。
百花一朝謝，
蘭芷受嚴霜。
顧影念孤獨，
延頸望八方。
歎息無人會，
獨自枉神傷。

十月一日雨中填「水調歌頭」

秋風既蕭瑟，
淫雨復霏霏。
鬱結多少情思，
空餘孤燈淚。
正當青春年少，
遺來農村受教，
安談何作為？
歲月殊坎坷，
虛擲廿三春。

風淒淒，
雨瀟瀟，
幾斷魂。
千里迢迢，
塞外孤雁何日歸？
早知長相煎熬，
悔莫取捨推敲，
如今怨向誰？
輕掩羅紗帳，
春夢幸幾回。

十月二十四日夜雨三歎

秋雨連綿，
適來單夫意懶，
未將門窗緊閉關，
邀來風聲雨韻，
作情伴。

塞外風寒，
孤雁應有掛牽，

念及當日青梅意，
也該夕來朝去，
逐韶年。

相別經年，
孰記昔日情緣，
任爾孤單不孤單，
奴自逍遙無拘，
何超然。

西江月

夜來風聲稍歇，
輾轉通宵不寐。
牛郎織女何日會？
銀河依舊南北。

將書翻來覆去，
奈何心頭傷悲。
淚眼無力挑燈花，
誰解曠夫情味？

天仙子

夜闌更深月無光，
風吹梧桐動肝腸。
碾破被裏長太息，
逾洛陽，
越太行，
遭遇寂寞君意涼。

風吹雨打萍彷徨，
夙夜淒零念故鄉。
何苦長違情人意，
死心腸，
度露霜，
冷打故里癡情郎。

定風波

奮鬥不及志未頹，
勸君轉舵避礁過。
海闊地廣終不納，

你我，
桃花源裏度日月。
鏡裏紅顏憔悴，
塞外風寒孤雁咽。
人生安能久磋砣，
莫猶豫，
打點行裝重新作。

我每日裏都是在愁苦中度過的。近來，關於你的謠言傳聞尤其多，種種說法都有。我就是有一百張嘴，也休想為你辯白。於是我想：你今冬如若回來，倒還罷了；若不回來，你就莫怪我薄情寡意了。我實在不能忍受那些市儈小人們的譏諷和嘲笑了。至於我將採取何種手段，那就看我的能力大小了。也正如你早先對我的所謂報復一說，在我來說，也是沒有限度的。

從今往後，我已決定不再向你寫信了，或換言之，這就是我的最後通牒，何去何從，全賴你自己裁決了！

盧法慧

於一九七〇年十一月一日

〇七一、肖雁琳致盧法慧

敬祝偉大領袖毛主席萬壽無疆！萬壽無疆！

法慧：

讀了你抒發憂愁的詩詞，我何嘗不是一樣地憂愁呢？

你不知一個孤身在外的人，是多麼地害怕秋天。儘管這裏的秋天不像口裏的秋天那樣秋雨連綿，但秋天的氣息，秋風之寒意足以令人產生憂愁。我想：這愁的由來，大概就是身在異鄉的人適逢秋天的心緒（秋字加上一個心字）。可見，流落他鄉、浪跡天涯的人，最見不得秋天，秋一到，必是分外地憂愁。

你對我的最後通牒亦是枉然。我遲早是要回去的，不過，目前還不是時候。隊裏還未結算，分配也沒結束。再則，每年年末都有一次招工，這個機會不可失。人在和人不在是不一樣的。我雖然明知自己是沒有多大希望的，但我還是要等一等，試一試，撞一撞運氣。

現在，我只能這樣說。

望你耐心再耐心。各方面的謠言就叫他們傳播去吧，你不是也曾引用過但丁的話麼——讓他們說去吧，照樣走你自己的路！

雁琳

一九七〇年十一月十三日

○七二、肖雁琳致盧法慧

法慧：

再報告您一個不好的消息：一九七〇年度的招工，我終於還是落空了。原因很簡單，我不說你也明白。

在這之前，我總有一絲僥倖：我勞動積極，群眾讚許我；再說，政策也有「重在表現」一條，說不定我能被通過的。事實上隊裏也的確推薦了我，而且三個指標裏，我的名字被排在第一名。可是，名單報到公社，公社招工辦向我們Y縣發了一個公函，大概就是什麼「政審」表吧，不幾天，返回來一張紙，寥寥數語，就把我一年多來辛辛苦苦建樹的功績一筆勾銷了。

悲痛嗎？好像有一點兒，但多半是麻木的。像我這樣的人，千萬不要再心高妄想，也不要存有一絲絲的僥倖。生活一次次地教訓了我，我對自己再也不抱什麼希望。今後，唯有悄悄地勞動，默默地生活，靜靜地作人，老老實實地做一個與世無爭、對人無愧的人，也就可以了。

儘管這裏不好，但我還打算能在這裏長期生活下去。我的群眾基礎還是好的，好多人同情我。你如果願意來，乾脆來這裏咱們合夥算了。

這裏的年終結算已經搞完，我苦苦奮鬥一年所得共八十一・二六元，扣去零花，還剩六十元多一點。我想用這些餘款作路費回家一趟還是綽綽有餘的。

法慧，我勸您，再不要孤芳自傲，不要把自己想像得那麼偉大。要徹底放下架子來，踏踏實實地勞動，勤勤懇懇地為人民做點力所能及的事，有一分熱，發一分光。將來，你是我的生活依靠，您要有養活我及其子女的能力——我向來最不想說這話，但生活現實教訓了我，我不得不做這句話的俘虜了。

回家的事我已著手準備，估計春節前後兩三天到家。不用接。

我已同時向我媽發了信，不必傳告。

祝

全家安好！

雁琳

一九七一年一月六日

第六章　生路

道卓遠而日忘兮，
願自申而不得。

〇七三、盧法慧致肖雁琳

雁琳：

你的到來出乎我意料之外。你信上說「春節前後兩三天」到家，在我的印象中，總覺得應該是春節後的兩三天。結果你是二十五日（臘月廿九）就到了。二十六日上午，我聽去常鎮趕集的人說，看見你去井臺上挑水了。那時，我正與人下棋，聽後心裏激動不已，手指打顫，腹背出汗，連棋陣都掌握不住，結果全軍覆沒，一敗塗地。在場的人都拿我取笑。當時，我就想立刻趕到常鎮去見你，又怕人家譏笑，好歹耐了一天。今天是春節，按農村風俗，正月初一是不允許走親串友的。我又在焦急和煩躁中捱過了一上午，下午是無論如何也忍耐不下去了，便披了大衣裝作散步一樣，出村後，便身不由己地加快了腳步，徑直前往。門口遇見你小妹，她告訴我說你就在堂屋裏。那一刻，我的心砰砰直跳。走進堂屋，我一眼看到了你，儘管兩年多的苦難折磨，可你的容貌還是那般靈秀。你的身姿因為瘦俏顯得比過去更苗條了。唯有你那偶爾微蹙一下的柳眉，流露出幾多淒苦生活留下的痕跡。當時，我真想立刻衝上去抱住你狂吻一番，把兩年來對你的愛和恨、思念和憤懣……一股腦兒都發洩出來。

在寥寥數語中，我敏銳地意識到：在我們相見之前，我們之間的距離很近，而當我們真的到了一塊促膝而坐的時候，我和你又相距很遠很遠。尤其當你滿口文縐縐的半普通話半新疆話那不倫不類的口音時（你幾乎每一句話的末尾都帶著一個「嘛」字），我最反感你口口聲聲帶著那麼多的政治性辭彙，令我心裏頓生一種疏遠之感。早先你可不是這樣的，你確實變了。兩年多來的分離，儘管鴻雁傳遞、尺素頻繁，但畢竟因生活境遇的不同而把我們的心隔離開來。我們顯得疏遠了，疏遠得就像陌路之人。由此，我心裏又有一絲絲悲哀。

雁琳，你的性格還是那麼固執、那麼頑硬。跟你說話，總有一種吵架的感覺。因為一點點分歧，我們各執己見，爭得臉紅脖子粗，也沒個收場。我覺得，你變得太世故了，太政治化了。你先前的率真和質樸，都到哪裏去了？你張口閉口侈談什麼階級鬥爭，什麼兩條路線……在短短兩個小時的交談中，我們分歧最大、爭吵最多的還是你的去留問題。

你說你這次來家主要是安慰你的父母（你對我盧某卻隻字不提——質問你一句：你把我放在什麼位置了？是毫不相干的麼？），你說在家住一兩個月就回去。我問你：你回去幹什麼？你還嫌那種寄人籬下、顛簸流離的「吉卜賽人」生活沒過夠嗎？你的眼淚還沒有流乾？你的心還沒有傷透？你還大言不慚地說什麼拉我一塊去。去幹什麼？去跟你受那種洋罪？你自己受罪還不過癮，臨死再拉個墊背的？讓我做你的殉葬品？你計畫的倒好，想的倒美，說什麼到時候不能招工進廠就當個小學教師。得了罷！我決不會上你的當，決不會入你的圈套！你這人臉皮也未免太厚了，自己還「泥菩薩過海，自身難保」呢，竟好意思為我鋪設起錦繡前程來了。去你的吧！與其說跟你到天涯流浪，倒不如我在家老老實實當農民的好！退一步說：我寧肯沒有你，寧肯割斷我們七八年的愛情，我也決不會順從你。大不了，我打一輩子光棍足夠了。

雁琳，我已經苦口婆心勸你多少？你既然回來了，就做在家的打算，說什麼也不能再返回去了。我們可以到縣城活動一下，找找我們的老關係，現在與我們對立的一派已大多下臺了，在位子上的大多是咱們派系的人。只要我們託託關係，說不定工作的事能夠解決。萬一辦不成，我們就當個民辦教師，做一輩子園丁，教書育人，也是可行的。再不行的話，我們就當個有文化的農民，只要有書可讀，有朋友交往，生活是能夠過得下去的。總而言之，我勸你還是死心塌地住下來，不要再提返回新疆的事。

我唯一希望你的是：不要再固執己見，沉下心來，等待機會！

法慧

一九七一年元月二十七日（春節）晚間

○七四、肖雁琳致盧法慧

法慧：

你走出門去，我立即覺得有好多話要對你說。

大前天傍晚，我下車後步行回家，路過盧莊村頭，我不由自主地駐足逗留了幾分鐘。我本想首先去見一見你，我狠不得一下撲到你的懷裏，放聲大哭一場，把這幾年來漂泊在外的孤獨，受盡世態炎涼的凌辱和磨難全都發洩出來。然而，我又怕，怕你家人及鄰居們的譏笑和嘲弄。說來也真是矛盾，我最想念的是你，我最怕見到的是你家人的臉色——雖則他們從來沒給我過什麼顏色看，但我心裏總是隱隱約約地擔憂。毋庸諱言，我這個人在你們家裏反正是個不受歡迎的角色。

到我家之後，我無時無刻不在盼你的到來，晚上盼，白天盼，除夕盼了一天，初一又盼了多半天。我真恨你，明明告訴你了我春節到家，你也不上門打聽打聽。你這人好大的架子！以前信中說得天花亂墜，可見都是巧嘴。幸好今下午你就來了，要不，還不知我心裏咋咒你呢！

我對你的第一印象是：你太冷漠了。我原以為你見到我，肯定會有所表示的；可你，臉上只有調侃的笑容，那是一種不近人情的冷嘲熱諷般的訕笑，能將人拒之千里之外。你不知道我的心跳得有多狂，你看不出我那盈眶欲出的淚水？我有心撲入你的懷抱，又懼怕你冷若冰霜的目光。法慧，我看你變了，真的，你變得冷酷了，麻木了，也比原來遲頓了。你早先那種澎湃的激情呢？你那樂觀活潑的性格呢？莫非都在歲月的礪石上消磨殆盡了麼？……說實在的，當時，我心裏別提有多難受。

法慧，說真的，我這次來的本意只是來看看你，也看看我的父母姊妹，我是無論如何要回去的。我知道我一說這，你肯定又受不了。但是我還是要說，我是迫不得已才這樣做的。我這樣的家庭容不下我，你那樣的家庭也容不下我。前者我還能忍受，後者卻是我的性格不能接受的。我說這話你應該明白。除非我們能同時參加工作，否則，我是必須要走的。唯一能夠容得下我的地方，我看只有新疆的工農兵大隊。儘管那裏也並不是盡如人意。

你勸我在家裏住下去的種種理由都是虛妄的，不切實際的。你所說的那些「可能」，在我看來都是絕對的「不可能」。你還不明白嗎？就我這樣的人，想在國營企事業單位參加工作，那是絕對不可能的事。家庭，出身，出身，家庭，像一道道緊箍咒，緊緊地鉗制著我，沒有人敢冒天下之大不韙，甘願擔著風險為我去破格安排工作的。我料定會這樣，所以我也就不抱任何幻想。

你說的那些都不現實，如果說你故意編出謊話來騙我，那是冤枉你，可事實上差不多是一樣。我總覺得現在的你太幼稚了，你連社會上的起碼常識都不懂。你不知道一牽涉到階級路線方面的事情有多麼複雜，在當前人人自危的情況下，沒有人會為我去背那樣的黑鍋的。更何況，安排一個人，要經過考察、政審、內查外調，要過好多好多的關卡，決不是只靠哪一個人就能辦得成的。而這上上下下的關卡中只要有一處卡了殼兒，整個事情就會前功盡棄、功虧一簣的。

還有一點，我要正告你的：我看你說話太隨便了，太肆無忌憚了。尤其關於時局方面的事，你千萬不可隨口亂說。我想，這與你近兩年來住在農村，遠離政治，跟社會斷絕來往有很大關係。你說話這樣隨便，在家裏可以，你一旦走向社會，到了公開場所，再這樣說話，就太危險了。至少，別人會以為你是一個不合潮流的人。望你今後切切注意！！

今天時間太倉促，有很多話沒能說透。我知道你很激動，我不該在剛一見面就提要回去的事，的確太傷你的心了。在您離去之後，我步出院外，望著在遍佈殘雪的原野上，你那緊裹大衣踽踽獨行的身影，別提我心裏有多難過。我感到深深地自責。是我對不起你，好容易來了，又要走，太不通人情了。然而，我又實在是沒有別的辦法。法慧，你諒解我吧！求求你！

我想，明天如果沒有別的事情，我打算到你家看望你和諸位老人，也算是我的負荊請罪吧！這幾頁「紙上談」就順便捎給你。

掃您興的：雁琳

一九七一年元月二十七日夜

○七五、盧法慧致肖雁琳

雁琳：

你來我家這一趟真是太好了。你的突然到來，一下轟動了四鄰乃至全村的男女老少。聞訊前來「看媳婦」的真是絡繹不絕，簡直是門庭若市了。人們對你的讚揚也是有口皆碑：有誇你模樣兒好的，「水露露的，跟出水荷花似的」，「細挑挑的，真是百裏挑一的標緻人兒」，……你大大方方地與老人們說話，拉家常，看來，你是很會周全人意的，怎麼能說是「不受歡迎的人」呢？

更重要的是，你這一來，為我爭回了面子。我胸中集結了二三年的鬱悶之氣，今日方得暢然吐出。到今天，我才算真正的揚眉吐氣了。那些早就斷言你回不來了的人，那些到處散佈流言蜚語的人，這時也只有自慚自責的份兒了。

我真應該好好地謝謝你，你為我恢復了名譽，你為我爭得了人格和尊嚴。

但我仍憂心忡忡。你的去留尚在猶豫之中，它時時困擾著我，威脅著我。就像揮之不去的一團陰雲，時時籠罩在我的上空，我怎麼能快活起來呢？

有時，我發起狠來，就想：如果她執意要走，那麼乾脆與她一刀兩斷，從此再莫說什麼恩恩愛愛。咱井水不犯河水，分道揚鑣，你走你的陽關道，我過我的獨木橋。管他三七二十一！

法慧

元月二十八日晚

○七六、肖雁琳致盧法慧

法慧：

你託人捎來的書信已收。

你不要故意奉承我。我頂討厭那些不著邊際的奉承話，你竟然往信上寫，誰看了都會肉麻的。

你說我很會周全人意，這話正好說反了。我是神經質的人，對什麼人一旦厭煩了，打死我也不會改變我的看法的。這一點，大概我永遠不會令你滿意。

你說從此一刀兩斷的話，我倒非常讚賞。不客氣地說，現在擺在我們面前的，就只有這一條出路。我只怕你不能接受，所以我不願說。既然你要「分道揚鑣」，我倒是無所謂的。那樣一來，我就不會連累你，你也不必惦記著我。我一身輕鬆地去闖我的新疆，你在家迎娶你的新娘子，兩全其美。時間是愈快愈好，爭取在我返疆之前，你把佳偶選定，佳期擬好，到時候我可以作為來賓、好友，來參加你們的婚姻盛典。真的，我決無妒忌之意，我是真心實意的。我還可以獻上我對你們的良好祝願：祝你們喜結良緣，白頭偕老，闔家幸福！到那時，我走也走得坦然，去也去得踏實。何樂而不為？

就這樣定了吧？

雁琳匆匆

一九七一年二月一日夜

○七七、盧法慧致肖雁琳

雁琳：

你好薄情呀！竟然在信中寫出那樣薄情的話。我看了，差點閉過氣去！你這託人捎去的信上，我只是末尾一時發起狠來，隨便說了幾句氣話。你倒借題發揮，說了那麼多令人喪氣的話。你這不是故意玩弄人的感情麼？你的心也太狠毒了吧！

既然你如此不仁，就別怪我不義了。你不是口口聲聲要返疆嗎？好吧，你果真要走的話，那麼，我就來個破釜沉舟、背水一戰了！

我精心籌畫了一番，我的做法是：

第一步：

我先以你的名義立即向你所在的工農兵大隊寫信，要求把你的戶口、團關係轉回來。從農村遷到農村來，大概不會有什麼困難吧？

如果遷戶口的事受阻，我再執行第二步：

我以常鎮廣大貧下中農的名義，直接給工農兵大隊寫信，「檢舉」「揭發」你在常鎮的「政治表現」，當然，我可以極盡造謠污蔑之能事，把這個叫「肖雁琳」的人說得越落後、越反動，再加上道德敗壞、作風不正……總之說得越壞越好，最終目的是截斷你重返新疆的後路。至於信中的語氣輕重，這要視我對你恨的程度而定，恨之深，則言之苛。

還有第三步……。

我看你怎麼辦？願意闢謠嗎？那你就去闢吧。我把誣告信發到公社、大隊、小隊，還有群眾自由傳閱的。我看你怎麼去闢！

我言必信，行必果，大丈夫一言九鼎，駟馬難追，說到做到。反正目的只有一個，留住你，不讓你走。

正如俗話說的：狗急了跳牆，兔子急了咬人。

你恨我吧！惱我吧！你拿刀來殺了我吧！

我主意已定！

孤注一擲的：法慧

一九七一年二月五日夜

○七八、肖雁琳致盧法慧

法慧法慧法慧：

你這人太殘忍太狠毒了！我無論如何也想不到你會殘忍狠毒到這種程度。為了達到你的目的，竟連造謠中傷、污蔑陷害這類手段你都幹得出來，你還算什麼男子漢大丈夫？你也太不仗義了吧！

你萬萬不可用這法子斷絕我的後路。我求你千萬別那樣做，千萬千萬！別的事情都好商議。

近來，我很苦惱。依我的意思是必得回去不可，這個念頭是早已有之，來之前就拿定主意的。來之後，家鄉的情況更堅定了我的想法。你那諸多設想都是虛幻的海市蜃樓，或者說是肥皂泡，一觸即破。我看你這人太庸俗太鄙瑣了。你考慮問題沒有男子漢大丈夫的氣概，又那麼愛虛榮講面子。那天我當面說你難成大器、難勝大任，其根源也在這裏。

除你的阻攔之外，我父母也不同意我返疆，還有你家的老人。那天我聽奶奶和母親的口氣，也都不讓我走。

法慧，你容我再考慮一下。你先不要魯莽行事，絕不要亂來。反正，我真的要走之前，必得先爭得你的許可。我這樣說，你總該放心了吧！

只可惜新疆地窖裏儲藏的那些白菜、蘿蔔和土豆，它們畢竟是我辛辛苦苦勞動換來的呀！這下便只好轉贈他人了。

你那天提出要到縣城去一趟，探聽一下消息，我看也使得。日期由你擬定。

再囑你一句：不可魯莽行事！

恨你的：雁琳

二月七日草

○七九、盧法慧致肖雁琳

雁琳：

那天去Y城，因為有榮寶芬一路同行，有許多話不便當面多說，弄得我心裏很是彆扭。

在勞動局，那些當權者雖係同一山頭的戰友，可現在全不記當日的情誼，說話冷吹慢打、咬文嚼字，架子大得像二大爺。說什麼：「戶口已經遷到新疆去了，那就不好辦了！」「有政治問題的就更不好辦了！」——小子！好辦我還來找你們嗎？真是令人失望！可見，現在的人情薄如紙喲！

在文化館試唱樣板戲時，守著那麼多人，榮寶芬唱得太慌了。她本來就音樂素質不高，再加上心理緊張，一下子就唱砸了。倒是你，因為不抱任何期望，心裏無所顧慮，所以發揮自然，一段阿慶嫂的清唱唱下來，令那些專業的「演員」們也不得不刮目相看了。不過，有什麼法子呢，世道如此，人家也是愛莫能助。聽說她們當中有個講解員，就因為舅舅有什麼歷史問題，還正要辭退呢。什麼屁政策！

不過，你還是不要太失望。勞動局的那位不是說了麼，七一年將是大招工的一年，許多工廠企業都需要人。到那時，上級政策或許會放寬的。不論怎麼說，你畢竟還是從非農業戶口上遷出去的，現在又是下鄉知青，上級總該想辦法安置這些人的。等等看吧，也許不久將來情況就會有轉機。還是那句話：車到山前疑無路，柳暗花明又一村。

從城裏回來之後，小學一位負責人來找，說聯辦中學的事正在籌建，已把我的名額報上去了。如果公社教育組批覆，我就可以走馬上任了。當然，當一個民辦教師，也算不得什麼，不過，總比當磨坊會計要好一些。

這兩天心情如何？有什麼書可讀？

代銷點的二叔幾乎天天到供銷社起貨，每次都從你家門口路過，此信託他捎去。以後你有書信，也可順便讓他捎來。二叔人很好，不會偷看我們信的。

法慧

二月十五日

○八○、肖雁琳致盧法慧

法慧：

我一天天待在家裏，實在無聊。

爸爸仍然是那樣沉默寡言，對全家人懷有一種深深的負罪感。母親是爭勝好強，可惜是心強命不強。近來我看到村上有大字報，說我媽利用做衣服不收錢來收買腐蝕大隊幹部。我幾次想埋怨我媽怎麼這等下賤，可我轉而又想：究竟是我媽不收錢呢，還是那些人賴著不交錢？他們到我家來做衣服的目的就是圖省錢。要不，何不到大隊縫紉組去做？提到縫紉組，我又生氣。我媽與縫紉組幾經合作，她們的目的是把我媽爭取過去，一是利用我媽的聲譽來為她們爭取客戶，招攬生意，然後再把我媽擠出去。我媽處於兩難的境地，你用心教她們吧，她們明明要吞併你，等於貓教老虎學藝。不教她們吧，又說你保守。幾次合作都弄得不歡而散。爸爸歲數大了，精力不濟，許多重活累活懶得去幹。其實，即使我爸幹得再多再好，誰又會開恩給他摘去「歷史反革命」帽子呢？媽媽用心良苦，常常自己早起五更替爸爸去掃街、積肥。有時，還把自己家裏的糞便掏出來，裝到糞箕裏由我爸交到隊裏去，以證明我爸爸以社為家，白盡義務。可這是「義務」嗎？

妹妹們的年齡一年比一年大了，學只能上到高小，上初中便沒有我們這等人的權利，不管學習成績如何，推薦這一關是無論如何也過不了的。二妹已到了訂婚的年齡，自前頭那個吹了以後，她自己成天苦悶。少女的心都是很脆弱的，一旦被人家嫌棄一回，那打擊是異常慘重的。二妹有幾次犯過臆症，哭笑不能自抑，即使好轉過來，也是好長時間癡癡呆呆的。在這種情況下，她往往不能正確地估計自己，妄自菲薄，只要有人介紹，即使是個窩囊廢，她也會應允的。我幾次試探性地問她，她只是苦笑，什麼也不說。反正不能當一輩子老姑娘，乾脆找個主兒嫁出去拉倒。

三妹早先跟村裏的戲班學唱樣板戲，班裏一個小夥子追她，她也心猿意馬。可我媽說啥也不同意在這村上訂婚。你知道，我們本不是這村上的人，是爸媽在這裏工作，就從城裏搬到這裏來，是不得已的事情。我媽認為，這村裏的人跟我們沒感情，因此她恨常鎮，說什麼也不讓孩子跟這裏人作親。四妹人小，心地單純，可在她幼小的心靈裏就知道我們家的人是低人一等的。快到清明節了，小學裏組織學生到烈士陵園掃墓，小妹沒去，坐在家門口發呆。我問她為什麼不去？是老師不讓去嗎？小妹眼裏的淚水奪眶而出。瞧，這在一個孩子的心裏，該是多大的創痛呀！都是因為父親一人的所謂歷史問題，搞得我們一家老小人不是人，鬼不是鬼。這樣的日子何時是頭？

那天的Y城之行，令我徹底地失望了。只要有爸爸這一個「黑帽子」戴著，便是能夠辦成的也決辦不成的。你沒聽麗娜同學說嘛，現在都是自身難保，誰肯為我們這類人擔當責任？誰肯為我們這號人而落一個階級路線不清的罪名呢？沒門兒！

再說，我也不想去求人了。我不能像我媽那樣，她常常抱著自己吃虧的思想與人共事，處處隱忍而甘受屈辱。我是不能。幹嘛非得比那些人矮三分呢？在新疆這幾年我已吃夠了這方面的苦頭，已把我的心傷透了。回到家來，我不能再重複那樣的歷史。因此，我想：我還是回到新疆去的好。那裏畢竟已經打開了局面，畢竟有了我的立身之地，那裏還有幾個不錯的女友，一年多的生活，共同的命運已經把我們聯結在一起。我非常想念她們，希望你能設身處地為我著想一下。在這裏，我是無論如何也待不下去的。

你既然能當上民辦教師，那就好好地幹吧！有一分熱，發一分光，多為社會培養幾個有理想有道德的孩子還是好的。但萬萬不可誤人子弟！

我心情煩悶，沒心思看書，也沒什麼書可看。你有好書嗎？這兩年的日記能送給我看一下嗎？如有不便，不看亦可。我只是說說而已。

雁琳於煤油燈下

一九七一年三月三十日

○八一、盧法慧致肖雁琳

雁琳：

遵囑將二年來的「每日必記」呈上。其中雞毛蒜皮、瑣瑣碎碎的，請不要見笑；粗淺之見、謬誤之說也請見諒；而那些對「流浪在外」的「薄情寡義」之人的詆毀和謾罵，看了請不要怒髮衝冠！本沒打算給你看，既然要看，我也就只好和盤端出，好在嘻笑怒罵都是真實，不曾有半點矯飾和虛偽，你笑也罷，怒也罷，反正這就是當時的我、真實的我。

聯辦中學已正式開學，我於大前天走上講臺，開始了我的教學生涯。

學校儘管簡陋，可師生們情緒高漲，校風還好。幾個校友對我很是敬重，好像我有多大能耐似的，弄得我很是慚愧，只有加倍努力教好課程來報答他們的厚望了。

近日讀《中華活葉文選》第四冊「史記」選輯，其中有一篇《李斯列傳》，讀來頗受啟發。其一曰：

（李斯）年少時，為小郡吏，見吏舍廁中鼠，食不潔，近人、犬，數驚恐之。斯入倉，觀倉中鼠，食積粟，居大廡之下，不見人、犬之憂。於是李斯乃歎曰：「人之賢、不肖，譬如鼠矣，在所自處耳！」

人的賢與不賢，高貴與卑賤，並不是生來就有的，而是由他所處的政治和經濟地位而決定的。

其二又曰：

……處卑賤之位而計不為者，此禽鹿視肉，人面而能強行者耳！故詬莫大於卑賤，而悲莫甚於窮困。久處卑賤之位、困苦之地，非世而惡利，自託於無為，此非士之情也。

卑賤是最大的恥辱，窮困是最大的悲哀。處於卑賤低下的地位，就不要以「清靜無為」為託詞而與世無爭。做為一個強者，就要迎頭而上，抓住一切機會去努力爭取。李斯的這種思想與我前段時間所標榜的老莊思想是截然相反的。當前，我們所處的環境和地位正是「卑賤」加「困苦」，李斯的進取精神應該是我們效仿的，而清靜無為的思想就顯得迂腐而保守了。

另外，讀《淮陰侯列傳》有：

（韓信）始為布衣時，貧，無行，不得推擇為吏，又不能治生商賈，常從人寄食飲，人多厭之者。……淮陰屠中少年有侮信者，曰：「若（你）雖長大，好帶刀劍，中情怯（膽小）耳。」眾（當眾）辱之曰：「信，能死（不怕死），刺我；不能死，出我胯下。」於是信孰視之，俯出胯下。蒲伏（爬行）。一市人皆笑信，以為怯。

韓信自小能忍辱而負重，不拘小節，不爭小利，胸懷大志，孜孜以求，終成大業。

縱觀歷史，有多少將相宦官也都是出身貧賤，也都有過窮困潦倒的時候，但他們往往自年少時就勤奮好學，又胸懷大志，不囿於世俗偏見，也不因那些虛偽的仁義道德困擾自己，他們見機行事，伺機而動，瞅準目標，奮不顧身，百折不撓，最後終於幹成大事，成為達官顯貴。而那種「清靜無為」的老莊思想，往往是那些出身於富裕家庭的紈綺子弟們所熱衷的。他們本來衣食無憂，不需要抗爭就已豐衣足食，所謂「清靜無為」只不過他們逃避現實的一種藉口，也是他們用以標榜自己清高自詡、潔身自好的一種工具。而現在我們年輕人處於卑賤之位窮困之境，由讀聖賢書而滋生「清靜無為」的思想，是非常有害的。所謂「清高」，也是假清高，「無為」也不過是庸碌無能的遁詞而已。歷史上有好多一生窮困潦倒、鬱鬱不得志的人，大都是由於老莊思想在他們頭腦裏作怪所致。如今的年輕人如果不能超越這種假清高的處世觀，便很容易墮落成為一個庸碌無為、對社會毫無用處的廢人。

由李斯、韓信的積極進取精神說開去，我認為，我們平常人所遵守的所謂「仁義道德」、「溫良恭儉讓」等等的道德規範，都是用來束縛人思想的無形枷鎖，是讓人變得麻木、安分、安貧、安恥、安於現狀的一種麻醉劑。只有大膽衝破傳統的「仁義」、「道德」的種種約束，像李斯、韓信那樣抓住一切機會，伺機而動，努力奮鬥，積極爭取，才能真正地伸張自我，實現自我的人生價值。

如上，是我最近讀書的一點體會，不知對否？說與你，請批評指正。

法慧

一九七一年四月五日深夜

○八二、肖雁琳致盧法慧

法慧：

偶爾興起，說了句要看你的日記，想不到你這麼當真，還勞你大駕，親自給送上門來，真是令人感激之至。

短短兩年間，就有這沉甸甸三大本文字記下來，單說這毅力就足夠人欽佩的了，更有那春夏秋冬四季景物的精彩描繪，農家生活喜怒哀樂的詳盡記載，讀來確實讓人意趣盎然愛不釋手。由此看來，斯人的曠夫生活的確是夠寂寞的，那許多的感慨也是有感而發，但是唯獨對那「塞外人」的詆毀和謾罵，未免有點兒太過火了，誠如斯人所言，「令人怒髮衝冠耳」，這些，本人暫不與你計較，待有了時機，再以牙還牙、以眼還眼之。

你在附信中大談李斯、韓信精神，對你所發議論，我不敢苟同。不過，對於《史記》中諸位列傳的原文，我倒想流覽一下，不知能如願否？

盼你再來！

雁琳

草於七一年四月十二日燈下

○八三、肖雁琳致盧法慧

法慧：

今日麗娜同學叫我進城，說是老阮差她來邀我的。

究竟有什麼事，麗娜沒說，我也不好細問。

因去得急，時間倉促，麗娜還在村外等著我，不能等你放了學面辭。謹此匆草。待有了消息，我會轉告你的。

雁琳留言

四月十五日晌午

〇八四、盧法慧致肖雁琳

雁琳：

看了你留的字紙，我就料定事情有了轉機，果真是如此吧！

星期五，我請人代課，騎車進城去見你。我先到麗娜同學家裏，麗娜不在家。她母親說知道你一些情況，大概在食品公司冷庫裏上班。我立馬去食品公司，幸好在大門口遇見了張建同學，是他帶領我拐彎磨角穿過幾道柵欄門，才在雞蛋庫裏找到你。你穿著那一身顯然是男人穿的肥肥大大的藍色工作服向我走來，我差點認不出你了。我祝賀你終於走進了工廠大門，而你卻含著一絲苦笑，你說在這裏抓雞蛋的臨時工本來都是勞動部門編制之內的，只有你是編外人員，一點保障沒有，說不定哪天就辭退了。你老是皺眉頭，似有多大的苦楚在心裏。我勸你還是沉下心來，把活兒幹好，給領導一個好的印象。

與你分手後，我順便到文化館去了一趟。本不想見吳老師，卻正好遇上他。他還是那樣打官腔，說什麼當民辦教師也很好，幹啥都是為人民服務。我只覺得他一臉的虛偽讓人噁心。倒是出門時遇上了李福霖老師，我以前說過，這人很好，待人和藹可親。今天，他又一次鼓勵我好好練畫，有機會他一定推薦我，並把我的通信地址記了下來。

不管怎麼說，你總算是邁出了第一步。這就是轉機。據說今年是全國各條戰線大招工的一年，我們要不失時機地奮鬥、爭取。

玉在匣中求善價，劍在銷中待時飛。

祝

事事如意！

法慧

四月二十三日燈下

〇八五、肖雁琳致盧法慧

法慧：

那天因是在倉庫門口，人們出出進進，有話也不便多說，所以三言兩語就打發你走了。你不會介意吧？

我很想告訴你的是：我還是打算回到新疆去。在這裏不會太長久的。我這次出來幹臨時工，全指望過去同一山頭上的老阮同志的推薦。老阮是古道熱腸，樂於相助，但他的職位僅是食品公司裏邊一個小部門的頭頭，權力所及也就是找幾個編制外的臨時工。即使這，若是縣裏勞動部門追究起來，便是亂用工的罪名，估計他也會吃不消的。來這裏幾天，我先後接觸過幾個較上層的人物，面子上儘管有說有笑，可他們骨子裏對我總懷有一種戒備，唯恐我會黏上他們，會給他們招來什麼不幸。既然如此，我還是遠遠地避開他們為好，免得讓人家左右為難。

近日，我又聽說商業局要成立毛澤東思想文藝宣傳隊，但不知成起成不起，更不知有沒有真正熱心文藝的人出來擔綱。有人慫恿我趕快去報名，試上一試，但我深知我這種身份的人是沒有資格參加「毛澤東思想文藝宣傳隊」的。

關於我們的關係，我一想起來心裏就很苦惱。我自己受家庭連累，那是木已成舟毫無辦法的事了，而你，好端端一個大活人，何必自投羅網、自討苦吃呢？有時，我狠一狠心，就想把我們的關係割斷，而感情往往又不能服從理智。這真是讓我兩難。法慧，我勸你，為了你，也為了我的心，我們還是儘量少接觸，或做得祕密一些，少給你的將來製造不利因素；也使我的內心少受一點折磨。

你信中說李福霖老師找機會推薦你，這很好。我並不是說在家裏當民辦教師不好。我的意思是能走出來還是要走出來，同樣條件下，你比我要容易得多。

以後寫信，可寄給麗娜同學，由她轉給我。

祝

您及全家都好！

雁琳
於四月三十日夜

○八六、盧法慧致肖雁琳

雁琳：

報告你一個好消息：

今天收到李福霖老師的信，他說百貨公司需要個能寫會畫的，一是配合政治形勢做宣傳，二是搞搞商店的櫥窗美化。李老師已正式推薦了我，讓我在家裏等候通知。

我想：這消息我暫不公開，以防萬一去不成，教育組又說我不安心教學，對我不利。再者，也擔心公社那邊會有人從中作梗。

到真正接到通知時，說聲走，直接就走了。

估計，近日我沒空閒進城，你若是見到李老師，代我向他致謝；亦可順便打聽一下：是沒有指標的臨時工還是正式合同工？不過，不管什麼待遇，我都願去。我堅信一條：見機行事，事在人為。

商業局成立宣傳隊的事進展如何？你不要自暴自棄。政策是僵化的，人是活的，什麼都是人爭取來的，要善於抓住機會。

祝

一切順利！

法慧

○八七、肖雁琳致盧法慧

法慧：

五月四日信收。祝賀你前程有望！

商業局宣傳隊已正式成立。我是做為一個臨時編外人員進入宣傳隊的。全隊現有十幾個人，聽說下一步還要「招兵募馬」。老魏局長決心很大，說要把這支宣傳隊辦成商業局的常設機構，要跟縣裏的梆子劇團一爭高低。宣傳隊裏有幾個是咱們同學，其中黃玉蘭、劉忠，想你都認識。在演唱方面，我缺乏這方面的天賦，這兩年又沒得練習，所以做起來總是笨手笨腳。不過，為了求得生存，我不得不加倍賣力，以獲得上司的好感。

現在，我吃住都在商業局大院。以後寫信可改寄商業局黃玉蘭收，由她轉我。再正告你一句：儘量少寫少寄！

你去百貨公司的事不會拖得太久——昨天百貨公司的頭頭向局長彙報工作，說到招合同工的事，我聽到一句：「託文化館的人找到一個會畫畫的」，說的大概就是你。聽那口氣，時間不會拖得太長，你耐心等待就是了，不必專為此事進城來。

五月四日匆草

又及：若見到我媽，順便告訴她：我這裏一切都好，不要她掛念，更不要來城裏找我。

雁琳

五月十日

○八八、盧法慧致肖雁琳

雁琳：

我此刻正在百貨公司辦公樓上給你寫信。你大概想不到吧？

前天，公司管宣傳的老劉同志專程到我家來叫我，那時還沒放學，老劉直到找到聯中，當著好多同事的面，乾脆把話說明了——讓我到百貨公司幹合同工。同事們吃驚不小。昨天我又到公社教育組告辭了一下，就算把這事了結了。學校同事和學生們一再挽留，尤其是全班四十多名學生，沒有不流淚的。依依惜別的場面令人心碎。心腸軟的人也許就退讓了。但我心裏告誡自己：狠狠心、咬咬牙也得挺過這一關，婆婆媽媽心腸是要不得的。

今天一早，我就騎車來報到了。公司領導一把手老馮和祕書孫學忠熱情接待了我，把我暫時安排在二樓政工辦公室裏，下午就著手畫批判專欄的報頭了。

晚上無事，孫祕書給我一張晚會票，叫我到商業局禮堂觀看文藝節目。

今晚，你作夢也想不到我會在台下觀看你們演出的。當你濃妝豔抹出現在舞臺上時，我心裏分不出是什麼滋味。其中有親切——你的音容笑貌自然勾起我親近甜蜜之感，但接著而來的就是一種酸溜溜的醋意——正是因為你根本不會知道台下有我，你那笑容分明是為他人裝出來的，這就不由我頓生妒忌之意了。從那一刻起，直到現在我提筆寫字的當兒，我心裏還不能平靜下來。我恨，我妒忌，當時，我真恨不得一步衝上臺去，把你攬在懷裏，大聲地宣佈：「她是我的，完完全全是我的！」

我心裏暗暗發誓：將來，我們一旦有了工作，說什麼我也不會再讓你登臺為人演出！

我不知道你當時是懷著什麼樣心情？是真的那麼歡快喜悅？還是為生計所迫，不得不強顏歡笑？也許只有我才看得出來，你那貌似甜蜜的微笑掩蓋不住心底裏的悽愴和痛楚。

無論怎麼說，反正從今天開始，我們畢竟生活在同一個小城，又在同一個商業系統，能夠時常見面了。商業局和百貨公司之間，雖然在兩條街上，但直線距離還不到兩百米，中間只隔著一個池塘。往後我們怎麼聯繫？我原則上同意你的意見，儘量不再擴大影響面，免得招惹風言風語。可是，若要我們完全斷絕交往，我是辦不到的。其他的我能忍受，唯心靈的孤獨我說什麼也忍受不了。至於通過什麼途徑保持聯絡，由你考慮。

此信暫且還是通過郵局寄給你。

祝

一切順利！

法慧

一九七一年五月十三日夜

○八九、肖雁琳致盧法慧

法慧：

真想不到你來得這麼快。

既然來了就好，我們都要好好地幹，不要辜負推薦我們的人。當前，我們的生活正處於轉機的時候，我們在工作上要加倍努力，不要有絲毫的懈怠，以此來感動我們的上帝。須知，我們的命運，正操在那些執掌權力的人的手裏。

我們宣傳隊裏所有成員幾乎人人都是七大妗子八大姨託關係擠進來的，多少都有點靠山；像你我這樣孤立無援的極少。正因如此，我們必須好好幹，幹得特別出色了，才能有我們的立腳之地。

我們這裏的姐妹相處都很好。我順便向你介紹一下：黃玉蘭，一中同學，性格單純直爽，樂於助人。劉忠，也是一中同學，因為比我們大兩歲，顯得老成持重，待人和氣，宣傳隊裏都稱她「老大姐」。這兩人都可信賴，有什麼事需要傳告，可直接託付就行。宣傳隊的導演，也是隊長，周仰謙，我們都稱他「周總」，轉業前是成都軍區某部文工團的業務團長，在文藝上很有兩下子。人也正直，坦率。至於老魏局長就不用說了，五十年代的大學畢業生，又跟我們是同一派系的，曾有過風雨同舟之誼，所以沒有隔閡，待我們都很好。因是新來乍到，對我的家庭問題，他們大都不摸底細，我心想有機會一定要一五一十說給領導，也要告訴眾姐妹們。在新疆的教訓我不會忘記，像家庭出身這樣重大的問題瞞是瞞不住的，紙裏包不住火，早晚要公開。與其終日提心吊膽地過日子，倒不如早早開誠佈公地好。禿子頭上的蝨子，明擺出來，我心裏卻倒坦然。

對我的前景，我並沒有多大信心。在當前社會環境下，人的政治生命如同空中累卵，朝不保夕，人人自危，誰肯披肝瀝膽為一個微不足道的人，甘冒天下之大不韙呢！

因此，我還是懷念我新疆的工農兵大隊。七一年是全國大招工的一年，也許那裏現在正在熱招中，無論怎麼說，我在那裏打拼了幾年，群眾基礎還是比這裏好得多；而且我的戶口正在那裏。而在這裏，你要知道，我還是一個沒有戶口的黑人。退一步說，即使有人肯助我，就因為戶口問題，也會碰一鼻子灰的。

總之，我的前途十分渺茫。夜深人靜的時候，想起這些事我就難過，就傷心落淚。為什麼別人生活裏充滿陽光，而我頭頂上總是籠罩著一塊塊的烏雲呢？有時候，我想，命運是專門捉弄我的，好像時刻在我上空盤旋的烏鴉，我走到哪裏，它就跟著飛到哪裏，叫我一刻也休想得到安寧。

就此打住吧。

有信可託玉蘭轉交我。不過我們還是儘量少接觸——我都是為了你好——你現在初出茅廬，只要好好幹，希望是大大的。不要因為我的家庭連累你也遭殃，那就更苦了。我本人，好也罷，歹也罷，倒是無所謂的。

祝

一帆風順！

雁琳

於一九七一年五月十九日深夜

○九○、盧法慧致肖雁琳

雁琳：

截止今日，我已為百貨公司辦出三期「革命大批判」專欄。大概你也看到，在縣革委門前大街上，商業系統十個公司的批判專欄，數我們百貨公司辦得最好，不但內容新穎別致，而且畫的寫的在全縣也堪稱一流水準，因此也最受人歡迎，聽說商業局領導也三番五次表揚我們。公司馮主任格外高興，一有空閒，就來到我作畫的房間看我畫畫，一邊問長問短，問我訂婚了沒有，以及家庭社會關係等情況。今天上午，老馮對我說：「晚幾天，等把這一期專欄辦完，你回家把合同書帶上，早早地簽了。」還說，「現在各單位都在搞大批判，很需要像你這樣的人，你要是早來幾個月就好了！」言外有相見恨晚之意。

十多天來，恰如你所言，我幹得很賣力，為了把每期專欄的報頭畫好，我連午覺都沒睡過，夜裏一幹就是十二點。每期的標題，我都用仿宋體美術字寫，連文章的正文也是一筆一劃工工整整抄寫。也許正因為我這樣沒黑沒白地幹，感動了公司領導，聽孫祕書說，公司裏有留我長期幹下去的打算。那就是說，不僅僅是當個合同工，他們有可能為我辦個正式工。

前天，黃玉蘭同學替你傳遞書信到我們公司來，當時正是晚飯前後，很多人都在門口閒聊，玉蘭的到來自然就招來了一些議論。我送玉蘭走後，就有人試探問我：是不是跟這丫頭搞戀愛呀？我靈機一動，心想：乾脆來個順水行舟，打個馬虎眼，半真半假，摸稜而可，這樣就把我們的真正關係給淡化了。將來，萬一有人議論，也會弄個以假亂真，讓他們摸不清底細。雁琳，你說這樣不好麼？

當然，我也想過，玉蘭同學天真無邪，我這樣做似乎對她不恭。但人世上的交往往往是相互利用的。況且，也僅是輿論上牽連到她，她並不會受到實際的傷害。

你大概會贊成我這樣做吧？

祝你

愉快！

於五月二十五日夜

法慧

○九一、肖雁琳致盧法慧

盧法慧：

看了你二十五日信，真令人氣憤！

你怎麼敢這樣糟踐人？

你是瘋了，還是神智不清醒？

人家好端端一個清白少女，好心好意給你傳遞書信，你倒憑空誣人清白。且不說傷害不傷害人家，單說無中生有，混淆視聽，一切為自己考慮，即使無人揭穿你，你良心上過得去嗎？

你這人，怎麼變得如此下作了！是我以前錯認你了，還是你忽然變壞了？

我真是沒法理解你！你還說什麼「人世上的交往往往是相互利用的」，你什麼時候開始信仰這種偽哲學啦？

我告訴你：人，任何時候都得活得正直。這不僅僅是心理良心上的自慰，而且更重要的是道德上的責任。不管處於什麼境遇，不管別人如何不公平地對待你，做為自己，永遠都不許狹隘和自私。否則，我們便無臉面活在世上。

這些話並不是教訓你的，我說的是做人的起碼準則，說出來以求共勉。

簽合同的事怎麼樣了？希望你那邊能辦得順利些。

雁琳匆匆

於二十六日午間

○九二、盧法慧致肖雁琳

雁琳：

二十五日信中不過是隨便說一句，你何必大發雷霆、大動肝火！

我知道，你的心靈是美好的，但心靈再好，社會也不賞識你，反倒落到如此這般境地。

我認為這個世界就是不乾淨的世界，我們何必太拘泥於潔身自好呢？在不傷害別人的前提下，略使一下手腳，本無什麼不可的。何況我的動機全是為了掩飾對你的愛。換言之，為了我們的共同目的，我才這樣做的。

簽合同的事也不像我們想像的那麼順利。大前天，馮主任讓孫祕書交給我「徵用臨時工合同書」一式兩份，叫我立刻回家去辦。我興致勃勃地回到家裏，大隊一關好過，可到了公社，掌管公章的人藉口商量商量不肯為我蓋章，我好說歹說無濟於事，只好回家裏住了一宿。第二天再去公社，那人的答覆仍然是不能蓋章。我問他為什麼？他最初是含含糊糊、躲躲閃閃，在我的一再質問下，他才說：這是上邊領導指示的，一是因我哥在徐州六○五七部隊支左犯了錯誤；二是因為「據說」我與你正在搞戀愛。我據理力爭：我哥哥雖然站錯了隊，但他與我有什麼關係？何況我本人站隊是正確的。另外，我與肖雁琳戀愛有什麼過錯？我愛的是她本人，又不是她的家庭出身。再說，我們是不是在戀愛，你也沒有憑據。更何況法律上也沒有因為戀愛而受牽連的條文呀？可任我怎麼說，那人就是不聽。這個狗娘養的，真是可惡！

沒法子，我只好悻悻然回到公司來。今天上午，老馮問我合同書辦得怎麼樣了？我說了個瞎話，說沒來得及去公社，只在大隊裏蓋了章子。老馮說：沒關係，只大隊一級也是可以的。我這才一塊磚頭落了地，放下心來。

合同是生效了，但下一步一旦有了轉正或招工機會，公社一關是無論如何少不了的。到那時候仍然不給辦手續怎麼辦？我心裏又深深地憂慮了。

誰知道將來會發生什麼樣的事情？直到現在我才知道，我還不能把握自己，我的命運還掌握在別人手裏。這是多麼地可悲呀！兩天來，一想這些來，我心裏就發灰。

不管怎樣，我們不能錯過這一年。你在局裏，跟上頭領導接觸機會多一些，如有了招工的資訊，馬上告訴我，以便提前動手，打通關節。切切！

祝

心情愉快！

法慧

七一年六月五日夜

○九三、肖雁琳致盧法慧

法慧：

有魯迅先生的一句話，我想奉送與你：

「只是為了愛——盲目的愛——而將別的人生的要義全盤疏忽了。」

你正好犯了這方面的錯誤。我真誠地奉勸你：不要為了所謂的愛情，而將生命的要義忽略了。

關於我們兩個的事，還請你慎重考慮。

以前，你沒走上社會，我的家庭對你影響不大，現在，不，從今往後，你將處處受阻，也許寸步難行。簽合同不給蓋章，這僅僅是個小小的開頭，你就喪心病狂地罵娘了，誰知道將來，你會不會罵祖宗？會不會對我翻臉？

所以，我再次勸你，我們還是分道揚鑣的好，趁現在城裏輿論還不大，現在分手還來得及。遲到的愛情總比遲到的悔恨要好得多。遷就的愛情，只能導致將來的悲劇。

望你三思再三思！

此信由劉忠同學轉送。

雁琳
一九七一年六月十二日

○九四、盧法慧致肖雁琳

雁琳：

求求你，你不要再折磨我了！

我說過多少次了，分道揚鑣的事，你就不要再說了。

我還能說什麼？難道你非得叫我剜開心來讓你看一看不成嗎？

你一次次地婉拒我，搪塞我，無情地在我愛的慾火上潑冷水，你就不感到自己的殘酷嗎？

人家都說，愛是相互的；而在我們之間，好像總是我死乞白賴地黏住你不放，我是單相戀，你是局外人。我付出一百分的愛，連一分也得不到回報，倒常常遭到你的無端的非難和誤解。你知道我心裏有多麼難過嗎？

琳，請你記住了，今後，再不要說喪氣的話，連一句也不要說，我求求你！

法慧
六月十五日午間

○九五、盧法慧致肖雁琳

我剛得到消息：縣計委剛開過一個招工會議，據說這次招工面很小，主要是面向城鎮戶口的知識青年，重點是照顧前幾次招工中「掉隊」的人。

我想，你正符合這個條件，抓緊時間找找人，託託關係，爭取這次辦成。

（盧）

○九六、肖雁琳致盧法慧

紙條收悉。我也得到同樣消息，並且聽說是去山東聊城的九二三廠。

至於如何找人，託什麼關係，我不知道，也不想這麼做。

（肖）

○九七、盧法慧致肖雁琳

既然是去聊城，那麼遠，聽說還是新建的廠子，是煉油的，條件非常差，也非常艱苦，我想還是不去的好。

（盧）

○九八、肖雁琳致盧法慧

去，我一定要去！

不管多麼遠，不管幹什麼，也不管有多麼艱苦，只要是人待的地方，我都要去。

（肖）

〇九九、盧法慧致肖雁琳

琳：

說什麼也不要去，要去咱們兩個一道去！

我們好不容易到了一塊，不要再分離了！要真的你一個人走了，剩下我，我會寂寞死的！

法慧匆匆

一〇〇、肖雁琳致盧法慧

法慧：

你不要再阻攔我！

我主意已定。只要能辦成，任是刀山火海，我也是要去的。像現在這種毫無著落的流浪生活，我實在是過夠了。你不要再說三道四分我的心。

誠然，我們好不容易剛到了一塊，又要分開，依你看來，我是殘酷的。但沒有辦法，在我的心目中，愛是第二層的。我所面對的首先是生存、生存。這一點，請你務必要明確和諒解。

不要再阻攔我了，我主意已定！

雁琳即日

一〇一、盧法慧致肖雁琳

好吧，我可以同意你去聊城，但有一條：辦成之後，再想辦法調回來。不然的話，我受不了！我太孤單了！

求求你答應我！算我哀求你，好不好？

一〇二、肖雁琳致盧法慧

法慧：

不用擔心了，招工的事徹底告吹！

開始時，商業局領導同意給辦，問題出在縣計委那邊，材料報到那裏，馬上就給卡住了。不給辦的理由是：我的戶口關係不在這裏。這就怨不得人家了。

其實，這只是藉口。如果真心給辦，戶口不在這裏，可以想辦法轉回來，可他們既不說轉回來，也不說下一步怎麼辦。問題的關鍵還是我的家庭出身。我早就料定，沒有人肯為我一個歷史反革命的女兒辦事而落個階級路線不清的罪名的。總而言之，一切告示吹了。

由希望到失望，來得也快，去得也疾。
所以，我想：在這裏，與其說存有希望，倒不如說一點沒有的好。不存在希望的人，是無所謂失望的。
經過這一次打擊，我的早已灰得發白的心，又加了一層，好比是雪上加霜。
法慧，我已不再想別的，還是老老實實地做點事吧！
生活之與我，好比是水上行舟，水流到哪裏，我的生命之舟就被載到哪裏。自己妄想設計籌畫生活，那都是徒勞。
唯有我們之間的愛，好似一杯渾濁的苦酒，能給我一點點刺激，使我這蒼白的心得到一點點安慰。
宣傳隊缺少自編自演的節目，昨天老魏局長告訴我，叫我到下邊基層供銷社體驗一下生活，創作反映現實生活的文藝節目。這一方面是領導對我的看重，另一方面也是為了安慰我。明天，我就要下去了，你暫且不要給我傳信。

祝你

愉快！

雁琳

於七一年七月十二日

一〇三、盧法慧致肖雁琳

雁琳：

立即放下手頭一切事情，到老城牆石榴園見我，有重要事情告知！立刻！

法慧

上午十點

（注：應該是一九七一年十月十日）

一〇四、肖雁琳致盧法慧

法慧：

你所說的所謂「九一三」，令我驚愕得整夜睡不著覺。

到現在，我也是半信半疑。若要不信吧，你得來的消息那麼確鑿；待要信吧，這又未免太荒唐、太滑稽了！

一夜之間，一人之下、萬人之上的副統帥成了十惡不赦的叛徒，法定的接班人原來是陰險歹毒的殺手。真是滑天下之大稽。歷史給我們開了一個開天闢地以來從未有過的絕大的玩笑！

我想，如果這是真的，那麼多少年來我們賴以生存的精神支柱還存在麼？四五年來我們搞文化大革命的初衷是什麼？我們大樹特樹的最終選擇是什麼？……這一切都該做如何解釋？我們心中最英明最偉大最神聖的巨人卻原來也會判斷失誤，而且這失誤是永遠無法解釋清楚的。真要是這樣，那麼，這世界還是原來的世界嗎？這地球還能維持正常的運轉嗎？

我百思不得其解。甚至，我懷疑，由於這件事的衝擊，我是不是還是我原來的自己？回首我們已經走過的道路，文化大革命開始以來，全國人民忙忙碌碌，不都是一場空忙嗎？今後，我們向何處去？我們的目標還是原來的目標嗎？我懷疑，我一切都懷疑……

法慧，我後悔了。你不該告訴我這個。你把我好不容易平復下來的生活又攪亂了。我心情浮躁，什麼事也幹不下去。這可如何是好？

我疑惑，這是不是所謂的精神崩潰？

你自己的事情有進展嗎？我是無所謂了。你千萬要好自為之，希望都在你身上了。

這信看後立即燒掉。

雁琳

十月十四日夜

一〇五、盧法慧致肖雁琳

雁琳：

說來真是讓人哭笑不得。直到今天，那些不明真相的人們還在開會前一遍遍地祝願那個人「永遠健康、永遠健康」。殊不知那個人早已經粉身碎骨、魂歸閻王殿了。

回頭想一想我們自己，我們也真是太幼稚、太可笑了。

連日來，我心裏老是有一種被捉弄、被欺騙、被羞辱了的感覺。我們這成千上萬的青年學子，在偉大舵手的英明領導下，放棄學業，拼、殺、批、鬥，都是為的什麼？我們是不是充當了人家廉價的政治賭本？我們這整整一代人的命運真是太可憐太可悲了！

我們要永遠記住這一慘痛的教訓，凡事都要認真地想一想，不要再迷信崇拜哪一個人。不要盲從，不要輕信，也不要太過激，遇事三思而後行。

前天，我去縣革委大院辦事，遇到一位一中的同學，他叫郭良成。比我們低一年級，早先曾是一個派系的，有過一段風雨同舟的交情，所以見面談起話來顯得有幾分親切。這人頭腦靈活，在官場有路子，他老子在菏澤地區當什麼主任，俗話說：朝裏有人好做官。現在，郭良成年紀輕輕，就已經是縣計委的一個小頭目，正掌握著我們這些人飯碗子的予奪大權，將來也許有用得著他的時候。

那天，我急著辦事，本不想跟他多說話，可他非得留我在他那裏吃飯，一盤熟牛肉，一瓶燒酒，被我們兩個一掃而光。他也許是喝多了，說話毫無遮攔，我也有些微醉，不過對他說過的話，都還記得一些。

他說：關於林彪的事，已經傳達文件了。這種人的出現毫不為怪。當前中國的這種政治體制很容易滋生像林彪這樣的兩面派。這種社會就是培育和滋生兩面派政治騙子的溫床。

他說：人類社會其實就是由兩種人組成的，善良人和邪惡人。歷來是邪惡人哄騙善良人，好人被壞人利用。翻開人類的進化史，莫不如此。

……

他很健談，口若懸河，說起什麼來都是滔滔不絕。與他一席話，讓人頓開茅塞，真有「勝讀十年書」的感覺。我倒想與他建立一定的聯繫，多認識一個人，等於多一條路，將來也許有用得著他的時候。

談話其間，他還提到了你，但他並不知悉我們的這種關係，他只是在說起我們班的時候談到了你。聽他的口氣，他對你的格性頗為欣賞。將來有機會，你也可以認識認識他，對我們將來說不定有用處。

法慧

於七一年十月十八日夜

又及：昨天晚上，我好長時間不能入睡。一是中午喝的酒在發揮作用；二是郭良成的話引起我思緒萬千。他說的是對的。在當前形勢下，做人就得學會做兩面派，學會作假，學會說謊話。在生活中是一種面孔，在公共場合又是另一種面孔。一個人得有兩套面具，一套對自己人對朋友，另一套對社交。在公共場合要偽裝得積極上進，像多數人那樣說些冠冕堂皇的話，使用紅旗雜誌、兩報一刊社論的語言，專揀好聽的說。我們現在剛剛走進機關工廠，正是向人展示思想政治面貌的時候，所以更應該採取這種兩面派手法，用以爭取領導的好感，為將來招工辦手續創造條件。

由此，我又想到了秦朝的李斯。如果他也處於我們目前的處境，他必也會採取這種兩面派手法的。

這些想法，我都寫給你，以求共勉。

招工方面有什麼新消息，立即告訴我。

天涼了，飲食起居多注意身體。無論怎麼說，身體還是第一位的。

十九日補記

一〇六、肖雁琳致盧法慧

法慧：

你所談的「林彪事件」已經得到證實。據說文件已經傳達到縣團級。這是一個沉痛的歷史教訓。偉大領袖選擇這樣的人做接班人，並且寫進了黨章，這的確是不太明智之舉。但，人的真實面目被識破，往往也需要一個過程。林的敗露，說明社會上確實有許多兩面派人物，但不能因此就說人人都應該成為兩面派。人，在任何時候都不應該放棄對真、善、美的追求，做一個有完整人格的人。這是我的看法。

你所說的那個叫郭良成的人，我沒有印象。我這人記性特差，往往熟識的，過幾年就忘了，更別說不在一個年級的同學了。倒是你那麼推崇他，令我有幾分詫異。他說的那些話，還有你引伸的那些關於兩套面具的說法，我看著就彆扭，更不敢苟同。我倒是想起來有一種叫變色龍的小動物，它為了保全自己，能隨著環境而改變自身的顏色。不過，那是動物。而我們畢竟是人，人怎麼能與動物相提並論呢？

你不止一次地提到李斯。我也看過《史記》上的「李斯列傳」，對他這個人並不怎麼感冒。李斯為保全自己而不惜「阿順苟合」，與趙高相勾結，陷害忠良，做了很多不光彩的事情。秦朝的夭亡跟李斯的阿順苟合不能說沒有關係。對於這麼一個鄙鄙瑣瑣的人物，你還是不要標榜他為好，更不要以他為楷模。做人，就應該做一個堂堂正正的人、一個光明磊落的人、一個表裏如一的人。公正、坦率、富有正義感和同情心，我認為這才是做人的起碼準則。不管生存環境怎麼樣，這個做人的準則是不能打折扣的。我早就對你說過「窮則獨善其身，達則兼濟天下」的話，這是我的人生格言，也希望成為我們共同的恪守。當然對於我來說，恐怕我這一輩子「兼濟天下」的機會是不存在了，也只好老老實實地「獨善其身」了。你行，你最好能實現「兼濟天下」，不過可惜，我又拖累了你，我多次叫你狠狠心把我甩下，可你又不能。在這一點上，我是真真地恨你。當然更恨我，自己出身在這樣的家庭就夠了，何必再拖累別人呢！

我說這些，你又要不高興了。

既然我們是同路人，所以我才要求你苛刻一些。這一點，我真誠地希望你能理解。

招工的事大概不會太久，但，我已是沒有多大希望的了，所以我也就不大過問。當然為了你，我還是要關心的，一有消息，我會轉告你的。

你信上說，你哥的問題也影響到你，他的問題到底有多嚴重？派人到部隊瞭解一下不就得了麼。為什麼一點點事情老是抓住不放，並且還株連別人？這真是令人費解。

天氣涼了，我在新疆的衣服被褥已託那邊的女友為我寄過來，雖沒有值錢的東西，禦寒還是可以的。近日無大事，局長和軍代表放這裏好多毛線，要我為他們織毛衣，我只得這樣免卻無聊。

我這裏有新疆女友送我的一條毛毯，質地還不錯。我自己有一條舊的，這一條由劉忠大姐轉交你。

你手頭有什麼好看的書，文學方面的，順便捎過來。我實在是閒得百無聊賴。

雁琳

一九七一年十一月一日

一〇七、盧法慧致肖雁琳

雁琳：

你不要產生誤解，我說的兩面派的事，並不是你所理解的那種市儈、政客一類的嘴臉。我只是說在當今世道下，做人，就必須有一個保護膜。否則，太露鋒芒了，在這個社會就無法生存。這也可以說是當今的生存之道，它是被逼出來的，沒有辦法的辦法。你看不見周圍那些人，哪一個不是嘴裏一套，心裏一套，哪個不是口是心非？明明是政治混亂，經濟凋敝，可偏偏掩耳盜鈴地說「形勢大好」，「文化大革命偉大勝利」。我們說人家「生活在水深火熱之中」，其實，說不定真正「生活在水深火熱中」的倒是我們呢。人人都睜著眼說瞎話，謊話說一百遍，就成了真理。人和人之間都有隔膜，都保持一定距離，彼此之間都有一個祕不可宣的內心世界。現在缺少的就是相互信任，不妨稱之為信任危機。以前我在待人接物上也是不設防的。但無數事實教訓了我——文化館的吳老師即是一例。我不能再那樣傻了。人生活在狼群裏就得學會像狼那樣狠毒。當世俗一旦變得狡詐刻薄的時候，再一味地講究善良、厚道、寬容、隱忍，那無異於用軟刀子殺人，吃虧受害的總是天真善良的人。西方國家一年一度有一個狂歡節，逢到那一天，人們都戴上假面具走上大街小巷，在那裏如果遇上一個不喬裝打扮的人，反而遭到眾人的譏笑。現在的世道正是如此。人人自危，人人都有一個無形的面具，把真實掩蓋起來，給你一個既滑稽可笑又堂而皇之的莊重嚴肅的面孔，好像真的對革命那麼虔誠、對前景那麼樂觀，其實，他的內心世界一樣的是那麼鄙瑣、那麼陰鬱、那麼狹隘自私。

你說到人格的問題，我認為這並不損害一個人的人格尊嚴。在社交生活中的假面具並不排斥朋友、愛人之間私下交往的坦誠相待。有句古話說：害人之心不可有，防人之心不可無。本著這一原則處世為人，不做傷害他人的事情，便無損於一個人的人格與形象。

我哥在部隊其實並沒有什麼問題。都是文化大革命翻雲覆雨的政治鬥爭把他坑害的。他只不過是在徐州支左當中死心踏地地站在了王效禹一邊，於是那些師部乃至軍區首長們便把我哥樹為支左模範、支左標兵、學毛著積極分子，一頂頂桂冠加封給他。後來王效禹一倒臺，形勢突變，一切都顛倒了過來，而我哥呢，又太死心眼兒，不會見風使舵，於是就解甲歸田。如果他多少有點兒靈活性，圓滑一點，變通一下，也決不至於如此。而原先封他捧他的那些首長們卻來個金蟬脫殼，搖身一變，成了新的左派，照樣是步步升遷。

哥哥的遭遇又正好說明了做人不可乙太鋒芒畢露。古語曰：佼佼者易折，皓皓者易污。如果我哥事先學點老莊精神，不那麼激進，心眼放活一點就好了。

現在，哥哥的事居然影響到我，這真是始料未及的事。但說到底，也沒什麼大不了的。哥哥只是在支左中站錯了隊，並沒有大的過失，怎麼也不會影響到我的前途的。

我這裏有一本外國小說，陀思妥耶夫斯基的《罪與罰》，已經破損得不成樣子了，送你一讀，聊以解悶。

那麼好的毛毯送我，真令我感激涕零了。

順便說一句：能為局長、軍代表織毛衣，這倒是感化他們的好機會，對你轉戶口、安排工作等問題，不會沒有益處。望盡心盡力。

法慧

於十一月十四日燈下

一〇八、肖雁琳致盧法慧

法慧：

不瞞你說，我讀了你十四寫的那些話，我都感到有點兒羞恥。

從什麼時候開始，你變得這麼世故了？你一邊表白自己不會是市儈、政客者流，可你的言談話語，口口聲聲都離不開什麼處世、為人、生存之道之類，活脫脫一副油頭滑腦的面孔。真不知道你什麼時候學會了這些。在我心目中，你一向是誠懇、坦率、通情達理的人，可忽然之間變得如此世故、如此油滑。這真令我驚訝。我背著沉重的家庭出身的包袱，屢遭坎坷和挫折，舉步維艱，尚且不敢油滑，更不敢以「兩面派」做為處世訣竅；而你初出茅廬，剛一涉入社會，就變得如此圓滑狡詐，真是不可思議。

誠然，現在的社會風氣確實不好，人與人之間不能相互信任，而是猜忌提防，在這種環境裏生存的確很難。但是做為一個有志青年，正直善良的心地任何時候也不能改變。不管別人怎麼圓滑世故，我們自己要對自己負責。是的，環境有時能影響人、造就人，但歸根結柢，想成為什麼樣的人，還是要靠自己去把握、去塑造。人無完人，金無足赤，雖然如此，但人還都是儘量往好的方面發展，沒聽說過有人故意去學壞的。我勸你還是不要再研究什麼處世之道之類的，我認為研究那些東西的結果往往會讓人變得世故圓滑，而不是我們想要的純潔和善良。

你信的末尾「順便說一句」的話，我看了簡直有點氣憤。我覺得這是你對我的侮辱。我願意以我自己的努力工作和優異的成績來感化領導，但決不靠獻殷勤來巴結奉迎當權者。我平時生活中最瞧不起的就是這種人。當然領導能看重我，這是我求之不得的，我也願意為別人（尤其我所敬仰的人）做些力所能及的事。但要說以此來巴結、討好領導，我決不幹。你對我說這種話，本身就帶有一種市儈氣。我越來越覺得你思想出了問題，是不是受那個叫郭良成的人的感染？如果真是那樣，我勸你以後少與他接觸。

謝謝你捎過來的書。近兩天又忙了起來，前段時間，我們編寫的幾個節目通過排練，三支兩軍和局裏領導看了都還滿意，說了不少鼓勵的話，也提了幾條修改意見，近日忙於改寫。若無要緊事，就不必來回傳信。我覺得老是這樣信來書往，偷偷摸摸，很累也很彆扭。當然，必要的聯繫還是不可免的。有話則長，無話則短，不要在這方面花費太多時間和精力，有勁兒多往工作上使，來日方長，我們任重而道遠，希望你我都能善自為之、好自為之。

以上，我說的似乎重了一些，如有冒犯，我自當負荊請罪。

有句老話相贈：良藥苦口利於病，忠言逆耳利於行。

望自重！

雁琳
一九七一年十一月十六日晚

一〇九、盧法慧致肖雁琳

雁琳：

經過多半年的努力，我先後為百貨公司和商業局搞出大批判專欄十幾期，反響很好，領導也非常滿意，公司領導在大小會議上多次給予表揚。聽說，縣裏最近召開了招工會議。這次招工全是一九七一年的指標，所以年底前必須結束。還聽說，這次招工對象，除這幾年沒安排的下鄉知青外，還有一批特招任務，主要是面對一些有專業特長的人才。注意：這是文革開始以來，第一次提到「專業特長」四個字。我想，這也許與林彪的倒臺有關，今後形勢的發展可能會向好的方向轉化！

上述消息，我是從郭良成那裏聽說的。郭良成很關心你的安排就業問題。他還說起一九六七年的一中「十一・十八」慘案，他說那天，他曾用身體遮擋棍棒，保護過你。他還說你肯定會記得。

在這次招工中，你我都不要放過這次機會，無論如何，破釜沉舟，說啥也要辦成。說不定以後就再也沒有這樣的機會了。

至於你我之間的論爭，我認為可以休也。

我承認你是理想主義者，我是現實主義者。我們的差別就在這裏。然而，我們的目標還是一致的，這就叫做殊途同歸。

讓我們共同努力吧！

再見！

愛你的：法慧

於七一年十一月二十日晚

一一〇、肖雁琳致盧法慧

法慧：

我已經說過，對招工的事，我已是無所謂了。經過一次又一次的挫折，我只好抱著聽天由命的思想，任憑他們去辦吧。其實，說到底，我抱什麼態度是完全沒有用處的。有時候，我自己出面求人，不但與事無補，反倒往往會把事情弄砸了。我這人好比一顆「喪門星」，成事不足，壞事有餘。

不過，我堅信，將來，總會有一天，人們會把一個人的出身、成分、社會關係等種種附加在人身上的這些個贅物統統剝離出去，最終以一個人的學識和才幹來錄用的。但現在距那一天還十分遙遠。我們只能企盼著。

你又一次提到郭良成，在這年月，有人竟主動關心我的安排就業問題，那真是絕無僅有的。至於說到「十一・十八」那天他曾「以身體遮擋棍棒」，「保護」過我，我搜索枯腸，絕無這樣的印象。我只恍惚記得四周只是一片喊打聲，並不曾有人替我挨半下。不過，如果他堅持那樣說，我也就只好領情了。

招工的事，商業局已正式開過會議，各單位都搞得緊鑼密鼓。你的事一定要辦成，這也正是我們的希望，是我們生存的第一個臺階。你能辦成，也就了卻我一塊心病。現在我只有寄希望於你了。這話我很不願說出口，但事實上是這樣的。你有了安身之處，我將來也就有了可供落腳的地方。不然，這種四處漂泊的吉卜賽人的生活，啥時是個頭呢？我實在是過夠了。

好好幹吧，法慧，你的事沒有硬傷，與我比起來，要容易得多。

祝你

成功！

雁琳

十一月二十二日晚間

一一、盧法慧致肖雁琳

雁琳：

這些天，我為招工的事跑東跑西，忙得不亦樂乎。

自打商業局開過招工會議之後，我就主動找領導談心，開誠布公，把我想要說的話全盤托出。公司領導也明確表示有留我在公司長期幹下去的意思，老馬說：「關鍵是看你們公社會不會放你」。為了打通公社這一關，我決定親自去一趟，見一見那位當權者。既然要去，當然不能空著手去，多少得破費一點，煙酒是不可少的。第一趟我沒敢多帶，擔心到那裏吃個閉門羹，下不來台。我帶了點煙酒和副食，走到公社時正是午睡時間，我直接找到公社一把手武裝部長季朴銀的宿舍。我敲了下門，季部長（一個矮胖子）睡眼惺忪地拉開門，一臉蠻橫的樣子，問我是幹什麼的？我以最大的耐心作自我介紹，說明來意。可不待我說完，那人就推說這事與他無關，有具體分管的，讓我去找。還說他下午有會議，現在必須好好休息，下了逐客令。沒法子，我只好將帶去的煙酒之類掏出來往桌上一放，那人立馬就改變了顏色，說：「來可以來，不需要帶東西。」接下來就說他知道我的情況，從政治上來說是有點小問題，但也無礙大局。他說可以慎重研究研究，但到底放不放我，說得還很含糊。我知道他一時不好拐彎子，就是想拐，臉面上也下不來。我說了幾句奉承話，便告辭出來。中間隔了四五天，我置辦稍重一點禮品，再次登門拜訪。這一次，宛若換了另一個人，一見面就和顏悅色，滿口應承說道：「你的事我們研究過了，好辦，只要上級部門工作需要，咱公社沒問題，大力支持！」最後還囑咐我：「行了，下次直接來辦手續就行了，直接找我，一切包在我身上！」

你瞧瞧，現在的人就這麼見物眼開！你不給他點好處，他就處處刁難你，卡你，壓制你，你一旦給他點甜頭，他立馬就改變態度，你給他的好處越多，他給你開的方便之門就越大。以前，咱只聽說世風日下，當官的見錢眼開，經過這一次親身體驗，我算是明白了一個道理：當官不打送禮的。都說金錢萬能，有錢買的鬼推磨，這話我信了。

如此說來，我這邊的堅冰已經突破，勝利在望，只等公司派人去辦具體手續了。如果姓季的不是兩面三刀胡弄我，這事就算成了。

剩下的就是你的事情了。你一定要抓緊，事在人為，你要努力爭取，聽天由命是不行的。關鍵時候對關鍵人物要捨得花錢買帳，沒有錢，拼褲子當襖也得這麼幹。不然錯過了機會，以後就更不好辦了。

有什麼情況，及時告訴我。

法慧

一九七一年十二月一日

一一二、肖雁琳致盧法慧

法慧：

看了你傳來的信，很為你高興。預祝你馬到成功！

我的事情也有進展。多虧了老魏局長和軍代表的支持，昨天局黨組已開會做了專門研究，同意我做為可教子女參加這次招工考核。

聽說已將我的問題向上級主管部門打了報告。我只能耐心等待。啥時候有了消息再告訴你。

雁琳

十二月四日晚

一一三、肖雁琳致盧法慧

法慧：

今天，老魏局長透露，縣計委原則上同意把我做為可教子女參加招工考核，但因戶籍不在Y城也不好辦。現在急於要辦的是將我的戶口從新疆遷回來。軍代表已經答應去公安局替我辦理准遷證。估計問題不大。

這一切，多虧了老魏局長和軍代表幾位首長，我打心裏感謝他們。

這兩天，我激動得睡不著覺。我有時也懷疑這是不是真的。我內心深處總是疑慮重重，像我這樣的人，竟也有陽光燦爛的時候？這幾年，我被命運折磨得好苦好苦。但願老天保佑，這次能夠如願。我這脆弱的神經已經經不起再一次打擊了！

你的招工手續辦好了沒有？

祝

一切順利！

雁琳

十二月七日夜

一一四、盧法慧致肖雁琳

雁琳：

前天，公司派兩位老同志前去公社辦理我的政審材料，聽說還算順利。昨天，已將我的全部政審材料交給商業局政工科。聽說，今天，政工科就向縣計委呈報。

一切進展都還順利。

估計三五天就會批下來。

你的情況如何？念念！

法慧

十二日上午十時

一一五、盧法慧致肖雁琳

琳：

終於可以告訴你一個好消息：我已被正式地批准為學徒工，月薪二十一元整，半年後轉正定級。戶口和糧食關係都在辦理中。

祝賀我吧！

為我歌唱吧！歡呼吧！

愛你的：法慧

七一年十二月十七日

一一六、盧法慧致肖雁琳

雁琳：

你那邊情況如何？為何不見你的消息？

法慧
於二十三日午間

一一七、盧法慧致肖雁琳

雁琳：

可急死我了，怎麼老是得不到你那邊消息？是不順利麼？今晚，去劇院看《龍江頌》，散場的時候看到你和女友們在一起。你的神色似乎不太好，是感冒了，還是別的什麼原因？

此信託黃玉蘭同學轉交。看後立即給我覆信。不然我要急壞了的。

法慧
即日深夜

一一八、肖雁琳致盧法慧

法慧：

我向來不以惡意揣度人心，可事實總與我的願望相反。

我的事又被擱淺了。

我的戶籍關係經過軍代表的敦促總算是遷移過來，但招工的事受阻，戶口只能在那裏懸著。（哪裏也不好落，除非落農村，而一旦落到農村，就再也出不來了）如此說來，我又成了一個沒有著落的黑人。

我的招工登記表早已填好，我父親的歷史問題我是照實填寫的。我想：既然領導同意按可教子女上報，我就不應該再有所顧慮了。可是材料報上去之後沒誰敢批，後來就請示領導，領導在這類問題上往往是非常敏感，當時就擱下了。商業局政工科隔幾天去催，材料仍然在那裏壓著。就這麼一拖再拖，事情就沒了頭緒。

現在我已經喪失了信心。在這時候沒人肯為我冒這個政治風險的，弄不好就會落個「階級路線不清」的帽子，官職也會丟的。何苦呢？所以，我也就不抱任何希望了，一任事態發展下去吧！

整個宣傳隊裏，跟我差不多時間進來的臨時工，都在這次大招工中變成了新職工，只剩下我自己。對於我的事，姐妹們都明情，平時說話都謹小慎微，避開說招工的事，怕刺傷我的自尊心。

我不傷心，也不落淚，早就麻木了。

就這樣吧。不要為我難過。

雁琳

十二月二十五日

一一九、盧法慧致肖雁琳

雁琳：

我有一主意：抓緊時間去找一下郭良成。

他現在是縣計委的副主任，說話是管用的。我們和他既有同學關係，他對你的印象又很深，求求他幫忙說幾句話，肯定會管用的。最好你現在就去找她，不要難為情。世界上的事情就是這樣，說不定誰會用到誰。該求人的時候就得求人，關鍵時刻低低頭彎彎腰，這一關就過去了。人不能一味地好強，好強往往會把事情鬧僵。

去吧，去求一求他吧！

如果你自己不好意思，我可以與你同行。

法慧

二十六日上午

一二〇、肖雁琳致盧法慧

法慧：

你說的那個郭良成郭主任，我倒是見過他一面，就是我的招工登記表報上去不兩天，曾有一個黑黑瘦瘦的人到商業局來找我。我一看他那一臉色咪咪的樣子，就止不住打心裏厭惡。我沒留給他說話的機會，就把他打發走了。

你的一片好心我都知道，但是若叫我低三下四地去求這種人，這是絕對不可能的事。你知道我的性格，我一旦厭惡了哪一個人，就別想叫我給他一個好顏色。我一向不會作假，口是心非、虛虛假假的事我是一點也做不出來的。

看來，我的招工的事就只有聽憑命運的擺佈了。

你也不要再為此指指劃劃。

雁琳

十二月二十六日晚

一二一、肖雁琳致盧法慧

法慧：

招工的事已成泡影。不知什麼原因，尊敬的老魏局長將被調離。聽說，軍代表也就要回天津部隊去了。所有對我有利的因素一個一個都化解為零。命運好似一個專會幸災樂禍的魔鬼，好比在我頭頂盤旋的烏鴉，目標始終盯著我。

冥冥中似乎有一定理：誰跟走得近一些，誰就必然倒楣；誰為我做點事情，誰就必然要遭厄運。

我的心已灰得發白，我的情緒也低落得像一潭死水。

我真不知道我現在該怎麼辦？

我前途渺茫，我覺得我再也沒有力量在泥淖中跋涉。我再度想到了自殺。在這時候結束生命，對我來說是最好的解脫。我這種人就不配活在這個世界上。如果有人在這時候給我一把刀，那是再好不過的事了。

我唯一牽掛的就是你，但我又不甘心連累你。你不要苦戀我了吧，你只要說一聲解脫我的話，我這就去死。真的，你不要再戀著我，我活得太累太累了！我極度脆弱的神經承載不起你對我的愛，你還是饒了我吧，也讓我輕鬆輕鬆！

能答應我嗎？求求你！

雁琳

一九七一年十二月二十八日午夜

一二二、盧法慧致肖雁琳

雁琳：

你胡說八道什麼呢！

上午不要外出，我立刻去找你！

管他暴露不暴露，我也顧不得那麼多了！

法慧匆草

二十九日晨

一二三、肖雁琳致盧法慧

法慧：

其實，你不該來找我的，千不該萬不該！

這樣不僅暴露了你自己，對我也不好。你走了之後，我一個人在宿舍哭了很久。我已經沒有任何希望了，幹嘛還連累你。你要處處為你的前途著想，切不可因小失大，毀了你的前程。

我早就說過，我好比一個痲瘋病人，人家躲還來不及呢，哪有像你這樣死活往身上貼。你這不是自投羅網是什麼？法慧呀法慧，你真真是太糊塗了！

近日有消息說還要清退我，不讓我在這個「毛澤東思想宣傳隊」。我也不知道得罪了哪路神仙，非得置我於死地而後快。

今天下午，老魏局長離開供銷社，去縣多種經營辦公室任職。他臨走時告訴我，萬一要清退我的話，他許諾把我安排到林集供銷社去，那裏有個放牧場，就處在黃河邊上。我說，不管是什麼地方，只要能夠落地生存，有碗飯吃就行。像老魏局長這樣的好人太少，我打心裏感謝他。

你不要惦記我，好好幹你的事情。萬一你的飯碗再砸了，我就更沒別的指望了。

新年要到了，祝你新年快樂！

如回家見到我媽，先不要把最近發生的事情告訴我媽。如果問起，就說我一切都好。我實在不想讓我媽我爸為我的事情難過。

愛你的：雁琳

一九七一年十二月三十日夜

二一四、盧法慧致肖雁琳

雁琳：

當初都是我不好，強留住你，沒讓你回新疆。現在我想：如果你真的回去了，也許能真的安排工作了。依你的表現，應該是能夠的。那樣，也就不會出現像今天這樣尷尬的境地了。我承認這都是我的過錯，我太自私了，為了自己心理上得到慰藉，而斷送了你在那邊好不容易打開的小天地。應該負荊請罪的是我。

你說要清退你的事，我認為那不可能。上級決沒有這樣的政策，再左也左不到這種程度。人不能不給出路，連幹臨時工的權利都沒有，人還怎麼生存？這不是把人往絕路上推嗎？

退一步說，萬一真的要清退你，你也不要走，哪裏也不要去。你就到我這裏來，我們共同生活。二十一元錢的工資雖然不多，儉省一點，兩個人的生活費不成問題。再說，我們從來就沒有過奢侈生活的妄想。至於住宿，十幾平米的一間斗室遮風避雨也就足矣。那樣，我們就可以做堂堂正正的夫妻，不必再怕這怕那，躲躲閃閃好像作賊似的。

總之，我有信心養活你，只要你同意，我願意今天就申請辦結婚手續，明天就把你搬過來。

雁琳，不要消沉，要鼓起生活的勇氣，任何時候都要堅信這句話：天無絕人之路。

我深深地愛著你！

我時時刻刻在為你祝福！

新年快樂！

法慧

一九七二年元旦

一二五、肖雁琳致盧法慧

法慧：

我去我留是我自己的事情，你沒必要代我受過。我也絲毫不會抱怨你。

當初，我之所以沒回新疆，是我對形勢抱有一絲幻想。看來，幻想是靠不住的。像我這樣的人，不配有任何幻想。

昨天，睡不著覺，我在思索：我失敗的原因不是我得罪惡了哪一個人，而是一種我看不見的勢力不容於我。這種勢力是自上而下、自下而上、無所不在、無處不有的，我雖然由東到西，再由西到東，始終也逃不出這種勢力之外，因此所以，我的失敗就是必然的了。如此一想，我也就不恨哪一個人了。

你說到我們結合的話，這是舊調重彈。我還是那句話回覆你：絕對不可能。

第一、你目前僅是一名學徒工，自己根基都不穩，能經得住我這戴黑標籤人的牽連嗎？

第二、不管你具備不具備養活我的能力，那話另說，單就我而言，我是絕對不會叫別人來「養活」的。這話我說過不止一次，只要我一息尚存，我就要爭取自立。哪怕碰壁碰得鼻青臉腫，我也決不會接受別人的恩賜！

你不用寬慰我，我是不會輕易去死的。一方面因為有你和你的愛，另一方面我也不甘心，我不相信世道會永遠這樣壞下去。我堅信有柳暗花明那一天的到來，我期待著那一天。

不要為我難過，也不要因我而自責！

我愛你！

雁琳

一九七二年元月三日深夜

一二六、盧法慧致肖雁琳

雁琳：

我永遠忘不了這一天。

我們衷心愛戴的陳毅元帥溘然長逝。舉國上下無比悲痛，連蒼天也為之披白掛孝——到處都是冰雪覆蓋，再加上漫天大霧，樹上掛滿了冰凌。長這麼大都沒見過如此壯觀的場面。我不知道江南天氣怎麼樣，也不曉得塞北氣候如何，但我敢斷定至少是中原地區都是如此漫天皆白的了。這是老天有意還是巧合？歷史上類似這樣的事情枚不勝舉。

在這樣大霧瀰漫的日子，我的雁子突然光臨寒舍，真是令我蓬蓽生輝。如果不是陳老總的逝世，我真應該好好地慶祝一下了。但是，我們實在是太悲痛了，彼此相望，只有淚千行。為表示我們內心的悲痛，在你的提議下，我們用潔白的細紗製作了一個小巧玲瓏的花環。其間，我們雖沒說多少話，整整一個上午都是在無比沉痛中度過的，但我們的心是息息相通的。這潔白如雪的小小花環，既凝結著我們對革命先輩的崇敬之心，代表著我們對正義、對公道、對真善美的渴望和珍惜。我將把它永遠掛在我的小屋裏，只要一看見它，我就想起你來。它好比你的一顆純潔無瑕的心，卻又那麼的不幸，蒙受一次又一次的傷害。

你果真要到林集牧場去，我攔也攔不住你。這對我來說，又是一次打擊。從此，我又要過孤獨的生活了，我不知道將怎樣度過這漫長而又寒冷的冬天。

我更擔心的是你，聽說那裏原是一個荒僻的河灘，人跡罕至，時常有野獸出沒。你一個女子，在那裏孤苦無靠，怎麼生活？這不同於四年前去新疆，新疆好賴還有一個親戚，而牧場裏你是舉目無親，只有與牛羊為伍了。我真為你擔心。如果興替換的話，我寧願代你去放牧。這世界太不公平了，我每每見到那些出身於幹部家庭的子女，嬌生慣養，剛一工作就被安排到最優越的崗位上，動不動就對別人頤指氣使，一副盛氣凌人的樣子，我氣就不打一處來，每到那時候，我就想到了你，一個各方面都優秀的人，就因為家庭出身，而長期被排斥被壓抑。這世道太不公平了。我想起龔自珍的一首詩，稍改一下應該是：

九州生氣恃風雷，
萬馬齊喑究可哀。
我勸天公重抖擻，
是非曲直另安排。

這樣的世道還能維持多久？非要等到天怒人怨不可嗎？況且現在已經到了天怒人怨的地步了，只是暫時還沒有人呼叫，沒有人反抗，人們只是敢怒而不敢言，把許多的鬱悶和怨尤都積蓄在心裏，好比那天邊的雲層，越積越厚，一旦到了某種程度，一聲霹靂，頃刻間就是雷雨大作。到那時候，社會上的種種不公平、不合理的事情，就好比污泥濁水，將會被蕩滌一空。現在，距離那一天不會太遙遠了。

雁琳，打算哪天動身，我無論如何要去送你。

最後，還是那句話：要堅強，要挺住！任何情況下都不要氣餒！困難即將過去，曙光就在前頭！

以百倍熱情愛你的：盧法慧

於一九七二年元月十二日午夜

一二七、肖雁琳致盧法慧

慧：

我今天就走。

不要為我難過，更不需你送行。

有供銷社的拉貨的馬車來，把我順路捎過去就行了。

如果見到我媽，請轉告她，就說我已被招工分配到林集供銷社。無論如何不能讓她知道我的真實境況，不然，她會為我擔心的。

求求你，為我媽，也是為了我內心的安寧，求你說一次謊話。

在我寄給你信之前，不要向那邊貿然發信。

祝你好！再見！

琳

一九七二年一月十四日

第七章　放逐

不吾知其亦已兮，
苟余情其信芳。

二二八、肖雁琳致盧法慧

法慧：

我對不起你。我來到牧場好長時間了，一直沒有給你寫信。

我想，你早該罵我無情無義了吧？

說實在的，我本想就此結束我們的愛情。你至今癡癡地愛著我，實在是沒那個必要。我早就對你說過，你的愛對我而言，與其說是愛倒不如說是累贅更為確切。我這樣說，大概又冷落了你的心。但就我本心而言，確確實實是這樣。如果沒有你的愛，我完全可以天南地北地去闖蕩，浪跡江湖，四海為家，哪裏能容得下我，哪裏活得更愜意，我就到哪裏去。像南來北往的大雁，想飛往哪裏，就飛往哪裏。也就沒有必要非得賴在這塊土地上過仰人鼻息的生活。再進一步說，如果沒有你的愛，我還可以從此銷聲匿跡，甚至可以自殺。儘管自殺是懦弱的表現，但我本人情願，因為那樣可以求得安寧。我想，在陰曹地府裏我的魂靈應該是跟別人一樣平等的（如果有魂靈的話），而不會因為我在陽間裏出身不好再受歧視的吧？——我的出身是他們（閻君）一手造成的，責任只好由他們自己來負了。

法慧，我很想從心裏把你和Y城城裏的一切都忘掉，但是卻不能做到。我時時要想到你，想到你因盼望得到我的信而可憐巴巴的眼神。多少天來，我一次次摸起筆來打算給你寫信，可一次次寫好，又被我撕掉了。就是今天，我也不打算把它寄給你。我只是把我想要說的話記在小本子上，像日記一樣，留待將來見面的時候給你看。現在，你要怨我恨我，就任你怨恨吧！

林集牧場就坐落在黃河邊上，北邊緊靠著黃河大堤。四周用木柵欄圍成一個方圓十幾畝地的大牧場，裏面共養了十幾頭奶牛和百來隻長尾寒羊。這裏只有一個既聾又啞的老頭子，人說他有六十來歲了，不過看上去顯得還要老得多。據說，這老頭年輕時參加過八路軍，打過日本鬼子，解放Y城的時候頭部被炮彈炸成重傷，經過治療，好歹揀回來一條活命，從那以後，就成了聾啞人。當然，沒家沒落，也無兒無女，一直靠供銷社裏養著他。

這裏只有幾間破屋。我住的一間是獨立的，屋脊上露著天，一有風起，屋子裏就撲撲落土。

我每天的生活異常單調。天不亮就起床，先把羊欄裏的糞便清理一下，然後就開始擠奶。這裏天氣乾冷，手凍得難以伸展。剛來那幾天，我的手背都凍裂了，清晨風一吹，鮮紅的血滲出來，我忍受著疼痛擠奶。我不知道擠出來的是我的血還是牛的奶。我的臉也因這些天流淚太多而皴裂了。擠奶是件很累人的活落，我的胳膊累得酸痛難忍。一直到小晌午，才能把十幾頭奶牛擠完，等縣裏副食加工廠的馬車來了，把成桶的鮮奶拉走，才算完事。

我們的伙食非常簡單，聾老頭屋裏有一口鍋，地窖裏存放著蘿蔔白菜，取來用水（有一口土井，每次打水的時候，都得用井繩拴著吊桶往外拔）洗一洗，用刀剁一剁，下鍋一煮，加點油鹽就可以下飯了。乾糧都是打供銷社裏捎來的黃麵捲子。每隔三五天，聾老頭就到林集供銷社（相距三四里地）裏去一趟。

在這裏，白天的時間還好過，最難熬的是夜晚。天黑之後，牛羊入了欄，這裏真是靜得可怕。近處樹林子裏有貓頭鷹的啼叫，有時是哀鳴，有時是嘎嘎嘎地怪叫，好似人發出的狂笑聲。記得小時候，聽我姥姥說過，「不怕夜貓子（貓頭鷹的俗稱）叫，就怕夜貓子笑。」「夜貓子上宅，不定死誰。」因為有了這些記憶，總覺得它是一種不祥之鳥，每次聽到貓頭鷹的叫聲，都令我毛髮悚然，渾身起雞皮疙瘩。

這裏沒有電，就是煤油也輕易買不到。只有從供銷社裏灌來的劣質柴油，用來點燈照明。你知道我不能聞柴油的味道，所以，一到了晚上，我寧肯在黑暗中摸索，也不願忍受點柴油燈的氣味兒。漫漫冬夜裏，我只能躺在這張三條腿的破床上輾轉反側，心裏反反覆覆過濾文化大革命開始以來發生的大大小小的事情。

我想：在我們所有相識的同學中，大概沒有一個比我的處境更壞的了。不論是出身好的，還是出身不好的。為什麼我的命運如此悲慘？如你所言，果真是因為我的不安分造成的嗎？然而，我雖然上上下下求索，可我除了想求得一個棲身之處之外，並沒有過分的奢求啊！我只是祈求像一般人那樣生活，有吃的，有住的地方就行了。我既沒有觸犯別人的利益，也不曾存心與現實作對。可是，為什麼生活總是跟我過不去？為什麼一步步總把我往死裏趕、往火坑裏推？為什麼？我到底得罪哪路神仙了？

眼看春節快要到了，我把平時的一點積蓄寄給了母親，春節就不打算回家過了。春節是喜慶的日子，我不願意看到一家老小在別人家的鞭炮聲中垂頭喪氣、畏畏縮縮過年，以往過年那種可憐巴巴的樣子，我一想起來就心寒。

天色晚了，牛羊要入圈了。我已為你寫了不少，就此打住吧。

——記於一九七二年二月九日，農曆臘月廿五日

法慧：

現在是除夕之夜，遠遠近近有鞭炮聲傳來。

在這時候，很容易想見千家萬戶骨肉團聚、燭火通明、其樂融融的場面。那種闔家老小圍坐在一起，歡天喜地吃年夜飯的場景，那種溫馨和睦的氣氛，正好與我此時此刻的孤獨心態構成鮮明的對比。

記得老托爾斯泰在他的《安娜．卡列尼娜》的篇首有一句話：「幸福的家庭都是相似的，不幸的家庭各有各的不幸。」像我這樣的家庭，骨肉分離，女兒背負著「黑五類子女」的標誌，有家不能歸，孤身在外，淒淒慘慘戚戚，要過年了，連頓餃子也吃不上，這還不夠寒心的嗎？有誰會想到我此時此刻的悲愴心情呢？

法慧，我揣想，你此刻大概也回家安享著你的天倫之樂。你有溫馨的母愛，有兄弟手足之情，你該是幸福的。但不知此時此刻你是否想到了我？儘管我在孤寂之中，我仍然誠心誠意地為你祝福！

祝你春節快樂，闔家幸福！

雁琳

於七二年二月十四日除夕之夜

法慧，親愛的法慧：

我今天夜裏又經受了一場災難。

現在，我還驚魂未定。

這場災難是這場大雪引起的。

這場大雪從前天開始下，足足下了一天一夜，再加上肆虐的寒風，把積雪都吹到大堤下面來了。你知道，我住的小屋就坐落在黃河大堤下邊，從大堤上刮過來的風雪俯衝而下，把大堤南邊的低窪處都給填平了。我住的小屋上邊的積雪越積越厚，足足有一米多高。起初，我只知道用鐵鍬鏟門口的積雪，免得積雪把屋門封住，卻把屋頂上的積雪忽視了。約摸半夜時分，我覺得屋裏好憋悶，開門一看，是雪又把門口封住了。我趕緊拿鐵鍬來鏟，剛把門口的雪牆打通，忽聽得屋頂有咯巴咯巴的響聲。原來屋頂的椽條都是用細杉條做的，經不住積雪的重壓，開始斷裂。當我醒悟過來時，房頂已經開始下垂。我害怕了，束手無策。恰在這時，聾老頭披著蓑衣出現在我面前。我想衝進去抱出我的鋪蓋，被老頭子一聲吼叫制止往了。他一下把我拉開，自己衝進去不管三七二十一，把我所有頂用的東西一股腦兒抱了出來。幾乎就是他出來的同時，房頂整個都塌了下來，房頂上的積雪像山崖一樣坍塌下來，把整座房子都給淹沒了。

事後，我越想越害怕。如果我不起來鏟雪，或者聾老頭不來搭救我，我就會被整個地埋在雪裏，即使不被砸死，也必會憋悶而死的。到那時，我死了，誰也不知道。

在那以後，聾老頭回屋把他的鋪蓋抱開去，把我的鋪蓋安頓到那裏讓我休息。又給我熬了一碗薑湯，破例加了一點點牛奶（因為下雪，昨天的鮮奶沒能運出去；這老頭非常認真，平時從沒動過一點點）。他看著一口口喝下去之後，才肯離開。

由於鏟雪太累了，又加驚嚇了一場，我很快就入睡了。一覺醒來，天快亮了，屋子裏模模糊糊的。我四處搜尋，卻不見老頭子的蹤影。這麼冷的天，他會到哪裏去呢？我急忙穿衣起來，打開門，卻見老頭子就倚坐在屋門口，身上披著他那件老山羊皮襖，瞇縫著眼，似睡不睡。我被這情形驚呆了。一面拉他起來，一面止不住熱淚交流。在這時候，我該向他說什麼呢？即使說了，他也聽不見呀！

從那時起，一直到天明，我再也沒有一點睡意。我一次又一次地流淚，我腦子裏翻江倒海，想了很多很多。最後，我陷入了深深的思索，我思索著人生的要素是什麼？人，究竟是為什麼而活著？是為了愛還是為了恨？……

按照泰戈爾的說法，應該是愛，他說要愛大自然，要愛人類，人和人之間的關係就應該建立在相互信任、理解、體貼、關懷，總之是體現在一個愛字上。他的一生也正是這樣做的。中國的古代孟子也是提倡「君子仁愛之心」，宣揚「人性本善」。就連現在提倡的雷鋒精神，也是集中體現在一個愛字上。應該說，是愛支撐著人類社會的發展，是愛貫穿著人生的全過程。

然而，對於我來說，卻恰恰相反。我愛父母，而我的父母是不應該愛的；我熱愛生活，而生活卻不容於我；我愛我周圍的人，而周圍的人又幾乎都恨我，嫌棄我。有些人就因為我的家庭出身而將我劃入另類。毫不相干的人，雖相距千里之遙，就因為一張字紙上的政審材料，就可以將我拒之門外，恨不得一棍子將我打死。在平時的生活當中，有些人啥也不為，就是無緣無故地恨我。睜開眼睛，看看世界上，類似這樣的事情並不罕見，有的是背後插刀，有的是落井下石，人與人之間勾心鬥角、爾虞我詐，栽贓陷害置人於死地而後快的人比比皆是。你能說是愛支撐著人類社會嗎？你能說是愛貫穿著人生歷程嗎？

可是，如果反過來依照荀子的說法，「人性本惡」，人類本來就充滿著相互猜忌、嫉恨、仇視，因而就相互攻擊、殘殺。法國一個叫薩特的人也說「他人即是你的墳墓」，人和人之間關係是敵對的。那麼，生活中為什麼又有那麼多的愛？我的父母愛我愛得那麼無私；我的姥姥把我當成她的心肝寶貝，一直到老死都深深惦記著我；我小時候的同伴、上學時的同學，特別是高中三年的學校生活，那正是學習雷鋒、焦裕祿的時代，同學之間親如姐妹，包括榮寶芬，我們都是親密無間的；後來，我流落到新疆，那裏的任陶陶、小蘭、小蘋以及秀芳姐、小唐哥，都曾給予我無私的幫助；以至於麗娜、劉忠、黃玉蘭，還有宣傳隊的周隊長，德高望重的老魏局長，三支兩軍的首長們，雖然相處時間不長，但他們真心實意地同情我，為我鳴不平，為我的戶口、工作問題而四處奔走呼號，多少次令我感動得流淚。他們為我耗費的心血、為我付出的努力，這定將刻骨銘心、永不忘懷。

還有你。我雖然至今不能也不甘心接受你的愛，但六七年來，我切切實實感受到你一直是在真心實意地愛我。這一點我是堅信不疑的。然而說到底，你的愛並不能使我得到愛的溫暖。相反，卻使我內心因為不能也沒有資格接受你的愛而倍感淒涼。我與你是兩個世界的人，是互不相干的。我是星星，你是月亮；我們沒法相提並論。你除了更加重我生活的負載之外，並不能使我怎麼樣。總之，一想到你，我心裏就不是滋味。

再就是今天的聾老頭子。原來，我覺得他是個木頭人，直到今天我才知道以前錯怪了他。他又聾又啞，可心裏卻是這麼善良、這麼慈悲，我真是被他感動了。他多像一個年邁的老爺爺，在不聲不響中呵護著兒孫們，奉獻著對兒孫們的慈愛，而又不希求任何回報。

總而言之，說了半天，到現在我也說不清支撐著人類世界的究竟是愛還是恨？抑或二者都是，愛和恨交織在一起，盤根錯節，交相輝映。唉唉，這人世間的感情呀，真是沒法說得清。

天已大亮了，我得清掃牛欄裏的雪。就此止筆吧！

（我也分不清今天是幾月幾日）

法慧：

這幾天，天氣轉暖，冰雪消融，北邊那封凍了一個冬天的黃河也在開凌，即使隔著黃河大堤，也時常聽到那沉雷般的轟鳴。我想：黃河開凌，那情景一定是非常壯觀的。十幾里寬的河道，乍一開凍，那大塊大塊的冰山雪峰被水流推動著，相互衝撞、積壓，一邊發出鏗鏘的巨響，一邊攜著洪水滔滔東去，如萬馬奔騰，一定非常好看。

在這裏只有季節的變換，而沒有具體月日可以計算。我想起蘇軾的那兩句詩：「不知天上宮闕，今夕是何年？」這裏真好似天外人間。幾個月來，除了聾老頭和那位駛馬車的少言寡語的黑鬍子大漢以外，我幾乎沒見過其他人。與我作伴的都是這些牛羊，時間長了我發現牛羊也是有靈性的，這些靠人工飼養的動物慢慢地能通曉人性。那些奶牛（據說是從阿富汗進口的優良品種）性格溫柔可人，就像出身高貴的大家閨秀。每天清早它們就會自動地向人靠近，等待著讓人去擠它的奶。一旦擠完了，它們一個個又如釋重負，悠哉遊哉地走開去。而羊們就大不相同了，它們極好動，幾乎沒有安靜的時候。那些未成年的羔羊更是俏皮，從早到晚蹦來蹦去，不是把餵它們的草料搞亂，就是把水槽子弄翻，淌得滿地是水。這些羔羊好比是年輕小夥子，旺盛的生命力使得它們精力充沛、情緒亢奮，不蹦蹦跳跳就無法發洩體內的能量。我想，凡是有生命的動物都有它們的成長期、壯年期和衰老期。處於成長期的動物總是生機勃勃，充滿朝氣，熱愛生活，陶醉於大自然，富有自我表現的欲望；處於壯年期則變得勇猛剛毅，富有創造精神，建功立業往往都是在這個時期；而一旦到了衰老期，則變得慵懶、閒散、老成持重，有日薄西山氣息奄奄的況味。至於像魏武帝曹操抒發的「老驥伏櫪，志在千里，烈士暮年，壯心不已」則只能算作衰老期的迴光返照而已。

寫到這裏，想想我自己，我的處境連個小動物都不如。我所有的一點朝氣早被這幾年歲月的折磨消耗殆盡，就為了爭得生存和溫飽，我被逼迫來到這荒無人煙的牧場與牛羊為伍，肉體上的磨難，精神上的摧殘，都是令人難以忍受的。人是群體生存的動物，必須有精神上的交流。幸虧我還有這支筆，幸虧還有你這麼個所謂「知己」，當實在耐不住寂寞的時候，可以給你劃拉上幾筆。就連這我也沒法寄給你，只能留給我自己。我越來越感受到：這種與世隔絕的生活真不是滋味，作精神上的囚徒，比作肉體上的乞丐更令人難以忍受。

不知為什麼，近來，我雖然明知道你是不會給我來信的，可我卻時時巴望著你的信到。可見，人的感情和理智總是矛盾的。理智上十分明瞭的事情，在感情上總是不能毅然割捨。

我也時時想念我的父母和姊妹們，不知現在他們生活得怎樣？村裏幹部會不會又找他們的麻煩？我真擔心我們家會發生什麼意外。我父母的身體都很虛弱，這都是近幾年來的苦難所致。現在，他們再也經受不起新的打擊了。好比一架已經破損得嘎嘎作響的破車，本身已經難以支撐，如果再稍加一點負載，說不定就會一下子壓塌了架，一下癱瘓在那裏。我的家庭一旦出現什麼變故，即使他們精神上不崩潰，身體也會垮下來的。我真怕有什麼災難突然襲來。其實，我們家所承受的苦難已經夠多的了，政治上打倒在地，經濟上全面苛扣，都已經達到了極致，還會有什麼節外生枝的災難呢？

我自己棲身在這裏，時時牽掛著家裏，憂心忡忡，可又不能在那種環境下生活。這真是自相矛盾的事情，一想起來就叫我犯愁。

今天就寫到這裏吧！

（寫於初開春的一個晴日的午後）

法慧：

久不動筆，我這筆都有點要生鏽了。

時間這東西真怪，往前看，一分一秒過得好似很慢，可一旦過去了，回過頭來看，又覺得太快太快。同樣是時間，為什麼在感覺上會有這麼大的差異？

有時，我就猜想：眼前的時光是專為幸運兒設計的，而逝去了的時間是專為失意者製作的。這樣一來，那些幸運兒就可以盡情地享受咂摸品味現實生活給他們帶來的種種甜蜜；而那些生活不如意者，那些貧窮潦倒的人們便只有在過去了的時光裏得到些許的慰藉，當他們回首往事的時候，他會發出這樣的感歎：「哦，這一切總算是熬過去了！」任是千難萬難，終將會成為過去，終將會化為歷史。這樣，那些對生活不滿意的人們也就不會有太多的怨言了。

然而，凡事總不能兩全。當幸運兒回首快樂時光的時候，會因時光易逝而傷感惋惜，而生活失意的人向前看時會因前景黯淡而悲傷消沉。上蒼為了減少人們的抱怨，又即興創造了兩件寶貝：一是「人生如夢」，另一個是憧憬和幻想。前者是送給幸運兒的，後者則留給失意者。所以那些得意的人在回首往事的時候，往往有人生如夢、往事如煙的感慨；而那些失意的人總覺得有希望在前面。這恰如古希臘神話中「潘朵拉的匣子」的傳說。因為總有希望關在匣子裏，所以生活在世上的人不管生活多麼不如意，卻總覺得有希望和幻想在前面，因此也總是一輩輩一代代生生不息地傳承下去。

說起來，我這個人可悲就可悲在我極不善於幻想。我生活得太認真、太真實，從來就不知道什麼叫做「羅曼蒂克」（romantic）。一想到我的前景，總覺得一團漆黑、一塌糊塗，看不到一絲絲光明，因而，便只有消沉、悲觀的份兒了。

我心灰意懶，對生活毫無興趣可言。每天只是機械地幹完我所該做的事情，其餘的時光我都是對著藍天呆呆地發愣。

現在已到了仲春天氣，春草遍野，叢林葳蕤，雜花生樹，群鶯亂飛，到處都是綠茸茸春意盎然，大自然充滿勃勃生機，唯獨我的心卻灰得發白，我的情緒低落得像一潭死水。我不知道命運的流水會把我沖往何處去？

（寫於仲春的一個靜謐的深夜）

法慧：

我已經有好多天沒給你寫點兒什麼了。一是手懶不想寫，二是實在沒有什麼可說的。生活永遠是一個老樣子，像原始人一樣的，日出而作，日入而息，沒有波瀾，沒有故事。

多我進牧場那一天到現在，我沒有看過一行書，報紙當然更看不到。這裏只有「天文」、「地理」，有大「自然」，都是一本無字的厚書，一本永遠也讀不完讀不透的神祕的大書。

法慧，一想到你，我心裏湧上一股愧疚之情。我總覺對不起你，這麼長時間沒給你去信，連一點消息也沒給你。我已經欠你欠得太多太多。

我想，你肯定會責怪我，甚至會罵我的。你要罵就罵吧！其實，我自己心裏也很難過。就本心而言，我也並不想如此。但現實教會了我必須這樣鐵石心腸。說到底還是為的你好，為了讓你一身清白，不要早早地就因為我的家庭而沾連上「反屬」的污點，影響你的前途。我一說這些，你又要不耐煩了。那麼就不說。

近來，我常常失眠，一到失眠時，那夜就顯得特長，特恐怖。這裏距黃河只隔一道大堤，黃河的波濤聲如隆隆的雷鳴，越是到夜裏，聽得越是真切。我失眠時常想：它是不是在有意引誘我？在這裏，要想自殺是再容易不過的了，只消翻過大堤，照波濤洶湧處頭朝下一栽，不出五分鐘，就能得到永恆的安寧。從此後，人世間的一切紛擾，不論是寵與辱、恩與怨、愛與恨、窮與富……一切的一切都可以頓時化解為零。從此，再也不需要為生計而奔忙、為出身而煩惱、為安不上戶口而惶惑不安了。有時，我發起狠來，真想就此了結這一切的苦惱。但我不能捨去我的父母，還有你。於是，這綿綿的長夜，我只能在孤獨和黑暗中煎熬。我要問蒼天：這樣的日子何時是頭？何時是頭？

（寫於又一個深夜）

法慧：

我現在是在常鎮我家裏給你寫下面的文字。

首先，我懷著極其沉痛的心情告訴你，目前，我正在經受著一場巨大痛苦，我們全家正面臨著一場災難。

前天，聾老頭去林集供社辦什麼事情，回返時已經是傍晚，我正為歸欄的牛羊飲水，老頭子一進牧場就對著我咿咿呀呀地怪叫。我不知發生了什麼事情，只見他手裏舉著一件什麼東西，待我走近時才發現那是一封書信。我接過來看，信是我媽寄給我的。大約是由於位址寫得不詳（這怨不得我媽，是我沒告訴她），信在中途幾經輾轉，信皮兒已經破損得不成樣子。我迫不及待地把信拆開，上面僅寥寥數語，大意是說我爸爸得了病，要我立即回家去看望。

看了信，我心急如焚。我知道我媽的脾氣，如果爸爸的病不重，一般情況下媽媽是不會給我寫信的。既然叫我「立馬回去」，肯定爸爸的病很重。這封信不知寄出多長時間了，才到我手，真不知道爸爸媽媽要急成什麼樣子。我要立即趕回家裏去，恨不得身生雙翅，即刻飛到爸爸身邊。我草草收拾了一下，就打手勢告訴聾老頭家有急事，要我回去。聾老頭起初是瞪著眼睛發呆，當知道阻攔不下時又表示要親自送我。那時候，太陽已接近地平線，夜幕馬上就要降臨。從牧場到常鎮，有兩條路，一是直接順著黃河大堤向東，到孫家渡口，再向南順著一條戰備公路到程集，再折向正東，走十里土路就到常鎮了。另一條是從林集順公路直接到Y城，再轉向東北去常鎮，雖然都是公路，但要比順黃河大堤遠得多。我決定沿著黃河大堤走，儘管偏僻，可相對比來說，要比繞到城裏要近二十多里路。

聾老頭堅持要送我，推辭不下，只好依著他。天剛下過一場小雨，黃河大堤上道路泥濘。幸好靠南邊有新修的專運防汛物資的小火車道，我們只好踩著小火車道上的枕木往前走。我心有急事，腳步邁得快，而聾老頭畢竟歲數大了，走起路來氣喘吁吁。我幾次勸阻他，可他硬是不肯。我知道他有個強脾氣，便只好由著他。也幸虧他送我，不然夠嚇人的。黃河大堤兩邊斜坡上都是參天高的大白楊，樹葉嘩啦啦直響，時而有夜宿的野鵪鴣、貓頭鷹撲喇喇一陣響動，嚇得人毛髮直豎。

好容易走到孫家渡口，說什麼也不能讓聾老頭再送了。我用手勢告訴他：如果他再送，我就坐在地上不走了。沒法子，朦朧的夜色中，我看出老頭子不同意，他咧著嘴，像牙疼似的，嘴裏發出「唔唔呀呀」的聲音。我意識到他那顆善良的心的跳動，他那慈悲的胸懷是那麼深沉而博大，當時，我真想發之肺腑地呼喚他一聲「爺爺」。

後來，聾老頭看實在拗不過我，就從護堤小屋附近為我找了一根木棍，既可以做手杖，也可做自衛的武器，又比比劃劃地囑咐了我半天，這才看著我踏上備戰公路獨自向南走。為了給我壯膽，他還在後邊不時發出「噢——噢——」的叫喊聲，直到我回身看不到那灰濛濛的長堤了，還依稀聽得到那「噢——噢——」的呼喊聲。漫漫長夜裏，我又一次被感動得淚流滿面。

我第一次知道一個人走夜路，道路顯得那麼漫長。寂靜中時而有意想不到的響聲，每一響聲，哪怕是極微小的，也足以能嚇人一大跳。我又想起我在新疆工農兵大隊插隊時，深更半夜獨自在自留地裏幹活。那時，我當著小隊會計，白天隨大班子幹活沒空閒，只好晚上加班加點擺弄自己的自留地。那時，我也不知道害怕，漠漠大野，就我一個人翻地，每翻一鍬土得隨手舉起鐵鍬來把土塊砸碎，發出一聲極空洞的迴響。在我對面不遠處即是駐軍紅大樓的「一〇一」電臺，煞白的日光燈通夜亮著。時而有不知名的小野獸打我身邊竄過……那個時期儘管很苦很累，但因為有招工的希望在前邊等著我，我心裏還是充實的——我那時天真地認為：只要我表現好，群眾就會推薦我的——雖然後來還是失敗了。我現在呢，已經毫無希望可言，一切都是零。我現在的處境就好比我走著的這條路，前後一片昏暗，道路漫長，遙遙無期。我只是機械般地在這漫漫長夜裏辛苦跋涉，苦苦掙扎。至於我將走向何處？哪裏是我的安身之地？我含辛茹苦付出的代價，與我所要達到的目標成正比嗎？只有天知道。這時候，我真希望冥冥之中果真有個無所不知無所不曉的上帝，他能洞察人間的一切，他能以鐵的尺度來衡量評判人世間的是非曲直，凡是真的善的美的最後都能得個好的結局，凡是假的惡的醜的最後也因「惡有惡報」而得到應有的報償。如果果真是這樣，即便今天我受多大的苦，我也會毫無怨言了。

總之，一路上我想了很多很多，剛開始還有點害怕，後來我想到我的命運，想到這諸多的不幸，再加我急於要趕回家，急於要見到我的父親，看他得的是什麼病，這麼一來，我倒變得無所畏懼了。有什麼可怕的？有人說走夜路，近了怕死的，遠了怕活的。我說，我什麼都不怕。有死的，我願意跟他到閻王殿那裏去告狀，問問閻王爺為什麼讓我投生在這樣的家庭？要是有活的想要侵犯我，我就用這根木棒，還有我的牙齒，和他一死相拼，大不了丟條小命，也免得在這世界上老是受人歧視。

快到程集時，我的腿腳就邁不動了。可我堅持不停步，咬著牙關一步步往家趕。到常鎮時，天還未明。我使勁敲門喊門，我媽披衣起來，一看是我，她又氣又恨。氣的是嫌我到現在才來，恨的是我不該一個人走夜路子。我妹妹們也驚醒了，一家人抱頭大哭。我爸爸躺在床上，眼窩深深地陷進去，看上去與先前判若兩人。

媽媽把我叫到廚房裏對我說，爸爸得的是肝癌，只是他本人還不知道。最初，只是消化不良，身子懶，認為是胃不好，老是吃健胃藥。後來發低燒了，才不得不到公社衛生院去檢查。檢查結果很糟，醫生說：手能觸到一個不規則的硬塊，怕是已經到了不可救藥的地步了。媽媽不相信這會是真的，又進Y城到縣醫院複查了一下，結論是肝癌後期，確定無疑。這等於給爸爸宣判了死刑。媽媽一時經受不住這個打擊，才到商業局打聽到我在林集供銷社，急急忙忙給我寫了信。

面對著媽媽，我內心感到深深地自責。為了自己清靜，我獨自躲得遠遠的，剩母親一個人支撐著這個家。政治上的打擊，經濟上的拮据，女兒們都少不更事，再加上爸爸的病，媽媽一個人怎麼能受得了呢？我是這個家裏的長女，本應該作父母幫手的，卻逃離得沒有蹤影。我真是太自私了、太不通情理了。

今天暫且寫到這裏，媽媽在叫我了。

——雁琳寫於深夜

估計我得在家住一段時間。今天是一九七二年的五月九日，農曆壬子年三月廿六日，星期二。我終於回到時間觀念上來。

法慧：

一天到晚，我爸爸都是神色憂鬱，沉默寡言。

我爸不像我媽說的不知道他得的什麼病。他是個有文化有知識的人，像這樣嚴重的病症，他一定知道，只是不說而已。爸爸已瘦得皮包骨頭。打從文革開始以來，爸爸沒過過一天好日子。先是被紅衛兵揪鬥，戴高帽子，剃陰陽頭，體罰，遊街，坐噴氣式，掃大街，挖大糞，挖河修路，沒完沒了地出義務工，……數不清的懲罰，非人的待遇，全都受盡了。就是一個鐵人，也會在這些年的運動中蛻下一層皮的。更何況我爸只是一個性格懦弱的教書人，平生來就沒有脾味相投的摯友，在社會上也是一個孤僻的人。在家裏，我媽那脾氣你是知道的，稍有一點不如意，就會摔碟子打碗，一點兒不會體貼安慰人，我妹妹們又都少不更事，只有我是懂事的，可我又退避三舍，恨不得與他們脫離關係才好。這麼一來，我爸爸有苦無處訴說，只好盡往肚裏嚥。天長日久，憋在心裏的鬱悶自然要轉化為病。氣傷肺，怒傷肝。所以，我爸的肝癌便是在所難免的了。

現在，我真是可憐爸爸。我已把我一年來當臨時工的所有積蓄都交給媽媽，要為我爸治病，儘管明知道這病是治不好的，但至少能減輕一下爸爸的痛苦也是我作女兒的一片孝心呀！

——雁琳寫於五月十一日夜

法慧：

今天上午，我為爸爸收拾床鋪，從枕頭底下發現他在一份檢查中寫的自傳。以前，我只知道他參加過國軍（敵偽軍），但不瞭解這麼詳細。爸爸的自傳是這樣寫的：

《我的自傳》　肖舒

我叫肖舒，一九二〇年出生於Y城西關一富裕中農家庭。兄弟四人，我排行最小。一九三六年畢業於第一完小。

一九三八年十月參加偽軍委會政治部直屬第三政治大隊為預備隊員（在山東巨野縣）。一九三九年分配到第五十七軍一一一師六六七團二營三連任見習排長（在山東費縣）。一九四〇年調入山東省府軍政講習所學習，同年十一月加入國民黨。

一九四一年被派往山東保安二旅一團三營二連任指導員。

在此期間，主要罪行是從事反動宣傳，協助地方政府編制保甲制度、訓練保甲人員（在山東章丘縣）。

一九四三年五月，軍隊政治部改稱區黨部，我便改任區黨部助理幹事。

一九四六年又被改編為國民黨陸軍三十六師一〇六團，一九四七年被調往軍政部將十九軍官總隊學習（在濟南市）。

同年九月被派往第十二軍一一〇師三三三團二營任連指導員。

在此期間曾隨軍兩次進攻新泰、萊蕪解放區，所到之處，即濫伐樹木、亂拉柴草、強佔民房、毀壞橋樑，對人民的生命財產造成極大威脅。

一九四八年三月在山東兗州駐守，八月間人民解放軍解放兗州時，我被俘，入華東野戰軍軍官訓練團學習，遂釋放回原籍。

一九五〇年七月應Y城縣教育科招考，被錄取為九區李莊小學任教師。

一九五四年被提拔為小學教務主任，一九五六年升為小學校長。

……

關於爸爸的歷史問題，早在一九五三年肅反時他已向組織上做了交代，沒有任何隱瞞。可文化大革命中幾個造反派頭頭私下一嘰咕，未經法院、檢察院履行任何手續，就宣佈爸爸為「歷史反革命分子」，開除教職，戴帽管制勞動。要說冤枉，爸爸確實是冤枉的，但又不敢上訴，也沒地方上訴。一旦被造反派發現，便會變本加厲，整得更慘，那樣一來，我們家的日子就更沒法過了。

如今，爸爸病成這個樣子，村裏的當權派們還催逼爸爸天天去掃街。媽媽不敢得罪他們，只好自己天不明就替爸爸去掃街。我實在看不下去，就偷偷起床替媽媽去掃。

前天，我對媽說：「既然爸爸是冤枉的，我們何不越級上告？林彪事件以後，有許多冤案都是從上頭告下來的。咱先告到省裏，省裏不行就去北京。天底下總得有說理的地方。」

我媽說：「現在爸爸病得這麼重，還是侍候爸爸要緊，就是上告，也只能等爸爸的後事處理完了才行。」

媽媽說的也對，可是，難道就該讓爸爸背著這不白之冤死去嗎？

啊，我可憐的爸爸！到現在，我才知道，對爸爸來說，一切都晚了！

——寫於五月十六日夜

五月二十日記：

這兩天，爸爸的情緒煩躁不安，常常沒來由地發脾氣。我媽這時也不得不忍氣吞聲讓著爸爸，可她背後卻偷偷地抹眼淚。

媽媽這一輩子過的日子也好苦。

我姥姥家在濟南東郊一個叫刁鎮的村裏，家境貧寒，姥爺去世得早，姥姥一人拉扯一男二女。媽媽在三個兄妹中年齡最小，從少年就放羊挖野菜。十六歲那年正好爸爸所在的國軍部隊駐紮在他們村上，因生活所迫，姥姥將未成年的媽媽嫁給比她大九歲的爸爸。爸爸那時候是風流倜儻的青年軍官，被認為是前途無量的。當時也沒有什麼聘禮，充其量也只是送給媽媽一隻馬蹄形的金戒指（因媽媽是屬馬的）。結婚儀式是舉行的集體婚禮，地點選在濟南市很有名的燕禧堂。媽媽這一輩子最榮耀的大概也就是這一回了。在那之後，國軍節節敗退，不到一年時間，爸爸就被解放軍俘虜了。

據說，我出生的時候正是爸爸在軍官俘虜營受訓的時候，媽媽在姥姥家坐月子還指望爸爸用軍車去接我們母女倆呢。哪裏想到，盼來盼去盼到一九五〇年，去接我們的卻是一個被遣送回原籍的、穿一身灰不溜秋衣裳的無業者。媽媽抱著我大哭了一場。媽媽跟隨爸爸回到Y城老家來，那時候爺爺已過世，家境破落，地無一壟，只有坐落在老城牆腳下的兩間破土房，成了爸媽的安身之處。幸虧正趕上縣文教科招收小學教師，爸爸和媽媽雙雙被錄取。後來，媽媽因文化水準太低，難以勝任，不得已才調到供銷社當營業員（因為一開始是小學教師出身，所以在供銷社媽媽一直是幹部身份）。媽媽是個剛強人，幹什麼都有股子強勁兒。那時候供銷社裏女職員很少，媽媽為了不被人歧視，幹什麼都和男職工一比高低。十幾年間，媽媽連年被評為先進工作者、三八紅旗手，多次參加縣裏的勞模表彰大會。如果不是文化大革命爆發，如果沒有爸爸的冤案株連，媽媽會成為一個很好的業務員的。可事與願違，爸爸事出之後，媽媽隨即被供銷社勒令退職。從此之後，一家人斷了經濟來源，為了生活，媽媽又拾掇起縫紉活，為人剪裁衣裳，兼做自行車褡子、鞍蒙子、小學生書包、鞋墊子等，求小賣部裏為之代賣，以此來換取微薄的收入，支撐一家人的吃穿用度。這七八年間，媽媽真是夠苦的，成天起五更睡半夜，光是縫紉機頭就磨壞了兩三個，媽媽出的力真是沒法說。這還不算，最煩人的是受人欺負。早先我在信中對你說過大小隊幹部對母親的刁難，村裏的其他縫紉同行對母親的嫉妒。她們名義上是請母親為她們當老師，目的是想拿著母親當招牌，只等把她們教會了，生意好了，就一腳把我母親踢開。這種「卸磨殺驢」的行徑多少次把我母親氣得要死。

就在昨天下午，還發生了一件令人氣憤的事情。公社駐常鎮工作組裏有個姓季的，這人以前與我媽認識，這次來到常鎮打著為我二妹找對象的幌子一次次來我家騙吃騙喝。你知道，我二妹三妹年齡都不小了，婚姻問題迫在眉睫。因我父親的影響，我二妹已被人家甩過一次了。在那之後，雖有幾個上門介紹的，男方都是常鎮村上的。我二妹在我們姐妹五個中長得最好，所以，在我二妹身上打主意的人也最多。可我媽惱壞了這個村子，寧願把我們姐妹都嫁到天南海北最偏遠的地方，也決不想跟這個村上的人家成婚。這個老季正巧又是介紹這個村裏的，還說人家多麼富有，多麼有才幹，小夥子長得有多出眾。任他說得天花亂墜，都被我媽回絕了。可他昨天又來，而且是專揀晌午頭來，來了就賴著不走。我媽把為爸準備的幾個雞蛋給他炒了菜，還專門到供銷點裏買了一瓶酒。這傢伙吃飽喝足了還是不走，坐在我媽做活的對面，自吹自擂地數說著他是多麼可憐我們家的處境，在某某場合某某當官的面前為我家鳴不平。言外之意，還是要我們感激他。我媽不是那種不識好歹的人，該感激的她總是千方百計感謝人家。即使是毫不相關的人，只要不歧視我們，我媽就要感謝人家的知遇之恩了。俗話說：「杯水之恩，湧泉相報。」我媽正是這樣的人。可這姓季的傢伙得寸進尺，蹬著鼻子上臉，越來越不像話了。他喝多了酒，坐在椅子上，往後仰靠著，把兩隻腳蹺到我媽做活的縫紉機板上。嘴裏叼著煙捲，兩個鞋底一下一下地磕碰著，一副專橫跋扈的樣子。當時，我和二妹正在裏間屋裏鎖扣眼，對外間屋的一聲一動都聽得真真切切。我實在是忍受不下，幾次要衝出去把那傢伙趕走。可我二妹死活攔住我不讓我聲張。她說，這傢伙心狠手毒，文革中全指望打砸搶上來的，咱可惹不起他。我聽出媽也是心煩到極點，而又不敢顯露出來，還強打精神陪著說好話。我真替我媽難受。就這樣，一直磨蹭到天黑，媽媽又拿出一個鞍蒙子和幾雙鞋墊子賠上，才算送瘟神似地把這傢伙打發走。關上門回來，媽媽一頭倒在床上哇哇大哭。我知道剛強的媽媽嚥不下這口窩囊氣，她不把心裏的冤屈哭出來是不算完的。一見媽媽哭，二妹和三妹，連年齡最小的弟弟五妹也跟著一齊大哭起來，一家人跟號大喪似的。

唯有我不哭。當時不知為什麼，我哭不出來，我心裏只有恨，只有屈辱。我覺得哭已經不足以表達我內心的憤怒。哭也是無能的表現。哭本身就是屈辱。

我來到爸爸屋裏。爸爸雖然躺在床上，可他並沒有睡著，隔壁屋裏發生的事情，他一定會知道的。那時，爸爸正面朝裏好像在讀張貼在牆上的報紙。爸爸肯定是偽裝的，他心裏一定不會比我們任何一個人心裏好受。按說，最痛苦、最屈辱、最有負罪感的就是爸爸，而他又完全是無辜的。

法慧，讀到這裏，難道你不為我們一家所蒙受的屈辱而憤慨嗎？

夜已深了，止筆吧。

六月二日記：

爸爸的病情日漸沉重，我整天為爸爸請醫拿藥，侍候爸爸，忙裏忙外，竟沒時間也沒情緒為你寫點兒什麼，你該不會介意的吧？

六月十一日記：

今天是農曆的五月初一，正是麥收大忙的時候，媽媽、妹妹們都隨社員一道下地割麥子去了，要不是爸爸病重，我也不會在家閒呆著。

爸爸的病況一天比一天加重。十天前開始出現週期性的腹瀉，近日又出現腹水，通身浮腫。爸爸已清楚他將要不久於人世，神情變得異常憂鬱，白天和晚上睡眠都極少，目光常是定定地凝視著一個地方，半天不動，像是在沉思什麼。我很想知道他心裏想的是什麼，可他老是守口如瓶，一個字也不說。自我記事以來，爸爸就是個沉默寡言的人。所以媽背後總是稱呼我爸是個「死疙瘩」。

我想，爸爸內向型的性格可能跟他的整個身世有關，是後天形成的。特殊的經歷才鑄就了特殊的性格。而在我們眾姊妹中一個個都是外向型性格（除二妹相比較而言稍微內向一點），這都是繼承媽媽的遺傳基因。由於性格的差異，爸爸就顯得很孤獨，從早到晚，都是他一個人獨處。

這兩天，我總是想和爸爸多說幾句話，一是想幫爸爸提一提精神，名得他老是那麼憂鬱；二也是彌補我先前與爸爸溝通太少的缺憾。爸爸一生坎坷，肚子裏一定有不少苦水，臨死之前，讓他往外倒一倒也是好的。無奈爸爸好似一個木頭人，問半天也難得換出一句話。

六月十三日記：

今天爸爸體溫比平日高，達攝氏三十九度多。醫生說：這可能是肝體局部壞死所致。又說：他活著的日子大概不會太久了。

打今天起，媽媽已張羅著為爸爸操製壽衣。一看見那些杏黃色的布料，我就心寒。莫非我爸爸真的就這樣離開人世嗎？

六月十五日記：

今天是農曆五月初五，端午節。一早就有賣粽子的在街上叫喊。我為爸爸買了兩個粽子，把葦葉剝去，遞給爸爸。爸爸似乎食欲很好，但也只吃了一個，另一個說什麼也吃不下了。

六月十六日補記：

昨天，爸爸吃過粽子之後，接下來就腹疼不止。疼得遍體流汗。媽媽急得呼天搶地，一連聲地埋怨我不該讓爸爸吃粽子，不是粽子不好，就是吃粽子撐著了。我也不知道怎麼辦才好。後來請來了醫生，醫生說：這是爸爸病灶惡化的表現，大約是癌體擴散，影響到胸腔、腹腔疼痛。這和粽子關係不大，如果說有關係的話，也只能說是誘因，或者是巧合。這才算為我解了圍。

今天，爸爸精神好一點，說的話也格外多。他說：他年輕時也是渴望進步、嚮往光明的。他說「七七事變」那年，他曾參加過當地的救國救亡運動，還曾為抗日前線的軍隊搞過募捐，他有愛國熱情，也是想報效祖國的。無奈，卻投錯了門庭。那時候，他也看出了國軍的腐敗，但是一旦進入了那個營壘，就身不由己了。一九四八年八月在兗州被俘時，解放軍首長看他年輕，又有文化，曾三番五次勸說他加入解放軍行列。可爸爸一心想回到老家去，一切從頭做起。假設當時爸爸就參加解放軍，那麼後來這幾十年肯定會是另一種境況。爸爸說，他自己並不後悔，歷史是不容許假設的。他說這是自己的認識的侷限性，這是怨不得別人的。他在後來的歷次運動中對自己的歷史毫不隱瞞，本想沒什麼大礙，卻想不到一場文化大革命會形成這種局面。說到這裏，爸爸已累得喘不過氣來了。

今天是我回家一個多月來第一次見到爸爸這麼亢奮。我擔心這樣會加重他的病，所以我勸他把情緒穩定下來，有話明天再說。

六月十七日記：

今天上午，爸爸吐了幾口血。媽媽嚇壞了，趕忙請來醫生，醫生診斷為胃出血，是肝癌後期的併發症。

六月二十日記：

爸爸接連吐了幾天血，身體越發虛弱。浮腫的臉毫無血色，黃得像一張火紙。媽媽提出給爸爸輸血，醫生說，到這種成色了，輸血也無濟於事。但那也不能眼看著爸爸等死呀！

到目前為止，為了給爸爸打針、吃藥，家裏所有能變賣的東西幾乎都賣光了。包括幾十年前爸爸送給媽媽的那枚馬蹄形的戒指，家裏養的老母雞，還有弟弟妹妹沒穿破的舊衣服，全都拿出去賣了。下一步就只好借了。媽媽一生剛強，從來沒向人家張口借過錢，可是為了爸爸，她準備明天就進城去，找她過去的老同事想想辦法。

這時候，我只恨自己無能。如果能賣血的話，我甘願以自己的血液換錢為爸爸治病。

六月二十三日記：

昨天，爸爸精神又好一點，差我到大隊衛生室為他找幾張《參考消息》看。看報的時候，他破例抽了幾口煙。一直到夜裏，爸爸精神還好。媽媽要替我守夜，爸爸不讓，他說他有話要對我說。

開始，爸爸問我：「今天是文化大革命爆發第幾個年頭了？」

我說：「該是第七年了吧。」

爸爸說：「他長期處於運動之外，本不該談論時局。」可中國有句古語：「鳥之將亡，其鳴也哀；人之將死，其言也善。」他有些想法將來也許會得到驗證的。他說，文化大革命，顧名思義，本該是純粹意識形態方面的革命，可後來演變成權力之爭，動輒整人，跟原來的初衷相悖。現在問題出來了，一是多方樹敵，積怨太多；二是經濟上傷了國家的元氣。

爸爸說：「國不富，民不強，焉談政治？將來無論哪些人當權，首要的必須發展國家實力，才是正著。」

爸爸還說：「現在的人都戴著甲冑，敢於說真話的人越來越少了。」

爸爸說這些話的時候，我看到爸爸眼裏閃著光華，一種睿智的光華。我忽然回想起文化大革命前的幾年，也就是我們正在上高二高三的時候，我每次從一中回家，爸爸都非常關切地問這問那，問Y城城裏的消息，問我們的學習和生活情況。那時候，爸爸正當著公社中心校的校長，權力雖然不大，但他對當時正在探索中的中小學教學改革是非常關心的。有一次，我對爸爸講起我們一中借全縣招開貧下中農代表大會的時機，學校號召我們走出課堂，到大會代表住宿處為代表迭被子、洗衣服、掃地。爸爸聽了很生氣。他說：如果把教學改革僅僅侷限在為貧下中農做好事上，那就把教改庸俗化了，是非常要不得的。他說：有些人就會投機取巧，專投上級所好，搞一些形式主義的東西。殊不知，這樣搞的結果既扭曲了教改，客觀上又誤人子弟。那時候，爸爸精力旺盛，氣沖牛斗，總想把他管轄的教區小學辦成第一流的。但是正當他全心全意關注教學改革的時候，文化大革命開始了，他還沒來得及看清形勢，就一下子被打倒了。

最後，爸爸談到他自己的事，他說：「我的事是政策使然，不是哪一個人造成的。要解決必須靠上頭。」

爸爸對我說：「你受的教育多，又是姊妹中的老大，將來能為我申冤的也只有你了！」說這時，爸爸眼裏汪著淚水。

我忽然覺得爸爸的形象並不是以前看得那麼猥瑣，而是一個正直的人，一個有覺悟的人，是現實對他太不公平了，是現實把他的性格扭曲了。所以，將來，如果我有能力，我一定為爸爸鳴冤叫屈，為爸爸的身世爭個清白，不達目的，我決不甘休！

六月二十七日記：

連日來，爸爸的病情加重，時有高熱，持續不退。醫生只能採取對症治療，疼痛厲害時，就注射杜冷丁，發高燒時就打退熱針。

看著爸爸那痛苦難熬的樣子，我又不能對他有任何幫助，我心裏非常愧疚。假如疼痛能夠替代，我情願替爸爸受苦受疼。假若人的壽命能夠借支，我情願把我的年華轉讓給爸爸，讓他能活到為他平反昭雪的那一天。

七月三日記：

近日爸爸精神倦怠，嗜睡，即使大白天也睡個沒完沒了。對比前些天那疼痛時的煎熬，這樣似乎要好一點。但是醫生說：這是深度肝昏迷的表現，估計他的生命已危在旦夕。

法慧，此時此刻你不知道我心裏有多麼痛苦。以前我不瞭解爸爸，只是盲目地恨他、嫌棄他，現在，當我真正能夠理解爸爸的時候，他又要帶著不白之冤默默地離去，而我又不能幫他做任何事情。我心裏能不痛苦嗎？

當這一切都不能如願的時候，如果能讓我在父親病榻前多服侍一些時日，對我這個做女兒的來說，至少也可以讓我心裏多留一點點慰籍吧？而連這也不能，豈不讓我更加痛肝裂肺嗎？

我心裏一遍又一遍地禱告：爸爸，您能諒解女兒嗎？

七月七日記：

今天天氣燥熱。

爸爸已有三天湯水未進了，只是一味地昏睡。即使在睡夢中，爸爸也必是痛苦的。這從他那身上肌肉的顫動和面部神經的痙攣可以看得出來。而且每隔十幾分鐘，爸爸便深深地歎一口氣：「唉——」，聽那聲音，彷彿平日裏要做什麼事情而沒有辦成時發出的那麼一聲歎息……

七日晚又記：

爸爸終於去世了。

從黃昏時分，爸爸就進入彌留狀態。呼吸越來越緊促。媽媽趕緊把姊妹們叫到床前。約摸到掌燈時分，爸爸掙扎了一下，像是要翻身的樣子，接著睜開眼，迷迷濛濛的目光，依次在我們臉上流覽一遍，我真不知道如何才能把爸爸那一刻的複雜眼神描述出來，那目光裏既有平日的愧疚和乞憐，又有對我們難分難舍的依戀和惜別。

最後，爸爸把目光停留在我臉上，放在胸口的手動了一下。我趕緊把手伸過去，爸爸握住我的手，張開的嘴唇翕動著，但是已發不出聲音。我不知爸爸要說什麼，只是從那迷茫的眼神裏讀出來，大概是重複說我是姊妹中的老大，一切都指望我了。我一時哽咽，不知說什麼好。媽媽先哭了。媽媽的哭聲彷彿為我們姊妹們撬開了慟哭的閘門，姊妹們全都失聲痛哭起來。就在這哭號聲中，爸爸咽下了最後一口氣。

現在已是深夜或是八日的凌晨，爸爸已穿好壽衣、覆蓋著白色的蒙臉紙，平躺在靈床上。靈床前頭置一盞長明燈。此刻，我就是一邊守護著爸爸，一邊湊著長明燈的光照為你寫下這些文字。我身邊還有三妹和小弟。媽媽怕我一個人害怕，讓他們陪伴著我。其實我不會害怕，爸爸活著時是愛我們的，即使死了也會對我們懷著一片愛心。我為什麼要怕呢？現在，最遺憾的是，爸爸已聽不到我說的話了，如果他能聽到，我願意把我心中好多的話說給他聽……

七月十五日補記：

法慧，這幾天光為爸爸的後事奔忙，到今天才算抽出時間為你寫點文字。

爸爸去世後，為爸爸遺體的安置，我們又犯了難。爸爸的出生地是在Y城西關。那裏現在已無人，幾個兄弟早已離世，幾個侄兒也不知所向。原先的祖塋早被前幾年農田規劃時給鏟平了。既然沒有了墳地，便無處可安葬。在這種情況下，只好以新式喪葬法——火化。最初去火葬場聯繫的時候，因爸爸的政治身份，火葬場不予接受。後來，又偽稱爸爸是無兒無女的孤寡老人，發不起喪，所以申請火化。火葬場這才勉強接受。

陪同爸爸遺體前去火化的只有媽媽一人。我和姊妹們被迫留在火葬場的大牆外面。當那聳入雲端的煙囪冒出嫋嫋青煙的時候，我們姊妹們號啕大哭。我一邊哭泣一邊心裏禱告：如果人死了之後當真還有魂靈的話，我希望爸爸的靈魂能順利地抵達天國。以爸爸平時的為人和坦蕩的襟懷，他應該得到在人世間所得不到的安寧。

爸爸，您安息吧！

從火葬場回來的路上，最年幼的小妹忽然問：「沒有爸爸了，我們家就不會再受欺負了吧？」一句話，問得媽媽和我張口結舌。可愛的小弟小妹，你們哪裏知道人世上的這些深奧道理？我和媽媽又怎麼能用三言兩語說得清楚呢？

的確，爸爸去世以後，在家裏，我們老覺得少了什麼。以前，有爸爸在，他那高高瘦瘦的身影不時出出進進，儘管他無論幹什麼都是默默地，悄悄地，很少弄出聲響，但我們心裏都對他懷著一肚子怨氣——都是因為他，搞得這個家不像家，人不像人。現在，沒有爸爸了，這一切該隨之消失了才是。可是，不然，爸爸人不在了，爸爸的影響依然存在，好像爸爸的幽靈不散，爸爸的陰影依然籠罩在這個家庭的上空，依然滲透在我們每個人的心坎裏，揮之不去。

我下決心要為爸爸的冤屈辯白，了卻爸爸的宿願。從現在開始，我就要著手這方面的準備。首先是籌集路費。爸爸生病期間，媽媽去城裏同事那裏借了五百塊錢，我們得想法子把這份債還了。然後，再積攢錢做為將來上訪的路費。

經過幾個月的磨難，我媽又消瘦了許多，眼皮浮腫，下邊的淚囊特別突出，鬢髮也驟然白了許多。

為了安撫好媽媽和弟妹們，我在家裏多住了幾天。現在，我必須再回到林集牧場去，為掙那三十塊的臨時工錢而去。我一去，媽媽自然又勞累些，也孤單些。她本心裏想留住我，但又說不出口。

今天下午，我已偷偷地收拾我的行囊，明天一早，一家人又要灑淚而別。寫到這裏，我的心又格外難受，這淚水又一串串流淌下來。

法慧，這個記錄我半年來生活經歷的小本子權且留在家裏，將來由我媽轉交給你。——順便說一句，你以前寫給我的全部書信，包括從新疆帶回來的，都全部裝在一大牛皮紙袋裏，悉數由我媽保管。

你還是不要給我寫信，郵遞員是不上牧場去的，你寄了信我也收不到。有話留待以後再說。

再見吧，法慧，祝你各方面都好！

也祝你全家好！

雁琳

寫於一九七二年七月十五日深夜

二二九、盧法慧致肖雁琳

雁琳：

伯父去世的噩耗，我是最近才聽榮寶芬告訴我的。

對於伯父的去世，我和你同樣悲痛。

伯父的一生非常不幸。少年喪母，青年歷經坎坷，雖曾有過抱負，但又錯投國軍，十幾年的戎馬生涯雖無重大罪孽，但客觀上是走向人民的反面，致使他的後半生背上沉重的歷史包袱，挨整挨鬥，受盡了體罰和凌辱，而且株連家庭及其子女。這對於一個頭腦冷靜的男人來說，壓力是無法比擬的。漫漫七八個寒暑，伯父之所以能挺過來，也多虧了他的沉默和頑強，否則，早就自暴自棄了（社會上那些耐不住折磨而自縊、自溺、跳樓、服毒……的還少嗎？）。然而，好比一支蠟燭，自身的能量總是有限的，哪能經得住長年累月的煎熬，能量耗盡了，自然也就油乾燈滅了。

伯父的去世對他本人來說也許是福分。以佛家的學說解釋，人的死便是超生，人生好比是苦海，人死了就是超度苦海，到達了「西方極樂世界」。那裏自然是「無成分論」的，人人平等。從這一點來說，我們對伯父的死就不要過分悲痛了。

晉代詩人陶淵明在《輓歌辭》中說道：

親戚或余悲，

他人亦已歌，
死去何所道，
托體同山阿。

人死了之後，能與山阿同在，這也就不錯了。中國有句古話，叫「視死如歸」。其實，說白了，死就是歸，就是回本到出發的地方去。人活一世，任是再榮耀、再顯赫，抑或是再窮困、再潦倒，九九歸一，最終都是「撒手人寰」，回本到原始狀態，人和人之間沒有任何差異。從這一點說開去，人活著的時候其實就沒必要苦苦地奮鬥和抗爭，一切都是徒勞。這正如我們在高一數學課上學的解三元一次方程組，結局（答案）既然早就定了，費那麼大勁兒解析它，還有什麼意義呢？

說來說去說玄了。

你留給我的小本子，我是流著淚讀完的。你這半年來的流放生涯令我發自內心的同情和憐憫。你真是太不幸了。半年多來，我天天盼你的來信，幾乎是望眼欲穿。有幾次我打算乘車去林集牧場找你，又唯恐你顧慮太多，惹你不快。我也想冒冒失失地向牧場發信，一是擔心你收不到，二也怕你惱怒下來，怪罪我大逆不道。因此，我寫了撕，撕了再寫，多少相思耗盡，空有一腔情。我內心的孤獨與誰訴說？說真的，那時，我真真是恨你恨得咬牙切齒！

看過你的小本子之後，我又釋然了。一切的怨恨和煩惱都被你那淒切哀傷的傾訴而化解了。我能體諒你彼時彼地的心情。

而這封信，我是經過了再三斟酌之後才寄出的，並且在信封上懇求郵遞員一定親自送到林集牧場。如果因此給你招來某些不便，我也只好俯首向你賠禮道歉了！

我極希望能恢復我們的通信聯繫。我再也不能這樣孤獨下去了。

平心而論，你不是也深感寂寞、亟需交流的嗎？好雁琳，就算我哀求你了，還不行嗎？

Fa-hui
寫於一九七二年八月二日

一三〇、肖雁琳致盧法慧

法慧：

從投遞員手裏接到你的信，我又氣又恨。我曾再三關照你不要給我寫信，你還是不聽。我好不容易平靜下來的心情又被你打亂，莫非你還嫌我內心的苦痛不夠麼？你還覺得我超負荷的壓力不足以喚起你的惻隱之心麼為免卻你的孤獨而讓一個遍體鱗傷的人陪綁，你好狠的心啊！

回牧場不幾天，供銷社的羅主任差人把我叫到供銷社來，因為供銷社的人事祕書不擅長寫材料，讓我為他「捉刀」。用官話講，就是要我當祕書的祕書。可我僅是個編外臨時工——別的臨時工的工資都在工資表上，可唯獨我的工資必須打白條領取。因此說，我在這裏絲毫沒有人的尊嚴可言，我僅是一個打入另冊的人，是個黑人。如此而已。

我僅充當一個寫文字的工具，有任務下來，就吩咐我到辦公室照人家的指令抄抄寫寫。祕書是個半文盲，倒是黨員、幹部、學習毛著積極分子，又是文革中的造反派，在供銷社裏很有實力。他分派我幹什麼，從來不用商量的口氣，都是頤指氣使，滿副居高臨下、盛氣凌人的樣子。我在這樣的人手下，也只有忍氣吞聲的份兒。平時，除寫材料之外，也為他們拾掇點兒雜活，比如：掃地，打水，來客人的時候為客人沏茶，都是侍候人的活兒。你知道我這種人的脾氣，幹侍候人的活極不稱職，不要說心情不悅，就是臉上那三分笑，我也裝不出來。怨不得在新疆時，秀芳姐說我是「小姐身子丫環命，心比天高，命比紙薄」。這話算是說對了。

在這裏沒事幹的時候，就派我到鹹菜組跟工人幫忙醃鹹菜，翻來覆去地倒缸。我的手就成天泡在鹽水裏。連日來，我的雙手都被鹽水蝕紅了。現在我才知道，我在這裏僅是個醃鹹菜的日工，連供銷社的職工家屬都不如。

我很想念城裏的那些同伴們。你見過老魏局長麼？還有宣傳隊的周隊長、劉忠、麗娜、玉蘭等姐妹們，代我向她們致以問候。

你這半年來情況如何？如來信，只可三言兩語，不要長篇大論，更不要信口胡言。這裏人多嘴雜，萬一被別人拆了信，又要招惹是非。

地址真實性就寫「林集供銷社鹹菜組」好了，免得人家不知道哪裏冒出來個肖某某呢。

祝你

一切都好！

肖雁琳

一九七二年八月十日寄

一三一、盧法慧致肖雁琳

雁琳：

你既要我坦白交代半年來的情況，又想知道老魏局長及宣傳隊諸多姐妹們境況如何，這一切還必須在「三言兩語」中完成。我可沒那個本事，打死我也做不到。我認為，要麼真個就是三言兩語，說到哪是哪，末了來句「欲知後事如何，且聽下文分解」；要麼呢，就是該咋說咋說，「聽我慢慢道來」。二者必居其一。今天，我且擇其次——慢慢道來，那就不管它是幾言幾語了。

先交代我自己：說我就離不開你，因為沒有你的音信，所以我就成天價苦悶、寂寞、孤獨、哀傷、彷徨，甚而至於淒淒慘慘戚戚，惶惶不可終日。

「強樂還無味」，「為伊消得人憔悴」，這兩句詩最能體現我當時的心態。想見你而不得，只好埋頭在藝術中尋求精神寄託。半年時間裏，我先後臨摹了美國佐治・伯里曼的《藝用人體結構》、賀天健的《水墨山水畫法》，還有賀友直、華三川、劉繼卣三人的人物連環畫冊。我在重點專攻中國畫的同時，兼學西洋畫法，搞了幾十幅像模像樣的鉛筆素描，還臨摹了幾十幅粉畫、油畫，長進的確不小。今年麥收期間，我隨公司組織的支援「三夏」工作隊下鄉，在農村搞了幾幅麥收場景的速寫，斗膽寄給省《大眾日報》文藝副刊一試，居然有三幅給登了出來。這真是我始料未及的事。如此一來，更增加了我搞美術的自信心，沒黑沒白地臨摹、寫生、創作，簡直入了迷。這半年時間，我酷愛美術達到發狂的程度，我覺得藝術殿堂正在向我遙遙招手：「來吧，小夥子，這裏才是你的人生樂園！」

真的，雁琳，你不知道我對藝術是多麼的著迷。我認為世界上不會有比從事藝術創作更高雅、更愜意的事情了。藝術萬歲！我發誓，我要把畢生的精力都投入到藝術創作中。

然而，就在我酷愛藝術的時候，公司領導找我談話，要我接替公司裏的統計員工作。我聽了之後如五雷轟頂。你知道，阿拉伯數字對我來說是最枯燥最乏味的了，說什麼我也不想接替這個工作。經過再三推辭，公司領導暫時做了讓步。但公司人員緊，美化宣傳工作占不著一個專職人員，即使不幹統計，也得幹其他的兼職。言外之意，我不能再像現在這樣埋頭於藝術領域。百貨公司是搞經營的，可不是培養畫家的溫床。如此一來，我好比被潑了一盆冷水。我忽然明白了：這裏畢竟不是我的安身之處，要想在藝術領域有所深造，就必須找到更適於我生長的土壤。到哪裏去呢？文化館倒是文人薈萃的地方，但我目前還僅是一名學徒工，還沒有轉正定級。上級有明文規定：在學徒期間是不能調動工作的。將來，即使轉正定級之後，我也僅是職工身份，職工是不能調入事業單位的。怎麼辦好呢？近期我很發愁，為我現在的處境憂心忡忡。

老魏局長現在仍在多種經營辦公室，明確是一把手，其實沒有多大權力。人人都知道老魏局長調離商業局是受人排擠，但又毫無辦法。

你們「毛澤東思想宣傳隊」的成員各奔東西，老魏局長調離之後，好比是「樹倒猢猻散」，宣傳隊成了空架子。我倒是見過劉忠、玉蘭她們，生活得都不怎麼如意。周隊長聽說被原單位派出去當採購員了，三四個月才回來一次，人瘦得跟螳螂似的，藝術細胞再多能頂什麼用！

曾見過幾次榮寶芬，她每次都關切地探問你的情況。

好，說得太多了，早超出你的清規戒律了，就此打住。

愛你的：法慧

一九七二年八月十五日

（又是農曆的七月初七，作何感想？）

一三二、肖雁琳致盧法慧

法慧：

收到你八月十五日的來信。

你酷愛藝術是好的，但不要因為酷愛藝術而排斥其他的。當公司領導派你幹統計工作的時候，你不應該推搪。哪有盡按自己的意願行事的呢？你怎麼忘了你待業時是什麼心情？那時候，隨便給你點工作幹，你也是求之不得的。可是到了現在，你地位一變，心就變了，變得挑三揀四了。我認為，你這樣可不好。但凡有點工作幹，也就行了。況且統計工作也是商業工作的重要一環，要幹好它，同樣是大有作為的。這是一。

第二，你不安心在百貨公司工作，卻想著文化館好，當知道調動不容易的時候，竟大言不慚地說什麼「為你的處境憂心忡忡」。我想你該不是故意說給我聽的吧？你是什麼處境？——得隴望蜀的處境。我是什麼處境？你為我著想過嗎？我工作毫無著落，連戶口到現在還在那裏懸著，我好比是一個黑人，不得不四處流浪，連落地生存的權利都沒有。

你就不覺得對我說這種話有點兒犯忌諱嗎？如果說你故意用這種話來影射我、挖苦我，也未免冤枉了你。反正，你就不該說這種話，至少至少，不該向我說。連瓜田李下的忌諱都不懂。

你還是安心做你的工作吧！不管領導委派你做什麼，你都要千方百計做好。不要辜負領導對你的期望。

你兩次來信中都提到榮寶芬，她現在怎麼樣了？我倒是也很思念她。

你問我「七月七」有何感想，我什麼都沒有，心如止水。若說有，天天都有。只是習慣了，習久成自然，所以也就漠然了、麻木了。我現在沒資格談這類的感想，這你是知道的。

如無要事，就不必來信。

雁琳

遲覆於八月二十九日

一三三、盧法慧致肖雁琳

雁琳：

你這人慣於耍弄手腕，你前頭剛問榮寶芬怎麼樣了，後邊接著就來「如無要事，不必來信」。在人家看裏，你的雞毛就是令箭，你咳嗽一聲就是聖旨。什麼「要事」不「要事」，你針尖大的問題，人家也當大事去辦的，這「你也是知道的」。幹嘛還要畫了圈兒，引誘別人去跳，一旦跳進去，你又該板起面孔來興師問罪了。這是你慣用的手法。我在這方面吃虧上當久了，「習久成自然，所以也就漠然了、麻木了」。有什麼法子呢？這都是自找的，周瑜打黃蓋，一個願打，一個願挨，上帝就是這樣安排的，埋怨也沒有法子。

至於榮寶芬嘛，我也是略知一二。大概是今年的春節前後，榮寶芬進城辦什麼事情，在城裏見到了郭良成，兩人一拍即合，很快就建立了戀愛關係。大約是二三月間，郭良成為榮寶芬爭得了一個到師範學校進修的機會。說是進修，其實當時就把她的戶口轉到城裏來。現在，榮寶芬仍在師範學習。郭良成經常去師範見她，她有時也到郭良成宿舍去。有人說他們已經訂了婚，我問榮，榮卻矢口否認。但兩個人過往甚密，這是人所共知的。如果說榮為了感謝郭，這也是情有可原的事。但他們有什麼共同的感情基礎，我卻是不知道。令我驚訝的是，榮現在是那麼熱衷於穿戴打扮了，成天穿得雍容華貴，活像一個闊太太。——這足以證明我早先對她的估計是對的。

前信中我說了幾句不樂意幹統計工作的話，想不到引起你大發議論。你的兩點論，前者類似於「兩報一刊」社論，唱了一個高調；而後者似乎好像有點兒道理。然而，我又深感冤枉。我既視你為知己，有啥話不可直說。難道你非要我迎合你的心理，說那些虛心假意的話不成？你的處境我知道，但你總得承認各有各的難處吧。也不能因為林妹妹身世苦，整個賈府的人便都不得為自家的私事發一聲歎息，否則就是影射，就是大逆不道的吧？

又見過劉忠、黃玉蘭等，她們打算約定某個時間到林集去看你。我當然替你回絕了。我的意思是：你最好能抽時間進城來一趟，聽說林集供銷社最近剛買了部車，來往挺方便的。你如能來，與她們聚一聚，也省卻她們集體去看你。那樣興師動眾的更不好。

你說呢？

盼覆！

法慧

一九七二年九月八日

一三四、肖雁琳致盧法慧

法慧：

千萬千萬別讓劉忠她們來這裏，我近期也不打算到城裏去。我已給劉忠寫了信，一併寄去，請你立即轉交她。如她們執意要來，請你千萬費心代我向她們解釋一下，務必勸阻。拜託了！

前幾天，我媽到林集來過一趟。自打我爸爸去世以後，我媽形同孤雁別鶴，整天孤孤單單。爸爸在世時，他們成天嘔氣，為一點小事也爭吵不休。媽媽甚至拿爸爸當出氣筒，連罵加吵，數落一陣，把肚子裏的窩囊氣發洩出來，算完。自打沒了爸爸，媽沒處發火，兒女們又都心裏不痛快，一個個沒好氣待她，所以幾乎把媽媽愁出病來。

加之幾天前，有供銷社跟我媽同時退職的人找她，聯絡她一起到北京上訪。既為我爸爸的歷史問題，也為她自己的不白之冤。媽媽拿不定主意，來林集與我商議。我可憐媽媽，更為爸爸的事鳴不平，但我怎麼能放心讓媽媽一個人出遠門呢？再說，我們家欠人家的債還沒還清，怎麼好意思再四處借錢。我好說歹勸，總算把媽媽打發回去了。但是，為我爸伸冤的事，已深深地刻在我的心裏，早早晚晚，我非要把爸爸的事弄個水落石出不可的。

信中說到榮寶芬的事，她怎麼會跟郭良成好呢？我雖不瞭解郭良成的為人，但我見過他那一面，他就料定他不會是好人。寶芬姐雖然愛虛榮，但她心地純正，她是我中學時期最要好的姐妹之一。我想，她決不會墮落到這一地步的。如果結果真是你說的那樣，足見現實對人的腐蝕性有多大。

就寫到這裏吧。不要忘了勸阻劉忠她們！

切切！

雁琳

於九月十四日寄

一三五、盧法慧致肖雁琳

雁琳：

現有一要事與你商量：百貨公司急需幾名臨時工站櫃臺（就是當營業員），我已將你的情況向單位領導講了，領導滿口應承，同意照顧一下。

來吧，雁琳，這是一個極好機會。從今往後，我們又可以朝夕相處了。越快越好，一切手續由我替你辦理，不會讓你為難，放心就是！

我等你！

法慧匆草

九月二十三日

一三六、肖雁琳致盧法慧

法慧：

九月二十三日信收。

你信上只說招臨時工，但沒說清楚是哪種類型的臨時工。如果同樣是沒有指標，又不給落戶口，那就不如仍舊在這裏好。這些年，我四處漂泊流浪，實在是夠了，不想再更換新的地方了。

再說，我也不想讓你單位領導「照顧」。

也謝謝你的好意！

雁琳

於二十七日覆

一三七、盧法慧致肖雁琳

雁琳：

公司領導說，指標的事以後可以慢慢解決。

我之所以叫你來，是因為我一個人在這裏太孤獨、太苦悶，我早已過夠了這種曠日持久的單身漢生活。

你如果能來，我們可以光明磊落地戀愛，只要你同意，我們可以隨時辦理結婚登記手續。房子、生活問題我都可以想辦法解決。

我現在是懇求你，你一定答應我！

法慧

於九月三十日

一三八、肖雁琳致盧法慧

法慧：

真應了那句話：圖窮，匕首見。

從一開始，我就知道你是安了什麼心！

這裏，我再一次正告你：在我不能正式就業之前，決不處理婚姻問題。這一點，如果我以前沒告訴你，或是你健忘，那麼，今天就算我再一次重申！

的確，你我都不小了，我也體諒你的孤單和苦悶，我也不是沒有七情六欲的人，但，為了將來，我必須以這個為前提。這點務必請你諒解。

一三九、盧法慧致肖雁琳

雁琳：

實話告訴你，我是被生活逼迫。我不能再孤獨下去了，你可憐可憐我吧！

現在有好多人在追求我。——我說這句話的意思決不是以此來要脅、威逼你。我總覺得你活得太認真、太累了。幹嘛老是給自己過不去？你這幾年一直不順，到處碰壁，跟你過分認真不無關係。現在，你該認真反思一下了。

再說，結婚和就業並不是水火不相容的。現在結了婚，將來該安排的照樣能安排。退一步說，即使不辦理結婚手續，你只是搬到城裏來，我們能朝夕相見，也總算可以的吧！

我就這點要求，不算太過分吧？

請快答覆我！

雁琳
十月四日

法慧
十月十一日

一四〇、肖雁琳致盧法慧

既然有那麼多異性追求你，你何不順手牽羊來一個豈不更好！

你那邊洞房花燭、郎才女貌，我這裏也甩下了包袱，落個乾淨利索，兩全其美，這真是一大快事！
好了！這真是快刀斬亂麻，你我的關係就此一刀兩斷吧！
不必再給我寫信了！

十月十五日夜

一四一、盧法慧致肖雁琳

雁琳：

本來是拿句玩話，激你一下，你就當真了，何必那麼大動感情！
我們是真心相愛的。既已廝守八年，為什麼就不能堅持到最後？既有善始，就該有善終才是。
話又說回來，你這人也太執拗了。在這種年月，像你這樣的人也不少，為什麼人家都能隨遇而安，唯獨你不行呢？
我總覺得你這個女人，真是有點兒不可理喻。

法慧
七二、十、二十

一四二、肖雁琳致盧法慧

你如果僅僅把我看作一個普通女性，那就是你瞎了眼了！

（十、二十三）

一四三、盧法慧致肖雁琳

（注：此信內箋已被撕毀，僅保存一信封，查郵戳日期為「一九七二年十一月二十日」）

一四四、肖雁琳致盧法慧

法慧：

你怎麼好意思提出這樣的要求？白紙黑字，你不感覺羞恥嗎？你昏了頭了？還是獸慾的發洩？你可以不尊重別人，但你至少應該尊重你自己！告訴你：你不要播下後悔的種子。任你使用任何手段，我決不會向你屈服的！

雁琳

十一月二十五日

一四五、盧法慧致肖雁琳

雁琳：

元旦快到了。元旦單位總是要放假的。我想讓你進城來一趟，我們好好面談一下。我們不能再這樣僵持下去。我有我的理由，你也有你的難處，我們應該相互理解，從中找出一個能通融的辦法來。

這點要求，望你不要再回絕我！

法慧

十二月十六日

一四六、肖雁琳致盧法慧

我現在忙得很，要寫年終總結了，還什麼材料都沒準備呢！

求你別再囉嗦了。

不要再打擾我！

（十二月二十一日）

一四七、盧法慧致肖雁琳

雁琳：

聽說你進城來（有人見到你了），都不來見我一面，你當真要拒我於千里之外嗎？

既有今日，何必當初？

法慧

十二月二十六日

一四八、肖雁琳致盧法慧

說對了！

這句話應該是我反問你：

——既有今日，何必當初？

（一九七三年一月三日）

一四九、盧法慧致肖雁琳

肖雁琳：

夠了夠了！不要再兜圈子了！

老是這樣唇槍舌劍，莫非你真存心要毀滅我們的愛情不成？

春節期間，你務必來我們家一敘，或長或短，道個明白！

這便是我盧某人的最後通牒！

盧法慧

於七三年元月十八日

一五〇、肖雁琳致盧法慧

盧法慧：

你這是賊喊捉賊！脣槍舌劍的是你，要毀滅愛情的也是你，而決非他人！好好反思反思你自己吧！對不起，春節期間我要陪我可憐的媽媽，我沒時間到你家去。也沒什麼可「敘」的！收回你的通牒吧！有道是：大路朝天，各走一邊！

肖雁琳

一九七三年一月二十二日

於林集供銷社

第八章　希望

乘騏驥以馳騁兮，
來吾導夫先路。

一五一、盧法慧致肖雁琳

雁琳：

是長久的寂寞和沉默逼迫我拿起筆來。

我們不應該不戰不和，老是處於冷戰對峙狀態。

現在的世界大趨勢是以和為貴。中日建交，中美建立聯絡處，中蘇關係也在一步步趨向和解。你我之間沒有什麼根本的利害衝突，就沒有必要老是處於不戰不和的冷戰狀態。所以，我們也應該恢復邦交正常化。

說實在的，這半年多的時光，我是咬緊牙關度過的。寂寞、孤獨、哀傷、憂鬱、愁悵、苦悶……。我私下揣想，你心裏也一定不會比我好過多少。

憑心而論，我們的戀愛已歷時八年，經過了多少風風雨雨的考驗，我們不應該，也沒有任何理由就此分手。否則，人家會譏笑我們的。

我知道你的人品是高潔的，你的為人也一向是光明磊落的，你性格倔強、落落寡合，不與時尚同流合污。與你相比，我這個人不過是個齷齪不堪、微不足道的凡夫俗子乃爾。

俗話說：宰相肚裏撐開船。如果在下言語間有衝撞冒犯之處，萬望您那邊能皇恩浩蕩、寬宏大量，給予多多諒解，大人不與小人一般見識也就是了。

半年來，我無時無刻不在想念你。你的幸福就是我的最大幸福，你的快樂就是我的最大快樂。我時時巴望你的生活境遇好轉，天天為你祈禱，為你祝福。你在我心目中佔有至高無上的位置，沒有第二個人能超過你。

看在我們戀愛八年的份上，你就賞給我一點兒愛吧！我就像久旱將要枯萎的禾苗，請你賜給我一點兒甘霖吧！

求求你！

至真至誠、矢志不渝愛你的：fa-hui

一九七三年七月八日深夜

一五二、肖雁琳致盧法慧

法慧：

你不要對我說那些肉麻的奉承話。任何恭維和奉承人的話都是偽鈔，這種偽鈔只在愛好虛榮的人當中才能流通；對我來說，它只能招致厭惡和噁心。

你所說的寂寞、哀傷和憂愁，就我而言，倒是無所謂的。原本就不打算有人會愛我，愛不過是一種附麗，一種生活中可有可無的點綴。我的心早已被這漂泊流浪的生活浸泡得麻木了，任是什麼風雲變幻，對我來說，都不過是過眼雲煙。

你認為有必要結束所謂「冷戰狀態」，那就結束吧。只是，有那麼一種人，不要太肆無忌憚了就行。

謹此而已。

誰也不愛、也不希望被他人愛的：肖雁琳

一九七三、七、十五夜

一五三、盧法慧致肖雁琳

雁琳：

說實在的，這半年多來，我太寂寞了，曠夫的生活可不是好過的。平時上班時間因為有人在旁邊亂哄哄還好過，一俟下班後，有家有室的人各自回去享人家的天倫之樂，只剩我孤單單一人好寂寞。

從反面來說，寂寞也有寂寞的好處，它促使我為了麻醉自己而不得不沉浸在藝術王國裏，這段時間，我對美術有了更加濃厚的興趣。幾個月前，我託人從他處借來一套《芥子園畫譜》，一有時間，我就躲在畫室裏，埋頭臨摹，我癡迷在那種藝術氛圍裏，簡直是令人陶醉。沒有紙張，我就用舊報紙，差不多整個百貨公司的舊報紙都被我霸佔了。光是墨錠，就用了好幾塊。不客氣地說：現在，美術已成了我的第二條生命，除了你之外，她就是我的全部的精神寄託。如果沒有對藝術的迷戀，我真不知道怎樣才能熬過這漫長的日日夜夜。

是的，我越來越覺得藝術的大門正在為我敞開，我現在已經來到藝術殿堂的門口，正在那裏徘徊。我不是不想走進去，而是不知道怎麼樣才能走進去。現在，我最需要的是得到名師或藝術大家的指教。只要經過稍稍點化一下，我就會邁進門檻，進入我渴望已久的藝術殿堂。問題是：這位點化我的藝術大師他在哪裏呢？我怎麼才能結識他？獨自一人關起門來練畫，總有一種閉塞的感覺。古語說得好：「獨學而無友，則孤陋而寡聞」。我很想走出去，見一見大世面。可我發愁的是，向哪裏去呢？靠什麼走出去呢？公司裏很忙，領導總是抱怨人手太少，下邊群眾也有反映，說我只顧練習畫畫，與公司的業務關係不大。我知道，這是有些人對我的嫉妒，我也能理解，我甚至有一種預感：或早或晚，公司領導會把我調到門市上去。那樣一來，我連練習畫畫的權利都沒有了。將來怎麼辦？我真發愁。

你這半年的時光是怎麼過的？從身份上來說，還是編外的臨時工嗎？戶口的事有進展沒有？還記得你以前說過家裏生活拮据，外面拉著帳，你還想為你爸爸媽媽的事到外地上訪。我現在手頭有一些積蓄，你用的話，我可以馬上寄過去，再不行的話，我還可以從公司裏借支一部分，你意下如何？只要你同意，我也可以專程送上。

盼覆！

法慧

於七月二十三日炎熱中

一五四、肖雁琳致盧法慧

法慧：

謝謝你的一片好心！

為了我們家的事，你肯慷慨解囊，誠心可鑒，實令感動。可惜我們現在都不需要。爸爸生病期間欠下的債務，媽媽幾個月來沒日沒夜地為人做活，已經還清。上訪的事，目前來說還沒有頭緒。什麼時候真的需要了，到那時候我再告訴你，不要辜負了你一片好心！

問到我半年來的生活境況，話就多了。我可不如你，情場上失意了，還有藝術園地作補償，而且是那麼的「癡迷」和「陶醉」。既然如此，那所謂的「寂寞、孤獨、哀傷、憂鬱、愁悵、苦悶……」又該從何說起呢？由此可見，現在的人都學得油頭滑腦、油嘴滑舌了，想怎麼說就怎麼說，可惜又往往顧了頭顧不了尾，前頭說的跟後頭道的不一致，前後矛盾。這就難免讓人覺得虛情假意，至少是不誠實吧？幹嘛呢，誰又沒逼著誰表示效忠，一切都是平白無故的，何必專揀好聽的話說。說得好了，便罷。說得不好了，一不小心，就露了馬腳。不要說當事者，即便是旁觀者，也很覺得不好意思的！

平心而論，我決不反對你迷戀藝術。藝術是世界上最神聖的一門學問，從事藝術活動是人類最高尚的職業。一個人能有幸與藝術發生關聯，那是他的造化。我實心實意祝願你將來能在藝術領域裏有所建樹。如果公司能為你提供便利，你不妨整日「陶醉」在藝術中，管他們嫉妒不嫉妒。就你本人來說，反正要比整天的「寂寞、孤獨、哀傷、憂鬱、愁悵、苦悶」的好。

至於我的生活境況，我想無須再作重複。現在我只希望所有我認識的人都忘掉我，權當我從這個世界上消失了更好。若進一步說的話，我覺得我這人已頹喪得無可救藥了。我在新疆時，與我同時插隊的有幾個也是跟我一樣的「黑五類子女」，可人家處於逆境中照樣能想一些高興的事，以此寬慰自己。可我就偏不能這樣做。我想，大抵是因為我從爸爸那裏繼承的基因太多。爸爸一生不如意，性格內向，憂鬱寡歡，我也是。自爸爸去世以後，我幾乎沒安生睡過覺。常常是半夜醒來，腦子裏一下子就變得異常清醒，再想睡也睡不著。乾脆披衣而起，放開思想的韁，任其迴旋。於是多少過去的事情，一樁樁一件件，像拉洋片一樣，一幕幕朝眼前壓來。瞬息之間，件件往事重疊起來，化作一團濃濃的迷霧，把我嚴嚴地罩在核心。我死命地掙脫、逃遁，無奈腳手彷彿被捆綁了起來，一動也動不了。我疲憊，我痛苦，我要大聲呼救，然而，我的喉嚨好像被什麼東西卡住了，因窒息而氣短。於是，我只好哭，作無聲的哭泣，以淚洗面，一任肆虐的淚水滂沱而下，啥時候那淚流乾了，流盡了，感覺到眼睛發乾發澀了，這時候再躺下睡覺，才能睡著。長此以往，我的兩眼成天腫得跟水葫蘆似的，因為天天如此，別人還以為我本來就是葫蘆眼皮呢！

法慧，說真的，這些話我本來不想對你說，說了也沒用，絲毫不能減輕我內心的痛苦，也休想感化你那顆從來都是以自我為中心、為了你的孤獨你的苦悶來強制別人屈服於你、卻沒有一時能設身處地為別人想一想的極端自私的心。難道不是這樣嗎？

這封信破例寫了這麼長，又惹你不高興了吧？算了吧，還是陶醉於你的藝術殿堂吧！

雁琳

一九七三年七月二十七日夜

一五五、盧法慧致肖雁琳

雁琳：

今有一事與你商議：獲悉山東省藝術學院來我菏澤地區招生，有美術、音樂等多種專業。我認為這是一個學習深造的絕好機會，決不能輕易放過。你知道，我現在有多麼癡迷美術，如果能借機會衝刺一下，到高等學府裏學習個三年五載，經名師大家的指教，進步肯定要大得多。如果能爭得帶工資進修的名額，那樣就更好了。只是不知道公司和商業局領導能否開恩放行。不管怎樣，我決心試一下。憑我這三寸不爛之舌，再加上兩三年來，我辛辛苦苦、勤勤懇懇為公司、為商業系統做出的那些業績，爭得的那些榮譽，料想領導會做出考慮的。再說啦，如果能讓我帶薪進修，將來學業期滿後，再回到這裏來，那樣對櫥窗美化、商業宣傳和革命大批判都會有更大的好處。只要公司能支持，剩下的考試一關，我就不必擔心了。在下雖不才，但畢竟是響噹噹的「老三屆」畢業生，至於專業技能，我更是胸有成竹。

唯一放不下心來的是你。你同意我去上大學嗎？我去了之後，你不是更孤單麼？往後的日子怎麼過？我真為你擔心。

希望你能到縣城來一趟，我們認真合計合計。這畢竟是一件大事，我不敢草率決定。

我翹首以待！

法慧

八月二日匆草

一五六、肖雁琳致盧法慧

法慧：

這事你本不該來問我。

要去，你去就是了。我哪有不贊成之理？人往高處走，水向低處流，這是天經地義。我不阻攔你。我的事，你盡可放心。俗話說：天無絕人之路。只要我不死，我就不信沒有個水落石出的那一天。

這事就不必合計了，你照你想的辦就是了。再說，我近日太忙，沒機會進城。

祝

一切順利！

雁琳

七三、八、七

一五七、盧法慧致肖雁琳

雁琳：

報告一個喜訊：經過我多方努力，到省藝術學院進修的事終於辦成了。

當然，好事多磨，事情並不是一帆風順的，從公司到商業局，再到招生辦以至於被院校我錄取，每過一道關口都有意想不到的難題。但我懂得其中的要害，我手裏有個打開每一道關口的鑰匙——人民幣。用這個法寶去敲門，一切便勢如破竹，節節獲勝。當然，對於我這個剛參加工作的學徒工來說，也不是十分輕鬆的。為了打開這一道道關卡，我這兩年來的積蓄遠遠不夠，為解燃眉之急，我不得不忍痛向人借款。為了長遠的利益，即使臨時背點債也是值得的。

這方面的細節，信上不便講，以後我再告訴你。總而言之，我居然辦成了。錄取通知書已於昨日收到：山東省藝術學院美術系帶職進修，學制二年。工資由原單位發。九月一日開學。

你為我高興吧！祝賀我吧！

到時候你能為我送行嗎？——這大概不是肆無忌憚的要求吧？

想你念你等你盼你！

法慧

於八月二十日午後

一五八、盧法慧致肖雁琳

雁琳：

自二十日信發出後，我天天盼，日日等。結果人沒到，信也不見，真是急煞人也。有幾次，我心急火燎，想打電話叫你，又怕你嫌我大肆張揚，惹你生氣，故而作罷。

開學之日在即，我不能再等你了。前天，我到家裏與老人辭行，順便也去你家裏探望了一下伯母。幾個月不見，伯母的確蒼老了許多，滿臉的憔悴自不必說，那兩鬢平添的縷縷白髮看了都令人心碎。對於你我的婚事，伯母一再罵你不懂事體，說你是太「心苛氣盛」了，巴不得一切盡如人意了再結婚，天底下哪有這樣完美的事情呢！依伯母之意，真是恨不得立即將你叫了來，立逼我們把婚事辦了，再放我去外地學習。當然，伯母的心思我是知道的，她是擔心夜長夢多，唯恐將來情況有變。其實，伯母倒是多慮了。我哪是那種見異思遷的人。可細細想來，老人全是為了我們好，並無半點惡意。對老人的諄諄教導，我只能婉言相勸，違心地說我和你的想法是一致的，並且許諾在不久的將來，一俟上級政策有變，一切問題都會迎刃而解。到那時候，我們的婚事就會堂堂正正地辦理。我知道我這樣說只是寬慰老人的心，其實我說這番話的時候，內心裏也是一片茫然。對於前景，我幾乎已經失去信心。我覺得，我們現在好比在茫茫無際的沼澤裏，踏著泥濘向前跋涉，四周是茫茫迷霧，冷風肆虐，寒氣逼人，我甚至失去了前進的目標，不知道向哪裏去？也不知道我的耐心究竟還有多大限度？——我說這句話絲毫沒有動搖我們關係的意思。我早就發過誓言：海可枯石可爛，我愛你的這顆心不會變，這有蒼天可鑒，天地良心作證。我的意思是對前景、對未來，由於國家政治形勢捉摸不定，由此而對我們兩地分居的日子憂心忡忡。你的戶口、工作問題如果一輩子不能解決，難道我們一輩子都這樣柏拉圖式的戀愛嗎？我雖不是禁欲主義者，但也不是浪蕩公子，我是一個肉體凡胎，我也有七情六欲，我不如你那般堅強，那樣有毅力，我生性脆弱，害怕孤獨和寂寞，也不想被人猜度、譏笑，更不願遭人拋棄、冷落。七八年來，我已把我全身心的熱情都投注在你身上，而你總是三番五次地推拒我、冷落我，一而再，再而三，你也該設身處地地為我想一想，我心裏該是什麼滋味？你在責備別人「自私」的同時，是否也應該檢討一下你自己？你冷酷、麻木，你無視別人的感情，一任自己的意願行事，這是不是更大的自私呢？這麼多年，我一直等你，我為你犧牲了多少？放棄了多少？而你，為我付出了什麼呢？你是世界上最最冷酷無情的人。

好了，信筆寫來，發了不少牢騷。如有冒犯處，請多加包涵就是。

後天就是開學的日子了，我這裏各方面已準備就緒。因是帶職進修，戶口、糧食關係都不需要轉，工資由百貨公司按月寄發，剩下的手續就非常簡單了。

一俟到校，我立即給你發信。

還望你善自珍重。

順頌

工作順心，生活如意！

法慧

一九七三年八月三十日酷暑中

一五九、盧法慧致肖雁琳

雁琳：

不知不覺間，到校已一個星期了，才給你寫信，你大概要說我言而無信了吧？

濟南真不愧是一座歷史名城，不僅有許多的名勝古跡，而且又有山青水秀的自然景觀。有句詩稱：「三面荷花四面柳，一城山色半城湖。」這真是對濟南的絕妙寫照。濟南號稱「泉城」，光是有名的泉水就有七十二處。其中趵突泉、黑虎泉、珍珠泉最為著名。南面的千佛山和北面的大明湖，一山一水，遙遙相對，更是令人流連忘返的地方。

我們的藝術學院就坐落在千佛山下，校園不大，卻恬靜雅致，景色秀麗。剛到校這幾天，因黨的「十大」的召開，學校組織慶祝活動，遊行、集會、張貼標語、出版壁報，整天搞得很緊張。新來乍到，我不想當一個默默無聞者，我要以一個政治色彩鮮明的形象出現在大家面前。為此，我事事走在前頭，凡拋頭露面的事，我都來而不拒，並且要把事情辦得紅紅火火，要讓人知道，我盧某決不是等閒之輩。我的積極表現果真奏效，學校領導器重我，把我吸收到學生會裏，具體幹什麼，還不清楚。我想，被器重總比被冷落好吧？

乍到異處，人地兩生，心裏就覺得很落寞。我心裏時時惦念你，自上月七日你寫給我很短的一信，往後就再也沒收到你的覆信。我老是擔心你那邊會發生什麼意外。你這人生活得太認真、太執著，在有些事情上化不開。有時拗脾氣上來，自己給自己過不去。譬如在我們兩人的事情上，你總是拘泥於你以前的誓言。其實，這很沒有必要。一個人的自立並不一定非得在婚前實現，婚後照樣可以自立。況且，兩個人同心協力，總比你一個人孤軍無援的好。反過來說，像我們現在這樣子，兩相遙望，你孤獨我也孤獨，兩顆心靈都在忍受歲月的煎熬，這可如何是好？雁琳，你回頭想一想，從六六年四月正式點燃愛情的火花，至今七八個寒暑相去，你我為此付出了多少心血？光說我們鴻來雁往、尺素相傳也夠得上一部洋洋灑灑的長篇小說了吧？這當中，你流了多少傷心淚？我耗了多少相思情？你闖蕩新疆那幾年，我苦苦等你盼你，滿希望你回鄉後我們能夫妻合疊，共同生活，誰料想你帶來的只是一副鐵石般的心腸。我一次次苦苦相求，死乞白賴，你卻是冷若冰霜，堅如磐石。我們就在這不戰不和中度過了兩三個春秋，依然你是你，我是我，各奔東西。回想一下，我們戀愛得好苦好苦，也好累好累呀！有時我也想：這是何苦呢？天下之大，芸芸之眾，哪裏就找不出一個有情人？何必這樣年復一年苦苦相等呢？有道是「有心栽花花不活，無意插柳柳成蔭。」……然而，我又偏偏放不下你，也於心不忍。更何況我們畢竟已苦戀八年，多少風風雨雨都過去了，為什麼要功虧一簣，而毀於一旦呢？但是，我們這種苦戀的日子何時才是頭？究竟要等到哪年哪月哪日呢？有誰能告訴我？告訴我？

收此信後務必給我回一封信，哪怕是三言兩語也是好的，以慰藉我這顆幾近枯竭的心！

不要讓我失望！

愛你的：法慧

一九七三年九月十日

一六〇、肖雁琳致盧法慧

法慧：

老實不客氣地說：你最近幾封信都在流露著同一情緒，簡言之就是「意欲退步抽身遲」。你承認也罷，不承認也罷，事實反正就那樣明擺著。這也不足為怪，我早就料定你會有這一天的，只不過這一天比我預料中來得稍快了些。我原估計你不會這麼早就打退堂鼓的，至少要堅持十年不成問題——因為你總是信誓旦旦發過不少宏願。可現在，你已經流露出「當年不肯嫁春風，無端卻被秋風誤」的情緒，足見我這人看人還是比較膚淺的。其實，這也不怪你，你能堅持七八年時間就滿不錯了，現在這種世道，朝秦暮楚、父子反目、兄弟倒戈、夫妻成仇的事例屢見不鮮，何況你我僅是「萍水相逢」的一對人生羈旅！

你不要再曲折委婉地表白你的心跡了，一切都已彰顯在光天化日之下。既然是「有心栽花花不活，無意插柳柳成蔭」，我看，你還是乾脆順其自然的好，在我和你的事情上，你儘快剎車，不要再猶豫，也不必再為我耗費你的心血。我就是這麼一個堅如磐石、頑冥不化、醜陋乖戾、不通情理、處處惹人不快的人，實在沒有值得留戀的理由，你還是儘快改弦更張的好。現在，你正是春風得意的時候，還不算太遲，只要你快刀斬亂麻，斷得俐落，自然會有「桃李春風」向著你！

我看，此外，就沒有多少可說的了。

我這裏還是一如既往，一日三餐，當人家的「文抄公」，任務緊了多幹點，時間鬆了少幹點。打發日子而已。你是「政治色彩鮮明」的人物，又很受領導的「器重」，還是學生會的一大要員，平時想必夠忙的，自然不會有太多的寂寞。如果沒有異議，就不要再往這寫信了。權當這一切都是一場噩夢，就讓它煙消雲散吧！

永別了！法慧！

雁琳

七三年九月十五日夜

一六一、盧法慧致肖雁琳

雁琳呀雁琳：

這恰恰應了《朝陽溝》裏的一句唱詞：

等你盼你想你念你，
誰知道你的心比那冰棍兒還涼哪！

你真是讓人失望，也真是令人可恨！你這人也太強辭奪理了——我什麼時候說過後悔的話？我雖然引過「栽花」、「插柳」的俗語，但我那是針對我們不能及早結合而打個比方，可絲毫沒有「改弦更張」的意思呀！

雁琳，說心裏話，因為有了你，我不能再愛別人。不管將來發生什麼事情，我對你的愛是永遠不會變更的。即使你聲明不再愛我，我也不會轉而去愛其他女性的。這話，我說過多少次了，你信也罷，不信也罷。

上封信之所以引起你的誤會，如果不是因為我的語言表達不周，就是因為你太神經過敏了。不過不要緊，將來，一切都會有時間作驗證的。

確實有點忙，就此止筆。

忠貞不渝愛你的：法慧
於九月二十三日午後匆草

一六二、肖雁琳致盧法慧

法慧：

本不想給你回信，又總覺得你太虛偽。有幾句格言奉送你：

一、真正的愛，全在不言之中。

二、其他事情都可勉強，唯愛情最勉強不得。愛情容不下半點虛情假意。否則，便如釀酒的做成了醋。

無論怎麼說，目前，我們之間正經歷著一場感情危機。這是鐵的事實。你承認也好，不承認也好。白紙黑字，都在那裏明擺著。

什麼「忠貞不渝」之類，這樣肉麻的話還是別說，我不喜歡聽！

斷了吧，斷了好，你我都輕鬆！

雁琳
七三、十、七夜

一六三、盧法慧致肖雁琳

雁琳：

够了，够了。我們不要再捉迷藏了。

事實上，我和你早就是一根繩上的螞蚱，已經牢牢地拴在一起，誰想來個金蟬脫殼兒溜掉，都是不可能的事。牢騷歸牢騷，怪話歸怪話，九九歸一，我們的心還是連在一起的。農民有句土話：打是親，罵是愛，不打不罵不自在。我們也算是打打罵罵一場，現在也該收場了。

雁琳，你注意到了沒有，現在全國的形勢都很不穩定。今年八月份，《人民日報》曾發表一篇文章：《一份發人深省的答卷》，隨後又發了一篇評論，稱讚那個在高考中交了白卷的張鐵生為「反潮流的英雄」。最近，《人民日報》上又發表了一個叫黃帥的小學生來信和她的日記摘抄，內容都是針對教育的。這兩篇文章的核心都是鼓動學生造反。

形勢嚴峻的還不止這些，不知你注意了沒有，這半年來，報刊上老是刊登批判孔夫子的文章，「評法家」，「批儒家」。批孔早在「五四」時期就大批而特批了，現在並不奇怪，奇怪的是，報紙上把批孔提得煞有介事，看起來除結合「批林」外，似乎另有所指，至於指向什麼？我百思不得其解。

由於「批林批孔」的影響，近日學院秩序很不好，原來制訂的教學大綱根本無法實施，規定的業務（繪畫）課時常被政治運動衝擊。學院領導也出現分歧，一部分堅持教學大綱的專家教授不得不靠邊站，那些年輕的狂熱分子正一步步全攬學院大權，趾高氣揚，不可一世。如此一來，同學們自由散漫，有的溜大街，有的逛商店，遊山玩水，打球娛樂。對此，我很有點兒失望。我是來求學的，是來學習知識、增長才幹的，卻被這些枯燥乏味的政治活動搞得烏煙瘴氣。我是學生會的宣傳幹事，有些活動還不得不表現積極一點，明知不想為而為之，這真是沒有辦法的事情。

Y城的政治形勢怎麼樣？我沒來之前，街上已經出現過莫名其妙的大字報、大標語，看來頭都跟原來的派性鬥爭有點兒瓜葛。現在怎麼樣了？該是更明朗化了吧？我真擔心縣裏再亂起來，好容易穩定下來的局勢又要毀於一旦。有什麼大的變化，寫信不要忘了告訴我。

你近來心情好嗎？伯母情緒好點了嗎？如有機會回常鎮，請順道到我家去一趟，一來代我看望一下老人，二來也為我長一長面子——媳婦娶不家來，好歹見見人也是個精神安慰。——瞧瞧，我有多可憐！

祝

新年愉快！在新的一年裏，宏圖大展！

愛你的：法慧

一九七三年十二月二十九日

一六四、肖雁琳致盧法慧

法慧：

本不想再理睬你，但有些話如鯁在喉，不吐不快。

我覺得你這人變得越來越卑鄙：你想挑起事端時就挑起事端，你玩不轉了，想收場時就草草收場。權柄都操在你手裏，你可以恣意妄為，無所顧忌。而且，在你眼裏，這一切似乎都是天經地義的，無可指責的。老子天下第一，你想怎麼著，就怎麼著。你好好想一想，近來的你，是不是太霸道，太仗勢欺人了？

本打算永遠不再理你，從此分道揚鑣，各走東西。可心底裏又斬不斷舊情，也下不得狠心。要知道：割斷愛情並不像拔掉一顆牙齒那麼容易。設若早知道你是這種人，當初，說什麼我也不會跟你這種人戀愛的。

現在我有一肚子的苦水要傾訴……，權且記下這筆帳，將來，血債還要血來還！

你對那些政治形勢的論述，我不感興趣。我這幾年徘徊於政治運動之外，對所謂的派性鬥爭早就深惡痛絕，我也不關注那方面的事情。再說啦，我整日醃鹹菜、打掃衛生，夠忙的，根本無暇顧及那些。有時迫於工作需要，從報紙上摘抄幾段文字作為點綴，這倒是有的，目的也是抵擋公事，至於「批林批孔」是否另有指向，我就更加懵懵懂懂，不知所以了。

Y城聽說近期不大平靜，不僅原來的兩派政治力量都在蠢蠢欲動，而且聽說群眾自發上訪上告的也很多，常常擁到縣委大院，亂得不能辦公。具體怎麼回事，我也說不清楚。

近期，我媽一是受人鼓動縱容，二也是對我爸的不白之冤和對自己的株連深懷不平，一心要去北京告狀。我一再苦勸都勸不住。你知道我媽的脾性，她說一聲要幹什麼，任誰也攔不住的。她到了這般年紀，又帶著病，讓她自己出遠門，我根本放心不下。要說我陪她去吧，可我又一時下不了這個決心。再說，我覺得現在還不是時機。上頭太亂，不穩定，哪有餘力解決基層的問題，光是大事還顧不過來呢。況且，來回一趟，少說也得花費幾百塊錢。這錢都是我們全家人嘴裏省肚裏攢的，好不容易，假若就這麼花出去還真是於心不忍。我勸我媽再等一等，觀望一下。究竟要什麼時候動身，我心裏也沒有簣兒。

就寫到這裏吧！

祝你

藝術上多有長進！不要虛度光陰！

雁琳

一九七四年元月十日

於林集供銷社

一六五、盧法慧致肖雁琳

雁琳：

元月十日信收到。

近日，學校正在組織學習《元旦獻詞》和一系列中央文件。元月七、八兩日，省裏聘請廣州中山大學歷史系教授楊榮國來濟南珍珠泉禮堂作批孔演講，我是作為學生代表前去聆聽的，但因口音的關係（幾乎聽不懂），再加題目是老生常談，所以也引不起多大興趣。

值得關注的是：不久前的全國八大軍區司令員對調，這事來得突然，內中必要原委。另一個信號是鄧小平繼不久前當選為中央「十大」委員之後，最近又明確為中央政治局委員，據說還要主持中央工作。鄧的復出，說明老一輩革命家經過「文化大革命」七八年的較量，終於挺過來了，國家離了這些老帥還是不行。也說明新老兩派力量的鬥爭中，老派正在節節獲勝。但是，我認為整個形勢仍然不容樂觀，當前的「批林批孔」運動正在風起雲湧並向縱深發展，矛頭越來越尖銳，所謂「請隱士，舉逸民」、「克己復禮」，這些話似乎都另有所指。具體指向什麼？咱又捉摸不透。至少說明形勢發展很不協調，輿論宣傳和實際情況不挨邊，各行其是。我認為，這種狀況是暫時的，是一個過渡時期，早晚會來一場明火執仗的政治鬥爭，我們試目以待。

你信中說伯母要去北京上訪的事，我認為在這時候上訪是非常不明智的。你想，上層那麼亂，哪有心思為你解決那些基層的問題？而且現在天氣這麼冷，出門要遭罪的。伯母身體又不好，我主張還是竭力勸阻她，起碼現在不要出門。待明年春暖花開的時候，再視政治氣候而定。

學校自下週一考試。因為整個學期政治活動太多，業務課多被擠佔，沒學多少東西，所以對這次考試都不重視，下棋的下棋，打撲克的打撲克，反正到時候交個白卷也不丟人——前頭有張鐵生的榜樣——榜樣的力量是無窮的！

今年寒假（一月二十七日—二月十二日）我不打算回家過年去了。這裏有好幾位同學都同意留下來「起小灶」——

跟教授們學習繪畫。幾位老師也熱心教我們，看來，指望在課堂上學習是難有這樣的機會了。如果把假期利用起來，鑽研進去，來個臥薪嚐膽，繪畫技藝肯定會大有長進的。至於我，之所以不回家過年，還有另外的原因，這個你應該知道。與其說到家裏畏畏縮縮、羞羞慚慚，還不如藉口學習深造圖個內心清閒的好，免得那些孀子大娘們對著我嚼老婆舌頭。看來，我這也是被逼上梁山，不得已而為之。至於那個逼迫我的乃何許人也——就不必要說了！

「本是同根生，相煎何太急？」

「天長地久有時盡，此恨綿綿無絕期。」

我怎麼能不恨你！

法慧

寫於一九七四年元月十二日深夜

一六八、肖雁琳致盧法慧

法慧：

自元月十二日信收到後，好長時間再沒收到你的信。是你沒發，還是投寄有誤？如沒寄，就不要再寄了。過幾天，我就要陪媽媽上訪。

事情是這樣的：自打春節前，就有媽媽先前的同事邀她一塊去北京上訪。別人都為自己的事，而媽媽主要是為爸爸的不白之冤，媽媽有一肚子冤屈要說，阻攔是攔不住的。媽媽堅持她自己去，可我擔心她的身體吃不消，所以我要陪她一塊去。至於花錢多少就不在乎了，反正這一步遲早是要走的。

忘記告訴你，媽媽之所以堅持要去北京，還有一條另外的原因：媽媽早先有個很要好的同事彭阿姨，她比媽媽年輕，剛參加工作的時候，曾跟我媽在百貨門市上當學徒，媽媽手把手教過她，兩個人的關係很好。她丈夫在北京當兵，丈夫提幹後彭阿姨就隨軍調到北京。因為師徒一場，彭阿姨經常來信邀媽媽到北京去玩。媽媽哪有那心情。直到今年春節前，媽媽才試探性地給那位彭阿姨寄了一信。阿姨回信說：歡迎來京，別的忙幫不上，吃和住都不成問題。信中還說：要去，抓緊時間去，現在來北京上訪的很多，中央壓力很大，估計下一步要採取什麼措施限制進京，到那時難處就大了。

在這種情況下，我們母女才決定走上一遭。家裏有二妹三妹照應著，窮人的孩子早當家，這話千真萬確。林集供銷社那邊，羅主任也支援我去，並借給我一筆現金。在這一點上，我體會到了組織上的溫暖——世界上畢竟還是有好心人的。

此一去不知是吉是凶是好是歹，也只能碰一碰運氣了。現在有好多事情我都是靠運氣。有時自己一個人在宿舍裏玩撲克過五關，你說這可笑麼？其實，認真想來，又很可悲。一個人，當他不能把握自己命運的時候，只好墮入宿命，求助於神靈。這是人被逼到窮途末路的時候，才有的精神寄託和精神安慰。當然，我這也是一種墮落。

好了，不說這些了。

若行期有變，或上訪期間有何感觸，我會寫信告訴你的。但，在這期間，你不要向我這邊發信。

再見！

雁琳

七四年三月七日於常鎮家中

一六七、肖雁琳致盧法慧

法慧：

我覺得差不多有三個月沒給你去信了，你大概又罵我無情無意了吧？

這三個月對我來說，好似過了三年。時間顯得多麼漫長呀！先是上訪，在北京的遭遇以及所見所聞，回來後的思考，千頭萬緒，我不知道該從哪裏說起。

還是打頭說吧。

我們母女是三月二十九日（農曆三月初六）從常鎮到梁山縣城，坐長途汽車到濟南，又坐火車去的北京。光是為買火車票就耽擱了兩天。我們還沒敢說是上訪的，只說是走親戚。幸虧媽媽帶了她同事彭阿姨的一封信，又託車站上一位好心的大伯陪著說了好多話。媽媽還拿出來她為彭阿姨準備的一匹家織花布，讓售票員看，這才賣給了一張去北京的站票。車上擠得要命。從濟南到北京永定門車站，在車上足足站了十幾個小時。我們娘兒倆一滴水未沾，沒挪地方，甚至連身都沒轉，就像悶在罐頭盒裏的沙丁魚那樣，前後左右被死死地鑲嵌著，一直到下車。下車以後，媽媽的雙腿都不會打彎了。坐在地上，揉了半天，才好容易有了知覺。

站在車箱裏，我腦子裏就反反覆覆問自己：我們母女二人此行的目的是什麼？我們的目的能夠達到嗎？我想起三年前，我剛到商業局宣傳隊排演節目的情景。那時我們是「演員」，是在某個節目中擔當什麼角色，是「作戲」，劇情、結局都是擬定好的，臺詞也是一字一句背熟了的，到臺上無非是「逢場作戲」，走一走過場，照本宣科一字不落地背誦臺詞，雖然有時候該哭的要哭，該笑的要笑，但那無一不是做樣子的，只要做得像，便會博得觀眾的掌聲和喝彩。趕到下了台，卸了妝，該咋著還乍著，一切都似未曾發生過。可是現在，是嚴酷的生活逼迫我們母女走上「上訪」的道路，前面的一切都是未知數，一切都在迷茫中，全靠我們母女去爭取，去闖蕩。除此之外，也許還有一個冥冥之中的命運。總之，我們此行再也不是去扮演什麼角色，去背誦什麼臺詞，而是確確實實要經受一場未知的磨難。這時候，我是多麼羡慕當一個演員哪！

生活的厄運像黑色的烏鴉，總是在我上空盤旋，不論我走到哪裏，也總是擺脫不了它的陰影。以前，我曾多次想到自殺，如果自殺能夠結束我們家的厄運，我寧願及早與死神為伴。然而，我並不想毫無價值地去死。保爾・柯察金在癱瘓和雙目失明後，曾對自己警告說：「活著有了困難，就自殺……這是最怯懦也是最容易的出路。……即使生活到了實在難以忍受的地步，也要能夠活下去，使生命變成有用的東西。」美國詩人惠特曼則說：「儘管在命運的迎頭痛擊下，我頭破血流，但還是往前走！」我記住了這句話，所以我不想死，我要活！而且不是低三下四的活、卑躬屈膝、渾渾噩噩地活，偏要活出個人樣來！

我們母女是四月一日到達北京的。本來打算到彭阿姨家去，但母親是個儘量不擾人的人，只要有一點辦法，也決不願去麻煩別人。加之國務院對上訪人員有統一的安排，都住在太平街加八號，所以我們也就沒去打擾彭阿姨。

所謂太平街加八號，就在陶然亭公園的東側，我們自永定門車站下車，也沒坐公共汽車，穿過馬路，沒走多遠就是了。現在正是各個地方的人來京上訪的高潮，有扶老攜幼的，有拄拐的，坐殘疾車的，室內住不下，有的就睡在走廊裏，或用塑膠布、用葦席在外面搭窩棚，還有的乾脆背著行李捲，走到哪裏就在哪裏席地而臥。只要登上記、註上冊，就算有了保障，吃的是一半白麵一半玉米麵的黃麵捲子。當然也不是白吃，有工資收入的交錢，沒收入的就記帳。因上訪的人實在太多，國務院信訪辦公室接待不過來，人們就一天天聚集在國務院大門口攔車喊冤，有的舉著標語牌，舉著血衣，向過路的行人哭訴。有的採取靜坐示威、絕食的方式，要求中央領導出面接見。國務院門口經常出現交通阻塞，哭叫、喊冤的此起彼伏。沒到北京來時，我還認為像我們這樣受迫害的是極少數，到這裏一看，被冤枉的人何止千千萬萬？聽了人家的冤情，我父親的事跟人家比起來，倒顯得微不足道了。其中有多少出生入死的老革命、功勳卓著的老將軍，都被打成了「黑幫」、「反革命」，有的身陷囹圄，有的被發配邊疆，有的含冤而死。北京一個青年工人因為在日記中寫了些對文化大革命不滿的話，就被處決而死；遼寧省一個女共產黨員因為對中央文革個別人有看法而被長期監禁；在北京長安街上，我們曾遇到一個操東北口音的男人，看樣子也像知識份子，領著兩個八九歲的孩子向人們哭訴：這人本來有四個孩子，是一個幸福的小家庭，妻子因為家庭出身不好，被紅衛兵批鬥，最後得了精神病，四處奔走，為自己蒙受的冤屈鳴不平。四個孩子跟著她，走到哪裏跟到哪裏。有一天夜裏，孩子們睡著了，媽媽從睡夢中醒來，獨自走開了。四個孩子醒來不見了媽媽，哭叫著各走東西。現在，妻子在哪裏？沒人知道。四個孩子只找到了兩個年長的，另外兩個年幼的沒了蹤影。他一個男人領著孩子四處尋找，淚哭乾了，聲音嘶啞了……比這更悲更慘的例子多得不計其數。

我們母女一連三天到國務院信訪處排號，無奈每次去都是人山人海，根本挨不上號。雖然我把爸爸的冤屈寫成文字遞交上去，但估計也會如石沉大海——類似這樣的冤情太多太多了，光那些大案要案還處理不過來呢，誰還顧得上管我們？我們在北京住到第八天，信訪處貼出告示：要各地來京上訪的返回原籍去，不要再給北京增加壓力，說外國人拍照，國際影響不好。還說如果不回去，下一步就由各省地派人把這些人領回去。

媽媽是善解人意的人，說既然如此，咱們就別給領導增加壓力了。第九天，我們就草草地返回來了。

這次北京之行，對我來說，思想上的觸動是非常深刻的。回到家來，我一直在苦苦思索，思索文化大革命以來，我們的國家我們的黨所走過的道路。這場文革最初是以「懷疑一切」、「打倒一切」開始的，接著是天下大亂，半個多世紀以來千百萬人民大眾、無數先烈用生命和鮮血換來的社會主義天下瞬息之間成了流氓、無賴、暴徒惡棍、社會渣滓恣意橫行的場所，他們打著革命的旗號，從聖潔的信條那裏引經據典，為他們的胡用非為作辯護。成千上萬正直善良的人，包括經歷過槍林彈雨、戰功赫赫的元帥和將領，都乖乖地聽憑幾個人的擺佈，一步一步，最後是枷鎖鐐銬、鐵窗監牢，直至命染黃泉。人民民主專政的天下出現了紅色恐怖。國家法令被廢止，公檢法被砸爛，國家各級行政機關形同虛設，黨員和人民的民主權利、人身自由被剝奪，人身安全毫無保障。多數人受氣，少數人橫行霸道，知識份子被搞臭，知識越多越反動，流氓惡霸橫行無忌，一切都是倒行逆施、巧取豪奪。一切真的善的美的事物被壓抑和摧殘，一切假的惡的醜的東西耀武揚威、招搖撞騙。從上到下，良莠不辨，忠奸倒置，「佞者進，忠者退」，貼的是無產階級專政的標籤，實際上推行的是封建法西斯主義，真是到了天怒人怨、民情激憤的地步了。

為什麼會出現這種歷史的大倒退？一個建國二十多年的社會主義國家怎麼能夠容忍這種與社會主義制度格格不入的事情發生？為什麼？為什麼？

我個人認為，從大家列舉的中國革命十次大的路線鬥爭來看，大多數是反右傾，只有王明左傾路線因為造成巨大損失遭到批判外，其餘的左傾機會主義都沒有得到徹底清算。特別是建國以後，只反右，不反左，五九年的廬山會議最初以糾左為名，結果倒變成反右的高潮。這麼一來，就在人們的心目中形成了一個概念——左比右好。凡是右的思潮都遭到無情地批判，而碰到來自左的思潮便都望而生畏，甚至助紂、為虎作倀。這就為左傾思潮的滋生蔓延提供了土壤和庇護神。這次文化大革命就是各種左傾思潮的集大成者，是一次為左傾思潮登峰造極的大薈萃。

法慧，說真的，當我看到國務院信訪處那些摩肩接踵上訪的人群，你不知道我心裏有多沉重。就在那一刻，我的思想發生了一個昇華——原來，我一直哀歎自己的命不好，埋怨別人欺負我們，現在，我突然明白了，這個世界本來就是不公平的，本來就是一個大醬缸。既有好人，也有壞人。壞人為非作歹，好人受氣，這是時代造成的，怨不得哪一個人。出身不好的也不是我們一家人，受氣的、被冤枉、被歧視的，更不單單是我們一家。全國各地的冤假錯案多的是，我們只是這千千萬萬冤案中微不足道的一分子而已。這不是命運造成的，而是這個時代形成的通病。要改變這種狀況，就必須結束這個時代。說通俗一點，就是結束多年以來沿襲的左的方針和政策。方針政策不變，這個「人整人」、「人吃人」的時代就不會真正結束。

這麼一想，我對自己蒙受的不公正待遇倒不怎麼芥蒂了，現在，我最關心的是我們的黨，我們的國家，我們這個民族，如何才能從這種左的傾向中扭轉過來？怎麼扭轉？除了我們的偉大領袖，又有誰能擔當如此大任呢？……這一切，在我心裏都十分迷茫。

打北京回來以後，我也不想再到林集供銷社去幹那沒有編制的臨時工了，我甚至後悔我以前那麼傻、那麼任性，為什麼非要找一個固定工作不可呢？它既然不能歸我所有，我為什麼不要苦苦追求它呢？初出校門時想得到它，到新疆二年苦苦奮鬥也是為了它，自新疆回來還是千方百計爭取它，我真是傻得夠嗆！明知不可為而為之，明知不可得而爭之。為了找工作，我已經耗費了太多太多。現在，我再也不能去幹那種傻事了。我打算長期住在家裏，和母親姊妹們一起生活，這樣既能分擔母親的辛苦，也能與姊妹們多交流一些，幫助她們學習和成長。（我從林集供銷社借的現金，媽媽已從別處籌借了還上。）

總之，工作的事，一旦放棄了幻想，我心裏反倒比原來踏實了，輕鬆了。反正就是這樣了，慢慢地熬吧。記得雪萊有個詩句是這樣說的：冬日既已來到，春天還會遙遠嗎？

如此說來，我很可能當一輩子農民。法慧，現在，你失望了吧？——想不到等來等去卻是這麼一個窩囊廢！你肯定會不高興的。我又想起我早先說過的那句話：「達則兼濟天下，窮則獨善其身。」事到如今，我只好退而求其次，勉勉強強「獨善其身」了。我七八年的奮鬥和抗爭都等於零，換得的只是灰心喪氣。既已如此，你也不要為我耿耿於懷，權當我根本沒存在過，或因為什麼不幸事故而短命了。

你會大有作為的，我向來這麼認識。你只要不懈努力，有希望成為一個藝術家的。世界上唯有從事藝術創作的人最高尚，也最受人尊重。藝術家與人們的心靈交流，它不沾染任何的私利和銅臭。我真羡慕那些埋頭於藝術創作中的人，我認為他們的靈魂是高潔的。而我卻永遠不能有那樣的奢望了。我只能做一個踯躅於藝術門檻之外的眺望者。將來——如果有將來的話——我能看到你的藝術作品出現在大庭廣眾面前，我作為一個普通的欣賞者，也就心滿意足了。

所以我說，我們的愛情很難有一個圓滿的結局。你最好還是早早地改弦更張吧。我與你的差距太大，而且這個差距會越來越大，成為一個宏溝。難道不是這樣嗎？你在那邊叩響藝術殿堂的大門，我卻在這裏為最起碼的生存條件而苦苦求索。拋開政治因素不說，單就其生活現狀而言，我們也是兩個不同檔次的人。你不要再為了等我而拖延你的終身大事。以前，我已經拖累你太久太久，給你造成的苦痛太多太多，如果興償還的話，我就是肝腦塗地、下輩子銜環結草、當牛作馬，都不能報答你對我的厚愛。你可以找任何你認為配得上你的姑娘組成你溫馨的家，不要再因為我而讓你忍受孤寂之苦。

至於我，或獨身到老，或隨便找一個老實厚道的農民，馬馬虎虎了此一生算了。但我也不會自暴自棄，只要有報效祖國和人民的機會，我也會挺身而出的。

這封信寫得太長了。由於家務活耽擱，寫的過程中時常被中斷，所以整個寫得很亂，囉哩囉嗦的。

為防此信落入別人之手，破例用掛號寄給你，你看過之後，最好燒掉，免得招惹是非。
你如果聽我的勸說，就不要給我回信了，這樣，對你對我都好。

雁琳

一九七四年六月十四日寫完

一六八、盧法慧致肖雁琳

雁琳：

我在驚喜中收到你的掛號信。你關於文化大革命的分析透徹極了，套用一句古話，真是「士別三日，當刮目相看」了。

這半年多，我也過得不是那麼順心。寒假期間搞了點臨摹畫，但開學之後，時間支配上就不自由了。接二連三的政治活動使我再也不能潛心作畫，也只好投身到「批林批孔」中去。不過也好，這樣倒迫使我對當前的政治形勢多了一些瞭解，也有機會接觸一下上層社會，多少知道一些政治鬥爭的內幕。

從披露報端的文章及風傳的小道消息來分析，我們國家的政治形勢還是很嚴峻的。別的不說，單從教育戰線就可以看出：一邊要恢復考試制度，而另一邊卻大張旗鼓地樹「白卷英雄」，鼓吹「反潮流」。此外，小道消息傳說的「蝸牛事件」、「黑畫展覽」等批判活動，在文藝界搞得沸沸揚揚。最近，報刊上「批林批孔」的文章連篇累牘，口徑越來越尖銳，指向也越來越趨於明朗化。那篇發表在《紅旗》雜誌上的文章《孔丘其人》不知你看過沒有？那裏邊的好多文字都是雙關的，都有一箭雙雕之意。還有許多學術文章和中央領導人的講話，字裏行間都有隱隱約約的影射。

前不久，我認識了一個人，名叫李睿，是山東藝術學院政教處的一位副主任。這人很有些根底，路子很廣。據說，他是中央某位高幹的外甥，文化大革命前曾被勞教過，但這人的造反精神很強，文革初期曾統帥造反大軍衝擊過省委大院，「一月風暴」中又是奪權的急先鋒，為此曾受過中央某首長的接見。六九年時興工農兵管理大學的時候，李睿作為工宣隊的成員進駐藝術學院，後來就正式留在這裏，成了政教寇里的一位副主任。我曾有幸聆聽過他的幾次講話。不得不承認這人的口才很好，言辭犀利，鋒芒畢露。聽他對當前時局的看法，談上層新老兩派力量的對比，對運動前景的展望，說起來口若懸河，頭頭是道，那精確的見解聽了真是令人振聾發聵，感到耳目一新。

他曾這樣說：「當前這場批林批孔運動名義上是批孔，實質上是中央的領導權問題，問題的核心是對文化大革命的成果採取什麼態度？是鞏固還是全盤否定的問題，運動的結局就是最終實現權利的再分配。」我單獨與他接觸過兩次，這人對我很賞識，曾送我一本書——《第三帝國的興亡》。他說，他最崇拜的就是法國的潑拿巴•拿破崙。那天，他還帶我到山東省委大院裏去過一次。他與那些官場的人在一起，談吐隨意，看上去，風流倜儻，很有個公子哥兒派頭。這些當官兒的官大權大，物欲也大，與這些人相比，我們這些平頭老百姓生活在最底層，成天謹小慎微，蠅營狗苟，真是可憐又可悲。我們只知道勤懇勞作、安分守己，越軌的事從來不敢做，而當官兒的卻是凌駕於百姓之上，百無禁忌。

雁琳，你說怪不怪？最近，我忽然覺得單純地搞藝術是鄙瑣的，與政治相比，真是太微不足道了。譬如繪畫，充其量不過是美化一下生活環境，在視覺上給人一點點愉悅和刺激，但它並不能最大限度地改變一個人的政治地位和經濟地位。一個人畫一輩子畫，到老死也不過是一個畫家。梵古一生窮困潦倒，連老婆都沒混上，就因貧病交加而死；法國的塞尚因窮苦而自殺；荷蘭的倫勃朗竟餓死在討飯途中。藝術家是一錢不值的，在社會上是可有可無的，要想出人頭地，就必須搞政治，用通俗一點的話說，就是當官兒。我真後悔這幾年太迷戀於藝術，把美術當作敲門磚，可惜敲開工作之門後，仍死抱著美術不放，妄想當個藝術家。我真是太傻了，傻得太可笑了。分析原因，都是因為在Y城這樣一個閉塞的小縣城裏生活，本身就不會有多大出息。「深居桃花源中，不知有漢」。直到現在通過李睿老師的指點，我才茅塞頓開。

是的，人生一世，草木一秋，只有在政治舞臺上拼搏一番，指點江山，叱吒風雲，轟轟烈烈地幹他一氣，才不愧生為一個男子漢。

佛教中有一句話叫「醍醐灌頂」，比喻大徹大悟的意思。我現在是不是正在經受著醍醐灌頂的儀式？只可惜有點兒太晚了。

我想：雁琳，我到濟南本來是專攻藝術的，卻忽然要捨去藝術，而改從政治，你大概一時間接受不了。這是很正常的。人的心理變化是需要一定時間，需要一個潛移默化的過程的。你贊成也好，反對也好，都不必太認真。說一百圈，我現在畢竟還是個學生，不會有太出格的舉動的。我會把我的情況隨時告訴你。

再會。祝你心情愉快！

愛你的：法慧

於一九七四年六月二十日

一六九、盧法慧致肖雁琳

雁琳：

三天前（六月二十日）剛發出一信，料已收到。

六月二十一日傍晚，李睿主任突然邀我到他家吃飯（你知道，這對我來說，是受寵若驚的），我推辭不下，也只好從命。

李老師這人看上去有四十來歲，中等偏高的個頭，瘦長臉，面色煙黃（我想大約是吸煙太多所致），門齒鑲兩顆假牙。平時面帶微笑，顯得老成敦厚。可一談起政治來，就眉飛色舞，雙目炯炯，眉宇間凜然有一股肅殺冷酷之氣。這人很健談，一說起來就口若懸河，滔滔不絕。我發現，他的處世哲學與Y城的郭良成有驚人的相似之處。譬如：當說到如何做一個政治家的時候，他說：「政治家不可能一成不變地擁護什麼和反對什麼，這要根據現實情況而定，看持哪種觀點對自己的升遷更有利。」他還說：「政治家就是千方百計在政界吃得開、打得響，要保障永遠立於不敗之地。」他也贊成黑格爾的理論——凡是合理的都是現實的，凡是現實的都是合理的。並且有他的解釋：天下沒有辦不成的事，你只要心裏想辦，就一定能辦成。有幾句話他說得很到家，他說：「現在的中國就跟法國的波旁復辟時期一個樣，是一個充滿狂熱、野心和利慾薰心的時代。社會政治舞臺就是一個販賣靈魂的妓院，人們的靈魂好比浮在水面上的渣滓，要多骯髒有多骯髒。充斥整個社會的一個是權，另一個是錢。有權就能擁有一切，而錢又可以拿來與權力交換。因此，權和錢構成了二元化。」他還說：「法律、道德、原則，重要不重要？當然重要。但在權力面前，這一切都俯首稱臣。唯有錢是萬能的，它是攻克權力的金科玉律，有錢便是德。」……他說了好多好多，聽了令人振聾發聵。

我真不知道他是從哪裏得來那麼多的理論和辭彙，聽起來既新奇又覺得害怕，細細想來，那些話似乎又很有道理。現在的社會何嘗不是如此呢？

回過頭來想我自己，我越來越覺得搞藝術不如搞政治吃香。搞藝術是慢功，需要一生半輩子的努力，焚膏繼晷，孜孜不倦，也只有極少數人能步入藝術的殿堂。而從政不僅做起來大刀闊斧，酣暢淋漓，而且立竿見影，事半功倍，弄得好了便可萬人敬仰，還能名垂青史，流芳百世。

雁琳，我總覺得現在恰是政治動盪的時期，「亂世出英雄」，凡有志之士，都應該積極投身到這場政治運動中來，甩開膀子，拼搏一氣。大丈夫「生當作人傑，死亦為鬼雄」，就應該有這種氣概。我思肘再三，決定從今天起，與藝術訣別，全身心地投入政治，做一個指點江山、叱吒風雲的政治家。

你為我祈禱吧，為我祝福吧！

法慧

寫於六月二十三日午夜

一七〇、肖雁琳致盧法慧

法慧：

收到你六月二十四日發來的信，令我驚詫不已。

這幾年來，你既已熱愛美術，且為此打下了基礎，如今又有了如此好的學習機會，你就應該堅持不懈地追求下去。藝術是最高尚最純潔的一項事業，而一夜之間，你卻發生了變化，把藝術看得一錢不值。我想，你肯定是思想出了問題。你鄙薄藝術而熱衷於官場政治，我認為這是你思想開始墮落的表現，你不應該這樣。

以你的性格、氣質而言，你最適合搞藝術，而不適於搞政治。你身上有很多小資產階級的狂熱性，性格又是那麼脆弱，你既缺乏沉著冷靜的頭腦，又沒有堅忍不拔的毅力，這樣的人怎麼能從政呢？況且，你對馬列主義的基本理論知道得太少，既沒研究過中國史和世界史，更不消說對國際共產主義運動的瞭解，就僅憑跟從別人參加過幾次會議，聽過幾次講話，就輕易地選擇從政的道路，這簡直是太幼稚太可笑了！

我勸你還是過安貧樂道的生活，老老實實地鑽研你的繪畫事業，不要見異思遷，輕易放棄自己本來的愛好。

你信中提到的那個叫李睿的人，對這種人我很反感，他說的那些話我覺得很刺耳。這樣的人最多只能是一個資產階級的政客，而不會成為什麼政治家的。你再不要聽信他的胡言亂語、異端邪說，他會把你引到邪路上去的，到那時，你將悔之不及！

望三思！

雁琳

一九七四、六、三十

一七一、盧法慧致肖雁琳

雁琳：

謝謝你對我的擔心和規勸，你說的我都能心領神會，但我認為：處於我目前的境況，我必須這樣做。

記得李斯這樣說過：

處卑賤之位而計不為者，此禽獸視肉、人面而能強行者耳。久處卑賤之位、困苦之地，非世而惡利，自托於無為，此非士之情也。

現在報紙上都在崇尚法家人物，我覺得歷史上的法家一般都不迂腐，不拘板，善於審時度勢，抓住時機，銳意進取。我正是本著這一指導思想來選擇自己的人生道路的。我不是輕易做出這樣決定的，而是經過三思再三思了。

我這樣做，首先是為了你，為了你的安排就業。你不是說過嗎？——指望現在那些當官兒的根本就不行，現在社會上到處都是被打怕了的夾尾巴狗，指望這些人根本辦不成事兒。世上沒有救世主，要想辦成事情，必須靠我們自己。再說，我們正處於卑賤之位、困苦之地，活得太窩囊，太累，何苦呢？我們又不比他們缺胳膊少腿，人家是人，我們也是人，人家活得光彩，我們為什麼就不能光彩一下？要想光彩，就得向上爬。要想爬得快，就只有走捷徑——搞政治、進官場，目的就是升官。搞藝術是不行的，藝術是權力的附屬品，在任何時代，藝術都是為政治服務的。藝術家大多也是政治家的應聲蟲，為政治家賣力。過去如此，現在如此，將來恐怕也不能有所例外。

你說到我的性格和氣質，說我脆弱，好動感情，缺乏毅力，遇事不能冷靜，這些我都承認，但是想一想，我這些缺陷不正是因為我以前太癡迷藝術了嗎？在藝術氛圍裏，很容易形成這樣的性格。從今往後，我進入政治圈子，環境變了，我的性格和氣質都會隨著改變的。當政治風雲來臨的時候，我一樣會變得機警；當政治環境需要我堅強的時候，我也一樣可以堅強。作為一個政治家，不就是「機警+膽量+毅力=成功」嗎？天底下什麼都是可以改變的，什麼都是可以毀滅和再生的。一切都不是固定不變的，一切都存在變數。所謂「人的可塑性」也就在這裏。總而言之一句話，你不要為我擔心，我會處理好一切事情的。

最近，我深入思索了一下，既已躋身於政治，就必須顯露一下身手，亮一亮相，讓人們注意我，來個先聲奪人。但是，我能做什麼呢？什麼最出效果？思慮再三，我認為最好是寫一篇評法批儒的大塊文章，在報刊上一發表，肯定會一鳴驚人的。因此，我決定以此為突破口，切入社會。我將此打算向李睿主任彙報過，李主任認為很好，並說報界有他不少朋友熟人，等我把文章寫出來，他能託關係發表。只是文章題目不好選定。我意是先廣泛地讀一讀近期發表的文章，瞭解一下形勢，然後再根據我所掌握的材料來確定選題。

為此，今年的暑假我又不準備回家去過了，我要把主要精力投入到圖書館去，另外，還可能到曲阜去考察一下。這樣，對家中的祖母和母親來說，我就是不孝之子了。兩個假期不回家團聚，對老人們來說，我這人太不通情理了。但為了前程，我又不得不這樣。歷來忠孝不能兩全，二者只能選其一。我會向家裏寫信把話說清楚的，你如果不嫌麻煩，心情好時也可以到我家代我向兩位老人解釋一下，我會由衷地感謝你的。

暑假期間你暫不要給我發信，一是學校收發員休假，二是我的行止不定。我這裏有什麼情況，我會及時告訴你的。

祝你快活！

法慧

於七四年七月八日

一七二、盧法慧致肖雁琳

雁琳：

七月中旬也是天氣最熱的幾天，我跟隨李睿主任到曲阜去了一趟。看了孔府、孔廟、孔林，號稱「三孔」。我們此行本來是為批孔而去的，可奇怪的是：從一踏上那片土地的那一刻起，我心裏就不由自主湧起一種崇敬的朝聖的心理。儘管三孔之地無處不張貼著大批孔孟之道的標語口號，儘管那高大的雕龍巨碑上塗滿了斑斑的墨跡，儘管那孔林中仲尼的墓穴已被人掘了幾丈深，弄得一片狼藉，……但我的思絮始終在上下兩千多年的歷史中飄渺，我的深意識裏老是出現這麼幾句話：一個前無古人後無來者的偉人、一位可親可敬的長者、一位思想家、一位學識淵博的人。當我面對那一株株參天合抱的古松古柏，那遒勁蒼老的枝椏，那高大挺拔的樹幹，那深深扎根於大地又一道道隆起的樹根，我想：它多麼像我們中華民族數千年的歷史、文明史，它樹大根深葉茂，象徵著我們中華民族子孫後代的繁榮昌盛。但是我又想到：世界上任何一個古老的民族，如：古埃及、古希臘、古羅馬、古印度，他們都把當地的古代遺跡像珍寶一樣保護起來，並且把那些英雄史詩大事宣傳張揚。而我們呢？卻反其道而行之，偏偏要把他們打倒、砸爛、再踏上一隻腳。我懷疑這樣做合適不合適？革命，固然是件好事，但真正的革命到來之前，先把祖宗砸個稀巴爛，造成一片廢墟，也未必是明智之舉吧？一旦革命不成功，舊的被砸爛了，新的立不起來，不就只剩下一片荒蕪了嗎？由此，我又對當前國內的形勢而疑慮重重。我心中感到迷茫，我不知道我們該走向何方？還能走多遠？

那一刻，我側眼看一下李主任，他那莊重嚴肅的臉色，那迷茫又驚詫的眼神，面對此情此景，他心裏究竟在想什麼？令我捉摸不透。我曾幾次試探與他交流一下，但他每一次轉向我，嘴角和眉宇間都流露出一種玩世不恭的神態，由此，我又退卻了。他不說話，我也不說話，我們只是木然地一路流覽下去。

當我們沿著那青磚鋪成的甬道，在那飛簷斗拱、青磚琉瓦的殿堂下走過的時候，我們不如自主地把腳步放得輕輕，那一陣，我覺得所有身邊活著的人，包括我自己，都顯得是那麼鄙瑣、污穢，那麼渺小、顢頇無知，像一個個蟲蟻豬狗一般……。

離開曲阜，我們又順道到泰安逗留了一天，登了一次泰山。畢竟是「五嶽獨尊」，別有一番勝景。自中天門到南天門，尤其是最高處的十八盤，攀登的時候真是步步維艱，景致也是一步一層天。俗話說「這山看著那山高」，那是因為你未到最高處，一旦到了泰山極頂，就會有「會當凌絕頂，一覽眾山小」的感覺了。

從感覺上來說，登泰山和遊三孔大不相同，遊三孔時越來越覺得自己渺小，而登泰山卻使「自我」得到膨脹。如此說來，這一次出遊不賠也不賺，剛好保本——遊三孔時的「小我」正好被登泰山的「大我」相抵消，又回歸到原來的樣子，我還是我。

回到濟南，天氣越發熱得焦躁。濟南市四面環山，像個大面盆，外面的風吹不進來，蒸籠般的酷熱就成了這裏的特色。

回到學校，想坐下來寫點東西，但又覺得如老虎吃天，無處下口。題目和內容都不好定。因此，我又在圖書館消磨幾日，把近幾個月來的報紙、期刊的重要文章認真閱讀了一下。不讀不知道，一讀嚇一跳。圍繞著儒法鬥爭，批判的鋒芒越來越明朗化，指向也越來越露骨。我摘錄幾段文字，你看了會大吃一驚的：

「孔丘擔任了魯國管理司法、刑獄的司寇，並代行宰相職務，」——影射周總理。（一九七四年一月四日《人民日報》唐曉文：《孔子殺少正卯說明了什麼》）

（孔子）「七十一歲、病重在床」，「還拼命掙扎著爬起來，搖搖晃晃地去朝見魯君」。文中還用「開歷史倒車的復辟狂」、「虛偽狡猾的政治騙子」、「兇狠殘暴的大惡霸」、「不學無術的寄生蟲」來影射總理。（七四年第四期《紅旗》雜誌文章：《孔丘其人》）

「《呂氏春秋》這種以折衷主義形式表現出的反動思想在今天仍還可以看到，……他們常常擺出一副公正、公允的面孔，用似是而非、模稜兩可的態度來掩蓋自己的極右本質，表面上不偏不袒，實質上千方百計保

護反動派，對革命派則是力圖置之死地而後快。」（七四年第四期《紅旗》羅思鼎文：《評「呂氏春秋」》）

……「此人極端虛偽奸詐，是一個可惡的政治騙子……你看他為了騙取到『正人君子』的名聲，在大庭廣眾之中，是如何裝模作樣的吧……他一聽到國君召喚，急得不等駕好車，動身就走。……在國君面前，則小心翼翼，局促不安，舉止恭順。孔老二這一套君君臣臣表演，真是醜態百出，令人作嘔。」最露骨的是，文中有意在孔子形象上加上「端起胳膊」四個字。（七四年五月十七日《北京日報》柏青文：《從「鄉黨」篇看孔老二》）

夠了，夠了，這些文字，不用明說誰都看得出來指向是誰。這真是「醉翁之意不在酒」、「項莊舞劍，意在沛公」。

令人驚奇嗎？的確驚奇；出乎意料嗎？當然太出乎意料了。但是，回顧文化大革命以來的歷程，你就不驚奇了：文革之初的《炮打司令部》，驚奇嗎？後來揪出陶鑄，驚奇嗎？「二月逆流」驚奇嗎？以後的王、關、戚，楊、余、傅，陳伯達倒臺，林彪爆炸，無不令人驚奇，那麼現今的矛頭指向也一樣令人驚奇。然而，歷史的車輪是無情的，它總載著首長大人的意圖轟然而去，讓人不及掩耳，一切便化為齏粉，當煙消雲散，驀然醒悟時，歲月早已是「往事不堪回首」了。

在這嚴峻的現實面前，我又一次猶疑踟躕。我該怎麼辦？是迎著潮頭趕上去？還是退縮下來？我陷於兩難中。如果迴避潮流，只把筆觸回轉在單純的歷史研究中，寫出來的文章勢必平平庸庸，如隔靴搔癢，即使發表出來，也不會有什麼反響的。反之，若寫得太鋒芒畢露了，我又缺乏那樣的膽量和勇氣。所以，連日來我只是在苦悶猜疑中踟躕彷徨。

為排遣時間，我寫下了這些文字，也想聽一聽你的高見，以利我痛下決心，究竟該不該來個孤注一擲，背水一戰？

請不吝賜教！

法慧

一九七四年八月十日午夜

又及：那日在泰山極頂碧霞寺，對著泰山老母，我曾為你祈禱過，不知近來運氣好否？

一七三、肖雁琳致盧法慧

法慧：

你七月八日和八月十日兩信均收。

我覺得你變得越來越庸俗了。你口口聲聲說的是當官，而從不講如何為國為民做出一點實實在在的事情。你太關注你的前程，而對國家的黨的人民的命運卻置之度外。你追求的是個人的成功，而不是國家和人民的發展進步。從這一點來說，說真的，我都有點兒鄙視你了。

你八月十日抄錄的那些含沙射影的文字，看了確實令人觸目驚心。我春天在北京上訪期間也聽到一些傳聞，但我總是從善意上揣度人心，認為那不過是幾個跳梁小丑上竄下跳，成不了什麼大氣候。如今形勢發展如此嚴峻，卻是我始料未及的事。

但我敢說：批「周公」，歷史不容許，人民不容許，這是壞人興風作浪，是不會得人心的。

我提醒你擦亮眼睛，提高警惕，萬勿做使佞者快、人民痛的事情。

總理是萬民擁戴、功德卓著的開國元勳，他為國為民操勞一生，真可以說是鞠躬盡瘁、死而後已，如今身帶重病，還在為國事操勞。我們國家、民族的安危都維繫在他身上，那些可惡的「秀才」們，怎麼好意思向著這個慈善的老人開刀！真是令人髮指。

跳蚤也有發狂的時候，烏雲有時會籠罩大地，但雲遮自有雲開日。歷史畢竟是靠人民來書寫的。任何猖獗一時的東西最終都要滅亡。

不要為一時的迷霧遮蔽雙眼，更不要為一時的痛快而做下飲恨終生的憾事。千萬千萬記住！

你不必為我祈禱，我對自己的運氣已不感興趣了。說來可笑，從北京回來，我倒越來越關注國家的大運氣了，每天都要收聽廣播、新聞，儘管粉飾矯情者多，但我學會了尋找我的關注點。他既然要反話正著說，我就拿正話反著理解。但凡遇到從外地來的人，我都要打聽一下外面的形勢。——像我這樣處在最底層的人，居然也關心國家的政治形勢了。這難道不可笑嗎？

願你好自為人，善自為之！

切切！

雁慧囑

於八月十八日深夜

一七四、盧法慧致肖雁琳

雁琳：

我早就說過，你是理想主義者，我是現實主義者。在原則性上我不如你，但是在應變能力上，你就不如我了。

我承認我這人骨子裏是擁護周、鄧等老一派革命家的，他們是我們黨和國家的棟樑支柱，設若沒有他們，國家不知要亂成什麼樣子。周和鄧都注重發展國民經濟，而一個國家、民族的興衰成敗，歸根結底還是取決於經濟實力的雄厚與否。如果現在讓我投票支持哪一方，說什麼我也要站在老一代無產階級革命家一邊的。

可是，現在的形勢對老一派來說是極為不利的，新派正把持著整個的輿論宣傳機構，偉大領袖對他們似乎又總是寵愛有加。最近，報紙上又一個勁地鼓吹「呂後輔佐朝政」、「武則天一代女皇」，彷彿改朝換代的準備工作已經安排就緒，一俟風雲變幻，新派一班人不費吹煙之力就會把國家大權獨攬起來。到那時，世間的一切是非曲直、忠奸良莠便只有他們一口說了算了。正如李睿主任所說：

——「有史以來，各個朝代，在為政權而展開的鬥爭中，只有誰勝誰負，不存在誰是誰非的問題。成者王侯敗者賊，歷來如此。」

——「一切荒謬絕倫的主意，只消出於首長大人之口，便是金科玉律。古時既然有『指鹿為馬』，現在為什麼不能出現『指馬為鹿』？」

李主任的話不是沒有道理。

鑒於此，我打算依照當前的宣傳口徑，先寫上一篇評論文章試試，當然措辭盡可能曲折隱晦一些，不要太鋒芒畢露了，寫出來先放一放，如果新派力量繼續得勝，就拿出去發表；反之，則付之一炬。不要因為一篇文章而引火焚身，給我帶來麻煩。

「水能載舟，也能覆舟。」我只能見風使舵，順水行舟，但絕不能讓水把船弄翻。

你放心，在這方面，我會見機行事的。

這段時間，為把全部精力投入到寫文章中來，就不能像入學那樣給你寫信了。但你那邊情況可隨時告訴我。

再見。祝你

愉快！

法慧

匆草於七四年九月一日

一七五、肖雁琳致盧法慧

法慧：

自上信發出之後，我總放心不下。我擔心你會受形勢蒙蔽而一意孤行，做出糊塗事來。事實上正是如此，從你九月一日信上看，你「打算依照當前的宣傳口徑，先寫上一篇評論文章試試」，很顯然，你要寫的那篇文章肯定是「為虎作倀」的。我猜想，你一定是受了那個叫李睿的影響和教唆，才決定這麼幹的。

法慧，我是帶著氣憤回你這封信的。

你這人太沒原則性了，你的良知都到哪裏去了？

如果連醜的惡的東西都視而不見，明知是錯的，可偏要去做，那不是掩耳盜鈴嗎？

為感情所犯的錯誤，不假思索的衝動，這都是可以諒解的；可經過深思熟慮之後而有意去做違心的事，（而且是顛倒黑白、缺德壞良心的事）那是決不能容忍的。

記得馬克思在一篇文章中說過：「誰要是為了名利的惡魔所誘惑，他就不能保持清醒的理智。」

法慧，我認為，你現在正是這樣，你純粹是「因為名利的惡魔所誘惑」，所以才去幹那樣的傻事。你信上大顏不慚地說什麼你是「現實主義者」，說我的「應變能力」不如你。你這是「應變能力」嗎？你為了自己出名，讓人注意你，就去幹那些傷天害理的事，你這是投機鑽營，說重了就是出賣你的靈魂！

法慧，我勸你不要那樣做！趁早打消那個念頭。如果剛開始寫，趕快打住。如果寫完了，要趕快燒掉。說什麼也不能做那種壞良心的事！

立即回信答覆我！

切切！

雁琳懇求
於九月七日午間

一七六、肖雁琳致盧法慧

法慧：

我七日發一信，至今沒收到回覆。為什麼不給我覆信？你果真要幹那種默良心的事嗎？告訴你，做那種事，天理難容！不可饒恕！你接此信後無論再忙，也要立刻給我覆信，告訴我你現在在幹什麼？如果不聽我的勸說，一意孤行的話，我和你的關係立即決裂！

雁琳

一九七四、九、十九

一七七、盧法慧致肖雁琳

雁琳：

不是我說你，你的確有點兒太保守了！現在席捲全國的評法批儒運動風起雲湧，其勢銳不可擋，連文藝、學術界的老權威郭沫若、馮友蘭都在報刊上表態亮相了，我們還有什麼值得顧慮的？你那些擔心看來都是多餘的。你生活在偏僻角落裏，幾乎與外界隔絕，根本不瞭解當前的政治形勢，所以才疑慮重重，這是可以理解的。

你不是要我告訴你，我現在在幹什麼嗎？

現在我可以堂堂正正地告訴你：經過一個多月的嘔心瀝血、慘澹經營，總算憋出來一篇文章，題目暫定為《鑒別法家和儒家的試金石》，文中列舉了從古至今法家和儒家的代表人物所奉行的路線及其政績，從中說明：要想識別一個人是儒家還是法家，最鮮明的標誌就是看他是保守的，還是革新的？是主張復辟的，還是反對復辟的？文章的後半部分是從別人文章中抄錄了幾段批判林彪的文字。全文不到五千字，寫得很粗淺，也很蹩腳，除鸚鵡學舌般重複別人的論點、論據外，並沒有多少我自己的新東西。估計投了稿，人家編輯也不會採用。即使僥倖見報，反響也不會太大。

文章謄清後，曾送給李睿主任教正，李主任到底看沒看，我不知道，這個人很懶，對文字方面的東西並無興趣。他只是答應為我尋找發表的園地，至於將來怎麼樣，那就看我的運氣了。

令我驚訝的是：李主任是典型的激進派。早在我寫作《鑒別……》一文前，他就替我擬定題目，叫我寫《試論現代大儒》（暗指誰？你當然知道）。你瞧這傢伙，多厲害！多露骨！可我不行，我既沒有這方面的資料，又缺乏那樣的膽量。真正能寫這文章的人，必須是「梁校」、「羅思鼎」那樣的大手筆。像我這等草芥小民是斷然拿不出這樣的煌煌大作的。更主要的還在於感情問題，我不是說過嗎，憑心而論，我從骨子裏還是擁戴那些老革命家的。他讓我平白無故地去誣陷好人，我怎麼能忍心呢？

也正因此，接你九月七日信後，我沒有給你馬上回覆。我覺得暫時沒那個必要。

當然，文章我還是要繼續寫下去的。李主任前天告訴我，上級有明確指示：各地要在鬥爭中培養理論隊伍，注意選拔人才。他說，他已將我的情況向上級做了彙報，認為我「是個苗子」，可以重點培養。至於如何「培養」我，現在還沒有下文。好好幹吧，上級不會虧待我的。

最近有小道消息說，就要召開四屆人大會議了，周總理身體欠佳，毛主席也已年邁，國家的領導機構面臨著大的調整。越在這時候，新老兩派政治力量的角逐越是緊張激烈。對國家來說，這是關係到前途和命運的大事，所以全國人民都在拭目以待。不知道不久的將來會出現什麼結果？

你最近在家裏做什麼？心情如何？

順致問候！

法慧

七四、九、二十八

一七八、盧法慧致肖雁琳

雁琳：

我此刻正在駛向北京的列車上為你寫信。

事情的發展真是迅猛異常，我已被正式抽調到省委宣傳部大批判材料組協助工作，也算是上信說到的理論骨幹培養對象。多虧了李睿主任在上邊不斷地為我吹風造勢，才引起上級有關部門的重視。當然我是要感謝他的。三天前李主任剛通知我的時候，我還不大相信。直到昨天到省委報到，心裏才算踏實了。為了讓我們開開眼界，增長知識，明確方向，堅定信心，省委領導組織我們材料組一行八人進京參觀學習，主要到到清華、北大，學習他們開展大批判的先進經驗，並爭取接受中央首長的接見。

我想：這次北京之行對我的前途來說非常重要，從現在開始，我的命運很可能發生大的轉折，當然是向更好的方面發展。但最終能否跟上形勢也很難說，也就看我的主觀努力了。領導既如此器重我，我就不應該再猶疑觀望、徘徊不定，而是要放開步伐，大刀闊斧地幹才是。

你不要再規勸我，更不要阻撓我，我決心已定。現在是我衝鋒陷陣的時候了！

你不要為我擔心，應該為我高興，分享我的快樂才是。

我愛你！

法慧

十月七日晚八時在車上

一七九、盧法慧致肖雁琳

雁琳：

七日晚在火車上為你寫一信，八日下車後，自北京站寄出，想已收到。

我們現在就住在珠市口附近的「東方飯店」，是一座五層小樓。聽說這裏原來是華北局的招待所。離前門和天安門廣場都不遠，傍晚散步就可走到。

我們一行共八人，都數我年輕。他們都是工作人員，就我是學生。我們此行的主要目的是去北京大學、清華大學的大批判小組取經學習。連日來，已到兩處大學參觀了兩次，也開了幾個座談會，感覺有點兒收穫，現在只等中央首長接見了。在北京，從市面上看不出什麼來，可潛在的政治鬥爭卻異常激烈。圍繞著四屆人大的人選和內閣的組成，新派和老派的鬥爭已達到白熱化的程度。首長只是忙於政治角逐，抽不出時間來接見我們，看來也只好如此了。

北京已傳達中央案二十五、二十六號文件，即為賀龍平反和四屆人大籌備情況的通報。政治嗅覺敏銳的人單從字裏行間可以看出：新派力量不如老派力量雄勁，新派似乎有點兒底氣不足。從陣容上來說，老一派人才濟濟，儘管周總理因病住院，可鄧小平的復出猶如東山再起，很快就成為老派力量的核心人物。他政治思想強，懂得如何治國，文革打倒他並不曾降低他在人民中的崇高威望。有消息說：鄧極有可能成為第一副總理來輔佐周。這樣一來，全國就要出現一邊倒的形勢，對新派力量極為不利。——這些話，我都是從北大、清華大批判小組聽說的，比較可靠。

我們來得很不是時機，不管是參觀座談，還是私下接觸，都在談論四屆人大的事情。不但沒提起我們的鬥志，反而有點兒洩氣。不過能來北京見見世面也是好的。況且政治鬥爭常常是變幻莫測的，有時因為一條最高指示，說不定整個局勢就會急轉直上。

雁琳，在北京住著，我很想你。近日無事，我曾專門坐車到你去過的「太平街加八號」去追尋你的足跡。現在那裏很亂，住的人很多。聽說北京站也住滿了。有人反映：上訪的人被外國人照相了，給國家丟臉。鄧小平說：怕什麼？叫外國人看看也好！——言外之意，家醜還怕外揚嗎？

傍晚，我在天安門廣場散步，心裏想：此時此刻如果有你在我身邊，那麼，這世界便是多麼美好！將來我們會有那一天嗎，雁琳你說？

如今我們都已是二十六七的人了，轉眼就到了「而立」之年，中國人歷來注重功、名、利、祿，可我們至今還兩手下空空，功不成名不就，連飯碗都不牢靠。一想起這些來，我心裏就湧起一陣陣酸楚。

當我走進北大、清華的時候，我就想，這裏本該有我們的份兒。不是我狂妄，如果當年興高考，我們肯定會金榜題名的。可是正當雄心勃勃的時候，一場文化大革命將我們的美好願望化為「黃粱美夢」、付之東流了。今生今世，這筆債是永遠無法償還的了。

再過兩三天就要回去了。其實一看形勢不好，當時就該回去。可其他幾位想借機玩一玩，看看名勝古跡，所以就多住了幾天。我對遊玩不感興趣，我最關心的是我們（包括我和你）的前程，哪有閒功夫遊山玩水？這兩天，我想的最多的就是：我如何從當前這種不上不下的尷尬處境中跳出來，用時髦的話說，就是脫穎而出，即使不能達到令世人注目，至少也該讓人對我刮目相看。我不能老是混同於一個普通職工、一個青年學生，我要施展我全身的解數，非讓人知道我盧某人決不是碌碌無為的庸常之輩不可。李太白堅信「天生我材必有用」，杜少陵自詡「天馬長鳴待駕馭，秋鷹整翮當雲霄」。既有報國之心，何愁無報國之門乎？

無論如何，我要先闖出來，然後再拉你。正如《國際歌》中唱的：「從來就沒有什麼救世主，也不靠神仙皇帝。要創造幸福，全靠我們自己」。等是等不來的，要奮鬥，要爭要奪，甚至可以搶，要在一無所有中打出一個隻屬於我們自己的金燦燦的世界。到那時，回過頭來再看今天的奮鬥，或許有恍如隔世的感覺吧！

雁琳，我寫下這些不著邊際的話，你也許又要笑話我的幻想和狂熱了，其實，說到底，我們人類不都是在想像、希望中過日子麼？如果我們都把現實看得那麼真真切切，把希望看得那麼渺茫，那麼，生活對於我們來說還有什麼吸引力呢？我們整個的人類又該如何一代又一代，輩輩繁衍、生生不息？

說到這裏，我忽然想起我們戀愛初期你說過的一句話，大意是：未來，既不一定如我描繪的那樣光輝燦爛，也未必會像你想像得那樣灰暗冷清。時間過去了七八年，這仍然是一個未知數。不過，與當時相比，境況畢竟有所改變，至少我的職業、飯碗暫時有了著落，你雖然還在泥淖中跋涉，但這邊有我，只要我一步登第，馬上拉你一把，我們的小康之家也就有了希望。

咬咬牙，再忍耐一下吧，少則一年半載，多則二年，我會為你為我們打造一個溫馨舒適的小天地的。

相信我吧，雁琳，我會不遺餘力去奮鬥的！

祝你

心情愉快！

愛你的：法慧

七四年十月十八日深夜

於北京東方飯店二一三房間

一八〇、盧法慧致肖雁琳

雁琳：

自北京返濟，好長時間沒給你寫信，也沒收到你的來信，甚感寂寞。

驚悉四屆人大於元月十三日至十八日在京召開。其實這已是意料中事；我之所以用「驚悉」，是因為四屆人大通過的人選幾乎竟是清一色的「老派」而深感驚奇。早先我在北京時曾聽說要讓王洪文任委員長，張春橋任總理；事實上張春橋僅當了個副總理，還排在鄧之後。其他各部委的大權幾乎都把持在「老派」手裏。東山再起的鄧小平已被任命為軍委副主席兼總參謀長，他的副總理職務雖然掛著個「副」字，實質上因周總理早已重病住院，真正行使權力的非鄧莫屬。我認為：最近事態的發展對江青、張春橋為首的「新派」來說，確實是一次慘重的失敗。

憑心而論，對老派得勝、新派失利的格局，我本心並不反感，甚至說，如果在這二者之間任我選擇的話，我毋寧推舉老派，我知道，只有這樣，我們國家的經濟建設才能好轉，指望新派是沒有多大希望的。但是，目前一邊倒的格局又令我有幾分擔憂——你知道，世間的事物，要想穩定，都離不開「均衡」二字，「均」和「衡」是有關聯的，有了「均」，才能有「衡」。目前，「新派」雖沒撈到什麼，但他們把持著輿論宣傳工具，在一些要害部門，他們的權利還相當大。在這種情況下，想長期穩定下去，幾乎是不可能的。除非一刀切，把「新派」擼個光光，也倒清淨。可現在這種格局潛伏著很多危機，「老派」的得勝可能使「新派」暫時收斂一下，但一俟有個風吹草動、氣候適宜，新派力量會立即來個倡狂反撲的。我的擔憂正在這裏。

不管怎麼說，從三屆人大到四屆人大，拖了十多年時間，這是很不正常的。現在終於能召開了，這本事就是好事。尤其是周總理抱病作的政府工作報告中再次明確提出了四個現代化的建設目標和宏偉藍圖，這就很令人歡欣鼓舞、可喜可賀的了。

自北京返回後，我的時間大多消耗在圖書館裏，新的文章沒有寫出，早寫的那篇《試金石》，已先後被三家報刊退稿。也幸虧沒有發表出來，不然將來說不定會成為我的一條罪狀呢。

寒假快到了，今年的寒假說什麼我也要回家去一趟了。假期裏希望我們能好好地相處幾天，我們足足有二年沒見過面了，真不知道我們見面還能相識否？

大概託四屆人大召開的福，今年的濟南市場比往年繁榮得多，吃的、穿的、用的，品種齊全，花樣繁多。回去我不知道捎點什麼禮品為好？估計等你寫信來已來不及，因此我只好隨便辦點兒年貨帶回去好了。

心裏有好多話要說，見面再談吧！

祝

愉快！

法慧

一九七五年元月二十六日

一八一、盧法慧致肖雁琳

雁琳：

假期過得真快，二十八天時間一晃就過去了。

我原打算整個假期都在家裏過的，想不到郭良成要結婚，光是為他就耗費了好幾天時間。真可惜。

我在家半個多月，和祖母、母親共處，儘管共同語言不多，但一年多不見面，親情總還是表達不盡的。哥哥已打算當一輩子農民，竟一連好多天不刮鬍子，再加上那身破舊的軍裝，整個看上去的確像個普普通通的莊稼人了。我佩服哥哥的忍耐性，凡事他都能諒解，他至今不相信世界上真有壞人，儘管他在部隊那段坎坷的經歷把他害得好苦好苦，但他總認為世界是美好的，因而對人對事他都能保持十分寬容的態度。順便說一句：我哥哥可不贊成我棄畫從政，但他也並不過多干預。他說：人生的路總該由自己選擇，他只不過是提醒我不要太貪心了。我覺得他這話也是多餘，我什麼時候貪心過？我處世為人的原則一直是：事在人為，適可而止。我從來沒做過什麼非分的事。

說到這裏，我想告訴你一個小祕密：你知道我的名字「法慧」二字的由來嗎？說來還有一段故事呢：大約在我五六歲的時候，奶奶曾帶我到附近一個叫喇嘛寺的廟裏燒香。那和尚看我長得眉清目秀，就問我叫什麼名字？那時候，我只有一個小名叫「二子」，還沒有起大名呢。奶奶索性對和尚說：就拜託您給這孩子起個名字吧。那和尚連想也沒想，張口就說出了「法慧」這麼個名字。奶奶問他：老師傅給起這麼個名字包含什麼意思？那和尚只是笑呵呵地說什麼意思也沒有，只是念著上口而已。後來，我上小學的時候，果真就用上了這個名字。我還記得教我的那個啟蒙老師（姓艾，特和善，梁山縣人，五七年被打成右派，後來就回他老家了。）當聽到我這名字後，說了一句話，他說：這名字怎麼像是個和尚的法號呀！那時候，我還不懂什麼叫法號。文化大革命開始破「四舊」的時候，有人曾寫我大字報，煞有介事地命令我把現在的名字改一改。我沒理乎那一套，後來就不了了之。

我不相信宿命觀，我也不認為一個人的名字跟他的命運有什麼干係。或者說，我根本就不相信什麼命運。我比較相信機會和機遇，任何人都不能把握自己的命運，但可以抓住機會。機會往往是不多的，而且是稍縱即逝的，稍一疏忽，機會就會與你擦肩而過。譬如：這次我之所以能到山東藝術學院進修，就是因為我不失時機地抓住了這一機會。設若我當時的資訊不靈，或者決心不大，又捨不得花錢求人，那麼上學的機會就可能被別人搶走。實際上，人的一生就是一次又一次地與機會博弈，有的人善於抓住機會，他就成功了；有的人總是反應遲鈍，關鍵時刻又猶豫不決，前怕狼後怕虎，就很容易錯失良機，造成遺恨。

扯得遠了些，現在回過頭來還是說假期的事。

在假期裏，我和你的爭論使得我們本來就不多的相處時間，過得很不愉快。其實，你我之間在對形勢的看法上本沒什麼不同。你擁護老派，我也對老派情有獨鐘。只是你考慮問題太理想化了，理想得帶點幼稚。須知在政治舞臺上的鬥爭是你死我活的，沒有什麼謙恭呀、禮讓呀、和平共處呀什麼的，一切都是真刀實槍的，在政治家的詞典裏，只有成功、勝利這樣的字眼，至於什麼良心、道德、仁慈，那都是說給別人聽，做給別人看的。我對形勢的評估是有道理的，不信你注意一下最近的報紙，從「學習無產階級專政理論」，到「批判經驗主義」、「限制資產階級法權」，這些提法的相繼出籠，就足以看出「新派」力量正在千方百計地從理論界對「老派」開始反撲。新的更加嚴峻的政治鬥爭還在後頭，你心理上接受也好，不接受也好，現實就是這樣步步緊逼，誰想躲也躲不開。

你竟然污蔑我，說我「有資產階級政客作風」。我頭一次聽到別人這樣評論我。除驚訝之外，我絲毫不以為懷，相反倒有點兒沾沾自喜。——我這人本來就跟我哥哥似的，心眼兒太實，喜歡直來直去，對人不掖不藏的，像我這樣的人搞政治不行，只會被人利用，當槍使，到頭來也是作別人的墊腳石和犧牲品。自從跟李睿老師（我喜歡這樣稱呼他）接觸之後，我就刻意改變我這種性格：我要學會堅韌、持重、冷酷，甚至狡猾、陰險、狠毒……凡是小說電影中那些反派人物所具備的特性我都要學會，而且要運用得得心應手、遊刃有餘。既已決心從政，決心混官場，就非得學會這些不可。這是進入官場的入門證，也是護身符，非此就沒法進入政壇。

什麼叫政客？其實我認為政客和我們說的政治家只是字面上不同。你成功了，就是政治家，失敗了，別人就說你是政客，真正的差異就在這裏。俗話說的「成者王侯敗者賊」，道理是一樣的。

放心吧，你沒必要為我擔心這啊那的。將來，我會有出息的。我決不會僅僅混同於一般老百姓。「燕雀安知鴻鵠之志」，「大鵬一日同風起，搏搖直上九萬里。假令風歇時下來，猶能簸卻滄溟水。」（李白）「生當作人傑，死亦為鬼雄。」（李清照）大丈夫人生一世，不創點兒業績，上不能光宗耀祖，下不能封妻蔭子，便無顏面去見祖宗！

雁琳，等著吧，我會讓你有出頭之日的！

遺憾的是，整個假期我們只相處了三天，也幾乎是唇槍舌劍地爭論了三天，其間竟連溫存一下的機會都沒有。現在想想，我們這是何苦呢？生活把我們打扮得太政治化了，竟忘記了我們起碼還是有血有肉的人。我們老是喋喋不休地談論政治，而忽略了人的七情六欲。我們這一代真是太理性、太正統了。將來我們的子孫後代如果知道竟是這樣子生活，也許會嗤笑我們的。

生活在消磨著我們的青春，我們的容顏在一天天變老，而歲月的列車卻載著我們轟然而去，連歎息的機會都不給留，轉瞬之間，一切都化為腐朽。若干年後，當我們回首往事的時候，難道不因為我們的青春易逝而黯然神傷嗎？

從這一點來說，我認為榮寶芬和郭良成結婚還是對的。儘管他們的感情基礎不穩固，操辦得也太倉促了些，但從珍惜青春這一角度來說，他們比我們高明得多。說什麼功名利祿，講什麼事業人生，及時享樂才是對的。對於榮寶芬，我歷來認為她有無可爭議的美，婚禮上，在五光十色的燈光映照下，她那豔若明霞的容顏，那秀美妖媚的身段，看了總令人心馳神蕩。想不到當年號稱首屈一指的「校花」，如今竟淪落在郭良成這小子手中，雖不是鮮花插在牛糞上，但總覺得不倫不類，實在是可惜！而榮寶芬還竟然沾沾自喜。從這一點，也足見現在的人是多麼地趨炎附勢。如果郭良成沒有計委主任的頭銜，榮寶芬說什麼也不會嫁給他的。

這封信已經寫了不少，就此打住吧。

祝你

心情愉快！

法慧

一九七五年三月十一日晚間

一八二、肖雁琳致盧法慧

法慧：

我現在商業局給你寫信。

最近，縣裏開展機關整頓，老魏局長又調回到商業局主持工作。因為需要一名打字員，特差人到常鎮把我叫了來。我本不打算在正式就業前再幹什麼臨時工之類，可又礙於老魏局長的面子，只好從命來到這裏。

對打字工作我還是頭一回接觸，剛開始時是一頭霧水，我甚至要打退堂鼓了。後來在劉忠她們的鼓勵下，好歹算是堅持下來。現在對字盤稍微熟悉了些，只是手太笨，打字速度太慢，但又急不得，越急越出錯，沒辦法，慢慢來吧。

魏局長上任之後，局裏各方面工作都大有起色。我們「毛澤東思想文藝宣傳隊」的姐妹們常到打字室裏來玩。一別三年有餘，再次重逢，別有一番滋味在心頭。姐妹們大都成家的成家，生子的生子，那溢於言表的笑容越發反襯出我內心的悽愴和悲苦。

四屆人大之後，各方面的形勢發展是好的，幹部群眾都比較滿意。但願照此勢頭發展下去，國家才有救，人民才有希望。

你三月十一日寫的信是今天上午我媽從家捎來的。你那些關於政客的解釋，我是不大贊同的，我感覺你思想深處有問題。你總是講個人、個人，而不是從國家、人民的角度考慮問題，這就決定了你在言談話語中個人主義和個人野心的不自覺流露。我希望你能從思想深處清洗一下不健康的東西，不要一開口就是功名利祿、光宗耀祖，都什麼時代了，還說這些話。你不感到寒磣嗎？

我認為，你還是應該老老實實地學習繪畫，不要再投身政治。無論怎麼說，你不具備當政治家的素質，即使混進去，也遲早會失敗的。說真的，我怎麼也鬧不明白，你有那麼好的繪畫基礎，現在又為你提供這麼好的學習條件，你不好好學畫，反倒熱心起從政來，你是昏了頭了，還是神差鬼使讓你這樣做？真是讓人無法理解。

就寫到這裏吧，望你好自為之。

來信寄商業局即可，但不要太信口開河了，萬一讓別人看見了笑話。

雁琳

一九七五年三月二十八日

一八三、盧法慧致肖雁琳

雁琳：

我該祝賀你。但你也應該借此機會向老魏局長提一個條件，要他為你辦理正式的招工手續，否則不來。以此來要脅他，對你有好處。魏局長現在是官復原職，權力是相當大的，這個時候提個要求，不算太過分。你也不要礙於面子說不出口，招工轉幹，這是我們一輩子的大事，我們多少年了苦苦奮鬥，八方求索，為什麼來著？不就是為了找份工作嗎？既然現在商業局需要你，你就有理由向他們提個條件。這事兒，本應該你進商業局前就正式提出來，不過，現在提也不遲。

我在學校又恢復了以前的學習秩序，間斷了許久的教學課程又按部就班地進行下去。可是我自從決心從政那天起，對繪畫藝術再也提不起興趣來了，在教授繪畫的課堂上，聽起來總覺得枯燥乏味。因此，每到上繪畫課的時候，我就在位子上閉目養神，每有課餘時間，我就一頭鑽進圖書館裏，翻看中外政治、歷史類的書籍，如：《資治通鑒》、《中國通史》、《世界通史》、《二十四史》等。我本想讀像《第三帝國的興亡》那樣專門研究資產階級民主革命和人物傳記一類的書籍，無奈這類書極缺，連省直圖書館都借不到。所以只好泛泛地讀些政治書籍，也引不起多大的興趣，消磨時間而已。

日前，李睿老師授意我寫點兒「批判經驗主義」的文章，我查找了一些資料，因一時摸不清上頭的指向，也終於沒有寫。現在看來，政局好像是日趨穩定，鄧副總理對各條戰線的整頓初見成效。對於這種政治局面能否長久地發展下去？我仍持懷疑態度。「新派力量」原班人馬都還在位子上，大樹不倒，未來的風雨總是避免不了的。

假期中間，我在Y城，看到文革中兩大山頭的人都在頻頻聚會，到處交頭接耳，嘀嘀咕咕，估計內中必有玄機。近日，郭良成給我寫信，言詞含含糊糊，大意是打聽我在省城有無靠山，能否借省裏頭目插手Y城為他撐一下腰。我知道郭這小子野心勃勃，對「縣計委主任」這把交椅看不上眼，老是覬覦縣委兩部（組織部、宣傳部）乃至更高的權力。在升官欲望上，我跟他比是「小巫見大巫」。估計將來，我畢業回到Y城，在官場上的競爭對手其中就有他。因此，我不能對他太坦誠相待了，免得貽留後患。所以我在回信中委婉地回絕了他。

近來，Y城有什麼變化？你要及時寫信告訴我。再過三個多月，我就要回去了，那裏才是我的根據地，我真正的政治生涯大概要從那裏開始。

祝

心情舒暢！

法慧

七五年四月十五日晚

一八四、盧法慧致肖雁琳

雁琳：

畢業在即，我不想回Y城，如果省城能留下我，何必到小縣城去幹那些蠅營狗苟的細微瑣事。我已申請留校。因為我是帶薪進修生，留校的難度要大一些，手續要複雜一些。為了打通各方面的關節，我決心再破費一下。這年頭兒，想辦成什麼事，沒有錢在前面開路，是很難行得通的。前途，其實就是「錢圖」。離了「錢」，就無「圖」可講。

我知道你手頭拮据，但無論如何你也要借五百元寄來，而且儘量要快一點。最後沒辦法時，你可去找郭良成。寒假期間，他曾向我炫耀他已有一筆相當可觀的存款。我這裏也向他寫信，不妨暫且以答應為他在省裏找靠山做交易。不過，我要等你覆信後再發。

如果我真的能留省城工作，這是我實現從政夢想的第一步，是基礎，也是階梯。這步能辦成，將來的晉升就會平步青雲。這對你也是有好處的，一俟我的事情辦成，馬上著手辦你的事情。所以，你要全力支持我，不要有任何猶豫。

五百元搞到就通過郵局匯我。時間務必抓緊，越快越好。

祝

我們旗開得勝！

法慧

一九七五、六、五

一八五、肖雁琳致盧法慧

法慧：

遵囑已將五百元如數匯去，查收。

這五百元中，有老魏局長三百元的存款，有劉忠、黃玉蘭的一百五十元，其餘的就是我這幾個月的積蓄，悉數寄給你。我認為你能留在濟南，對你來說當然更好。但如果不好辦，還是回原單位的好。你上學期間，百貨公司照樣支付你的工資，你應該對得起他們才是。

聽說Y城下半年又有招工任務，招工對象主要是前幾年上山下鄉的知青。我的情況自然包括在內，條件是符合，但他們肯不肯辦又是另一回事。我只有耐心等待。

最近，我媽收到北京那位同事的來信，說七八月間要來Y城探望她的父母。信上提到北京的政治形勢很好，各行各業整頓大有成效，社會穩定，人們心情舒暢。自文化大革命開始以來，敢於這樣大張旗鼓地抓經濟建設的，還不曾有過。這都是得力於鄧小平等老一派革命家坐鎮指揮，沒有這些老人，光靠那些新派秀才們是什麼事也辦不成的。魏局長最近出發去上海，帶回來消息說：鐵道部部長萬里上任後大刀闊斧整頓鐵路運輸，以最亂的徐州鐵路局為試點，對蓄意鬧事的造反派頭頭該抓的抓，該殺的殺，立見成效。……這一系列消息聽來的確令人歡欣鼓舞。如果長此發展下去，中國還是大有希望的，中國的四個現代化的目標還是能夠實現的。從這一點來說，我對自己的身世、就業等等就看得無所謂了。只要國泰民安，我即是大海中之一粟，沉亦然，浮亦然，我心足矣！「一朝瘴煙風卷盡，明月初上浪西樓。」（賈島句）只要一聽到這類消息，我就欣喜得徹夜不眠。八九年來，我的歲月上空幾乎全都是陰霾密佈，我的心肝肺腑早被人世間的風霜雨雪沖刷浸泡得發僵發白，我的淚水已經流乾，我的心血已灰得發白，想不到「雲開自有雲開日」，「豔陽當照水自流」，我的枯竭的心又復甦了，我好像一下子又回到了少女時期，我想盡情地唱呵、跳呵，我心裏從來沒像現在這樣充實快活過。

希望你比我更高興！祝你

事事遂願！

雁琳

一九七五年六月十六日

一八六、盧法慧致肖雁琳

琳：

匯款順收。

謝謝你為我費心！

學業已正式結束，學員大都回到原籍去。我為留濟的事需要逗留幾天，活動活動，託託關係，走走後門。一旦有了門路，我也得回到Y城等候資訊。

暫不必來信。

盧草
六、二十八

一八七、盧法慧致肖雁琳

雁琳：

我坐今天的頭班車於中午十二點四十分到達Y城，本想先去商業局見你，又怕你怪罪下來不好收場，只好先到百貨公司。打開我的房門，蛛網密佈，塵屑飛揚，一派蕭條寥落景象，越發顯得我的孤獨無靠。

剛才，已到辦公室見過公司的幾位經理，因為留濟的事只是我一廂情願，能否辦成，還是驢尾巴吊棒槌的事，我不想「破褲子先伸腿」，免得半路上出岔子，所以只推說濟南那邊結業手續還未辦完，需要等暑假之後才能正式來公司上班。經理們也不深究，我想以此來抵擋一段再說。

我想與你商議：你我的關係還有必要繼續保密麼？似這樣老是偷偷摸摸、鬼鬼祟祟的真叫人難受。兩人相愛，又不能有所表示，成天像作賊似的，簡直是難以忍受。我的請求是：咱們乾脆把關係公開，即使不結婚，能堂堂正正相愛也是好的。雁琳，求求你了，答應我這點請求吧！

離開濟南前一天，我逛大觀園商場，看見一條裙子，街上很流行，我也很喜歡這款式，於是就自作主張買了一條送你，想你穿上一定會挺合適的。裙子連同這封信託公司出納員小李專程送交你。

祝

高興快活！

法慧
七、十四

一八八、肖雁琳致盧法慧

法慧：

關係公開？沒門兒。你不要舊調重彈，一切都是枉然，我不會依從你的。

你捎來的裙子，看上去很好。可惜我不能穿。不用解釋，你也該明白。我覺得這樣的裙子只有寶芬姐穿了才合適。權且放我這兒，過幾天見了寶芬，送給她，她會非常高興的。

當然，你的情意我領了。

商業局衛生室裏的護士小崔與我關係甚好，如有事可通過她轉給我。

別無事。

你也少來打擾我！

雁琳
七五、七、十五

一八九、肖雁琳致盧法慧

法慧：

老魏局長已經知道我們的關係（不知道他是從哪兒聽說的），昨天，他詢問我，我認為魏局長是可敬重的前輩，沒必要說謊，就如實地對他講了。他如果問到你，你也沒必要隱瞞。但是，當講的講，不當講的，還是不要亂說。

雁琳

七月二十七日

一九〇、肖雁琳致盧法慧

法慧：

我媽的那位同事日前從北京回來探親，現住在我家。媽媽捎信來讓我回家去見見那位阿姨。我只好請假去一下，過兩天就回來。

小崔見你房間裏還沒有蚊帳，你那裏挨近池塘，蚊子肯定多。我這裏有紗窗、門簾，用不著蚊帳，正好送給你。

雁琳字

八月九日

一九一、肖雁琳致盧法慧

法慧：

我昨天傍晚回。

今上午見到老魏局長，沒想到他會鄭重其事地邀請你我今晚到他家吃餃子。我推辭不下，恭敬不如從命。望你也一同前往。

魏局長家在商業局辦公樓後邊第一排平房，從西邊數第四門就是。

時間是今晚六點半，我在打字室等你。

勿忘！

雁琳

八、十四

一九二、盧法慧致肖雁琳

雁琳：

昨天晚上，真是令我終生難忘的一個夜晚。

雖然只短短的兩三個小時，可一連串的喜事接踵而至，使我當時差點要跳起來，我要歡呼，我要歌唱。

這些高興事是：

一、魏局長要作我們的大媒；

二、把我們的婚期定於明年的元旦；

三、魏局長親口許諾，通過局黨組研究，給你辦理招工手續；

四、你談到你媽的同事從北京帶回來的小道消息。雖然這事與我們沒有直接關係，但它能體現出國家的政治形勢正在向著好的方面發展。……

為這些事，我高興得幾乎是徹夜未眠。

對於魏局長這個人，幾年前我就認識，但因為地位懸殊，他是局長，我是一個小卒子，從來沒機會跟他說過話。通過這一晚上的接觸，我認為他就像一位慈祥的父輩。他那稍微有點駝背的姿態，那兩鬢如霜的白髮，那滿臉鐫刻著的條條皺紋，還有他那粗獷、深沉、略帶點沙啞的嗓門，說話時那種不急不躁、不緊不慢、循循善誘的語調，這一切，無不讓我打心裏喚起對長輩的崇敬之情。雁琳，說真的，當時的我真想跪下給他磕一個頭，親切地喚他一聲「伯父」。

起初，當老魏局長以探詢的目光盯著我，問起我和你的關係時，我真有點擔心他會責備我，可他話鋒一轉，突然說出願作我們大媒的話，令我緊縮的心豁然一下開朗了。接著他說：局黨組正千方百計為你辦理招工手續，如果順利的話，明年（一九七六年）的元旦結婚便是理所當然的事。記得，當魏局長說這番話的時候，你的臉色一下子變得緋紅，兩頰如熟透的果子，你的目光也因激動而濕潤了，顯得淚光盈盈。那一刻，你變得那麼漂亮那麼好看，一如下凡的嫦娥、再生的西子。當時，我真想一下子……

雁琳，那晚上你真的很高興，我從來沒見你那麼興奮過。你又說又笑，你說起你媽的那位同事自北京帶來的小道消息，更是滔滔不絕。不，那不是小道消息，那是真正的大道消息。也恰如魏局長說的：這些政治笑話之所以廣泛流傳，就是因為它代表了人民的心聲，反映了人民的願望。從這些政治笑話裏可以看出：新派的幾個代表人物的確是不得人心的。這些年來，他們變著法兒整人，把人整得好苦，積怨太多，民憤太大。四屆人大前夕，他們野心勃勃，想把國家的大權都掌握在他們手裏，把老一代革命家包括敬愛的周總理、鄧副總理這樣在人民心目中享有崇高威望的人都排除在外，把全中國變成他們的一統天下。這夥人也真是太狂妄、太露骨了。所以，人民才對他們深惡痛絕，所以才有了這些政治笑話，並且迅速傳播開來。

這些政治笑話真有意思，日後，我會把它們一一整理出來，製成傳單散播一下，讓知道的人更多，作為茶餘飯後的談資，不亦樂乎！

雁琳，也正如你所說，形勢正朝著健康明朗的方向發展，也許用不了多久，那些強加給人們的種種罪名，那些該死的「血統論」，那些束縛人們思想的緊箍咒，都會一一化解消亡的，毛主席所宣導的那種「既有民主又有集中、既有自由又有紀律、既有個人心情舒暢、生動活潑又有統一意志、安定團結的政治局面」很快就會回到我們社會現實中來。到那時，我們的結合就是水到渠成、瓜熟蒂落了，我們再也不必擔心什麼什麼的「影響」和「株連」。人人都憑著自己的聰明才智，憑自己的實幹精神，在祖國四化建設中發揮積極的作用，社會對每個人的機會都是平等的，回報也是公平的、合理的。

讓我們拭目以待吧！

祝你

心情快活！

法慧

七五、八、十五

又及：

雁琳，你講述的那幾個政治笑話，我昨晚加了個班，已形成文字，且用複寫紙複製了三份。此一份送你。請指正。

八月十六日

附：

政治笑話五則：

《江青裙》

江青自行設計了一種裙子，叫「開襟領連衫裙」。她自己率先穿，並強令身邊的女同志都穿。別人覺得裙名太拗口，乾脆背後叫「江青裙」，並編了個順口溜：「上是男人下是女，前像和尚後像尼，姑娘穿了變太婆，太婆穿了變小妮。」

《紅都女皇》

一個叫威特克的外國人根據江青的授意把江青的自傳寫成了一本書，書名叫《紅都女皇》。毛主席看到書後很生氣，當即批示：「孤陋寡聞、愚昧無知，立即趕出政治局，分道揚鑣。」周總理為維護毛主席威望，在下面加了一句話：「暫緩執行」。

《天高地厚》

王洪文一直想當委員長，一天他去請求朱老總。朱老總聽罷王洪文的陳述，眯著眼，用拐棍指了指天，又指了指地，一言不發，起身離去。王洪文不解其意，去請教主持中央工作的鄧小平。鄧笑了笑，說：「那是說你『不知天高地厚』。」

《不破不立》

一次閒談，王洪文問周總理：治理國家需要有多大本領？周總理沉吟了一會兒，說：能把雞蛋立在桌面上就夠了。王洪文立即取來雞蛋，反覆試驗，怎麼也立不起來。沒法子就去討教鄧副總理。鄧拿起雞蛋往桌上一磕，一下子就立住了。王洪文大叫：「你把雞蛋磕破了！」鄧笑了笑，說：「這就叫『不破不立』。」

《紙幣和廁所》

一日，王洪文接見外賓，談起治國之方，王洪文口若懸河，滔滔不絕。外賓打斷他的話，問道：「請問貴國有多少紙幣？」王洪文語塞，立即給財政部長打電話。外賓又問：「北京市有多少廁所？」王洪文一時答不上，更是為難，一會兒就大汗淋漓。過後，王洪文再次請教鄧小平，鄧脫口而出：「中國現有紙幣一十八元八角八分；北京只有兩個廁所：男廁和女廁。」

一九三、盧法慧致肖雁琳

雁琳：

非常榮幸，昨天，郭、榮夫婦請我到他們家作客，除了感謝春節期間我為他們的婚禮張羅之外，還有你轉送給榮寶芬的那條裙子的緣故。——順便說一句，裙子是我特意為你買的，為什麼送給榮寶芬？讓她穿身上，我看了就彆扭。你想想，我會不嫉妒嗎？

出乎我意料的是，郭良成這小子把宴會搞得好大好鋪擺。除雞鴨魚肉之外，還特意從食品公司搞了點新鮮海貨。榮寶芬親自下廚掌勺。現在可算是滿足了她的虛榮心——兩間居室裝飾得富麗堂皇，大立櫃、五斗櫥、歐式沙發、全毛地毯，還有什麼最現代化的「音響」，我第一次聽說這新名詞兒。寶芬穿著我為你買的那條裙子，腳下是鋥光發亮的高跟皮鞋，頭頂上再盤一個高高的髮髻，滿面如盛開的桃花，流光溢彩，「格格」的笑聲一串接著一串。他們結婚才半年多時間，寶芬已明顯發福，一副官太太的派頭儼然顯露出來。

看著他們家裏的擺設，我懷疑他們的收入是否正當。郭良成工資不高，可他的職權大，下屬物資勞動部門，鋼材、建材等計畫物資的調撥、分配，還有招工勞動就業，在當前來說，這都是縣裏的要害部門。掌管這些權力的人要想發財致富是非常容易的。因此所以，人們把權力看得那麼重要，有多少人千方百計削尖腦袋也要拱個官兒當，其目的也就在這裏。所謂「窮老百姓」，在這種年月裏，老百姓命裏就該窮，富了的都是當官的。所以，我嫉妒的並不是榮寶芬，而是郭良成。他有什麼能耐？無非是削尖腦袋，善於投機鑽營，可一旦權力到手，什麼名、利、地位、女人，統統都有了。這合理嗎？天底下沒有公理。只有爭、鬥、搶、奪，或者是用更下作的手段，坑、撇、拐、騙，誰僥倖得到了，誰就是王者。你老實厚道，溫文爾雅，與世無爭，那樣白搭，你永遠是一個失敗者。這就是天理。

對郭良成這人來說，你又不得不佩服他，首先，我不如他的，是他有超強的活動能力。他把縣裏兩派力量的分析對比說起來頭頭是道。他的目標是進入縣委兩大部，為達到這一目標，他把應該拉攏誰、打擊誰、投靠誰，都想好了，一個個步驟成竹在胸。最近，他已活動到地區、到省，尋找靠山，窺測時機，隨時準備打進去。我這才知道，人一旦沾上權力的欲望，便是得寸進尺，永不饜足的。

郭良成幾天前剛打北京回來，我問他北京局勢如何？並拿出我整理的那幾則政治笑話給他看。他看了絲毫不以為奇，反說，這類政治笑話在北京多了海啦，幾乎是家喻戶曉了。他還說現在就下結論說誰勝誰負，還為時過早，那些傳聞只是反映了善良人們的願望，但是，願望最終能否實現，那就是另外一回事了。

其實，這道理不用他說我也知道。我最討厭他那種盛氣凌人的架勢。他看不起任何人，好像他比任何人都高明。你說一，他非要說二，非得要壓過你不可。這也可能是混官場的奧妙所在。表面上盛氣凌人，故作高深莫測，從氣勢上「鎮」住對方，叫你俯首貼耳聽他的，這是當官的訣竅。不過，這一手，我可學不來。

你我的關係，我已向他講明，並且拜託他在下半年的大招工中對你多加關照。他說，這是自然的事。以前他不知道我們的關係，現在知道了，招工的事讓我盡可放心。這樣一來，只要商業局裏能報上去，計委這邊應該不成問題。

雁琳，我看，整個形勢很好，希望正向我們招手。只要我們再堅持幾個月，一切都會大功告成的。七六年元旦結婚是我們的第一目標；如果我能夠留在濟南工作，下一步就設法把你調過去，在省城安家。這就算是我們的第二目標吧！

這幾天我只是等待濟南消息，一俟那邊來信，我立馬告訴你。

祝你

心情舒暢！

一九四、盧法慧致肖雁琳

雁琳：

好消息：學校來電，命我立即返校。

據估計，極可能是我留校的事成功了。

今上午乘十點班車去濟南。因時間緊迫，來不及面辭，謹留此條託小崔交給你。

等待我勝利的消息吧！

法慧

一九七五年八月二十七日

法慧

七五、九、五，上午九時

第九章　夢魘

忽反顧以流涕兮，
哀高丘之無女。

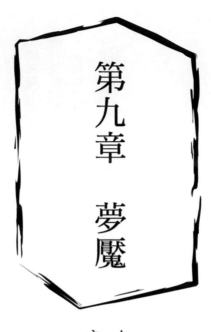

一九五、盧法慧致肖雁琳

雁琳：

來校已一週時間了，才給你寫信，你等急了吧？

電報是李睿老師發給我的，並不是我留校的事已經辦成，而是專門叫我來參加批判《水滸傳》的。你大概已經看到：《紅旗》雜誌和《人民日報》相繼發表了關於評論《水滸》的重要文章。評《水滸》決不是單純學術界的事，而是一次嚴峻的政治鬥爭。正如李睿老師所說：「評《水滸》批宋江」的關鍵就是批判「投降派」。至於誰是「投降派」？那是不言自明的。這次運動直接引用毛主席的指示作動力，來勢非常猛，大概不亞於兩年前的「評法批儒」運動。李老師說：這是新派力量對老派力量的一次大反攻。

現在，我再次佩服李老師的政治眼光和靈敏的政治嗅覺。早在四屆人大剛召開的時候，他就對我說過：你不要被現象所迷惑，要不了多久，局面就會顛倒過來的。現在不是又要應驗了嗎？

李老師讓我來的目的，一是辦學校的簡報，寫點應酬性的文章，但這不是主要的；主要任務是命我寫一篇大塊文章，「論點直接指向『投降派』，旗幟要鮮明，言語要尖刻，不怕鋒芒畢露，要讓文章發表出來嚇人一跳，就要起到這樣一種效果。」他還誇獎我思路敏捷，語言有功力。他說：這一次要放一顆政治衛星，給我們學校爭爭光。如果文章登出來，我留校的事就會十拿九穩了。

看來，文章是非寫不可的了。我想：像我們這樣的「吃人家飯，服人家管」的草芥小人，就只能順應潮流，根據「首長大人」的授意去幹。這時候就不能再顧及自己的立場觀點，要服從形勢，服從大趨勢，即使與自己的本心意願相違背，也只好屈從於大的潮流。社會現實就是逼著我們這麼幹的，舍此之外，別無選擇。

搞政治就如同賭博、押寶一樣，需要撞運氣，也需要膽量和勇氣。膽小怕事、畏首畏尾是成不了大事的。我現在是處於命運的十字路口，何去何從應該當機立斷，容不得半點猶豫。這時候優柔寡斷往往會坐失良機，一旦機會錯過去，也許會造成半生的抱憾。

雁琳，希望你能理解我。我所做的這一切都是為了你，為了我們的將來。

那麼我就要投入到這場政治鬥爭中去拼搏一番了。

寫信可寄「學院政治處革命大批判辦公室」，直接寫我的名字就可以了。

在正式調過來之前，我的工資仍由縣百貨公司按月匯寄，可這月工資至今還未收到，我又急著用，請你設法到公司財會股裏催一下。

法慧

一九七五、九、十二

一九六、肖雁琳致盧法慧

法慧：

我也覺得，這場「評《水滸》，批宋江」來得太突兀。一個古典小說中的人物，歷史已經過去了千百年，就因為毛主席偶然說了幾句話，何至於如此大張撻伐？這些年，政治上風雲變幻，雲譎波詭，學術思想領域也影射成風，本來平平常常的事情，往往被一些人推波助瀾，搞成一場硝煙瀰漫的政治鬥爭。譬如今天的運動，說不定毛主席他老人家還被蒙在鼓裏，不知手下人「項莊舞劍，意在沛公」呢！

但是，不管怎麼說，我下意識地感覺，這次評《水滸》總像是一個不祥的信號，它是否標誌著掌管輿論宣傳口舌的一班人現在終於要展開反撲了。他們的矛頭所指正是為振興國業而披肝瀝膽、不辭勞苦的周總理和鄧副總理。他們的惡毒用心，是把經過千辛萬苦、費盡多少周折好容易站出來工作的一大批老幹部再重新打入地獄，把社會主義江山變為他們幫派體系的一統天下。

「評《水滸》批宋江」既然是一場嚴峻的政治鬥爭，那麼對於我們來說，就是一次考驗。一個人的政治立場和觀點便決定了這個人對運動所持的態度。你信上說，在這時候，人只能順應潮流，「即使與自己的本心意願相違背，也只好屈從於大的潮流」，我認為，這種做法是極端錯誤的。一個人的信念，應該像金石一樣牢固，它怎麼可以像契訶夫筆下的「變色龍」那樣，隨著環境、氣候的變化而不斷地改變自己的顏色呢？如果真的那樣的話，人的人性和良知，人的行為規範都跑到哪裏去了呢？

是的，應當承認，文化大革命以來，翻雲覆雨的運動把人們整得滑溜溜的，像泥鰍、油條、牆頭草和風向標，人本身所具有的鋒芒和真知灼見都泯滅了，都學會了作假、說假話，像「皇帝的新衣」中所描述的：明知是謊話，你說我也說，誰也不肯把謊話戳破。現在的人，硬是把自己活生生的靈魂卡在別人製作的套子裏，自己受了屈辱還隱忍不發，並且不停地微笑，彷彿占了便宜。當身邊的人受到傷害，他不是勇敢地站出來替受害者抱打不平，而是漠然置之，麻木不仁，連人類起碼的憐憫心都不敢表示。現在的人都染上了一種通病——軟骨症。與此相反，不該硬化的卻硬化了——感情硬化，良心硬化，靈魂硬化。

法慧，我勸你千萬不要也染上這種病。你要做一個生活中的強者，凡事都要認真地想一想，喪失原則和立場的事絕對不能幹！

你說搞政治就如同賭博，這要看你以什麼來做賭注。你如果拿原則當賭本，那麼肯定你會輸得一敗塗地的！所以我勸你：你頭腦務必要清醒一些，不要一味聽那個李睿的擺佈。寧肯不留濟南，不當什麼「政治衛星」，也要先做一個頭腦清醒的堂堂正正的人。這就是我對你的忠告！

你的工資事，我已託人到百貨公司問過，說已匯去，不日將到。

別無事。

雁琳

一九七五年九月二十一日

一九七、盧法慧致肖雁琳

雁琳：

九月二十一日信早已收到，因忙於撰寫大塊文章，沒有及時回覆，請諒。

你看到了沒有，現在全國的政治形勢大變，思想理論界以「評《水滸》批宋江」為契機，正在掀起一場批判投降主義、經驗主義和右傾回潮的聲勢浩大的政治運動。從目前來看，「新派」力量逐漸得勢，「老派」已陷入被動。這種翻來覆去的政治運動簡直把人搞昏了頭，我們生在這樣一個年代裏，就別想按正常的行為準則做人。社會本身就是一個大泥淖，人一旦跳進去，就別想清清白白出來。人本身就是一個充滿各種欲望的矛盾體，既有善的一面，也有惡的一面。當社會安定、政通人和的時候，人性善就占上風，表現得溫文爾雅，謙和禮讓。當社會動亂、奸佞當道時，人性善良的一面就收斂起來，反讓惡的一面占主導。於是，人和人之間就變得相互猜忌、傾軋、爾虞我詐、勾心鬥角。在這時候，人的道德是不值錢的，名譽也毫無用途。所謂正直善良、老實厚道……這一切美德都變得一錢不值。

你信中多次說到人的良心，良心是個什麼東西？說白了，它不過是一根專打別人的棍子，只有傻瓜才肯打自己。我說這些，你大概又要恥笑我「靈魂醜惡、卑鄙」之類，其實，人的天性就是有缺陷的動物，不可能盡善盡美，正如一塊白璧，你讓它白得毫無瑕疵，幾乎是不可能的。即使最明亮的星球，上面也有黑點，太陽黑子不就是例子麼？

因此所以，我並不想偉大，我只想做一個平庸的人。凡平庸者所有的弱點，我也一樣難以克服。你也不要要求我太苛刻，那樣我也做不到，你難免會失望。所以我說，在當今形勢下，我們還是現實一點好。既然生活在這樣一個時代，就只能隨波逐流。當別人都是弱者的時候，做一個強者又有什麼用呢？

我目前的處境就是千方百計討好校領導，以爭得在濟南有個立腳之地。我縱然不能像錐子一樣鑽進去，也得像炮彈那樣轟進去。單靠清白老實是絕對不行的。我之所以嘔心瀝血寫批判文章，目的也就在這裏。

我寫的文章題目是《宋江和現代投降主義者》，題目很大，可惜材料不太充實。目前，我寫出的草稿已交給校方列印，至於能在什麼報刊發表，現在還不好說。不過，這條路子我必須走下去。

近日濟南開始追查政治謠言，不知Y城搞沒搞？我想起你春節期間說給我的那幾則政治笑話，大概正在追查之列。我手裏的一份已經燒掉，至於郭良成那裏好像也有一份，你想辦法通過榮寶芬把它銷毀。為這點小事，萬一受連累，划不來。

此囑，別忘了！

法慧

一九七五、十、二十

一九八、盧法慧致肖雁琳

雁琳：

萬沒料到郭良成這小子真壞，他當真把我複寫的那幾則政治笑話捅了出去。今上午，從Y城突然來了兩個人，就是專這此事來找我的。

我真不知道郭良成那小子把那點材料獻出去是處於什麼用心？若是為了表現自己，如此一來也必然要牽連到他本人，對他來說並沒有什麼好處。如果不是他主動獻出去的，那又為什麼會從他那裏引發？我百思不得其解。

Y城來人是直接找到學院領導那裏去的，幸好接待他們的恰是李睿老師，他一聽說牽連到我，便直接把我叫到他的辦公室，讓我單獨與來查者接觸。這樣，就不至於讓學院領導都知道。否則，對我是非常不利的。

來人向我出示的正是我送給郭良成的那份複寫件。白紙藍字，筆跡都是我的，我無法抵賴。當他們逼問我是從哪裏聽到的時，我因為事先毫無防備，便一時語塞。我的神智提醒我，無論如何不能供出你來，如果把你說出來，那麼你下半年的招工、我們元旦結婚都將化為泡影。而且你的出身本來就不好，若加上這一條，再無限上綱上線，豈不把你的整個政治生命都砸了？那樣一來，我們兩個都完了。

當時，在倉促之間，我忽然記起當初聽你講述的時候，正是在老魏局長家吃餃子，在場的人除你我之外，就只有老魏局長了。我何不把此事轉嫁到魏局長身上？其理由是：第一，他經常外出開會，在列車上聽到傳說是完全可能的；第二，魏局長是有幾十年黨齡和工齡的老幹部，對黨忠心耿耿，根基比我們穩固得多，即使這事牽連到他，也不會給他造成多大的傷害。因此，我當機立斷，就把這事全推在老魏局長身上，並把當時的時間、地點都一一寫了證言（證言中一字沒提你的事，你可以放心無事的）。

打發他們走了之後，我立即向老魏局長寫了一封急信（詳見附件），把我的真實想法告訴了他。我還擔心這邊人到了，我的信不到，鬧出意外，我又跑到郵電局跟老魏局長要通了電話。魏局長的答覆也很令我滿意。我想：這一切也全都是為了你。——這事你知道就行了，以後如果誰問到你，你就當一無所知。至於老魏局長，我估計不會對他造成多大妨礙的，頂多也就是擔個傳謠的罪名罷了，一不該殺頭，二不會坐牢，局長的交椅照樣坐下去。那麼，為你辦理招工的事，也不會受什麼影響的。

我看，這事就這樣打發了，你也不必對此耿耿於懷。世界上的事情就是這樣，這叫做隨機應變。古語說：「窮則變，變則通，通則久。」只有善於變通的人，才能長久立於不敗之地。

至於郭良成那小子，暫且不與他計較。將來，有朝一日，我會找他算帳的。

謹做如上說明。祝

心情舒暢，精神愉快！

法慧

十一月三日

附：

盧法慧致魏昌君局長（草稿）

魏局長台鑒：

別來良久，甚為思念。回首當日晚宴，我與雁琳在您府中，倍受垂愛。您以長者慈悲仁愛之心，甘為月老，使我們永結百年之好。至今想來，依稀如昨，每每憶起，必是感激涕零，非此隻言片語所能盡表耳！

今有一事拜託：即上述晚間，雁琳所言政治笑話之事，我因言語不慎，一時失口，現被別人舉報，詰問何人傳之。我思量雁琳乃一弱女，且久背家庭之累，若牽及此事，豈不如雪上加霜？因之，我思忖再三，權以您出發開會，憑道聽塗說而得之，您告之與我，我傳之與人。如此順理成章，把雁琳摒除在外。竊以為您身為老幹部，老黨員，德高而望重，不會因此區區小事而蒙受牽累。故此，特懇請您看在雁琳及我晚輩可憐份上，把此事承擔下來。我等將永懷感激之情、沒齒不忘，來世變牛作馬，銜環含轡都報答不盡。

再者，關於雁琳招工一事，還望局長大人不辭勞苦，大解善懷，盡力相助！

臨書倉促，不可盡言。特此致候，不勝依依！

伏乞

大安！

盧法慧敬書

一九七五年十一月三日於濟南

一九九、肖雁琳致盧法慧

法慧：

收到你的信，我簡直要氣瘋了！

你怎麼會幹出這樣的事？

俗話說：一人做事一人當。你把事情敗露了，怎麼好意思把髒水往別人身上潑？你是官迷心竅了，還是神志上出了問題？

我已有三天沒見到老魏局長了。三天前，我最後兩次見到他時，覺得他神色晃忽，看見我好像是有意躲避。正巧，這幾天我母親因胃炎吐血住進醫院，我大部分時間陪母親，對魏局長的事沒有過問。收到你的信才知道那天正好是他剛接到你的電話，所以神色不正常。大約是第二天，去濟南調查你回來的兩個人來找魏局長。據魏局長家裏人說，那兩人跟魏局長談話的時間不長，到了下午就被通知帶了被褥住到縣委大院裏去了。以後的事就沒人知道了。

我估計，肯定跟追查「謠言」的事有關。所謂「謠言」，是我傳出來的，這事要魏局長承擔太不應該。當前，局裏正開展整頓財貿隊伍，各方面工作離不開他。再說，魏局長已是年過半百的人，又有高血壓的老毛病，隔離審查坐監獄他怎麼受得了？……無論怎麼說，這事也不該由他承當。就在我給你寫信的當兒，我已打定主意去「自首」了（如果可以這樣稱呼的話），把事情的來龍去脈說明了，我就說「謠言」是我聽來的，我傳的，要關，要押，要審查，乾脆由我一人承擔下來。……我母親的病就拜託榮寶芬、劉忠、玉蘭她們了。

我主意已定。你給我的信件都讓衛生室小崔替我保存。你收到此信後再不要向這邊發信。

願你自愛、自重！

雁琳匆草

十一月十日

二〇〇、肖雁琳致盧法慧

法慧：

今天是我被隔離審查的第三天。前兩天，我一直想為你記點兒什麼，無奈既沒有紙也沒有筆。今天我央求炊事班的田大爺在送飯時偷偷帶來半截鉛筆頭，和一疊舊報紙。我只好把字寫在報紙的天頭地角上。因這裏光線太暗，又擔心被窗外監視的人發現，所以寫得很不工整，而且也不講究什麼思路，想到哪裏就寫到哪裏，有的乾脆僅是隻言片語。

十一月十日下午二時許，我為你發了信，隨即便去找寶芬、劉忠等，把照顧我母親的事託付給她們，然後到醫院跟母親匆匆告別了一下。（我編了個謊話說需要外出參加什麼會議——天知道我能參加什麼會議呢？）這一切都進行得急如星火，約四點半左右，我來到縣委大院，一步踏進臨時組成的「追查謠言領導小組辦公室」。那裏有幾個人正在翻閱什麼資料，我一進門就開門見山地說：

「請問，商業局的魏局長是不是被你們關進來了？」

幾個人一愣，相互看了一眼，其中一個黃白臉子的人說：「你是幹什麼的？你問這什麼意思？」

我說：「如果是因為什麼政治謠言的事牽連到魏局長，請你們把魏局長放出去，因為這事是我幹的，與魏局長毫無關係。」

黃白臉子說：「魏昌君的事正在調查中，他現在正在隔離審查。……」

我打斷他的話說：「不對，你們搞錯了。魏局長是替人受過。事實上那些所謂政治謠言都是我告訴他的。」

我說完這幾句話，那幾個人又是一愣，眼睛一個比一個瞪得大。

那個黃白臉子的人站起來，向我走近兩步，自上而下打量我好半天，才說：「你是誰？你叫什麼？是哪個單位的？」

我說了我的名字，然後說：「我不屬於任何單位，到現在我還是一個黑人，一個連戶口都沒地方落的黑人。要說吃住，我現在在商業局當臨時打字員。」

那人說：「你怎麼說政治謠言是你告訴他的？有什麼證據？」

那時我很累，嗓子眼有點發乾。我瞅了瞅靠窗有一張椅子，就走過去坐下，理了理有點散亂的頭髮。這時旁邊一個三十來歲的女人把為別人倒的一杯白開水遞給我，正好不熱不涼，我一口氣喝下去，頓覺心口裏輕鬆了許多。

我說：「要從頭說嗎？」

黃白臉子也坐下，一邊點頭一邊「嗯」了一聲。

於是，我就把那天晚上和你一塊到魏局長家吃水餃、講笑話的事，從頭到尾一五一十備說一遍，還把你回去後如何根據我說的政治笑話整理成文字、如何交給郭良成以及後來由你供認了魏局長，並打電話懇求魏局長代我受過，都說了個明明白白。說這些的時候我說得很慢，重要的地方我還作了重複，希望他們能聽得清楚。

我說完了，他們幾個人彼此對望了幾眼，有一個人還流露出半信半疑的神情。那黃白臉子從抽屜裏抽出一個小本子，在上面匆匆記了點什麼。寫完了，把本子合上，一邊旋著鋼筆帽，一邊問我：

「你這樣空口白說，有什麼證據能證明魏昌君確實是代你受過？」

我預先料到他們會要證據的，如果沒有證據的話，就很可能造成這樣的後果：魏局長因為俱已承認便成了既成事實，我不能救他出來，反而把我自己也白白送上門來，那樣我的努力就沒有意義了。因此，我早有防備，我把你十一月三日寫給我的信，包括你所附寫給魏局長信的草稿全帶在身上，我把它們取出來讓他們一一過目。這麼一來，他們才算深信不疑了。幾個頭頭到套間屋裏嘰嘰咕咕合議了一下，又打了一個電話請示了某人，那女的就出來，對我說：

「小肖，既然情況是這樣，那就只好委屈你一下了，從今天開始，你就住在後邊的小院裏。」

說罷，便讓我跟她出來，在我出屋的時候，我身後又跟了兩個男的。我想他們大概是怕我跑了而專門監護我的吧。於是，我就被安排在這棟老房子裏來了。

這裏是一個老式的四合院，不知經過多少朝代了，歲月的剝蝕已使那牆根基的青磚變成一個個的空洞，房頂上的五脊六獸被砸得殘缺不全（這無疑是文革之初「破四舊」時的功勳），房檐瓦縫裏長滿了乾枯的蒿草。正面廳房走廊裏鏤空的木格子花窗也被搗得七零八碎。從視窗往裏看，裏面堆放著亂七八糟的雜物，彩旗、匾額、宣傳牌、捅破了皮的大鼓、「文攻武衛」時的木棍，還有舊的籠屜、用過的花圈，上面佈滿了塵埃和蛛網，不知多久沒人來過，連門上掛的鐵鎖都已是鏽跡斑斑。西廂房是炊事班田大爺的住處，東廂房和我同時住進來兩個看守。我被關在廳房東山犄角旮旯裏一間小小的角房裏。裏面只有一桌一床，床上一領涼席，鋪蓋是他們派人從商業局打字室把我的那套搬了過來。屋裏陰暗潮濕，牆上的泥皮不時地脫落下來，發出簌簌的聲音。牆腳下有老鼠出沒，即使大白天也敢出來，而且不是一隻兩隻，常常是數隻，魚貫而出，沿牆根追逐，有時也發生鏖戰，三五隻老鼠打成一團，發出唧唧呷呷的叫聲，令人毛骨悚然。因為有老鼠，所以就少不了跳蚤。剛住進來那一夜，跳蚤咬得我幾乎整夜沒睡。

在這裏每天上午九點和下午四點各有半個鐘頭放風時間，我可以出屋走動，但不允許走出這個四合院。院子裏有一棵梧桐樹，樹葉早已落完，光禿禿的枝椏像一雙雙巨手伸向天空，在料峭的寒風中顫慄。房頂上的蓑草被刮得東倒西歪。我在陰暗中悶得時間長了，乍到陽光下倍感親切。我喜歡在廳房的前廊下曬太陽，哪怕只有短短的十幾分鐘，我也不捨得浪費這溫暖的陽光。坐在走廊裏，能聽到牆外大街上車水馬龍的聲音。往日裏聒噪的汽車喇叭和嘈雜的人聲吵鬧，現在聽起來倒顯得格外親切。由此我想，一個人，當他（她）失去自由的時候，才覺得自由是那麼重要。同樣，當一個人不能與他人交流感情的時候，才真正感受到什麼叫孤獨，什麼叫寂寞。

我住進來已經三天了，除一名看守向我收取了十元錢十斤糧票做為伙食費外，還沒有其他人問過我什麼，彷彿已經把我給忘了。我不知道全縣牽連「政治謠言」的人共有多少，他們分別被關押到什麼地方？更不知道老魏局長的半點資訊。我曾試探性地問過送飯的田大爺，可他說自己只負責為我一個人「捎」飯，並不知道還有其他的人被關押。現在，我最擔心的就是：我自投羅網了，而魏局長再放不出去，那就等於我白白地送上門來。只要老魏局長能夠早早地放出去，我自己的事，就無所謂了。

我母親的病況如何，當然也是我的一塊心病。不過，我相信有寶芬姐和劉忠、玉蘭她們，還有我家裏的二妹三妹，由她們輪流看護母親，與我在跟前也差不許多。只是千萬不要讓母親知道我今天的真實處境，不然，她會為我擔驚受怕的。

今天就寫到這裏吧，一張報紙轉來轉去地寫，空白的地方幾乎都寫滿了，還不知道這「信」將來能不能到你手中，更不知道你看得耐煩與否？

雁琳

於一九七五年十一月十二日記

法慧：

今天上午他們才第一次提審我。還是在那個「清謠」辦公室，只不過幾張辦公桌重新擺佈了一下，更像一個審訊室。那個黃白臉子坐在「首席法官」的位置上，旁邊各有一位「書記員」，在我對面的一張桌子上還安放了一台答錄機。以前我在縣廣播站見過的那種，據說是打日本進口的，兩個轉盤，中間一個磁頭，還有一個很大的玻璃管子（電晶體），隨著說話聲音大小的變化，裏面有一種綠瑩瑩的光波，時大時小，不停閃現。照管這台答錄機的就是上次那位慈眉善目的女幹事。

另外，通往套間屋裏的那扇門，是半掩著的，裏面似乎還有一位什麼重要人物。因那人始終沒有露面，所以我也不知道這人是男是女。我之所以猜測那人是一個重要人物，是因為整個審訊過程中，那黃白臉子每每都是轉回頭去，徵詢對方的信號。（通過門縫，從黃白臉那個位置，是能看到套間裏面人的面孔的。）

審訊開始了。

黃白臉子首先問我：

「肖雁琳，你曾在十一月十日下午供認你是那幾則政治謠言的真正傳謠者，而不是魏昌君，對這事你沒有反悔吧？」

「當然沒有。」

「那好，為了驗證一下是否真的是你，現在，你立刻簡明扼要地複述一下那幾則惡毒的政治謠言！」

他把「惡毒的」三個字說得咬牙切齒。

起初，我不想說。我覺得我沒犯什麼罪，被他們這樣像審「犯人」一樣地審訊我，這是對我人格的侮辱。可我轉念一想：如果我不複述，他們怎麼會相信傳謠的是我而不是老魏局長呢？再說啦，那幾則政治笑話很解恨，說出來本身就是一件快意的事，況且有答錄機在這裏伺候著，將來還不知要放給多少人聽呢，至少能讓聽到的人受到一次感染和教育，說不定還會喚起一些人的良知呢。這麼一想，我心裏一下變得很激動，許多話湧到嗓門來，我唯恐錄音不清楚，有意識地加大嗓門，說得繪聲繪色。我記得很清楚，當我說到王洪文不知道中國有多少錢幣而急頭怪腦地傳叫財政部長的時候，旁邊坐著的一個書記員竟忍俊不禁「噗」地一下笑出聲來，卻被黃白臉子瞪了他一眼。

我一連說了好幾個政治笑話，甚至連我後來才從別人那裏聽說的，例如：江青扉「面首」、張春橋三十年代當過叛徒，還有一個走紅的女副總理當著外國人的面問「李時珍同志來了沒有？」……統統地說了出來。我想：虱子多了不咬人，既然有那幾條了，再多說幾條也無妨，反正是豁出去了。後來我還想說，那黃白臉子大概看出了我的用意，或者也許是根據「裏間屋人」的授意，趕緊粗暴地制止了我：

「別說了！別說了！」

停頓了一下，黃白臉子問：

「肖雁琳，這些政治謠言你是從哪裏聽來的？」

「人有一張嘴，兩隻耳朵，有說的，就有聽的。從哪裏聽來的？時間長了，不記得了。」

也許是我說話時的口氣太生硬，那黃白臉子一下子挺直了身子，兩條細眉緊皺成一道線，瞪大眼睛厲聲說：

「你剛才說的那些，都是反革命政治謠言，你要老實交代是聽誰說的？在什麼時候？什麼地點？你好好想一想，如實交代！」

我決定向他們虛晃一槍。

我裝作很認真地想了想，然後說：

「記得好像是在這城裏十字街大隅首那裏。」

書記員飛快地記錄下來。

「什麼時間？」

「一天的傍晚。」

黃白臉子也來了精神，緊著問：

「大約有幾點鐘？」

「七八點鐘吧，正是晚飯後散步的時間。」

「聽誰講的？」

「一個男人。」

「一個什麼樣的男人？」

「他長得不高也不矮，不胖也不瘦，不黑也不白。」

書記員又是飛快地記錄。

「多大年紀了？」

「不老也不少。」

「啪！」那黃白臉子發怒地拍了一下桌子，站起來，用手指著我吼道：

「肖雁琳，你很不老實！你應該老老實實把真實情況說出來，是聽誰說的？只要你說出謠言的出處，我們就可以把你放了！」

這麼一說，我心裏更有了底，老魏局長會因為我的「自首」而得到「赦免」的。如此一來，我心裏就更輕鬆了，索性給他們兜圈子。

我說：

「我剛才說的那些可信可不信，你認為有些道理，你就信。你認為是無稽之談，就不信。可是，既然人們四下傳說，就說明它反映了人們的意願，說出了人們心裏想說的話。你們硬要說它是反革命謠言，那就是好了。」

黃白臉子把聲調降低了一下說：

「我們是在追查謠言的出處，是想知道你從誰口裏聽說的。」

「沒那個必要了。全國那麼大地盤，千千萬萬的人都在傳說，你永遠查不出是誰先說的。既然你們說是反革命謠言，那乾脆由我承擔下來算了，沒必要再牽扯連累別人。」

「肖雁琳，你說話要負責任！」

「我沒說過不負責任的話。」

「告訴你，我們已經調查過你的家庭出身，你父親是死有餘辜的歷史反革命分子，如果這謠言的事再跟你牽連起來，性質就嚴重了。你知道嗎？」

「這話盧法慧給魏局長的信裏就說明了。你再重複一遍，對我來說，已沒有刺激性了。」

「可你要知道，傳播謠言和製造謠言，在性質上來說是大不相同的。你如果能說出是聽誰告訴你的，你就是傳謠者；如果說不出，那你就是造謠者。根據上級指示，凡惡意中傷誣陷中央領導人的，要判坐牢甚至殺頭罪的。」

「那就坐吧，殺吧！」

接下來是冷場。

過了好一會兒，那女的插話說：

「小肖，我們認為你決不是造謠者，頂多也就是傳謠的。」

對這話，我並不領情。我反駁她說：

「那你們還審訊我幹什麼，把我放了得了！」

被我搶白了這一句，那女的臉紅了一下。

倒是那黃白臉子鼻子裏「哼」了一聲，站起來走到裏間屋子裏，與那未出面的人嘰咕了幾句，便氣急敗壞地出來，說：

「肖雁琳，今天你極不老實，這對你是沒有任何好處的。回去好好反省去吧！」

說罷，便命看守把我押回隔離室。

今天的整個審訊過程就是如此。過後我想：是不是我的態度過於強硬了一些？但，你知道，我的天性就是這樣，我不會軟軟和和說話。其實，既已打定主意不再牽連別人，由我一人承擔，說話和氣不和氣，強硬不強硬，都是無所謂的。殺頭還不至於，坐牢興許是免不了的了。即使真的坐牢，我也不怕。回想近十年來，我一連串地倒楣，什麼苦什麼罪都受了，只差沒坐牢了。真的坐上它幾年又有何妨？俗話說：一死無所懼，要飯不再窮。乾脆一下子走到極致，到頂了，還能怎麼樣？

法慧，說實在的，只要老魏局長能放出去，我心裏就坦然了。我自己的處境，是無所謂的。只是如此一來又虧待了你——原說元旦我們結婚的事又要告吹了！又不得不讓你失望了！

唉，我也真是對不起你！

好了，天太暗了，就寫到這裏吧。

十一月十四日記

法慧：

自十四日上午「提審」之後，一連好幾天沒人問過我什麼。

近日裏，我的胃病又犯了。從住進來那一天起，每天都是黃麵窩頭加蘿蔔白菜，早晚也是喝的黃麵糊糊。胃酸過多，每到下午就燒心，食管到胃部燒得像火罐一樣。我求看守給我取點蘇打片、胃舒平之類，可至今沒有得到。——要說生活的清苦、胃疼的折磨，這些我都能忍受，最難熬的是精神的抑鬱和浮躁。我不知道魏局長情況到底怎麼樣了，也不知道媽媽的病情如何，有時浮躁起來，通身冒汗，我想大聲呼叫、吶喊，有時又忽然想大哭大笑，自己都管束不了自己，就跟歇斯底里差不多。一旦浮躁過去，接著就是抑鬱狀態，精神由極度興奮，變成極度麻痹，一動也不想動，想睡又睡不著，思想像一盆凝結的漿糊，靜止，呆板，波瀾不驚，甚至連飯也不想吃，水也不想喝，持續起來就是十幾個小時。若是趕在夜裏就更可怕，老鼠在床下追逐嘶咬，牆上的泥皮在噗噗掉落，房梁屋椽這裏喀吧一下，那裏格嘣一聲，這些平常的響動在寂靜的夜裏顯得特別誇張，再加上身下有跳蚤在爬動叮咬，這一切宛如專為人設計的死亡陷阱。這時候，我才理解，人為什麼到了一定的時候會選擇自殺。死亡對處於絕境中的人來說，就意味著永遠的解脫。然而，自殺再好，對我來說，卻是不能。我不是貪生怕死，而是因為我肩上的責任太大。爸爸的冤屈沒有昭雪，媽媽的身世沒有改正，我受國家教育十幾年，沒給人民做任何一點有益的事，怎麼能就這樣去死呢？

記得一部翻譯小說裏寫道：篤信基督教的人認為生命是上帝賜予的，應該倍加珍惜才是。而自殺是一種罪孽，死後的靈魂是要墮入地獄的，並且萬劫不復。其原因就是嫌他（她）不愛惜生命。不愛惜生命就是褻瀆神靈和上帝。

我雖不信奉基督，但我深知一個人從爹娘的血精到胚胎、出生、一點點長大成人，是非常不容易的，不是到了極其無奈的時候，是不應該自暴自棄的。一顆流星，在它早逝的時候，尚且留點光華給人間，更何況有知有識有人性的人呢！

（今天大概是十一月二十三日）

法慧：

今天，終於得到可靠消息，老魏局長已被放了出去。

須知，就是得到這點消息，也是非常不容易的。

幾天前，我央求送飯的田大爺為我找點兒報紙看，我太閉塞了，外面的情況一點也不知道。不料想，送飯的報紙被看守截獲。從那以後，看守嚴密起來，田大爺每次送飯，旁邊都有看守跟著。

魏局長的事我一直掛在心裏，我想託田大爺到商業局打聽一下，可田大爺耳聾，說得聲音小了聽不見，大了又不敢。後來，我想了一個法子：我寫了一張紙條，藏在碗底下。紙條是交給商業局衛生室小崔的。央她打聽一下魏局長的情況，然後再由田大爺傳給我。為防備被看守察覺，就用暗示：如果老魏局長仍被關押著，早晨送飯時的窩頭就扣著；如果已經放出來了，就把窩頭口朝上放。這辦法果然有效。第二天，田大爺送早飯時，那只黃麵窩頭口朝上，裏邊還破例裝了滿滿的蘿蔔絲。田大爺把窩頭遞給我的時候，還用手指著蘿蔔絲說：「吃吧，『味』很好！」說「味」字的時候，他有意停頓了一下。我聽後，心裏豁然亮堂了。「味」不正好與「魏」字諧音嗎？真有意思！我滿含感激之情回望了田大爺一眼。

魏局長能夠出去，這終於了卻了我的一塊心病。從此以後，我心裏大概要輕鬆多了。

（記於十一月二十九日晚）

法慧：

今天上午，「追謠辦」的那位慈眉善目的女工作人員找我談話。

她進來先自我介紹說她姓袁，也是Y城一中畢業的學生，不過比我們高幾屆。她說我在初中時，她就對我有印象。因為同住一個女生院，她的寢室與我們寢室相鄰。她還知道我乒乓球打得好。

說完這些，她告訴我說今天有一個領導要找我談話。

我問：「是什麼領導？」

她說：「是組織部的郭部長，就是法慧信上提到的那個叫郭良成的人。」

我說：「他不是在計委當副主任嗎？什麼時候當組織部長了？」

袁說：「是剛明確的，就是因為在這次追查謠言中表現積極，所以才破格提拔的。」

我點頭說：「噢，我知道了，就是他供出了盧法慧，然後才順藤摸瓜找到了魏局長和我，的確是立大功了！」

聽我這樣說，那姓袁的深情地望了我一眼，抿嘴笑了笑，又說：「你知道提審你那天，套間屋裏還坐著一個人嗎？」

我說：「莫非是他？」

袁點了點頭。

「那他為什麼不直接露面？」我問道。

袁轉臉向外邊看了一下，向我靠近一點，低聲說：「他怕你一時激怒了，給他下不來台。」

——噢，原來這小子也是外強中乾，自知見不得人呀！

袁拍了下我的肩膀，小聲關照我：「小肖，你要小心點，這人可不好得罪！」

我說：「謝謝你袁大姐，我不會太得罪郭部長的！」

袁大姐出去半個多小時後，郭良成這個狗東西才進來。穿著一件軍大衣，沒戴帽子，頭髮刺楞著，臉色還是很黃很瘦，一雙賊眼倒是烏黑發亮。他進來先是埋怨屋子裏太冷太暗，接著就喚來看守，要他們設法搞一隻蜂窩煤爐子安上。我不知他是真心為我安爐子，還是藉口把看守從門口支開，這樣，他就不必擔心旁邊有人竊聽了。

隨後，他就在我對面坐下來，一雙賊眼死死地盯著我。

他說：「我早就聽說你的性格很硬，很有骨氣。我就佩服這樣的女性。寶芬她就不行，照著你，她沒法比。」

說完這兩句話，他停頓了一下，點燃了一支煙，站起身來，踱了兩步，背朝著我，慢聲慢語地說：

「關於政治謠言的事，我想，法慧同學也許會恨我，但這是毫無辦法的事，放在任何人身上都只能這樣，我不說出法慧來，我本身就得倒楣。誰都不願意落個製造謠言的罪名，那樣的話，性質就嚴重得多。我今天來找你，也是這個意思。何必呢，光咱們Y城縣目前已牽連到四五十號人，人家都是好賴抓個墊背的，何去何從，一推六二五，打打馬虎眼，就算過去了。就數你態度不大好。其實這很沒有必要，你如果真不想出賣別的同志的話，今天我可以給你提供一個線索：咱們縣有個號稱『老五』的，你聽說過沒有？」

我答了一句：「沒有。」

他說：「『老五』只是個諢號，其實姓啥叫啥你也沒必要知道。這人是咱縣傳播謠言的總疙瘩，好多人捋來捋去都捋到他身上去了。反正是『債多了不壓身』，你也乾脆往他身上一推，就說在縣委門前的池塘邊聽他說的。這人每天早晨好在池塘邊打太極拳，跟幾個玩鳥的老頭子聊大天。這人的長相是中等身材，稍微有點駝背，黑白摻雜的頭髮，說話嗓門很大，好笑，聲音洪亮，走道兒稍微有點兒右點腳。這些特點你說不說都可以，只說是五十歲左右一個幹部模樣、諢號叫『老五』的人就行了。你如果想省事，我這裏有預先請記錄員擬好的一份筆錄，你只消在底下簽個名字就可以了。」

說著，他從大衣口袋裏掏出一張字紙，的確是預先準備好的，交給我叫我簽字。

我把紙接在手裏，心裏不由一片狐疑：他這是搞的什麼鬼把戲？「老五」是什麼人？他跟我有什麼相干？那幾條所謂的「謠言」是我傳的，我怎麼能把這些不相干的事往別人身上推呢？我既然打定主意自己承擔，為什麼再加害他人？……我這樣翻來覆去地想著，就沒去接郭良成遞過來的那支筆。

看到我這樣，郭良成又說話了：

「喲，對了對了，還有一件事沒告訴你。你招工的事，八月份商業局已將你的表格送進勞動局了。寶芬也老是惦記著你，幾次催我到勞動局過問一下。這不，表格我已從勞動局抽出來了，現在正是批辦的時候，我雖然不當計委主任了，但說句話還是管用的。你只要把『追謠』這一關順利過去，我在這上邊簽個字，連政審也不必搞，你就是正式職工了。」

他一邊說著，一邊從另一隻口袋裏掏出一個牛皮紙檔案袋，打裏面抽出一張表格，遞給我。的確，那是一張「新職工審批表」，表的後面赫然蓋著「Y城縣商業局政工科」的公章。是呵，多少年了，我曾經如饑似渴地巴望著它，期待著它，它好比我的第二條生命，成天贅得我惴惴不安。現在，它終於來到我的面前，此時此刻，對我來說，彷彿到了我生死攸關的時刻，不由得我一時間掩飾不住面紅耳熱、心跳氣喘。然而，倒楣的是：它真正屬於我是有條件的——我必須在他設計的字紙上簽上我的名字。這樣來說，我八九年來朝思暮想、東奔西走為之苦苦奮鬥的夢想，竟然能以在這張「假口供」上簽三個字作交換輕而易舉就能變成現實，世界上有這麼便宜的事情嗎？如果真能如此容易，我何不簽上它一百二百字，而促使它辦得更快一些。但是，如果這張「假口供」是一個圈套、一個陷阱呢？不管進入圈套的是我還是別人，那對我來說不又是一個罪孽嗎？不，我不能太草率、太大意了。即使一輩子招不上工，我也決不能做那種昧良心的事。

我拿定主意後，就把「假口供」和「新職工審批表」合在一起攥在手裏，我說：「好吧，先留給我看看，我簽了字就還給你。」

郭良成猶豫了一下，說：「那好，不過，天黑之前你必須交上來。」說完，他伸手摸了摸我的被子，又說：「要不要加被子？晚上太冷。」我說：「謝謝你這麼好心，沒必要。」

他自覺無趣，轉過身蔫蔫地走到門口，又回過頭來說：「爐子的事，我讓他們抓緊時間搬來。」

郭良成走了之後，我把「假口供」和「招工表」又反覆看了多遍。我始終不明白，這個叫「老五」的是個什麼人？郭良成為什麼要嫁禍於他？這裏邊肯定有陰謀。現在首要的問題就是弄清楚「老五」是什麼人。

約摸到了中午十一點左右，看守提進來一個用廢水桶改裝的、外邊糊著泥巴的蜂窩煤爐子，裏面的爐膽已經是支離破碎的了。中午飯是田大爺送來的，他的身後就跟著看守，我沒法打聽「老五」的情況。下午沒人來。四點鐘放風的時候，還是沒人來。我心裏有點著急，再過一兩個小時，郭良成來取時怎麼辦？要打聽，打聽誰呢？這裏除了田大爺再沒有我信得過的人。

我忽然想起那個慈眉善目的袁大姐，經過幾次接觸，給我的印象還是不錯的。對，現在只好臨時抱佛腳試一試了。我靈機一動，大聲喊道：

「喂，來人哪！」

看守以為發生了什麼事情，趕緊過來，從門上的壞玻璃處往裏邊看。
我說：「看什麼看，快叫個女的過來！」
看守不解地問：「幹什麼？」
我說：「女人的事情，你管不著！」
看守白了我一眼，扭頭走了。過了一會兒，果然袁大姐出現在門口。
我隔著玻璃說：「袁大姐，我身上來了，您能不能幫我弄點衛生紙來？真不好意思。」
袁大姐點了點頭，說：「你等一下，我去去就來。」
又過了不大會，袁大姐抱著一包衛生紙過來，想從門縫裏塞進來。我說：「不要塞，麻煩您進來一下好嗎？」
袁大姐猶豫了一下，命看守打開門，進來，又把門關上。
我小聲說：「袁大姐，有個重要的事，我想問一下。」
袁大姐回頭望了一眼，說：「什麼事？」
我說：「有一個諢號叫『老五』的是什麼人？」
袁大姐說：「『老五』就是縣委副書記吳玉德呀，你問這做什麼？」
我說：「郭良成要我把謠言的事推到他身上，要我在證言上簽字。」我把證言材料拿給她看。
袁大姐大驚失色的樣子，她退到門口向外邊看了看，小聲對我說：「吳書記是個好人，剛站出來工作的時間不長。郭部長……」她用手擋住嘴角，「這話你千萬不要走漏出去——郭部長下步目標就是盯著吳書記那個位子，他要設法把吳打下去，他好去頂。小肖同志，這事兒你千萬不能幹！」
我點了點頭，說：「噢，我知道了。」
這時外邊有叫人叫她。
袁大姐應了一聲，隨後大聲說：「你要老老實實檢查，不要再這事那事的！」隨即拉開門走了出去。

現在，我終於明白了，郭良成這個卑鄙的傢伙，原來有此險惡的用心！

我遏制不住心中的憤怒，當即用我那發抖的手，把「假口供」和那份「新職工審批表」一起，撕了個粉粉碎，一股腦兒裝進那個檔案袋子，又在上面寫了一句話：

「寧肯一輩子不招工，也決不幹昧良心的事！」

然後，我大聲喚來看守，說：

「麻煩你把袋子交給你們的郭良成部長去吧！」

現在，大概已是午夜之後了吧。在這寒冷的夜晚，就著25W的電燈泡，我為你寫下了這些文字，我的手腳已凍得麻木不覺了。

法慧，你知道，我是最不能忍受不平事的人，直到此時此刻，我的心還氣得發抖，我恨不得手裏有一把刀子，一下子把郭良成宰了，還要剖開他的胸膛，看他長著什麼樣的黑心肝！

（今天大概是十二月四日，深夜）

今天，田大爺送的黃麵窩頭裏面夾一紙條，是寶芬姐寫的，說我媽已痊癒出院，要我放心。

多虧這些姐妹們，我在這裏向我媽，向寶芬、劉忠、玉蘭等姐妹們祝福！謝謝她們！

（一九七五年十二月四日夜）

天氣越來越冷了。

蜂窩煤爐自那天搬來之後，再也沒人提到送煤的事。

我早就料到他們不過是假惺惺做樣子。

那天我得罪了郭良成，也就更不會得到他們好果子吃了。

（十二月十一日記）

法慧：

今天大概是一九七五年的最末一天了吧？

我驀然想起老魏局長為我們擬定的佳期，明天就是元旦了，我們的婚事又化成了泡影。這恰應了那句古詩：

佳期如夢，
忍顧鵲橋歸路。……

法慧，我實在對不起你。回想我們初戀的時候，你對我抱的希望那麼大，想著我們的結合不但在家庭生活上是幸福美滿的，而且又因我們的志同道合而能給你在事業上有所幫助。可是，事情的發展總是出人意料之外。文革的爆發，我爸爸被揪鬥，媽媽受株連，接下來是大學夢的徹底破滅，我有家不能歸，不得不離鄉背井遠走新疆邊陲，滿希望憑著個人表現能被招工進廠，當一名普通工人；然而一封外調函將我兩三年苦苦奮鬥的結果化解為零。

我懷著一腔悲憤回到故土，本想進城當一名臨時工，又因壞人當道而遭放逐，不得不在黃河岸邊與牛羊為伍。四屆人大的召開使陰霾密佈的天空綻開了一線藍天，透出了希望的曙光，我這顆幾乎被凍僵了的心靈又漸漸復甦過來。然而，正當我高高興興迎接曙光的時候，一場突如其來的「追謠」運動又把我逼向絕境。

回想我走過的道路，一步一步，步步維艱。別人前進的道路上灑滿鮮花和陽光，而我每前行一步，不是陷阱就是懸崖絕壁。時至今日，境況糟得更是一塌糊塗。怎麼也想不到我的命運竟會蹇滯到這步田地。

法慧，從心裏說，我總覺得對不起你。從初戀那一天起，我已經欠下你太多太多，不僅僅是感情，你的青春、年華都因了我而虛擲，你的豪情、志向也因了我而屢屢挫敗。如果說前生有緣，此生就該如此拖累你，那麼這種拖累也總該有個終了呀。我不知道我們的愛情將來會發展到哪一步？也不知最終會得到一個什麼樣的結局？

這一切，只有天知道。

（一九七五年十二月三十一日深夜）

今天早飯比往日送得遲了點，我正自納悶，田大爺送飯來了，飯是用兩只碗扣著的，掀開碗，裏面是新鮮的水餃。啊，真稀罕！我差點叫出聲來。

田大爺笑著說：「今天是陽曆年，知道嗎？」

我破例笑了一下，笑得很勉強——你知道，我這掌管笑的三岔神經早已退化了。

呵，久違了，水餃！田大爺離開後，我一邊吃著水餃，一邊天馬行空地胡思亂想。自從八月暑期在魏局長家裏吃過那次水餃之後，到今天大概已有四五個月了吧？從小，我最愛吃的就是水餃。我媽是濟南章丘人，章丘大蔥舉世聞名。媽媽最喜歡用羊肉、大蔥作餡包餃子，吃起來特別鮮嫩。我小時候身體弱，常常有個頭疼腦熱的小毛病。一生了病，別的東西什麼也不吃，就只吃餃子。那時候，我姥姥在我家住著，媽媽上班不得閒，就只好鬧著姥姥為我包餃子吃。後來上學了，學校大伙房是永遠沒法吃餃子的，每到嘴饞的時候，我就到大街上石牌坊餃子鋪走一圈。也僅僅是走一圈，聞一聞水餃新出鍋的味道而已，因為我衣袋裏沒有多餘的錢買餃子吃。只能在精神上做一次饕餮大餐，過一過饞癮，回來，食欲也就大增，心裏也就滿足了。

最難忘的一次吃餃子是在武漢。你大概還記得，那是在一九六七年的元旦，也正是我們初戀的時候。儘管我爸爸的問題已經發生，可你以慷慨大度的姿態表示並不介意，我們依然祕密而熱烈地相愛著。那時，我作為編外人員參加你們的「雄鷹串連隊」步行二十二天，由山東到達武漢，住在武昌市房產局管理所裏。它的位置就在大江邊上，沒事的時候，你和我就站在沿江水泥欄杆旁，眺望江對岸的樓房、碼頭，聆聽來往行駛的貨輪的汽笛聲，偶爾我們也對望一眼，用神祕的眼神傳遞彼此的愛慕之情。房管所的王所長（記得他好像是叫王景田吧？）老家是山東諸城人，因為與我們是同鄉的緣故，對我們特好。元旦那天，特意把我們五女六男一行十一人邀到他家，用我們山東的風俗過了一個像模像樣的新年。

法慧，你還記得嗎？包餃子的時候，你與我面對面坐著，我們展開包餃子比賽。在比賽數量的時候，你不如我；可在花樣比賽的時候，我怎麼也比不上你。你包的「梅花餃」、「雞頭餃」，以及各種各樣的飛禽走獸一個個神采奕奕、活靈活現。那時候，我就納悶：你一個拙手笨腳的男人怎麼有此巧手？……後來我才明白了，這與你熱愛美術及細緻觀察有關。

你還記得的嗎？那個王所長的愛人，一個長得細皮嫩肉、富富態態的江南女人，在包餃子的時候，偷偷的把兩枚羅漢錢包在了餃子裏，並且當眾宣佈，說誰要是吃到那個帶羅漢錢的餃子，誰和誰就有緣分。記得當時，大家立刻歡呼雀躍，你在這中間表現得猶為活躍。你一會兒作貓貓臉，一會兒學木偶兒，不時逗得大家哄堂大笑。你還「別有用心」地吆喝了一句：「阿彌陀佛，好歹讓我吃到一個羅漢錢吧！」在說這句話的時候，你雙手合掌，裝出一副很虔誠的樣子，並且有意地朝我掃了一眼，給了我一個詭密而又頑皮的笑靨。

當第一鍋水餃煮出來盛到碗裏，你便迫不及待地過去搶了一碗。也許是因為你太激動了，也許是你純粹為了開個玩笑，在你夾起第一隻餃子將要送到嘴邊的時候，那餃子像一條頑皮的泥鰍一個翻身從你筷子中間滑了出去，「啪」地一聲落在了地板上。你裝作很掃興的樣子加腳一踢，就把它踢到桌子底下去了。當時，這些事誰都沒怎麼在意，哈哈一笑了之。後來，從我吃到一隻羅漢錢餃子之後，你的神情就緊張起來。我想：你大概是想驗證一下羅漢錢是否靈驗，或者想證明我們之間的戀愛是否天有照應。總之，那天的水餃你吃得特別多，每吃一個都露出一種急不可耐的神情，看上去十分可笑。可我心理上就不同了。當時，我最怕第二個吃到羅漢錢的是你。如果是別人，我完全可以一笑了之。可萬一是你的話，你叫我怎麼好睜眼見人？你知道，我最不會作假，就我們的祕密相愛，已使得我成天提心吊膽。一旦這事當眾挑明了，我簡直就沒法在同學中間生活。

幸好，你到底沒吃到羅漢錢，別人也沒有吃到羅漢錢，奇怪的是，三鍋餃子吃光了，竟沒有發現另一隻羅漢錢水餃在哪裏。大家都感到很納悶。

後來，還是那位女主人掃地的時候，從地板上揀起你一開始弄掉的那只餃子，剝開來一看，天哪，那枚羅漢錢正好藏匿裏邊。

大家都瞪眼了，一陣沉默之後，又跟著一片歡呼：「噢——噢——，誰也沒吃到喲！」大家都很高興，我心也很輕鬆。唯獨你一人，臉色一會兒白，一會兒青，皮笑肉不笑的，說不清是尷尬，還是沮喪！

這事兒過去大概有九個多年頭了吧，也許你早經忘卻了，可我的下意識、第六感官總在提示我：我和你的戀愛是很難有個好結局的。這原因，當然是你我之間的懸殊——我任何時候都不如你，不管是過去、現在還是未來，我與你的差距會越來越大，你我之間的鴻溝會越來越深，我永遠永遠都高攀不上你。儘管我們至今仍在熱戀著，但說不定最後最後的結局，你會把我甩掉的。也正因為如此，我才一次又一次再三勸你早早地把我忘了，你好改弦更張，另擇佳偶。而你又總是不從，想必大概也許是還不到最後結局的時候，所以上蒼就只好讓我們一次次磨難，一次次受挫折，目的就是為了時間的問題在那裏兜圈子吧？

好了。因為餃子的事，又引發了這麼多的廢話，還不知你有沒有興趣看下去——如果你果真能看到這些寫在爛報紙上的字跡的話。

既然今天是新年元旦，我可要在此為你祝福了，祝你新年快樂！萬事如意！

（公元一九七六年一月一日上午）

法慧：

這兩天，我腦海裏老是出現「煉獄」這個詞兒，大概是由我所處的這個環境而引起的吧。「煉獄」二字該作如何解釋？我想，最初可能是出自哪篇古文中的一個典故吧。它的大體意思我想應該是「在獄中修煉從而得到昇華」。由此，我又進一步想開去，想到了郭沫若的《鳳凰涅槃》，「涅槃」是死而復生的意思，象徵著一場革命。

歷史上，有許多偉大的人物都是在監獄裏學習、思考，使思想得到一次昇華。譬如：列寧的不朽著作《國家與革命》就是在他被流放西伯利亞期間，在一間茅草棚裏寫成的。坐牢由於隔斷了塵世間的紛擾，便於靜下心來思考某一課題，也有利於培養人的堅忍不拔的性格。

看來，坐牢對我來說是免不了的了。但是，若讓我在牢獄中沉下心來思考什麼，我卻是不能。我本想靜下心來認真思考一下這場文化大革命，從它的發端、啟始到後來的內亂，以至達到無法收拾的境地，我想從歷史的角度分析一下它產生的根源，以及將來對整個人類歷史的教訓。當然，這是一個很大的命題，對我來說，好比是乳虎吃天無處下口，有許多歷史事件和上層內幕我們根本無法得到，只憑道路聽途說、隻言片語，是沒法研究這麼大的課題的。但是，我可以根據我們同時代人的親身經歷梳理一下我們的思想歷程，如：文革之初對英雄人物的熱切嚮往，對領袖的狂熱崇拜，後來，又在「打倒一切、懷疑一切」的煽動下捲入「打、砸、搶」的洪流，再後來，又因為對某個具體問題的觀點不同而分成相互對立的山頭組織，由「大辯論」發展到「械鬥」，真槍實彈、你死我活、勢不兩立，最後無法收場了，才不得不以「上山下鄉」來結束這一代人的歷史使命。直到這時，我們這幫人才恍然大悟：我們的確是走過頭了！……這些問題，很應該坐下來好好想一想，從中悟出點什麼來，可我卻不能深入下去思考。說起來，我這人天生脆弱，最怕孤獨，最怕寂寞，一有什麼想不開，心裏就浮躁，一浮躁起來，就通身大汗。所以，我早就斷定，我這人根本成不了大器。

好了，就寫到這裏吧。

（元月三日記）

今天中午，田大爺送飯時偷偷塞給我一張紙條。紙條是這樣寫的：

小肖：

局黨組正在設法營救你。

沉住氣，堅持下去！

下面沒有落款，但從字跡上可以看出是老魏局長寫的。捧著紙條，我又止不住熱淚盈眶了。我和魏局長既非親又非故，從我一進入宣傳隊那一天起，老魏局長就像長輩一樣愛護我。在我遇到困難的時候，他總是一次次向我伸出溫暖的手，盡可能地攙扶我一下。例如讓我去林集牧場避難，就是他冒著「包庇歷史反革命子女」的罪名替我聯繫的。有一次，我問他：「當別人都像躲避瘟疫一樣躲避我的時候，您為啥就不怕我會給您招來壞影響？」老魏局長深思般地笑了笑，說了幾句話，讓我至今不會忘記。

他說：「你走過夜路嗎？如果沒有月亮，再看不到星星，黑暗中的人最希望看到的就是一點點光亮，哪怕只是一點微弱的燈光，也是好的！」

老魏局長是建國後自「人民大學」畢業的老一代大學生，如果不是五七年「整風反右」時被打成一段時間的「右派」（後來給甄別了），現在早該是廳、省一級的高幹了。可是，就是因為有過那一段歷史「污點」，使他這一輩子就只能屈曲在小縣城裏當個局長什麼的了。

是的，老魏局長說得很對。當我背著「反屬」的包袱，踏著一路的泥濘，獨自在漫漫長夜裏跋涉的時候，如果沒有新疆火柴廠的小唐哥，沒有安寧渠的老支書楊開祥，沒有工農兵大隊的房東宋大伯宋大媽，以及後來如果沒有老魏局長、三支兩軍的王仁印科長、張偉成主任、宣傳隊的周隊長和劉忠、玉蘭、寶芬等眾姐妹，如果沒有林集牧場的聾大爺、炊事班的田大爺與好心的袁大姐，……如果沒有這些人的幫助，我真不知道會在茫茫荒野裏迷途，還是在泥潭中跌倒、在沼澤中湮沒？

當然，在這近十年的艱苦跋涉中，有一顆最明亮、離我最近、時時刻刻讓我感受到它的光亮的星星，他不是別人，就是你，我的至親至愛的盧法慧。你對我的愛勝過世界上最珍貴的財寶，當我在泥淖中蹀躞前行的時候，你好比一盞燈、一團火，時時刻刻陪伴著我，溫暖著我這顆幾盡凍僵的、因絕望而快要發白了的心。我真不知道該如何感激你。任何感激的語言在我看來都顯得蒼白無力，古人有句話，叫「大恩不報」、「大謝無言」，所以我乾脆就一字不說的好。

我一邊寫著，一邊止不住流淚。就寫到這裏吧。

（記於元月五日）

法慧：

悲到極處難啟口，未及著筆淚先流。

幾個月來，我最擔心最害怕因而也最不願提及的我們敬愛的周總理的病情，今天，那最慘酷最痛心的一幕終於還是發生了。

我是今天清晨從田大爺的收音機裏聽到的。田大爺因做飯起得早，天色微明，一縷悲壯的哀樂從門縫裏傳進來，我打朦朧中激靈醒來，仔細聆聽，果然就是周總理逝世的噩耗。彷彿大廈傾倒、天柱斷折、黑暗的閘門從此打開，我的全部身心一下墜落到萬丈冰窟，我的神經全都麻痹了。我不知道世間還有比這更悲痛的時刻，世界上少了一個巨人，中國失去了一個擎天柱，百姓失去了一位衷心愛戴的好總理，從今往後，我真不知道沒有總理支撐的中國將會是什麼樣子？十億中國人民將向何處去？……

天亮之後，田大爺拿起一把大掃帚佯裝在院子裏掃地（其實地面上什麼也沒有），一面把那台比煙盒大不了多少的收音機放在走廊臺階上，聲音開到最大。我知道，這是田大爺有意放給我聽的。一會兒，看守出來干預了，不讓開這麼大的聲音。田大爺用手指指耳朵，說：「耳背，聽不見！」這時，我已在這邊被感動得流淚了。看守吆喝了幾聲，便也不再堅持，他們自己也不由自主沉浸在悲壯的哀樂中。

早晨送飯的時候，我看見田大爺兩個眼泡都是紅紅的。

白天，大街上的高音喇叭也響了起來，一遍又一遍地播放中央的訃告。這一天很靜，牆外大街上既聽不到平日的車馬喧鬧，也聽不到往日的人聲沸揚。天地之間好似一下子凝滯了，靜止了，一切都在肅然靜默之中。

這一天，我悲痛欲絕。送來的飯菜吃不下去，湯水也不想進。只覺得喉頭那裏有一個什麼東西梗塞著，心裏滿得很。我只想哭，放聲大哭，把窩在心裏的悲痛都哭喊出來。

晚飯之後，田大爺沒有像平時那樣早早地回屋就寢。我想：他大概是看電視去了。過了一會，兩個看守也鎖了門出去了。整個院子裏就只剩下我一人，正好我可以放聲大哭了。我面朝正北，先是站著，後來跪在地上，我哭了一陣又一陣。這會兒，我心裏才算好過一些，記下了這些文字，以致哀。

（元月九日夜記）

今天是總理逝世的第四天，也是他老人家遺體火化的日子。幾天來，我多麼想從電視螢幕上看一眼他老人家的遺容呀。無奈，我是被「隔離審查」的「政治犯」，是不應該有這樣的奢望的。所以，我幾次想向看守提這個請求，可話在嘴邊還是嚥了回去。然而，當天黑下來，人們都在電視機前坐定的時候，袁大姐突然打開門出現在我的面前。

袁大姐說：「小肖，周總理逝世，你知道了吧？」

我說：「知道了。」

她說：「今天是最後一天瞻仰遺容了，你想不想從電視上看一眼？」

還不等大姐說完，我就急不可待地連聲說：「太想太想了！能讓我出去看一眼他老人家嗎？」

袁大姐寬厚地笑了一下，說：「跟我來吧。」

說罷，她走在前邊，我跟在她身後，出來四合院，向北走，越過三排房子，後邊是一個大大的籃球場。就在那裏有一台很大的黑白電視機，正播放向總理遺體告別的場面。在鮮花和萬年青的環繞中，在黨旗覆蓋下，一位巨人正在那裏安眠，啊，那慈祥的面孔多麼熟悉，然而那深深凹陷了的雙頰、那緊繃的嘴唇，又顯得多麼憔悴，多麼陌生，唯有那兩道高高聳起的濃濃的眉峰看上去還帶著往昔的神采，可那一雙炯炯的眼睛卻是永遠永遠地閉闔了起來，……啊，一股巨大的悲痛像海潮一樣向我襲來，我兩眼一黑，頭轟地一下像炸裂了一樣，我覺得支撐不住，便俯在袁大姐肩上。接著淚水便潸潸不止，我不由自主地哭出聲來。幸好，滿場的人都在哭泣，並沒有哪一個人注意到我。

我在那裏只待了十幾分鐘，本來還想再多看幾眼，可袁大姐擔心被人發現，就把我送了回來。臨走，袁大姐告訴我：為我的事，商業局領導正在四處活動，縣委吳副書記對我的事也很關切，表示要親自過問。

她最後說：「放心吧小肖，沒有什麼大不了的事情，等風潮一過，就會放你出來的！」

袁大姐這一說，我心裏就更加踏實了。

（記於一九七六年一日十一日深夜）

法慧：

我是元月十八日被獲准釋放的。

到隔離室來接我的有劉忠、玉蘭、麗娜、衛生員小崔和寶芬姐等。老魏局長特意為我包了水餃，說是為我「壓驚」、「洗塵」。他還開玩笑地說：「這頓餃子大概不會再讓我蹲七十天大牢了！」

幾天來，我接觸了一些人，情形很令人我失望。周總理的逝世，無疑將會使嚴峻的政治形勢更加嚴峻，「文革派」將會借此機會進行倡狂反撲，所謂新老兩派政治力量的較量將會進入白熱化程度。我原以為這時候人們最關心的應該是如何鞏固鄧副總理整頓治理取得的成果，保住國家政治形勢不發生逆轉。可是，我所接觸到的一些人，似乎對這樣的大事並不怎麼關注，好像認為那是國家的事情，與己無關。誠然，對周總理的逝世，他們是悲痛的，但，過後不久就淡漠了。全不考慮黨和國家的前途和命運會發生什麼變化。

是的，現在最可怕的是「文革」給人們帶來的後遺症——麻木、冷漠、人與人的相互猜疑和隔閡。無情的現實似乎只教會了人們沉默，明知文化大革命搞得一團糟，人們只是沉默；明知國民經濟已經到了快要崩潰的邊沿，人們還是沉默；明知人際關係冷漠無情，人性在泯滅，道德在淪喪，可人們還是沉默、沉默。多麼可怕的沉默哪！

現在全國上下，最需要的就是講真話，說心裏話，心裏怎麼想的就怎麼說。不要為自己的處境而擔憂，這是義不容辭、責無旁貸的責任。誠然，誰最先站出來講真話，是要付出一些犧牲的。正如魯迅先生說過的：關在黑屋子裏昏睡的人，哪個要是首先起來刺破屋頂放進來光明，便要遭到眾人的反對，不僅那些黑暗的製造者要反對，就連那些在黑屋子裏待慣了的人也要反對；因為你的行為太反常，他受不了，他只希望能在黑暗中苟延殘喘，相安無事就行了。

這幾天來，我睡不著覺，我翻來覆去地思考這些問題。當人們都變得麻木不仁時，你是想做一個清醒的人呢？還是像大多數人們那樣糊糊塗塗、混天聊日過日子？當然，像我這種早就被打入另冊的「黑五類子女」，不用說還是當一個糊糊塗塗的順民好，那樣就可以苟且偷生，不會發生什麼危險。但，如果人們都採取明哲保身、但求無過的人生態度，那麼我們的政治生活將會變成一潭死水，我們的人民還像往常那樣任人宰割，我們黨和國家的權力還是被那樣一幫人把持著，他們不發展經濟，不務正業，只知道翻來覆去地搞政治運動，只知道整人，把人都整得灰溜溜的。長此以往，我們的國家永遠貧窮，我們的人民永遠遭殃，四屆人大提出的實現四個現代化的宏偉藍圖將會變成一紙空談。這難道還不足以令人痛心疾首嗎？

法慧，經過這些天的深思熟慮，現在我算終於想明白了。為了祖國的前途，為了人民的未來，我不能再沉默下去了。我決心要做那個刺破黑暗引來光明的人。不管會遭到哪些人的反對，不管會有什麼危險，我什麼都豁出去了。我要奔走呼號，把沉睡的人們喚醒。

我們的人民不應是放在砧板上的肉，可以任人宰割！

善良的人們不能永遠在屈辱中生活！

那些黑心肝的人把我們個人的權利侵佔太多，我們不得不站起來反抗！

民意決不是可以讓那些首長大人們肆意踐踏的。我們的人民正在忍耐中積蓄著反抗的力量，在深思中準備著思想的解放。「口將言而囁嚅，足將進而趑趄」。正如魯迅先生所說：「地火在地下運行、奔突。熔岩一旦噴出，將燒盡一切野草，以及喬木，於是並且無可朽腐」。

我們都要振作起來，成為生活的強者，要扼住命運的咽喉。

「假如惡人聯合起來構成一種勢力，那末，老實人也應當這麼做。」（列夫・托爾斯泰）

要是大夥兒面對殘暴只是一味地保持沉默，一味地順從，那麼，那些懷著狼子野心的人就會由著性子越發地胡作非為，越發地無所顧忌了。那樣做無異於把無產階級的天下拱手交給那些殘暴的人，我們善良的人民就會永無出頭之日了。

眼看春節臨近，我打算先回家寬慰一下母親。春節後怎麼辦？將來再說。

我好長時間沒得到你的資訊了。不知你申請留校的事辦得怎麼樣了？近來的思想狀況及心情如何？春節回不回家來過？盼接信後速速回覆。信件仍寄商業局即可。

在隔離室期間胡亂寫在舊報紙上的那些，我也剪下來黏貼好了一併寄給你。寫得那麼亂，不知你有耐煩看否？

祝你

心情愉快！

雁琳

一九七六年一月二十三日

二〇一、盧法慧致肖雁琳

雁琳：

你這人太善良了，你生活得也太認真了些。這是何必呢？當時我寫給你的信上已把利害關係說得一清二楚，為了打消你的顧慮，我還把寫給老魏局長信的草稿一併寄給你。你本可以佯裝一無所知把這事搪塞過去。若有什麼不妥，老魏局長只會抱怨我，而絲毫無損於你的形象。一切是我安排的，自有我負責，你只裝作蒙在鼓裏就行。

可你非要半道上殺出一個程咬金來，這事不就複雜起來了嗎？你有那樣的家庭環境，你又寧肯自己受苦，死不交待你媽那位北京來的同事，如此一來，你受苦受累就是在所難免的了。反過來，當初，若全照我安排的那樣去辦，魏局長以他幾十年的老資歷以及他廣泛的交往和根基，至多也就是寫上一份檢查，住上三五天禁閉，便可完事大吉了。

我想：這事你怨不得別人，全是你自找的，這就叫做「庸人自擾」、「自作自受」。

然而，話又說回來，我又極端地同情你，且不說你自投羅網後我對你的牽腸掛肚，也不說我日日夜夜多少次為你禱告，祈求神靈保佑你能逢凶化吉、化險為夷，單只說我向郭良成接連寫了好幾封求告信，為了說明你我的關係，為了讓他認識到你的艱難處境，為了感化他，讓他可憐我們這一對多災多難的戀人，我真是搜腸刮肚把好話說盡，並且是情真意切、聲淚俱下。大約也正是我的苦苦哀求感化了他，再加魏局長等人的多方斡旋，總算是化險為夷把你放了出來。

我覺得通過這事，你我都應該接受教訓：一是在平時的閒談話語中要遠離政治，二是在與人交往中要採取審慎的態度，「話到口邊留半句，不可全拋一片心」。這方面的教訓主要是我，坦率地說，當初如果不是我把那幾則政治笑話送給郭良成，這場災難或許就不會發生。然而，誰又知道郭良成這個黑心爛腸子的傢伙，會下作到這種程度，竟然落井下石並以此來邀功請賞。他這種卑鄙無恥的行徑，日後總得有所報應的。真是人心叵測呀！

說起來，這也並不奇怪。在這樣一個無法用更理性來解釋的殘酷而冷漠的世界上，人與人之間本來就是處於相互隔閡、相互利用甚至相互敵對的關係中，一切都在弱肉強食、大魚吃小魚、小魚吃蝦米的生存法則支配下，人跟自己的本質相脫離，從而失去了「自我」，失去了起碼的人性。剩下的就只有獸性了。

由此說來，在這樣的環境裏，人與人之間決不會有什麼真正的友誼、團結、休戚與共、刎頸之交等等，相反，明爭暗鬥、爾虞我詐、相互利用、相互傾軋……這倒是真的。

實際上，當前的社會就是專門為庸人設計的，越是平庸者便越容易飛黃騰達，越是德才兼備、老成持重的人，越要過得貧窮潦倒、落拓失意。

正如我們物理課上講的「品質與浮力」，一個人的品質越重，他越是要下沉；相反，品質輕的，反倒漂浮起來，瘋瘋癲癲，露頭露腦。世道就是這樣。

你要跟社會抗爭嗎？那是根本不可能的。社會好比一輛用鋼鐵鑄造的、用齒輪和履帶組裝的軋路機，你在它面前不過是一個脆弱的泥丸兒，它一個愣兒也不打，就從你身上軋過去了。即使是一顆頑石又能怎樣呢？它至多不過是稍一遲頓，來回碾幾下，也就把你碾個粉身碎骨，它照樣是鏗鏗鏘鏘地一路前行。

反抗是無濟於事的。

活在這樣一個世界上，我們只能苟且偷生，只能哀歎命運不佳，生不逢時。除此之外，我們還能做什麼呢？

既然不能反抗，那麼只好順從。這是我的人生哲學，被逼出來的哲學。

說實話，我不想無聲無息地活一輩子，我也想出人頭地。自古來，將相無種。我為什麼非得處於社會底層，過仰人鼻息的生活呢？我們為什麼要受人壓迫，受人奴役呢？要擺脫這種處境就只有一條，那就是想盡辦法，投機鑽營，能在官場裏爭得一個立足之地，簡言之就是當官。

你不要以為我說得很露骨，是吧？其實，好多人心裏都是這麼想的，只是他們害羞，不敢明說而已。

迄今為止，我在李睿老師的指導下做的種種努力，都是為了這一中心目標服務。

我的論文《論宋江和現代投降主義者》已被北京大學大批判小組的一位專家看中，目前正在作最後修改，擬在北京大學校刊上發表。如果反響不錯的話，還可能在《人民日報》或《北京日報》轉發。到那時候，「盧法慧」這個名不見經傳的小人物，也許一夜之間就成為家喻戶曉的一顆新星，人們會像關注「梁校」、「羅思鼎」那樣談論我。到那時候，我個人的留校、留濟南都是彈指一揮間的事，不但我本人功成名就，而且就連你的安排就業、我們的婚姻大事等等也都會迎刃而解——當然你父親的冤案昭雪、你母親的株連平反，也全在其中。一榮俱榮，一恥俱恥；一人得道，雞犬升天；中國歷來如此，這都是理所當然的事情。

就在昨天，已破格升為校黨委副書記的李睿老師找我談話，要我在近期內寫一份入黨申請書交給他，並且意味深長地說：

「在中國，入黨不是為了做官，但想要做官必須入黨！」

李老師的話真是千真萬確。在我人生轉折的重要時刻，能結識這麼一位遠見卓識的導師，對我來說，真是三生有幸！

雁琳，我還要告訴你，目前，我正在幹一項浩大的工程，這工程也是在李睿老師的授意下幹的。將來一旦出籠，肯定會引起轟動的。至於是什麼工程，現在還暫時保密。你等著吧，要不了多久，我就會名揚天下的。

你要多關心一下時事，平時多看看報紙。譬如二月六日《人民日報》關於清華大學教育革命大辯論的記者評述；二月十二日《北京日報》上有一篇署名「梁校」的文章。讀過之後，你會得到很多資訊。你來信中談到你對形勢的看法，我不敢苟同。我不希望我們倆在對政治形勢的看法上有什麼分歧。你我都是平頭百姓，沒有根本的利害衝突，只要我們善於學習，跟著上頭的宣傳口徑走，就不會出現大的問題。

不要杞人憂天，天塌下來有高個子頂著，砸不著我們。

至於你說的要為什麼而「奔走呼號」，我看大可不必。一個國家的命運和前途，那都是那些定乾坤、主沉浮的大人物關心的事，跟我們無關。我等草芥小民，既沒有權勢，也沒有能力，是無法攬轉的。

你說的「做生活的強者」、「扼住命運的咽喉」，氣魄是不小，但此話說著容易，做起來可就難了。

當別人都醉醺醺的時候，你做一個清醒的人，心裏就覺得痛快嗎？

當別人都是弱者的時候，你做一個強者，又有什麼作用呢？

所以我勸你：還是做一個順民的好。俗話說得好：「羊跟大群不挨打，人隨大溜不受欺」。

當眾人都沉默的時候，我們最好也沉默！

我說的這些話，都是為的你好！

望你珍重自己！

愛你的：法慧

一九七六年二月十五日

這段時間我太忙，請暫不要來信。——又及。

二〇二、肖雁琳致盧法慧

法慧：

看了你的信，我出離憤怒了！

你用世故的口氣、達觀的態度評論政治，津津有味地談論你的升官之道，難道你就不感到臉紅嗎？

你為了出人頭地，為了在不該屬於你的濟南賴下去，為了混口飯吃，你不惜出賣靈魂，在別人的指使下幹一些違心的、見不得人的勾當，你覺得心安理得嗎？

告訴你，世界上沒有廉價的光榮。想要顯赫，總是要付出一定代價的！

我奉勸你：不要陷得太深，走得太遠！

記得高爾基的外祖母曾經這樣教導過他：

「不做違背自己良心的事；不向險惡的命運屈服。」

還有一首詩，我想抄給你：

啊，人應當像人　裴多菲

啊，人應當像人，
不要成為傀儡，
盡受反覆無常的
命運的支配。

啊，人應當像人，
實行自己的信仰，
勇敢地、正當地聲明，
連流血也無妨。

啊，人應當像人，
不要一味依賴，
不要為世界的財富，
把你的獨立出賣。

望你現在就把它抄下來，貼在你的床頭上，作為你的座右銘。

至於我自己，道路一經選定，就將義無反顧。

草芥小人物也無妨，有句話說得好：「位卑未敢忘憂國」。

你也不要過多地干預我。我打定主意要做什麼的時候，誰也休想阻攔我。

我不會再沉默下去了。

魯迅先生說得好：「生命的路是進步的，總是沿著無限的精神三角形的斜面向上走，什麼都阻止他不得。」

「自然賦與人們的不調和還很多，人們自己萎縮墮落退步的也還很多，然而生命決不因此回頭。無論什麼黑暗來防範思潮，什麼悲慘來襲擊社會，什麼罪惡來褻瀆人道，人類的渴仰完全的潛力，總是踏了這些鐵蒺藜向前進。」

如果生活是專門為庸人設計的，為那些軟弱者、苟安者留下了避風的港灣，那麼，對於一個清醒者來說，抗拒生活的腐蝕和軟化力量，完成歷史賦予我們的使命，那將是至關重要的。

我不知道你所謂的「浩大工程」究竟是什麼？既然你保密，我也就不追問你，不過，有一條，我奉勸你：如果它與人民的利益相違背，你千萬不要幹！

望你好自為之、善自為之！

雁琳

一九七六年二月二十三日

第十章　幻滅

亦餘心之所善兮，
雖九死其猶未悔。

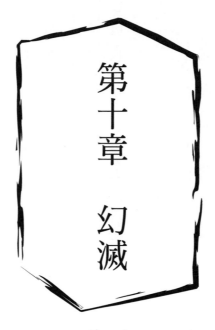

二〇三、夏瑩瑩致肖雁琳

肖雁琳大姐：

我不知道該不該這樣稱呼您？

為寫這封信，我猶豫了很久。光是開頭，就撕毀了七八張信箋。

我不知道先從哪裏說起，反正是盧法慧他很喜歡我，不止一次地向我求愛。在這之前，我聽說他家鄉有一位戀人，我們同學幾乎都知道。但是後來，盧法慧親口對我說，他跟他的戀人鬧翻了，早已是一刀兩斷了，所以才轉而愛我。我信了他的話，在他向我求愛的時候，我答應了他。我想，他不會騙我的。

可是，最近幾天，盧法慧被抽到濟南南郊賓館搞一項祕密活動（據說可能與「批鄧」有關），我有他房間的鑰匙，可以在這裏出入。昨天，我自作主張為他收拾房間，在他床底下的紙箱裏，意外地發現你寄給他的好多信件。出於好奇心，我一口氣將您去年十一月十日以來的三封信（包括您寫在舊報紙上剪貼的）全部讀完。我首先為您的光明磊落、胸懷坦蕩而折服，也為盧法慧的猥瑣和卑鄙而感到羞恥。當然，更令我氣憤的是：盧法慧公然欺騙我。他不止一次信誓旦旦地說，他和您的關係早就一刀兩斷了；他還說你的家庭出身不好，父親是「歷反分子」，他本來早就想擺脫你，可你總是賴著他不放，害得他都快三十歲了還打光棍兒。

從您給他的信中看，你們的關係不僅沒斷，而且愛得是那麼堅貞。我真不知道盧法慧這麼會偽裝，他一邊深深地愛著您，另一邊又頻頻地向我施愛，他是出於什麼用心？一個人能同時愛兩個女性嗎？

總之，我知道盧法慧是在騙我，讓我在你們兩個之間當一個極不光彩的角色——第三者。但我本人早先不知內情，受了他的蒙蔽，因而是無辜的。我一旦意識到盧法慧是這樣一個口是心非、兩面三刀的人，說什麼我也不會愛他的。幸虧現在還不算太遲，我只不過是在他的迷惑下走了一段彎路，如此而已。往後，我決心跟他斷絕關係。大姐您放心，我不會黏著他不放的，更不會把他從您身邊奪走。像他這樣一個靈魂齷齪的人，縱使爬得再高，也是一個卑鄙無恥的小人。

我這裏有盧法慧寫給我的幾封求愛信，為了讓您搞清楚事情的真相，我把它寄給您。對不起，打擾您了大姐！

夏瑩瑩

一九七六年三月二日

附：

盧法慧致夏瑩瑩之一

瑩瑩：

也許我不該在那樣的場合多看你一眼，也許在我們分別時我不該說一聲「再見」，也許我在月光下的歎息都是多餘，也許……也許……也許我不該向你寫這封信。總之，我再也不能克制自己了。

是什麼使我如此神魂顛倒？是什麼使我茶飯無心？是誰無緣無故闖入我的夢境？又是誰為我的生活增添燦爛的光輝？……是你填補了我心靈的空虛，是你打破了我生活的沉默。你好似一枝鮮豔的玫瑰花，使我的時光變得春色爛漫；你好似一匹歡快的小鹿，使我的心靈再不會憂鬱煩悶。你是一支春天的蘆笛、一聲悠揚的鴿哨、一支優美的圓舞曲、一把響亮的小圓號……自從有了你，我的眼界豁然開朗，我的心扉頓時開放，我的心靈有了依託，我的生活煥發出青春的光芒。

你那圓圓的小臉多像初升的太陽，你那雙純真的眼睛像盛開的花兒一樣。如果你是一朵山茶花，我多想變作一隻蜜蜂去採擷花的芬芳；如果你是那牧羊的姑娘，我多想變成一隻羔羊，讓你的鞭子輕輕抽打在我的身上；如果你是天上的一朵雲彩，我多想化作一縷風兒，永遠陪伴著你、偎依著你；如果你是一滴晶瑩的露珠，我多想變成一片綠葉，輕輕地托舉著你、呵護著你……

瑩瑩，你賜予我一點微笑吧！你施捨給我一點芳香吧！

盧法慧致夏瑩瑩之二

瑩瑩：

你的擔心都是多餘的。

是的，在這之前，我的確有過戀人，也曾熱戀得如癡如醉。但那都是過去的事了，還提它幹什麼呢。

初戀往往具有很大的盲目性，缺乏利害的權衡，單憑感情的衝動，好比沒有羅盤的輪船在大海上航行，是非常危險的。幸好我能迷途知返，早早結束那場不該發生的愛情。也幸虧我遇上了你，是你的光輝照亮了我的心，是你的愛使我的愛心又死灰復燃。

新的愛一旦產生，舊的愛好比一場迷霧，經新愛的陽光一照，頓時雲開霧散，過去在迷霧中看到的花朵、風景，一時間都露出了本來面目，一切都顯得那麼蒼白、乾癟，原先的風采全然不知到哪裏去了。而新的愛一如洶湧澎湃的春潮，鋪天蓋地而來，把一切都吞沒，連同舊愛的殘渣餘孽，也都化作泡沫，一併翻捲著東流入海去。

我現在正處於對你愛的春潮湧動中，我早已不能自持，不能自拔。親愛的瑩，你拉我一把吧，伸出你溫柔的手，輕輕地，我會在你的愛的旋渦中溶化的。

你還猶豫什麼？你的一切擔心都是多餘！愛的門扉已經敞開，讓我們以真誠來作門票，進入愛的殿堂吧！

愛你的：盧法慧

一九七五年十一月二十四日

如癡如醉愛你的：盧法慧

一九七五年十二月二十四日晚

盧法慧致夏瑩瑩之三

瑩瑩：

得到你愛的答覆，終於使我如願以償。

前天，我應約到你家裏去，受到你父母的熱情款待，實在是令我受寵若驚了。我這樣一個出身鄙微的人與您那樣顯貴的家庭真是無法匹比。在您家裏，我處處都感到無所措手足，連說話也顯得支支吾吾，我往日的風采不知都跑到哪裏去了。

說實在的，我這人太不配得到你的愛。你知道我的處境多不好，直到現在，我名義上是留校生，實際上我的工作關係還在Y城，調動的事毫無把握。即使能把工作關係調來，我也不過是個二級工，既沒轉幹，又沒解決組織問題。我雖然熱心從政，但這個高高的門檻兒正阻攔住我，縱使我有天大的本事，也只能在門檻外面蹦圈兒。我想，你爸爸在省委組織部裏當著要職，要想為我調動工作、轉幹、入黨，那都是易如反掌的事。但這事我又不好直接開口，還請你找機會在你爸爸跟前說上一聲，我想，為了你我的前途和未來，他不會袖手旁觀的。

瑩，能得到你的愛，對我來說，已經是夢寐以求的了，如今又貿然提出如此的請求，在你的心目中，我是否太有點貪得無厭了？您該不會暗自嗤笑我吧？事實上，我也很為難，我不能不這樣做。你設身處地為我想想：我們既已戀愛，雖不必一定要門當戶對，但兩個人的身份、地位總不能懸殊太大。不然的話，人家會笑話你選偶不當，甚至會說我是死乞白賴硬巴結你的。你說是不是呢？

其實，這事沒必要經我正式提出來，我想，即使我不說，你爸自然也會主動過問的。除非他聲明根本不承認我這個未過門的女婿。當然，有你在中間催一下，這件事情辦得就快一些，好一些。能早一日解決我的入黨、提幹問題，我們就能早一日舉辦婚禮。

近期，我被抽調到南郊賓館從事一項祕密工程，為下步即將大張旗鼓地開展「批鄧」運動服務。此事一旦成功，我將會一舉成名。到那時，我的調動、入黨、提幹這一檔子事都會迎刃而解，或許會放一顆政治衛星。

瑩，放心等著我吧，將來我會讓你刮目相看的。

非常愛你的：法慧

一九七六年二月三日於南郊賓館

二〇四、肖雁琳致盧法慧

盧法慧：

收到一封奇怪的書信，我似懂非懂。我想把它轉給你，連同信的附件——你自然最熟悉，也一併寄上。「奇文供欣賞，疑義相與析」。

我早就說過，我也是向來不以最壞的惡意來揣度人心的，然而，事實總與我的願望相反。足見這世間的人們是多麼的狡猾，所謂「朋友」又是多麼的不可靠！

按正常情況，當事者遇到這種事，一般難免要怒髮衝冠、怒火中燒，甚而暴跳如雷的。可是我卻不，世態如斯，人心如是，在我來說，早已是司空見慣的了。如今的嬗變，只不過在我眼裏的壞人和好人數裏，各加減一個而已。我心中竟一點波瀾也沒有，出奇地平靜。

好了，一切都完了。也沒什麼可說的了。你那邊早已畫好了句號，我這裏就更沒有必要再自作多情。一切都已結束。你也不必多加解釋。當事情敗露之後，好比停在沼澤裏的車輛，一切解釋只會使它在原地陷得更深。

這回該說再見了，法慧！

想不到我們最終會以這種形式分手！

欲哭無淚，我只想冷笑！哈哈！

肖雁琳

一九七六年三月八日午夜

二〇五、盧法慧致肖雁琳

雁琳呀雁琳：

我勸你先不要生氣。

這事怨我事先沒同你商量，以致造成這麼大的誤會。

其實，這也算不得誤會，因為我用的是「三十六計」中的「假道伐虢」：夏瑩瑩本是我們班的同學，她爸爸夏廣軒是省委組織部的一名科長。我以與夏瑩瑩戀愛為名，求她爸爸為我解決工作調動、入黨、提幹等一系列問題，只要我目的達到，我再想辦法把夏瑩瑩撇開。這一切都是我計畫好了的，只是沒有料到夏瑩瑩會突然來這一手，把事情搞得一團糟。

我這樣空口白說，你肯定不會相信。你會說我因為事情敗露了，所以才編造遁詞、尋找藉口這麼說。我就是剖腸剜肚、有一百張嘴也說不明白。幸好，這些事原原本本都在我的日記裏，如果你不相信，乾脆看我的日記好了。這件事的來龍去脈、前因後果都寫在裏邊，你看過之後會真相大白的。

只是如此一來，夏瑩瑩惱透了我，想重新和好是沒門兒了。她父親會不會因此忌恨我還說不準。總之，通過夏瑩瑩這一條路是行不通了。現在，我只好靠我自己的獨立奮鬥了。我們近期搞的這項「祕密工程」正在緊張進行中，如果像李睿老師預期的那樣，能一炮打響，我的前途還是大有希望的。

雁琳，你別生氣。我們已戀愛了十年，我不會輕易變心的。請相信我！

我近日實在是太忙，來不及細說。日後會真相大白的。

法慧匆草

七六年三月十二日

附：

盧法慧日記剪輯

一九七五年十一月十五日　星期六

今日收到雁琳十一月十日來信，信中對我寫信要老魏局長承擔「謠言」一事很是惱火，聲稱她要去「投案」自首，以期保釋出老魏局長。

我認為這事大可不必。現在的人都是為了保全自己，誰還顧及他人？況且，魏局長業已承擔下來，一切都是既成事實了，你何必多此一舉？由此可見，雁琳這人生活得太認真，心地也太善良了。而在這樣骯髒的社會裏，有這樣好心的人又未必會得到好報。

……

一九七五年十一月十七日月　星期一

今日李書記找我談話，問我Y城追查謠言的事結果如何？我把實情告知了他，他只點頭稱是，並沒多說什麼。然後他問我跟一個叫肖雁琳的是什麼關係？我認為這事滿不住他，也只好俱實相告。李書記深思了一會兒，說：「你這樣做很危險，她會影響你一生的。」我向他解釋，原來我不打算從政，所以也就沒考慮到政治影響問題。他說：「你現在決心從政了，就應該重新考慮。一個人的婚姻戀愛很重要，往往要決定一生的命運。」我申辯說我們是青梅竹馬，已有十年的戀愛歷史了。李書記笑了笑說：「你還幼稚，幼稚的人往往成不了大事。」依李書記的意思，應該立即剎車，否則的話，我的入黨、提幹都會受到影響。

李書記的話給我敲響了警鐘，但我又實在放不下雁琳。為了掩人耳目，我必須做點假象。估計雁琳近期不會給我來信，借此機會乾脆聲明和她的關係斷了。將來，待入黨、提幹等問題解決了，再恢復聯繫。

事情只好這麼辦了。

一九七五年十一月二十日　星期四

近期我心裏正在醞釀一個周密的計畫：

前天，在學校門口遇見夏瑩瑩，夏是我們國畫班的同學，夏的父親夏廣軒是省委組織部裏的一位大科長，據說很有實權。我忽然心生一計，何不來個假道伐虢，以與夏瑩瑩戀愛為名，要脅她父親把我的工作調動、入黨、提幹事情辦了，然後再藉故和她鬧崩，這不是一場「曲線救國」嗎？

夏瑩瑩畢業後留省藝術館工作，不過她常到藝術學院來玩，想和她見面並不困難。問題是：她有沒有男朋友？她會不會接受我的愛？論年齡，我比她要大好幾歲，但她長得不算漂亮，而且個頭又矮，讓外人看起來，我蠻配得上她。我不妨試試看，為了達到目的，做一回違心的事，也沒什麼要緊。

一九七五年十一月二十五日　星期二

昨晚熬了一個通宵，挖空心思拼湊了一封情書，今天一早寄給夏瑩瑩。

在戰場上，為了不被人殺，就得學會殺人；在社會上，為了不受人騙，就得學會騙人。必要的時候，人的良心和羞恥都可以丟開。要想撈到油水，就別怕弄髒了手，只要過後洗乾淨就是了。

聰明人拿老實人當墊腳石，狡猾的人拿厚道人當驛馬騎，待達到目的後就一腳踢開。人類社會的進展就是如此。良心上長不出肉繭，前怕狼後怕虎，定將一事無成。

……

一九七五年十二月七日　星期日

今天在泉城路上遇見Y城的N同學，從他那裏得到證實：我的肖雁琳確確實實已因追查謠言的事被關押了起來。另外還得到一條訊息：郭良成因為在追查謠言中積極主動，已被提拔為縣委組織部長，並且直接負責「清謠」工作。

聽說這些，我心情異常沉重。雁琳的這場橫禍都是我粗心大意造成的。我怎麼可以隨便向別人洩露出去呢？況且，郭良成又是如此上爬心切的傢伙，一旦得到這樣的證據，他該不會以此來邀功請賞嗎？

論本來說，對郭良成這種人真該好好地報復他一下，但那樣一來則要得罪他，與雁琳與我都是不利的。現在郭良成畢竟是有勢力的人，對這樣的你只能忍著點。我想，既然郭良成負責清查謠言的事，我何不向他寫封信，開誠佈公地把事情的原委告訴他，求他看在我們是老同學的份上，把雁琳給放了。當然，信中語氣盡可委婉一些，懇切一些，求他以慈悲為懷，大開憐憫之心，也許能夠奏效。

一九七五年十二月十四日　星期日

今天是我和夏瑩瑩的第一次約會。地點就選在大明湖公園。我們一條船，在湖心裏蕩漾。雖已是寒冷的季節，但湖水更顯得清冽。我們輕輕地划著槳，悄悄地說著話，裝扮得就像一對真正的情侶一樣。然而我心裏想著的卻時時是肖雁琳的安危。現在此刻，她也許正在禁閉室裏傷心落淚，而我呢，卻在這裏尋歡作樂，我暗暗為自己的罪孽而深感愧疚。

夏瑩瑩是個單純的無憂無慮的姑娘，說起來我不該騙她，但是事情逼著我這麼幹。如果我不這樣幹，我的入黨、提幹的事就要拖得太久，我和雁琳的事就會永無止境地等待、等待，這樣的日子永遠沒有盡頭。

自大明湖回來的路上，夏瑩瑩問我與肖雁琳的關係，我只好矢口否認，說早就吹了。她還要問什麼，我趕緊把話題岔開。晚上，我又專門為夏寫了一封信，以期打消她的顧慮。我想：以夏瑩瑩和肖雁琳兩個家庭背景的天壤之別，在當今那些趨炎附勢的人們看來，誰都會相信我撇開肖而轉向夏是真的。誰不把自己的政治前途放在第一位？

那麼，到明天，我就可以堂而皇之地向李書記做一彙報。就說：我與夏瑩瑩已正式確立了戀愛關係。信不信由他。

……

一九七五年十二月十八日　星期四

從近期報紙上看到，一場關於教育革命的大辯論正在展開。報紙上多次出現「企圖否定文化大革命」、「右傾」、「翻案」之類的字眼，看來，中央新老兩派政治力量的鬥爭正在日趨白熱化、尖銳化、明朗化，一場大規模的你死我活的政治交鋒已是在所難免的了。

面對這場政治鬥爭，就我這初涉政治風波的人來說，好比面對著古希臘神話中那個人面獅身、蹲在大路上要行人猜謎的斯芬克斯怪獸一樣，我什麼都不知道，我在政治上還是個白癡，我既沒有自衛的武器，也不懂得行內的規矩，是盲人騎著瞎馬，隨時隨地都有被一口吃掉的危險。但我又必須在這鬥爭中充當一個角色，像賭場裏賭徒一樣，我必須拿出我的全部賭本壓到其中一方。

單從感情上來說，無疑我是傾向老一派革命家的，他們治國治本，懂得經濟建設，一個國家的強盛與否，歸根結底還是看它的經濟實力如何。但從理智上來說，老一派又不如文革派有實力。這不僅因為他們把持著與論宣傳工具，而且又善於借用最高統帥的威望而左右形勢。在近期內，文革派就有可能大獲全勝。因此，出於我自身的考慮，我不得不選擇後者，作他們的吹鼓手。不管將來最終結果會怎麼樣，現時的利益我必須得到。不然的話，我在濟南就落不下腳，我的入黨、提幹等都成問題。

不單是我這樣，我看了，社會上還是隨波逐流、趨炎附勢的人多，耿直方正、廉潔清白、嫉惡如仇、不與惡勢力為伍的人越來越少了。

在這樣的社會上，與其作一個清白正直的好人，毋寧當一個庸庸碌碌、渾渾噩噩的糊塗蟲。

我又一次想到了我的雁琳，她是一個理想主義者。對比我來說，她的確是個強者，但又非常不幸。她如果能早早地屈從於現實，表現得稍隨和一些，她的命運也許早就改變了，決不至於如此。

一九七五年十二月二十一日　星期日

今天是我和夏瑩瑩的第二次約會，我們攜手登上千佛山。天真爛漫的夏瑩瑩一路上歡聲笑語，蹦蹦跳跳。

看她那快樂單純的樣子，也著實招人憐愛。然而，我心裏時時惦念著的還是肖雁琳。故而，我臉上掛著笑容，可我心裏卻是冷的，比這千佛山的岩石還要冷峻。

在半山腰的寺廟佛像前，有不少善男信女在那裏燒香拜佛。夏瑩瑩也模仿別人的樣子，拉我一道跪下，雙手合十，心裏暗暗禱告。我不知道夏瑩瑩禱告的是什麼，我卻是誠心誠意為我心愛的雁琳祈禱，祈求神靈保佑她早日結束厄運，迎來吉祥！按我們原來計畫，再過十天，就該是我們舉行婚禮的日子了，可如今，一個被關押在禁閉室裏，另一個卻不得不虛情假意地陪著一個不怎麼漂亮的女孩兒在這裏遊山玩水。命運如此地不公平，難道也是天意安排的嗎？俗話說：好事多磨，卻不知道我們的婚事終究要拖到何年何月？

站在千佛山頂峰，向北極目瞭望，整個濟南市盡收眼底。那繁忙的市井街道，縱橫交錯的馬路像棋盤一樣展現在眼前。那一簇簇煙囪參差錯落，一幢幢高樓大廈疏密有致。我想，就在這座大約有兩千多年歷史的古老城池裏，從古至今不知發生了多少悲歡離合的故事，生活在這裏的千家萬戶大都有一個溫馨的家庭，有妻子兒女的恩愛，唯獨我像一個局外人一樣，站在這凜冽的寒風中，冷眼旁觀這座鋼鐵水泥建築的城市。

不，我不應是一個局外人。這裏本應該就有我的份兒。我不能像炮彈一樣轟進去，就得像瘟疫一樣鑽進去、擠進去、滲進去。光靠清白老實是不行的。只要能成功，任何手段都是正當的。包括今天我利用身邊這個天真幼稚的女孩兒，也是合理的——誰叫她是夏廣軒的女兒呢！我不這樣，平白無故地，他爸爸會為我辦事情嗎？

今天，我試了幾試想提出讓她爸為我辦調動的事情，但後來也覺得不合時宜而收攏回來。做事不可太急躁了，否則，對方會起疑心的。

一九七六年一月十五日　星期四

敬愛的周總理溘然長逝，舉國致哀。這樣一個偉人的遺體也要火化，似乎太不應該。然而，此外又沒有別的法子。今天的追悼會上，鄧小平代表中央致悼詞，這似乎是富有紀念意義的——從各方面情況分析，一場聲勢浩大的政治風暴即將來臨，而鄧，必是首當其衝的一個。

毋庸諱言，周總理的逝世，使老一派陣營中失去了一位領袖，一位中堅，而文革派正是緊鑼密鼓、劍拔弩張、其勢銳不可當的時候，從今往後，歷史要發生一個突然的轉折，一個新的紀元就要拉開序幕了。

一九七六年一月二十日　星期二

今日上午李書記帶我到南郊賓館接受了一項特殊任務——搞批鄧漫畫。參與這項活動的除我之外，還有兩個人，一個主管命題和整體策劃，另一個負責寫文字腳本。我是專門起草漫畫的。一開始，我有點為難情緒，因為好長時間不動筆了，摸起畫筆來有點兒生疏。看到我這樣畏首畏尾的，旁邊一個像高級幹部模樣的人，帶有幾分威嚴地對我說：「叫你到這裏來，就是對你的信任，怕什麼？你好好幹就是了，領導不會虧待你們的！」既然如此，我也就只好老老實實地做了。

據說這是一項很浩大的工程，要系統化、樣板化，還說將來要推向社會，乃至全國。

那位高幹還說：現在要絕對保密，不可向外洩露。

為集中時間、集中精力作畫，領導讓我們三人吃住都在賓館裏，我們的生活起居由專人負責招待。

一九七六年一月二三日　星期五

從昨天開始，我已正式住進南郊賓館並著手起草「批鄧漫畫」。

在作畫過程中，我的腦子裏老是出現一種幻覺：我忽然意識到，整個社會好像是一架龐大的結構複雜的正在飛速運轉的機器，我現在就好比這架機器上的一個小小的齒輪或螺絲釘。雖然它小而又小，微乎其微，但它確實與整架機器連在一起，並且一起運轉。我似乎觸摸到了那個牽動整個機器運轉的神祕的發條。也就是說，我正在一步步地接近上層社會，不僅能看到上層社會的種種內幕，而且也能正兒八經地坐在餐桌上，堂而皇之地分享那一份只有上層社會人物才能得到的美味佳餚。

由此，我心裏又生起一種異常複雜的喜憂摻半的情愫。一方面來說，我隱隱約約地感覺到這似乎是一件不怎麼光彩的事情，另一方面又因能得到這樣的信任和待遇而滋生的一種沾沾自喜。又彷彿參與了一樁什麼盜竊活動而後，在這裏等待合夥分贓。明知自己幹的是一件不怎麼光彩的事情，可為了分得一碗飯吃，我還是不得不去做。這就是心靈和肉體的矛盾。你想要肉體過得舒服自在，你就別怕昧著良心。反過來說，你想要你的心靈保持純潔、高尚，那你就得生活在底層，安於現狀，你就別怕你的肉體受苦受累。在心靈和肉體之間，你只能選擇其一，而不可兼得。這就是自有人類以來，人們一直想解決而永遠解決不了的一個難題。

迄今為止，歷史上已有多少人演繹了多少遍同類主題的故事，有的注重心靈，也有的看重肉體。若要我在這二者之間選擇的話，我寧肯不要心靈的完美，也決不讓肉體備受委屈。這就是我當前的人生觀。

一九七六年一月二十八日　星期三

今天收到肖雁琳寄來的一個郵件，打開來，卻是她在隔離期間寫在舊報紙上的書信，讀來令人心碎。

雁琳最終放出來，我這才放心。然而，信中說到郭良成的事，又令我氣憤不已。像郭良成這號人竟也能步步高陞，足見官場並不比生意場好多少。現在的社會，就好比一個大染缸，裏邊是五花八門，什麼渣滓都有，什麼稀奇古怪的事都能發生。野心在陰暗中發酵，欲望跟權力賽跑，自私自利和狂妄自大交朋友，而人性和良知都被扔到垃圾箱裏去了，剩下低三下四和卑鄙無恥卻裝扮成道貌岸然的正人君子，在一班小人的簇擁下，敲鑼打鼓，招搖過市。現在，很難找到一塊理想的佛門淨土，睜開眼看吧，到處是污穢不堪的卑劣醜聞，到處是骯髒的行賄受賄、買官賣官、以權謀私、貪贓枉法。一個清白高潔的人根本無法在這樣的環境裏生存。由於環境的逼迫，像肖雁琳這樣清白的人，是越來越少了。我既可憐她，又同情她，但現在又沒有辦法幫助她。只能厚著臉皮向上爬，爭取在官場裏打拼，混個一官半職的，將來好拯救她。

一九七六年二月三日　星期二

今天夏瑩瑩邀我去她家做客，也算是她對我「求愛」的答覆。她煞有介事地把我向她父母作了介紹。看上去，她父母還算熱情。她父親問了問我的家庭和工作情況，我只含糊地說了一下，不想說得太細，免得他們起疑心。

到此為止，我認為，我的第一個目的已經達到。現在，該進入第二個步驟了。為此，我又為夏瑩瑩寫了第三封信。

……

一九七六年二月八日　星期日

最近，我學會了抽煙、喝酒、打麻將，我越來越覺得需要刺激一下。它不僅是我生理上的需要，更重要的是精神上的依託和支柱。精神萎靡不振的時候，吸上一支煙，抿上一口酒，才覺得心裏踏實，否則的話，就覺得空虛，頹喪。

近來，老是覺得寂寞、孤獨、浮躁，有時，又陷入一種不可名狀的空虛中，往日在Y城畫畫時那種壯志凌雲和氣沖牛斗的勁頭兒，不知都跑到哪裏去了。老是感覺沒有精神支柱，只有唯一的寄託——那就是我和雁琳維繫了十年的愛情。

而肖雁琳在我心目中也因歲月的消磨和聯繫的時斷時續而顯得印象淡漠，所剩的只是往日愛情留存下來的餘韻，好像昨日黃花，乍看上去色彩斑斕，實際上卻是外厲內荏，裏面虛弱得很。我又一次想起雁琳在新疆時說過的一句話——「日近日親，日遠日疏」。莫非我們辛辛苦苦澆灌十年的愛情蓓蕾，還不到盛開的時候就要枯萎了嗎？不，這不是真的。這也不是我想要的！

一九七六年二月十五日　星期日

近日來，為那項特殊任務忙得不可開交，直至今日才有機會為雁琳覆信。為防意外，我關照她暫時不要向我這邊發信，萬一讓瑩瑩察覺了，就前功盡棄，一切都是徒勞了。

……

二〇六、肖雁琳致盧法慧

盧法慧：

收到了你的信及日記。

你以為有了你的日記，就可以為你的胡作非為做辯白？

你想錯了。你的日記中滿紙都是掮客的談吐，看來，你心裏只有三個字：「向上爬」！

你不講良心，沒有廉恥，你已經墮落成一個兩面三刀的騙子，一個賭徒，一個惡棍！

你的所謂理想，是個人奮鬥的理想，你追求的是個人的解放，是個人的飛黃騰達。你從來也不肯為你身邊更多的人著想，更沒有想到在愚民政策的桎梏下，正在水深火熱中苟延殘喘的千百萬群眾。

早先你曾崇尚過老莊思想，後來，你又改而推崇李斯，你時時把他樹為你做人的楷模。那時，我就隱約意識到這是一個危險信號，但因為事情剛露端倪，我沒有下狠心阻止你。再後來，你結識了郭良成這個混蛋，還有那個叫李睿的人，結果，你在他們的誘導下越走越遠、越陷越深。

你出賣魏局長，哄騙夏瑩瑩，說明你在人格上已經喪盡天良，你的內心陰險歹毒。你在別人的教唆下寫文作畫，搞什麼「祕密工程」，說明你在政治思想上已經腐化墮落，你心懷異志，正在走向人民的反面。

我不知道你會變成這麼一個人，早知你會這樣，說什麼我也不會與你好的。你這個沒有大丈夫氣的小人！一個可恥的軟骨頭！跳梁小丑！敗類！

你根本不配得到我的愛，我決定與你分手！

今天，我決定把你以前給我的全部書信都退給你。我已打成一包，寄放在衛生員小崔屋裏，你回來時取就行。我寫給你的全部書信，也請你一併燒掉，莫留一點痕跡。

十年的歲月十年的愛，全當付諸東流水，一去不復返了。

撇開你，我心裏倒去掉了不少牽掛，從此，我可以天馬行空、獨來獨往了。春節後，我一直想再次到北京去，不過這次可不是單單為我父親去告狀，而是為了千百萬民眾，為了喚起人們的人性和良知而奔走呼號了。

我要質問那些戴著紅帽子、披著紅袈裟、長著黑心肝的人：

你們為什麼對德高望重的周總理懷著刻骨的仇恨？人活著時，你們千方百計地圍攻他刁難他，現在人死了，你們還不許人們悼念他，你們安的什麼心？

以毛主席的「三項指示」為綱有什麼不好？鄧副總理狠抓國民經濟建設有什麼錯？你們為什麼千方百計阻撓他？要說翻案，且問：十年前發動的這場文化大革命究竟有沒有必要？十年文革除了使少數人踐踏民主和法制、把人都整得灰溜溜的、把國民經濟推上了崩潰邊沿、人們的生產生活水準停滯不前，除貧窮和災難之外，它還給人們帶來了什麼？一小撮野心勃勃的傢伙老是蠢蠢欲動，陰謀篡奪黨和國家的領導權，他們要把中國引向何處去？

我要大聲疾呼：我們千百萬群眾再也不能在這種高壓政策下忍受屈辱和愚弄，我們要奮鬥、要抗爭、要自己主宰自己的命運，我們要民主、要自由、要四個現代化的社會主義強國！

法慧，我這樣做，與你走的是截然相反的路。我是喚起民眾，打倒專制；而你是助紂為虐、為虎作倀。

最後，我奉勸你：你參與搞的「祕密工程」是註定不得人心的，遲早會遭到報應。你的人性如果沒有全部泯滅的話，最好是懸崖勒馬、回頭是岸！否則，你必是身敗名裂！

肖雁琳

一九七六年三月十九日

二〇七、盧法慧致肖雁琳

雁琳，親愛的雁琳：

我現在是在濟南市中區紅衛醫院病房裏向你呼救！

事情的原委是這樣的：

自三月十日《人民日報》社論《翻案不得人心》發表以後，為了配合「反擊右傾翻案風」運動，我們加快了「工程」進度，上級首長直接坐陣督戰，並且向我們許諾：將來搞得好了，就可以「火線入黨」、「突擊提幹」。在他們的利誘下，我們漫畫小組拼命幹，加班加點，夜以繼日，到三月二十日將總共一百零三幅批鄧漫畫全部畫完。三月二十一日，負責這項「工程」的幾個頭頭為了向上級首長擺功領賞，擅自決定將全部漫畫掛在泉城路體育場牆外邊，公開向群眾試展。因為製作倉促，來不及找講解員，便臨時決定讓我和另外兩個青年負責解說。我剛剛解說了十幾幅，想不到漫畫激怒了觀看的群眾，先是有人質問，接著就有人撕畫，我們當然不讓撕，接著打了起來。群眾的怒火一旦點燃起來，就好比火山爆發，一陣子拳打腳踢，把我們幾個打得鼻青臉腫，所有的漫畫也瞬間化為一地碎片。令人氣憤的是：當我們向在場的幾位「首長」求救時，他們卻張慌失措，一個個鑽進轎車溜之乎也了。我們幾個只好在人們的唾罵聲中相互攙扶著住進了附近的紅衛醫院。

在我們當中，數我受傷最重。額頭上縫了七針，還有輕微的腦震盪。到今天已是出事後的第四天了，也沒有一個當官兒的來看我們。就連一向「關心」我的李睿書記，也不知道龜縮到哪裏去了。

我現在才意識到我們是受騙了。那些心地貪婪、歹毒而又狡詐的「首長」們利用了我們年少無知和虛榮心，把我們一步步引向歧途，我們沒用了，又把我們一腳踢開。我們只不過做了他們廉價的政治賭本。一旦意識到這一點，我感覺受了一次奇恥大辱。到這時候，我彷彿看見那一張張奸詐的面孔正在黑暗的角落裏看著我們而幸災樂禍地奸笑。我真想跳起來對著他們大吼大叫，復仇的怒火把我的眼睛都燒紅了。

雁琳，恰在這時候，我收到了你三月十九日發來的信（是一個好心的校友轉來的）。信沒讀完，我就昏過去了。我一下子受不了如此雙重的打擊，我的神經要崩潰了！

雁琳，我的好雁琳，你快救救我！在這時候，你不能就這樣撇下我不管。我太愛你了，這你是知道的。一旦沒有了你，我會立刻去死的。

如果一有念頭就立刻付諸行動的話，現在的絕望足以讓我去自殺。但，自殺並不能結束一切。

對我這段時間所做的事，我已經深表悔恨；當然，我不想用悔恨來抵消罪孽。我知道我是有罪的，我的罪自會得到應有的懲罰，但是，你不能因此而拋棄我。我們之間的戀愛已持續了整整十年了，我們應該有一個好的結局，否則，人們會議論我們、譏笑我們，那樣，對你也是不好的。

我知道，你恨我。你可以用最惡毒的語言詛咒我，隨便你怎麼對我都行，只是一條，你不要說不愛我！求求你，千萬千萬不要拋棄我！

再則，我也要勸說你，你不要鋌而走險，不要出走。那樣做太危險。天塌下來，有高個子撐著，你我都犯不著冒那麼大的風險。況且，世界上的事情本來都是虛無渺茫的，有，無所謂有；無，也無所謂無。一切事物都處在「無動而不變，無時而不移」之中，真正的君子就應該「以其不變，應其萬變」，要「直而不肆」、「光而不耀」，從而達到「無我」的境界。「知其雄，守其雌，為天下溪；知其白，守其辱，為天下谷。」「堅則毀矣，銳則挫也，常寬容於物，不削於人，可謂至極。」如此說來，還是「清靜無為」的好！

勸你三思！

法慧

一九七六年三月二十五日

於濟南市中區紅衛醫院外科一一五病房

二〇八、肖雁琳致盧法慧

法慧：

你曾標榜你是現實主義者，其實你信奉的是偽現實主義、空想主義，你的宏願一旦實現不了，你就變成了虛無主義，乃至頹廢主義。你要自殺就是最好的證明。

做了令人悔恨的事並不可怕，可怕的是不知道悔恨。你肯悔恨，說明你還不是不可救藥者。

你不要再哀求我什麼了，哀求也是枉然；你知道我的脾氣——一旦厭惡了什麼人，就永遠也別想改變過來。

我承認你真心愛我，我也真心愛過你，但這一切都已過去。就不要再提過去的那些事情了。一切權當不曾發生。

你也不必阻止我出走，這是我個人的事情，道路一經選定，就將是義無反顧的。

記得一位義大利思想家寫過這樣一首詩：

當蛾子飛向火焰的時候，
它沒有想到自己的結局；
當鹿渴得要命，奔向溪水的時候，
它不知道前方有箭；
當獨角獸在林中徐行的時候，
它不知道前邊有套索；
我則雖然看到了火焰、箭和套索，
可我仍要奔向森林、奔向溪水、奔向烈火。

法慧，你還記得「精衛填海」的故事吧？我想，將來，如果我有什麼不測，我也一定會化作什麼鳥兒，比方說像杜鵑那樣的吧，不斷地以啼血的鳴叫來提醒人們：永遠不要讓文化大革命這樣的悲劇再在人類歷史上重演！

我走了，你好自珍重，不要等我。

肖雁琳

留於一九七六年四月一日凌晨

編後記

當您讀完這部纏綿悱惻的愛情故事，興許您曾為主人公的不幸遭遇灑下幾滴同情的淚水，也曾為書中淒婉跌宕的情節發幾聲感慨和歎息，但編者的初衷並不在這裏。

誠然，這一對相戀十年的情侶，與當今社會上那些一見鍾情、隨便結合又隨便分手、熱衷於家庭、地位、金錢的愛情是大不相同的。如果沒有最後一段插曲，他們的這種愛情完全可以保持在道德的最高水準上；然而，後來的事情的確是發生了。久經風霜的愛情蓓蕾，在那樣的惡劣氣候條件下是不可能有盛開之日的。對這對戀人的最後決裂，我們不能不表示由衷的惋惜。

但，這些都不重要。

重要的是，這些情書樸實、率真地再現了十年動亂期間中國底層社會生活的真情實況，正如早經軼傳的舊聞、陳年隔世的文物，在史學家和社會學家看來，往往具有意想不到的價值和意義。

是的，那個瘋狂的罪惡的年代已經隨著昨日的時光一同逝去，但是，歷史總是無情的，既經發生的事情會一無遺漏地保存下來，正如遠古時代的生物化石一樣，那些悲傷、痛苦、虛偽、奸詐、狂熱、憤怒以及淒婉的愛情，都將化為各種不同的資訊，深深地毫無遺漏地注入歷史史冊的篇章裏，直到永遠、永遠……

最後，請允許我借用《第三帝國的興亡》開篇的一句話，作為本書的結語：

「凡是忘掉過去的人，註定要重蹈覆轍。」

一九九三年十月十八日定稿於濟南大明湖畔
二〇一三年四月十八日修訂於北京龍潭湖畔向陽居

作者附記

這是一部紀實性的長篇小說，書中所寫幾乎全是兩位作者的真實經歷。細心的讀者能從書中看到好多真實的事件，如：文革的各個歷史階段、每一個波瀾，包括每一條最高指示的發表時間等等，這就不用說了；具體到主人公的經歷，曾經風靡一時的鄆城商業局「毛澤東思想文藝宣傳隊」、七五年的追查政治謠言、北京上訪，就連故事的發生地點都是有據可查的，如：鄆城縣的商業局、林集供銷社牧場、關押肖雁琳的破舊四合院（就在鄆城縣政府大院內西北角，現已拆除），新疆鄯善的石油庫、烏魯木齊市的安寧渠公社工農兵大隊、以及旁邊的駐軍紅大樓「一〇一」電臺（想必現在還有），哈密城裏當年武鬥的痕跡，肖雁琳原信是這樣描寫的：「數不清的殘垣斷壁、破磚爛瓦，看上去像古代埃及的宮殿遺址。破壞最嚴重的是市郵政大樓和一些居民區，還有紅星影院。聽人說，郵政大樓是被大炮擊中的，牆倒了，整座大樓被炸塌，成為一片廢墟。至今那樓臺上還堆著裝滿沙子的麻袋，有被炸壞了的電話機和電線，牆上有斑斑點點褐色的血跡。樓下的空地上還豎著木板，上寫『小心地雷』之類的字樣。四周布滿一道道的鐵絲網。看上去，真是陰森可怖。……回善鄯的路上還見到一烈士墓碑，上刻『倪善軍』的名字。是在一次武鬥中壯烈犧牲的，年僅十九歲……」（是否屬實？相信哈密的年老讀者可以鑒定），還有上訪時住過的北京陶然亭公園東側的太平街加八號（中共中央辦公廳、國務院辦公廳人民來訪接待處），濟南的山東藝術學院、南郊賓館、張帖漫畫的泉城路體育場外牆（如今已改建，大約在今天的省政協聯合日報社附近）、串連時住過的坐落在長江邊上的武昌區房產局招待所等等。好多人物也是真名實姓，如：新疆火柴廠的汽車司機唐滿元，安寧渠公社工農兵大隊支書楊開祥，武昌區房管所所長王景田（軍轉幹部，山東人），鄆城商業局的老魏局長，宣傳隊的周隊長、劉忠、黃玉蘭等，駐軍代表（天津駐軍）政治部主任張偉成（曾任鄆城縣代理縣委書記）和宣傳股長王仁印（後來回到天津，馮驥才在《一百個人的十年》一書中第一篇「拾紙救夫」

的故事講述人就是王仁印，而且說的就是發生在鄆城的事情）；肖雁琳的父親肖舒早年在國民黨軍隊的編制、部隊番號和駐防地點都是真實的；肖雁琳的母親至今還健在，住在濟南千佛山南麓一個叫風閭家人的養老院裏。彌足珍貴的是：有一百多封情書的原件至今還保存在作者手裏，其中有好多大段大段的陳述就是從書信中直接抄錄的，在編輯過程中幾乎是一字未改。

總之，這部書絕不是像一般作者那樣，悠閒地坐在書房裏，一邊抽著煙、品著茶，一邊天馬行空隨意想像出來的，而是真真實實有這麼一對戀人，以他們年輕的生命在那黑暗的年代裏經歷十餘年的煎熬，用多少辛酸和淚水化為的結晶。

為把它編成一部書，它確確實實耗費了我們太多的心血，做為作家，在我們數百萬字的作品中，這部書是我們最鍾愛的作品。誰不喜歡它，我們立馬就不喜歡誰；誰對書中主人公承受的苦難有所理解，他立馬就會贏得我們由衷的感謝。

目擊中國11　語言文學類　PG1063

情書208
——文革愛情故事

作　　者 / 潘永修、鄭玉琢
責任編輯 / 劉　璞
圖文排版 / 郭雅雯
封面設計 / 陳佩蓉

發 行 人 / 宋政坤
法律顧問 / 毛國樑　律師
出版發行 / 秀威資訊科技股份有限公司
114台北市內湖區瑞光路76巷65號1樓
電話：+886-2-2796-3638　傳真：+886-2-2796-1377
http://www.showwe.com.tw
劃撥帳號 / 19563868　戶名：秀威資訊科技股份有限公司
讀者服務信箱：service@showwe.com.tw
展售門市 / 國家書店（松江門市）
104台北市中山區松江路209號1樓
電話：+886-2-2518-0207　傳真：+886-2-2518-0778
網路訂購 / 秀威網路書店：http://www.bodbooks.com.tw
國家網路書店：http://www.govbooks.com.tw

2013年9月BOD一版
定價：510元

國家圖書館出版品預行編目

情書208 : 文革愛情故事 / 潘永修、鄭玉琢著. -- 一版. -- 臺北市 : 秀威資訊科技, 2013.09

面；公分. -- (語言文學類 ; PG1063)

BOD版

ISBN 978-986-326-185-8(平裝)

857.7 102016790

讀者回函卡

感謝您購買本書，為提升服務品質，請填妥以下資料，將讀者回函卡直接寄回或傳真本公司，收到您的寶貴意見後，我們會收藏記錄及檢討，謝謝！如您需要了解本公司最新出版書目、購書優惠或企劃活動，歡迎您上網查詢或下載相關資料：http:// www.showwe.com.tw

您購買的書名：＿＿＿＿＿＿＿＿＿＿＿＿＿＿＿＿＿＿＿＿

出生日期：＿＿＿＿年＿＿＿＿月＿＿＿＿日

學歷：□高中（含）以下　□大專　□研究所（含）以上

職業：□製造業　□金融業　□資訊業　□軍警　□傳播業　□自由業

□服務業　□公務員　□教職　□學生　□家管　□其它＿＿＿

購書地點：□網路書店　□實體書店　□書展　□郵購　□贈閱　□其他

您從何得知本書的消息？

□網路書店　□實體書店　□網路搜尋　□電子報　□書訊　□雜誌

□傳播媒體　□親友推薦　□網站推薦　□部落格　□其他＿＿＿＿＿

您對本書的評價：（請填代號　1.非常滿意　2.滿意　3.尚可　4.再改進）

封面設計＿＿　版面編排＿＿　內容＿＿　文／譯筆＿＿　價格＿＿

讀完書後您覺得：

□很有收穫　□有收穫　□收穫不多　□沒收穫

對我們的建議：＿＿＿＿＿＿＿＿＿＿＿＿＿＿＿＿＿＿＿＿

＿＿＿＿＿＿＿＿＿＿＿＿＿＿＿＿＿＿＿＿＿＿＿＿＿＿

＿＿＿＿＿＿＿＿＿＿＿＿＿＿＿＿＿＿＿＿＿＿＿＿＿＿

＿＿＿＿＿＿＿＿＿＿＿＿＿＿＿＿＿＿＿＿＿＿＿＿＿＿

請貼
郵票

11466
台北市内湖區瑞光路 76 巷 65 號 1 樓
秀威資訊科技股份有限公司 收
BOD 數位出版事業部

(請沿線對折寄回,謝謝!)

姓　　名:____________　年齡:______　性別:□女　□男

郵遞區號:□□□□□

地　　址:____________________

聯絡電話:(日)____________ (夜)____________

E-mail:____________________